国学经典

诗 品

[南朝梁] 钟嵘 著

张 朵 李进栓 注译
徐正英 审定

中州古籍出版社

诗 品

梁书·钟嵘传

钟嵘，字仲伟，颍川长社人，晋侍中雅七世孙也。父蹈，齐中军参军。

嵘与兄岏、弟屿并好学，有思理。嵘，齐永明中为国子生，明《周易》，卫军王俭领祭酒，颇赏接之。举本州秀才。起家王国侍郎，迁抚军行参军，出为安国令。永元末，除司徒行参军。天监初，制度虽革，而日不暇给，嵘乃言曰："永元肇乱，坐弄天爵，勋非即戎，官以贿就。挥一金而取九列，寄片札以招六校，骑都塞市，郎将填街。服既缨组，尚为臧获之事，职唯黄散，犹躬胥徒之役。名实淆紊，兹焉莫甚。臣愚谓军官是素族士人，自有清贯，而因斯受爵，一宜削除，以惩侥竞。若吏姓寒人，听极其门品，不当因军，遂滥清级。若侨杂伧楚，应在绥抚，正宜严断禄力，绝其妨正，直乞虚号而已。谨竭愚忠，不恤众口。"敕付尚书行之。迁中军临川王行参军。衡阳王元简出守会稽，引为宁朔记室，专掌文翰。时居士何胤筑室若邪山，山发洪水，漂拔树石，此室独存。元简命嵘作《瑞室颂》以旌表之，辞甚典丽。选西中郎晋安王记室。

嵘尝品古今五言诗，论其优劣，名为《诗评》。其序曰：……（即《诗品序》，略）顷之，卒官。

（中华书局点校本《梁书》卷四十九列传第四十三《文学上·钟嵘传》）

南史·钟嵘传

钟嵘，字仲伟，颍川长社人，晋侍中雅七世孙也。父蹈，齐中军参军。

嵘与兄屼、弟屿并好学，有思理。嵘齐永明中为国子生，明《周易》。卫将军王俭领祭酒，颇赏接之。建武初，为南康王侍郎。时齐明帝躬亲细务，纲目亦密，于是郡县及六署九府常行职事，莫不争自启闻，取决诏敕。文武勋旧皆不归选部，于是凭势互相通进，人君之务，粗为繁密。嵘乃上书言："古者明君揆才颁政，量能授职，三公坐而论道，九卿作而成务，天子可恭己南面而已。"书奏，上不怪，谓太中大夫顾暠曰："钟嵘何人，欲断朕机务，卿识之不？"答曰："嵘虽位末名卑，而所言或有可采。且繁碎职事，各有司存，今人主总而亲之，是人主愈劳而人臣愈逸，所谓代庖人宰而为大匠斫也。"上不顾而他言。

永元末，除司徒行参军。梁天监初，制度虽革，而未能尽改前弊，嵘上言曰："永元肇乱，坐弄天爵，勋非即戎，官以贿就。挥一金而取九列，寄片札以招六校。骑都塞市，郎将填街。服既缨组，尚为臧获之事，职虽黄散，犹躬胥徒之役。名实溷淆，兹焉莫甚。臣愚谓永元诸军官是素族士人，自有清贯，而因斯受爵，一宜削除，以惩浇竞。若吏姓寒人，听极其门品，不当因军遂滥清级。若侨杂伧楚，应在绥抚，正宜严断禄力，绝其妨正，直乞虚号而已。"敕付尚书行之。

衡阳王元简出守会稽，引为宁朔记室，专掌文翰。时居士何胤筑室若邪山，山发洪水，漂拔树石，此室独存。元简令嵘作《瑞室颂》以旌表之，辞甚典丽。迁西中郎晋安王记室。

嵘尝求誉于沈约，约拒之。及约卒，嵘品古今诗为评，言其优劣，云"观休文众制，五言最优。齐永明中，相王爱文，王元长等皆宗附约。于时谢朓未遒，江淹才尽，范云名级又微，故称独步。故当辞密于范，意浅于江"。盖追宿憾，以此报约也。顷之卒官。

（中华书局点校本《南史》卷七十二列传第六十二《文学·钟嵘传》）

钟嵘《诗品》（代前言）

王运熙

一、绪 说

钟嵘《诗品》是现存我国古代最早的一部诗论专著，它对汉魏至南朝齐、梁时代的五言诗作了系统的论述，很多精辟的见解，对后代的诗论产生较大的影响。《诗品》和《文心雕龙》常常被人们相提并论，被称为南朝文学理论批评的两大专门著作。清代章学诚从史学家的立场，曾对《诗品》作了很高的评价：

> 《诗品》之于论诗，视《文心雕龙》之于论文，皆专门名家，勒为成书之初祖也。《文心》体大而虑周，《诗品》思深而意远；盖《文心》笼罩群言，而《诗品》深从六艺溯流别也。论诗论文而知溯流别，则可以探源经籍，而进窥天地之纯，古人之大体矣。此意非后世诗话家流所能喻也。（《文史通义·诗话篇》）

钟嵘（约468~518），字仲伟，颍川长社（今河南长葛）人。生活于齐梁时代。齐时官至司徒行参军，梁时官至西中郎晋安王记室。《梁书》本传说他卒官于西中郎晋安王记室，考《梁书·简文帝纪》，简文（萧纲）于天监五年封为晋安王，天监十七年征为西中郎将，领石头戍军事，不久改官。因此推定钟嵘卒于天监十七年（518），是较为可信的。又本传称其书为《诗评》，《隋书·经籍志》："《诗评》三卷，钟嵘撰，或曰《诗品》。"可见在隋代，此书已有二称，但到了后代，只流行《诗品》一名了。

《诗品》的写成在什么年代呢？《诗品序》称梁武帝为"方今皇帝"，可知此书撰于梁武帝时。又说"其人既往，其文克定；今所寓言，不录存者"，说明此书所评述的没有活着的作家。沈约卒于天监十二年（513），则此书的撰成，当在天监十二年以后了。

《诗品序》有一段文字详细叙述写作《诗品》的宗旨和背景，文云：

> 今之士俗，斯风（指写诗）炽矣。才能胜衣，甫就小学，必甘心而驰骛焉。于是庸音杂体，各各为容。至使膏腴子弟，耻文不逮，终朝点缀，分夜呻吟，独观谓为警策，众睹终沦平钝。次有轻薄之徒，笑曹刘为古拙，谓鲍照羲皇上人，谢朓今古独步。而师鲍照，终不及"日中市朝满"，学谢朓，劣得"黄鸟度青枝"，徒自弃于高听，无涉于文流矣。观王公搢绅之士，每博论之余，何尝不以诗为口实。随其嗜欲，商榷不同。淄渑并泛，朱紫相夺，喧议竞起，准的无依。近彭城刘士章，俊赏之士，疾其淆乱，欲为当世诗品，口陈标榜，其文未遂，感而作焉。昔九品论人，《七略》裁士，校以宾实，诚多未值。至若诗之为技，较尔可知。以类推之，殆均博弈。

序中指出当时士人写作五言诗的风气很盛，但是各人的嗜好不同，意见纷歧，没有准则。一些"轻薄之徒"，见识卑下，以鲍照、谢朓为古今独步，学习他们，也只得其皮毛；而轻视曹植、刘桢，笑为古拙。《诗品》的写作，目的就在通过对诗人的品评，树立良好的准则，对诗歌创作发生指导作用。在这方面，钟嵘的意图和刘勰写《文心雕龙》的意图，有其相似之处。

钟嵘对当日"庸音杂体，各各为容"的诗风，深表不满，同时他认为过去的文论,没有对作家、作品进行品评,失去了文学批评对创作的指导作用。他在《诗品序》中列举陆机、李允、王微、颜延之、挚虞数家的著作,指出他们都是"就谈文体,而不显优劣"。而像谢灵运所编的《诗集》,张骘所撰的《文士传》,以及"诸英志录,并义在文,曾无品第"。在这里显示出钟嵘在文学批评思想方面的发展。因此《诗品》跟过去的文论有很大不同,它是要"辨彰清浊,掎摭利病",也就是显优劣,列品第。书名《诗评》或《诗品》,即体现了写作这书的宗旨。

《诗品》评述了自汉魏至齐梁的一百二十二位诗人,分为上中下三品,每品一卷。这种分品论人的做法,受到两个方面的影响:一方面是古代的文化学术传统,另一方面是时代风气。在古代的文化学术传统方面,如《诗品序》所指出,班固的《汉书·古今人表》,分九品论人;而刘歆的《七略》,也是分流派来叙述过去的学术的。在时代风气方面,自汉末清谈盛行,曹魏设立九品中正制度,自此以迄南朝,形成了一种喜欢品第人物的社会风气。这种风气的影响及于文学艺术的领域。曹丕的《典论论文》和《与吴质书》已经评骘了建安七子的优劣。到齐梁时代,这种风气更盛。南齐谢赫有《古画品录》,分画家为六品。梁庾肩吾有《书品论》,分书法家为九品。沈约有《棋品》,因仅存序文,分品不详。在这种风气影响之下,钟嵘自然会不满意过去大部分文论的"不显优劣"、"曾无品第",而要写"辨彰清浊,掎摭利病"的《诗品》了。

魏晋南北朝时代,文学创作比过去有进一步的发展,尤其在诗歌方面,产生了许多风格不同的作家和作品,大大地开拓了诗歌的园地,这对于《诗品》的写作,提供了有利的条件。这时文学理论批评也大大发展,除许多单篇论文外,还有若干专门著作。在《诗品》以前,诗论方面的专著见于记载的,有刘宋颜峻的《诗例录》二卷,见于新旧《唐书》。又《南齐书·文学传论》称"张眎摘句褒贬",

当是后世诗句图一类的著作。可惜两书都没有流传下来。

《诗品》三卷，分三品论述历代诗人创作的特色和渊源流变。正文对许多诗人分别作了具体分析。序文则是全书的总论，提出了一些对于诗歌比较原则性的看法，并对于当代的不良诗风进行了批评。两部分的内容互相配合，议论互相印证。下面为了叙述方便，分别介绍序文和正文的主要论点。

二、论五言诗的思想艺术标准和历史发展

魏晋南北朝是五言诗的发展时代，在这历史时期中，五言诗不但作家作品众多，而且也产生不少优秀的作家和作品。但当时一部分文论，拘于《诗经》是四言体的成见，仍然重四言轻五言。如挚虞《文章流别志论》说："古诗率以四言为体。五言者，于俳谐倡乐多用之。雅音之韵，四言为正，其余虽备曲折之体，而非音之正也。"（文有节录）表现了很保守的正统观点。《文心雕龙·明诗篇》虽然以五言诗为主要论述对象，但仍然说："四言正体，则雅润为本；五言流调，则清丽居宗。"所谓"正体"、"流调"，仍不免有雅俗之分。《诗品序》与此不同，从正面明确地肯定了五言诗的艺术表现能力高于四言诗：

> 夫四言文约意广，取效《风》、《骚》，便可多得。每苦文繁而意少，故世罕习焉。五言居文词之要，是众作之有滋味者也，故云会于流俗。岂不以指事造形，穷情写物，最为详切者耶？

梁时萧子显的《南齐书·文学传论》有云："五言之制，独秀众品。"钟嵘、萧子显的议论，都表现出能够正视诗歌形式发展的历史事实而不为儒家经典所束缚的进步观点。

论诗歌产生的根源　　《诗品序》一开头就说："气之动物，物之感人，故摇荡性情，形诸舞咏。"指出诗歌的产生，是由于人们的性情受到外界事物的感召和激动。后面又对这个问题作了具体的阐述：

> 若乃春风春鸟，秋月秋蝉，夏云暑雨，冬月祁寒，斯四候之感诸诗者也。嘉会寄诗以亲，离群托诗以怨。至于楚臣去境，汉妾辞宫；或骨横朔野，或魂逐飞蓬；或负戈外戍，杀气雄边，塞客衣单，孀闺泪尽；文士有解佩出朝，一去忘返；女有扬蛾入宠，再盼倾国；凡斯种种，感荡心灵，非陈诗何以展其义？非长歌何以骋其情？故曰："诗可以群，可以怨。"使穷贱易安，幽居靡闷，莫尚于诗矣。故词人作者，罔不爱好。

这里说明变化不居的自然景物和不同寻常的社会生活，使身临其境的人们，产生了激动的感情，不能不形诸吟咏，从而产生"可以群，可以怨"的作用。这段话直接是讲诗歌产生的缘起及其作用，实际上也反映了对诗歌内容的看法和要求。钟嵘认为，诗歌内容只有表现了人们在自然环境和社会环境中所激发的思想感情，才能够产生"可群可怨"的艺术感染力量。这种认识跟《文心雕龙·情采篇》所说的"风雅之兴，志思蓄愤，而吟咏情性，以讽其上，此为情而造文也"一段话的意见是比较接近的。《诗品》本论对一些具体作家的评论，很多是从这一方面来衡量的。

《诗品序》论诗的艺术性道：

> 故诗有六义焉：一曰兴，二曰比，三曰赋。文已尽而意有余，兴也；因物喻志，比也；直书其事，寓言写物，赋也。弘斯三义，酌而用之，干之以风力，润之以丹彩，使味之者无极，闻之者动心，是诗之至也。若专用比兴，则患在意深，意深则词踬；若但用赋体，患在意浮，意浮则文散，嬉成流移，文无止泊，有芜漫之累矣。

钟嵘要求诗歌在艺术上以风力为基干，以丹彩为润色。所谓"风力"，就是《文心雕龙》所谓的风骨。指作品思想感情表现明朗和语言质素有力。"干之以风力，润之以丹彩"，就是《文心雕龙·风骨篇》要求风骨与文采互相结合的意思。二者结合，使作品能够达到文质彬彬，形成优美的风格。在表现手法方面，钟嵘主张赋、比、兴三者交错运用，使表现的文意，不过深过浮，恰到好处，使读者既不感到难以理会，也不感到一览无余。

《诗品序》非常重视自然之美，对于宋齐时代不少诗人喜欢用典的风气，深表不满：

> 若乃经国文符，应资博古；撰德驳奏，宜穷往烈。至乎吟咏情性，亦何贵于用事？"思君如流水"，既是即目；"高台多悲风"，亦惟所见；"清晨登陇首"，羌无故实；"明月照积雪"，讵出经史？观古今胜语，多非补假，皆由直寻。颜延、谢庄，尤为繁密，于时化之。故大明、泰始中，文章殆同书抄。近任昉、王元长等，词不贵奇，竞须新事，尔来作者，寖以成俗。遂乃句无虚语，语无虚字，拘挛补衲，蠹文已甚！但自然英旨，罕值其人。词既失高，则宜加事义，虽谢天才，且表学问，亦一理乎！

钟嵘认为，"经国文符"、"撰德驳奏"一类文章，应该援引古典；至于"吟咏情性"的诗歌，其优秀的篇什都是描写目击身历的景象，不需用典，因而提倡"直寻"和"自然英旨"。在当时"竞须新事"、"寖以成俗"的风气中，这种意见具有积极意义。

基于提倡自然之美，钟嵘还反对齐梁时代风靡一时的声律论。他认为由于王融、谢朓、沈约等提倡声病，使诗歌创作受到影响，"于是士流景慕，务为精密，襞积细微，专相凌架。故使文多拘忌，伤其真美"。他对于当日这种追求声律、流于形式的不良风气，进行了批评。他主张一般诗歌既"不被管弦，亦何取于声律"；"但令清浊通流，口吻调利，斯为足矣"。四声八病之说为诗歌制订了严密的规律，作者们在写作过程中受到拘束，或者是"专相凌架"，片面追求，因而造成"伤其真美"的弊病，钟嵘对这种倾向的批评，是有其意义的；但钟嵘对声律本身在诗歌艺术上的贡献认识不足，因此在这方面表现出偏激的态度。

论五言诗的历史发展　　《诗品序》论述五言诗的起源和汉代五言诗的作家作品道:

> 夏歌曰:"郁陶乎予心。"楚谣曰:"名余曰正则。"虽诗体未全,然是五言之滥觞也。逮汉李陵,始著五言之目矣。古诗眇邈,人世难详。推其文体,固是炎汉之制,非衰周之倡也。自王扬枚马之徒,词赋竞爽,而吟咏靡闻。从李都尉迄班婕妤,将百年间,有妇人焉,一人而已。诗人之风,顿已缺丧。东京二百载中,惟有班固《咏史》,质木无文。

摘取先秦诗歌中的个别五言句来说明五言诗的滥觞,是当时文论家的共同做法,《文章流别志论》、《文心雕龙·明诗篇》都有类似情况。西汉诗人作品,真伪如何,当时传闻异词。关于枚乘、李陵、苏武、班婕妤诸人的诗作,颜延之《庭诰》、刘勰《文心雕龙》、萧统《文选》、徐陵《玉台新咏》诸书的题署,各自有所不同。《诗品》首列李陵、班姬两家,而不及枚乘、苏武,也是一种看法。

从建安时代开始,文人五言诗大大发展,《诗品序》对建安到刘宋五言诗的发展过程,作了很具体的评述:

> 降及建安,曹公父子,笃好斯文。平原兄弟,郁为文栋。刘桢王粲,为其羽翼。次有攀龙托凤,自致于属车者,盖将百计。彬彬之盛,大备于时矣!尔后陵迟衰微,迄于有晋。太康中,三张、二陆、两潘、一左,勃尔复兴,踵武前王,风流未沫,亦文章之中兴也。永嘉时,贵黄老,稍尚虚谈,于时篇什,理过其辞,淡乎寡味。爰及江表,微波尚传。孙绰、许询、桓、庾诸公诗,皆平典似《道德论》,建安风力尽矣。先是郭景纯用隽上之才,变创其体;刘越石仗清刚之气,赞成厥美。然彼众我寡,未能动俗。逮义熙中,谢益寿斐然继作。元嘉中,有谢灵运,才高词盛,富艳难踪,固已含跨刘郭,凌轹潘左。故知陈思为建安之杰,公干仲宣为辅;陆机为太康之英,安仁景阳为辅;谢客为元嘉之雄,颜延年为辅:

斯皆五言之冠冕，文词之命世也。

在这段历史过程中，钟嵘指出建安、太康、元嘉三个时期的诗歌成就，并以曹植、陆机和谢灵运等人为杰出领袖。在我们今天看来，他对陆机的评价偏高，于晋宋之际，不举陶渊明，都是显著的缺点。但他在这里，强调了建安风力，批判了玄言诗的虚谈，并指出郭璞、刘琨的不同艺术成就，都是可取的。沈约《宋书·谢灵运传论》在评述历代诗歌发展时，也特别重视建安时期的曹植、王粲，元康（惠帝年号，稍后于武帝太康年号）时期的潘岳、陆机和刘宋初年的谢灵运、颜延之这些诗人。萧统《文选》于曹植、陆机、谢灵运三人，选录诗歌也特别多（曹植十六题二十五首，陆机十九题五十二首，谢灵运三十二题三十九首），数量远过其他诗人。由此可见，《诗品》所特别推重的诗人，在当时可说已有定评，因此批评家、选家的意见也颇一致。《宋书·谢灵运传论》更赞美建安曹氏父子作品的特色是"以情纬文，以文被质"，即情文并茂、文质兼备，这种衡量诗歌的标准和钟嵘的意见也是接近的。

建安以后、太康以前的曹魏时代，诗歌一度比较衰落，《诗品》称为"陵迟衰微"。这时期玄学抬头，对诗歌发生不良影响。《文心雕龙·明诗篇》称为："正始明道，诗杂仙心；何晏之徒，率多浮浅。"西晋末年到整个东晋时代，玄言诗盛行，诗风更为不振。《宋书·谢灵运传论》、《文心雕龙》（《明诗》、《时序》）都致不满，《诗品》讥为"建安风力尽矣"，所见也同。《诗品序》在这段诗歌发展过程的评述中，对作家作品所作的肯定和批判，并不是钟嵘一人的私见，在当时具有相当广泛的代表性。《诗品序》虽然批判了玄言诗风，但它更为着重指责的，乃是刘宋颜延之、谢庄开启的诗歌大量用典之风和齐梁时代的声律论，那是因为从刘宋初年谢灵运等诗人出来以后，玄言诗已趋于衰颓；而数典用事和讲求声病，却是齐梁时代诗歌创作的流行风气，钟嵘感到有矫正时弊的必要，就不免对后二者更加要大声谴责了。

三、论五言诗作家及其流派

《诗品》三卷，共评论自汉至梁的一百二十二位五言诗人，分成上中下三品，上品十一人，中品三十九人，下品七十二人。通过对于这些作家的评论，钟嵘表现了对诗歌的一些重要看法，并且论述了作家间的渊源继承关系，指出了五言诗歌史上的若干重要流派。

情兼雅怨和生活遭遇 钟嵘于历代诗人中最推崇曹植，给他以极高的评价。说他的作品"譬人伦之有周孔，鳞羽之有龙凤"。论其思想、艺术的成就是："骨气奇高，词采华茂，情兼雅怨，体被文质。"概括起来讲，在内容上是情兼雅怨，在形式和风格上是骨气和文采相结合，而达到了文质彬彬的境界。钟嵘对于曹植诗歌的这个评语，正体现了他对于诗歌思想、艺术的要求，这个要求跟《诗品序》的观点也是完全符合的。

钟嵘很重视诗歌中所表现的感慨、哀怨的情思，这种情思正是封建社会诗人们，在政治环境和生活境遇中受到了压制和打击，而发泄出来的不满现实的思想感情。司马迁云"屈平之作《离骚》，盖自怨生也"，正是这种情思的说明。钟嵘评《古诗》云："意悲而远"，"多哀怨"。评李陵云："文多凄怆，怨者之流。"评班姬云："怨深文绮。"评王粲云："发愀怆之词。"评阮籍云："颇多感慨之词。"评左思云："文典以怨。"评秦嘉、徐淑云："文亦凄怨。"评刘琨云："多感恨之词。"在这些具体的评述中，使我们体会到：他所说的这种"哀怨"、"愀怆"、"感慨"、"感恨"之情，是与政治现实和生活境遇紧密结合在一起的，正因为诗歌能表现这种思想感情，所以才具有"感荡心灵"的力量。

钟嵘又很重视诗歌风格的典雅。评阮籍云："洋洋乎会于风雅，使人忘其鄙近，自致远大。"评应璩云："指事殷勤，雅意深笃，得诗人激刺之旨。"评白马王曹彪和徐干云："亦能闲雅。"评张欣泰、范缜云："希古胜文，鄙薄俗制，赏心流亮，不失雅宗。"从这些评语，可以看出钟嵘对典雅的赞美。典雅的反面是鄙俗和讦直，钟嵘是反对的。他评嵇康云："过为峻切，讦直露才，伤渊雅之致。"评鲍照云："贵尚巧似，不避危仄，颇伤清雅之调。故言险俗者多以附照。"（《南齐书·文学传论》也说鲍照的诗"发唱惊挺，操调险急，雕藻淫艳，倾炫心魂"。）都致不满之辞。钟嵘很反对颜延之所倡导的作诗大量用典的风气，但又赞赏颜有雅才，说："喜用古事，弥见拘束，虽乖秀逸，是经纶文雅才。雅才减若人，则蹈于困踬矣。"评谢超宗、丘灵鞠等七人云："檀谢七君，并祖袭颜延，欣欣不倦，得士大夫之雅致乎！余从祖正员常云：'大明、泰始中，鲍休（指鲍照、汤惠休）美文，殊已动俗，惟此诸人，传颜陆（指颜延之、陆机）体。'"颜延之、鲍照两家虽都列入中品，但从"檀谢七君"的评语中，可以看出钟嵘对颜、鲍两人还是有所轩轾的。又《诗品序》说"谢客为元嘉之雄，颜延年为辅"；而对"轻薄之徒"尊崇鲍照，则深露不满之意。对颜、鲍两人的轩轾，表现了钟嵘重雅轻俗的偏见。

《诗品序》在论述诗歌的思想感情时，很重视生活遭遇和政治环境对作者的影响，这种观点也表现在《诗品》对一些作家的评论中。如评李陵云："陵，名家子，有殊才，生命不谐，声颓身丧。使陵不遭辛苦，其文亦何能至此！"评秦嘉、徐淑云："夫妻事既可伤，文亦凄怨。"评刘琨云："琨既体良才，又罹厄运，故善叙丧乱，多感恨之词。"都是结合着作者的政治环境和身世之感，来说明作品的思想和风格特色。在钟嵘以前，谢灵运有《拟魏太子邺中集八首》的小序，也具有这种特色，如评王粲云："家本秦川，贵公子孙，遭乱流寓，自伤情多。"评陈琳云："袁本初书记之士，故述丧乱事多。"评应玚云："汝颍之士，流离世故，颇有漂泊之叹。"评阮瑀云："管书记之任，故有优渥之言。"评曹植云："公子不及世事，但美遨游，然颇有忧生之嗟。"钟嵘大约受到这些议论的影响。

骨气奇高和词采华茂　　骨气就是风骨，骨气奇高和词采华茂相结合，就是《诗品序》所说的"干之以风力，润之以丹彩"。风骨是指思想感情表现的明朗和语言质素有力，属于质一方面；华茂的词采则属于文。风骨与丹彩相结合，就能达到"体被文质"。

《诗品》除曹植外，最推重陆机、谢灵运两家。他评陆机说："才高词赡，举体华美。""咀嚼英华，厌饫膏泽，文章之渊泉也。"虽然"气少于公干，文劣于仲宣"，但从文质结合的角度看，不像刘、王两家的偏胜。评谢灵运说："嵘谓若人兴多才高，寓目辄书，内无乏思，外无遗物，其繁富，宜哉！然名章迥句，处处间起；丽典新声，络绎奔会。譬犹青松之拔灌木，白玉之映尘沙，未足贬其高洁也。"他认为也是文质兼备的。钟嵘在《诗品序》中，很强调诗歌的自然之美，而他所大力推崇的陆机和谢灵运的诗，都非常注意形式的华美和字句的琢磨；后人颇以为陆、谢之诗人工多，自然不够。这样说来，钟嵘对陆、谢的评价，是否违背了自己提出的原则呢？不是的。陆机的诗，钟嵘评为"尚规矩，不贵绮错，有伤直致之奇"，可见认为还是自然的。至于谢灵运的诗，虽然"颇以繁富为累"，但譬如青松、白玉，仍有自然之美。又引汤惠休的话说："谢诗如芙蓉出水，颜如错采镂金。""芙蓉出水"也是标志着自然之美，看来钟嵘是同意汤惠休的评价的。

根据文质兼备的原则，钟嵘不满意一部分诗人的创作，气盛而采不足，甚至质而少文。在上品中，他评刘桢说："仗气爱奇，动多振绝。真骨凌霜，高风跨俗。但气过其文，雕润恨少。"钟嵘对刘桢评价极高，《诗品序》称"曹刘殆文章之圣"，但对他的文采不足，毕竟有些微辞。对左思，评为"野于陆机"，指出他的文采较陆机为逊。《诗品》把刘桢、左思两人列入上品，说明钟嵘很重视气骨；但另一方面，钟嵘又从重视文采的角度，指出两人的不足，比不上曹植和陆机。中品中的某些诗人，钟嵘更是认为他们质而少文。评魏文帝云："百许篇率皆鄙质如偶语。惟《西北有浮云》十余首，殊美赡可玩，始见其工矣。"应璩的诗，内容很好，"指事殷勤，雅意深笃"，但只有像"济济今日所"这样的篇章，才是"华靡可讽味焉"，言外之意是其他篇章缺少"华靡"之美。陶潜的诗，钟嵘认为"其源出于应璩，又协左思风力"，应、左两家诗都偏于质，所以陶潜的作品也是"世叹其质直"。钟嵘虽然指出陶潜的某些篇什"风华清靡"，但毕竟同意陶诗大部分是田家语，因此列入中品。钟嵘把曹操列入下品，评云："曹公古直，甚有悲凉之句。"古直就是文采太少。《诗品》说应璩"善为古语"，说陶潜"笃意真古"，"古"字都含有质而少文的意思。

对另外一些诗人，钟嵘又指出他们文多质少，也有所不满。如评上品的王粲说："文秀而质羸。"评中品的张华说："其体华艳，兴托多奇。巧用文字，务为妍冶。虽名高曩代，而疏亮之士，犹恨其儿女情多，风云气少。"

钟嵘《诗品》对于某些诗人的品第，后人颇有不同意见，特别是对陶潜屈居中品、曹操屈居下品，意见尤多。宋人《兰庄诗话》和叶梦得《石林诗话》都指出它对陶潜品评的失当。明王世贞《艺苑卮言》说："魏文不列乎上，曹公屈第乎下，尤为不公。"清王士禛《渔洋诗话》认为："上品之陆机、潘岳，宜在中品；中品之刘琨、郭璞、陶潜、鲍照、谢朓、江淹，下品之魏武，宜在上品。"这些意见都颇为有理，钟嵘对上面那些诗人的品第，的确存在问题，而成为《诗品》中显著的缺点。这里牵涉到批评的标准与尺度问题。原来钟嵘要求诗歌的风骨与丹彩相结合，质和文相结合；而他的所谓丹彩或文采，在当时骈体文学非常发达的风气中，很重视辞藻华美、对仗工整的因素。以此为标准，因此对陆机、谢灵运的诗估价极高，而刘琨、陶潜、曹操诸家之作，就没有获得应有的重视。钟嵘的这种品第意见，实际上反映了南朝较多批评家的意见，在当时有它的代表性。沈约《宋书·谢灵运传论》，于历代诗家也最推重曹植、王粲、潘岳、陆机、谢灵运、颜延之诸人；萧统《文选》于曹植、陆机、谢灵运三家选诗首数最多。而像陶渊明那样杰出的诗人，当时人一般都没有给予应有的注意。《文心雕龙》全书对陶潜只字未提，萧统虽然在《陶渊明集序》中，竭力推尊陶潜的为人和作品，但《文选》选陶诗共七题八首，数量毕竟远逊于曹、陆、谢诸家。唐宋古文运动兴起、骈体文学衰落以后，人们对于诗歌，不像过去那样重视辞藻华美、对仗工整的因素，品评的标准与尺度起了很大的变化，因此对不少作家作品的评价，看法也就大有不同。自宋代开始，陶潜的地位大大提高，而陆机的地位大大降低，这一现象深刻地反映了批评思想的转变。我们认为：唐宋以来批评家在这方面的意见，的确胜过钟嵘，品第更为合理惬当；但同时也应该了解到：钟嵘在这方面的意见偏颇，实际上反映了当时的文风和当时批评家的标准尺度，并不完全是钟嵘一人的偏见。

诗人的继承关系及其流派　　钟嵘品第诗人，最注意揭示各个作家的风格特色，他根据诗歌体制风格的互相类似来判断历代诗人的继承关系。《诗品》评谢灵运云："其源出于陈思，杂有景阳之体。"评魏文帝云："其源出于李陵，颇有仲宣之体。"这个"体"就是《文心雕龙·体性篇》的"体"，指作品的体貌，也就是体制和风格。《诗品》常常说某家源出于某家，就是根据对各家作品体制风格的考察和比较而得来的认识。一个作家的作品的体制风格形成的因素是比较复杂的，就接受过去作家的影响而言，也常常是多方面的；《诗品》常常只是说某家源出于某家，提法不免显得过于简单片面。故《四库提要》评《诗品》说："惟其论某人源出某人，若一一亲见其师承者，则不免附会耳。"但钟嵘原意，或许只是说某家体制风格的基本倾向和过去某家类似；假如这样的话，也还是有其一定的意义的。

　　根据对于风格的分析和比较，钟嵘论述了历代不少诗家的渊源和继承关系。这方面的意见可以列成下表：（见下页）

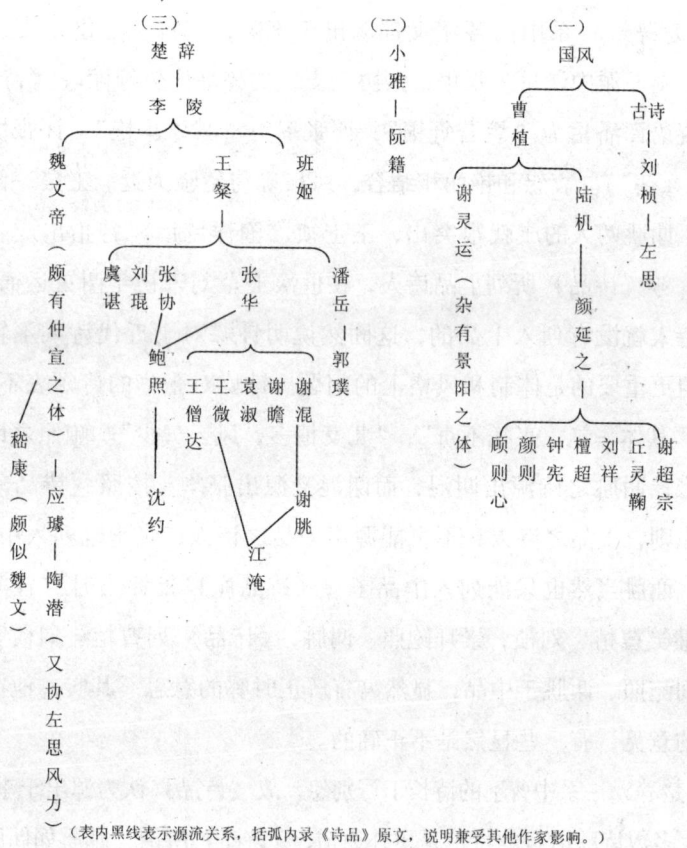

（表内黑线表示源流关系，括弧内录《诗品》原文，说明兼受其他作家影响。）

钟嵘把五言诗的作者分成三系：源出《国风》的一系，源出《小雅》的一系，源出《楚辞》的一系。从这里可以看出《诗经》、《楚辞》的受尊崇，被认为历代诗歌之祖，这种见解和刘勰把《宗经》、《辨骚》两篇并列入"文之枢纽"的看法是相通的。

在《国风》一系中，曹植、陆机、谢灵运一派是钟嵘认为最优秀的诗人。其中大家除颜延之因用典过多，有"弥见拘束"的弊病外，其余曹、陆、谢三人，如上文所论述，是以"情兼雅怨，体被文质"的标准来衡量的。古诗、刘桢、左思一派风骨甚高，文采稍逊，成就稍次于曹植一派。《小雅》一系只有阮籍一人。他的诗长于怨悱，语言比较质朴，"无雕虫之功"，风格确与《小雅》为近。

《楚辞》一系中的各派又都源出于李陵，其特色是富于哀怨之情。王粲一派中潘岳、张华、张协三支，文辞都比较艳丽（《诗品》引谢混语评潘岳为"烂若舒锦"，评张华为"其体华艳"，评张协为"词采葱蒨"）。哀怨和艳丽相结合，风格确与楚骚为近。王粲一派中鲍照、谢朓两人的成就很突出，王士祯《渔洋诗话》曾指出应列入上品。考《诗品》所列上品诗人，在世次上至刘宋初年谢灵运而止，以后诗人就没有列入上品的，这固然说明钟嵘对于近代诗人不轻许可，但更重要的是体制和风格上的问题。钟嵘对张华的诗颇表不满，认为"其体华艳，兴托不奇"，"儿女情多，风云气少"。鲍照之诗源出二张；谢朓之诗源出谢混，而谢混又源出张华。按照《诗品》的品第原则，上品之诗人，不可能源出中品之诗人；张华既列入中品，鲍照、谢朓当然也只能列入中品了。《诗品序》批评当时"轻薄之徒"嗤笑曹植、刘桢，崇拜鲍照、谢朓，《诗品》列曹植、刘桢于上品，列鲍照、谢朓于中品，显然寓有矫正时弊的意思。其实，他在这方面的意见，有一些显然是不正确的。

《楚辞》一系中曹丕的诗长于写别怨，故《诗品》认为源出于李陵。曹丕大多数诗歌语言的特色是质朴通俗，《诗品》所谓"鄙质如偶语"，后来应璩、陶潜诗歌的语言风格和魏文比较接近，故《诗品》归为一派。但应、陶两家诗不长于写怨情，文辞又大都质朴而不艳丽，风格和《楚辞》距离已比较远了。陶潜的诗既然源出中品的应璩，当然也只能列入中品。有的研究者根据某一种《太平御览》版本并不可靠的引文，说《诗品》原来列陶潜于上品，这种说法是很难成立的。

《国风》一系名家除颜延之外，都列入上品，这里似乎包含着宗经的意味。《楚辞》一系名家，列入中品的比较多，特别是对张华一支中张华、鲍照、谢朓、沈约诸家，或贬语较多，或估价较低，明显地表现出矫正作诗崇尚新奇艳丽的时风的意图，同时也反映了儒家正统思想的偏见。

在文学的历史发展过程中，出现了大量的前代作家影响后代作家、后代作家师承前代作家的事实,不能不引起文学批评家的注意。与钟嵘同时的萧子显,在《南齐书·文学传论》中把当时的诗歌分成三个流派,分别作了评论,并指出源出谢灵运、鲍照诸家。但限于篇幅,论述毕竟比较简略。钟嵘《诗品》通过对许多诗人的具体分析,对汉魏至齐梁时代五言诗的发展和流派,作了比较详细的论述,提出了自己的系统看法,为文学理论批评工作开辟了一条新的途径。尽管钟嵘的品第不尽恰当,分析评论也有片面和牵强附会的地方,但其中有不少好的意见,对于后代的诗论、诗话很有影响,在文学批评史上还是值得我们重视的。

(摘自王运熙《中国文学批评史》)

凡例

一、本书《诗品》每个注释段落都分为正文、注释、译文、附录四部分，《文赋》每个注释段落则包括前三部分。

二、《诗品》正文以曹旭《诗品集注》为底本，《文赋》以张少康《文赋集释》为底本，兼取历代学者考辨校勘成果重新排印而成。曹注本《诗品》以元延祐七年（1320）圆沙书院刊宋章如愚《山堂先生群书考索》本为底本，汇集明正德元年（1506）退翁书院抄本、嘉靖戊申（1548）刊宋"状元陈应行"编《吟窗杂录》本、万历三十一年（1603）胡文焕辑《格致丛书》本等历代版本49种为校本，并参校了正史、丛书、类书、诗话及古今中外众多校注成果，而断以己意。张注本《文赋》以宋淳熙贵池尤袤刻本《文选》为底本，参校唐陆柬之书《陆机文赋》、日本遍照金刚《文镜秘府论》、各种版本《文选》、古今诸多校注成果，而断以己意。曹注本《诗品》和张注本《文赋》，分别是目前学术界公认最完备精审的《诗品》、《文赋》校注本。

三、《诗品》校文主要吸取曹旭《诗品集注》、陈延杰《诗品注》、古直《钟记室诗品笺》、许文雨《钟嵘诗品讲疏》、吕德申《钟嵘诗品校释》、杨明《文赋诗品译注》、王叔岷《钟嵘诗品笺证稿》、韩国车柱环《钟嵘诗品校证》、法国陈庆浩《钟嵘诗品集校》等校勘考辨成果，《文赋》校文主要吸取张少康《文赋集释》、周伟民《文赋注译》、杨明《文赋诗品译注》等校勘考辨成果，择善而从。

四、本书校勘本着既保持底本原貌又展现校勘成果的最高学术原则，一律不改动底本原文，凡认为《诗品》底本《山堂先生群书考索》和《文赋》底本宋淳熙贵池尤袤刻本《文选》中某字另有正确异文需要采用的，则将异文放在该字后面并用圆括号"（　）"括出，注译时以异文为准；凡遇底本的衍文，则用方头括号"【　】"括出，不予注译；凡遇底本有脱文需依校勘成果补足的，则将补足的内容用方括号"［　］"括出，注译时视为正文。

五、《诗品序》原分列在上、中、下三品正文之首，为保持序文的完整性，特将三部分移置一起，并用"［上］"、"［中］"、"［下］"序号标出。

六、底本中正文的异体字、俗体字、刻体字径直改用规范的正体字。

七、正文段落划分以短为宜，并加编序号。

八、本书注文广泛参考了前修时贤的注释本和译注本及研究成果，详见"主要参考书目"。注释内容多时，每句正文出一个注释序号；注释内容少时，则两句或两句以上正文合出一个注释序号。词语或短语注释，用先概括大意后分解字义的方式，词语后面用冒号，分解之字后面用逗号，分解字义后面用分号，如："就班：归于位次，指把词句安排在恰当的位置上。就，归于；班，位次。"出现一个词有多种解释的情况时，将本书拟采用的解释放前面，其他解释放后面，并冠之"一云"字样，各种解释之间用句号而不是用分号间隔，如："众作：指各种诗歌体裁。一云各种作品。一云众多诗篇。"为节省文字，串讲单句或多句句意时，除遇句首为人名、地名、书名等不宜拆开的词汇需原文照录外，一般只引原文句首二字，如："'盖非'二句"、"'王元长'二句"等。

九、《诗品》正文被评作家所冠的头衔，一律出注。

十、《诗品》正文系统评论了汉代至南朝齐梁时期一百二十三位（上品十二位，"古诗"算作一位；中品三十九位；下品七十二位）五言诗人，内容特殊，一般读者对其中大部分诗人的名字很陌生。为此，本书一则详尽注释每条中被评诗人，对下品无名诗人注释尤详；二则每条后附录被评诗人的代表性诗作，以将《诗品》的评论落到实处。力图在为一般读者提供方便的同时，也为研究者进一步研究提供资料检索线索。

十一、其他注释，力求简明扼要。对一般读者不易读懂的非常用字和易读混的多音字，注释时加标注音。注释中有需要说明的问题，则在句首加"按"字说明之。

十二、本书译文秉持直译为主、意译为辅的原则，尽量做到原文在译文中字字有着落，同时又读来流畅顺口，清楚明白而不失典雅。在翻译过程中，充分参考吸取了各家的译文成果，努力做到对前修时贤的译文既不一味盲从，又不为避袭用之嫌而故意标新立异。博采众长，后出转精，更近作者本意是本书译文追求的最高目标。

十三、本书附诗的选录原则是：（一）在系统阅读各位被评诗人全部现存诗作基础上选录，不限篇数，以能够全面反映诗人创作风貌和特色为准。（二）凡《诗品》正文中提到的作品有存必选，以诗证论。若《诗品序》提到的，也有存必选，其方式是根据需要，或随注引出，或收入附录。（三）能够直接或间接印证《诗品》正文观点的作品必选。（四）《文选》所收诗歌作品重点选录，《玉台新咏》所收诗歌次之，《乐府诗集》所收诗歌又次之，《艺文类聚》、《太平御览》等类书所辑诗歌更等而次之。（五）被今天视为名篇的、被选入大学古代文学作品选的、被大学文学史教材提及的作品必选，它代表了当代价值。（六）有些不为今人所知而为《诗品》所重的诗人，其五言诗不存或少存，其所存五言之外的其他诗歌形式，亦少量选录，以弥补亡佚之憾。

十四、书后"附录"原为四种,限于整书规模,遵编辑之嘱删除"历代《文赋》评论选辑",今存"历代《诗品》评论选辑"、"陆机《文赋》注译"、"《晋书·陆机传》"三种,其中"历代《诗品·评论选辑》择优摄录吕德申《钟嵘诗品校释·附录》和张伯伟《钟嵘诗品研究·外篇》。

目 录

诗品序
[上] ———————————————————————— 31
[中] ———————————————————————— 48
[下] ———————————————————————— 53

诗品上
古诗 ———————————————————————— 62
汉都尉李陵诗 ————————————————————— 67
汉婕妤班姬诗 ————————————————————— 70
魏陈思王［曹］植诗 ————————————————— 73
魏文学刘桢诗 ————————————————————— 79
魏侍中王粲诗 ————————————————————— 81
晋（魏）步兵阮籍诗 ————————————————— 84
晋平原相（内史）陆机诗 —————————————— 88
晋黄门郎潘岳诗 ———————————————————— 91
晋黄门郎张协诗 ———————————————————— 95
晋记室左思诗 ————————————————————— 97
宋临川太守谢灵运诗 ————————————————— 100

诗品中

汉上计秦嘉　嘉妻徐淑诗 —— 107

魏文帝诗 —— 109

（魏）中散稽（嵇）康诗 —— 113

晋司空张华诗 —— 117

魏尚书何晏　晋［冯］翊［太］守孙楚　晋著作［郎］王赞　晋［王］司徒椽（掾）张翰　晋中书令潘尼［诗］ —— 120

魏侍中应璩诗 —— 126

晋清河［太］守陆云　晋侍中石崇　晋襄城太守曹摅　晋朗陵公何劭［诗］ —— 129

晋太尉刘琨　晋中诗（郎）刘（卢）谌诗 —— 134

晋弘农太守郭璞诗 —— 139

晋吏部郎袁宏诗 —— 142

晋处士郭泰机　晋常侍顾恺之　宋谢世基　宋参军顾迈　宋参军戴凯（凯）诗 —— 144

宋征士陶潜诗 —— 147

宋光禄大夫颜延［之］诗 —— 154

宋豫章太守谢瞻　宋（晋）仆射谢鲲（混）　宋太尉袁淑　宋征君工（王）微　宋征虏将军王僧达诗 —— 160

宋法曹参军谢惠连诗 —— 168

宋参军鲍昭（照）诗 —— 172

齐吏部谢朓诗 —— 178

齐（梁）光录（禄）江淹诗 —— 184

梁卫将军范云　梁中书郎丘迟诗 —— 190

梁太常任昉诗 —— 194

梁左光录（禄）沈约诗 —— 197

诗品下

汉令史班固　汉孝廉郦炎　汉上计赵壹 ———— 203

魏武帝　魏明帝 ———— 207

魏白马王彪　魏文学徐干 ———— 211

魏仓曹属阮瑀　晋顿丘太守欧阳建　晋（魏）文学应场　晋中书【令】嵇含　晋河南（内）太守阮侃　晋侍中嵇绍　晋黄门枣据 ———— 214

晋中书张载　晋司隶傅玄　晋太仆傅咸　[魏]侍中缪袭　[晋]散骑常侍夏侯湛 ———— 223

晋骠骑王济　晋征南将军杜预　晋廷尉孙绰　晋征士许询 ———— 231

晋征士戴逵 ———— 236

晋东阳太守殷仲文【宋谢混】 ———— 237

宋尚书令傅亮 ———— 238

宋记室何长瑜　[临川内史]羊曜璠 ———— 240

宋詹事范晔 ———— 242

宋孝武帝　宋南平王铄　宋建平王宏 ———— 244

宋光禄谢庄 ———— 247

宋御史苏宝生　宋中书令史陵修之　宋典祠令任昙绪　宋越骑戴法兴 ———— 250

宋监典事区惠恭 ———— 251

齐惠休上人　齐道猷上人　齐释宝月 ———— 253

齐高帝　齐（宋）征北将军张永　齐太尉王文宪 ———— 257

齐黄门谢超宗　齐浔阳太守（相）丘灵鞠　齐给（从）事中郎刘祥　齐司徒长史檀超　齐正员郎钟宪　齐（宋）诸暨令颜则（测）齐秀才顾则心 ———— 260

齐（晋）参军毛伯成　齐（宋）朝请王（吴）迈远　齐（宋）朝请许谣（瑶）之 ———— 264

齐鲍令晖 齐韩兰英 ———————————— 268

齐司徒长史张融 齐詹事孔稚珪 ———————— 271

齐宁朔将军王融 齐中庶子刘绘 ———————— 274

齐仆射江元祐（祐） ［齐侍中江祀］ —————— 277

齐记室王巾（中） 齐绥远（建）太守卞彬 齐端溪令卞录（铄）
———————————————————————— 278

齐诸暨令袁嘏 ————————————————— 280

齐雍州刺史张欣泰 梁中书郎范缜 —————— 281

梁（齐）秀才陆厥 —————————————— 282

梁常侍虞羲 梁建阳令江洪 ————————— 284

梁步兵鲍行卿 梁晋陵令孙察 ———————— 287

附 录

历代《诗品》评论选辑 ————————————— 289

陆机《文赋》注译 —————————————— 297

《晋书·陆机传》——————————————— 322

主要参考书目 ———————————————— 333

后记 ———————————————————— 337

诗品序①

[上]

1.1 序曰：气之动物②，物之感人，故摇荡性情，形诸舞咏③。[欲以]照烛三才④，晖丽万有⑤。灵祇（祗）待之以致飨⑥，幽微籍（藉）之以昭告⑦。动天地，感鬼神，莫近于诗⑧。

[注释]

①《诗品》全书品评了汉至梁代一百二十三位五言诗人，按上、中、下分为三品即三卷，各卷（品）前均有序，论述诗歌的性质、产生、创作、欣赏、批评，追溯五言诗的发展历程，批判不正诗风，是全书诗歌品评的理论纲领。以下自"序曰：气之动物"至"均之于谈笑耳"几段文字，是上品前的序，因有总论性质，故可视为《诗品》全书之序。中品、下品之首，各有一序（据今所见《诗品》最早版本延祐七年刊《群书考索本》），清何文焕编《历代诗话》将三篇序合为一篇，置于全书之首，今姑且从之，并于三品序上各加"[上]"、"[中]"、"[下]"字样以示次序。②气：自然之气，指四季气候。物：主要指自然景物。③形诸：形之于，即把它表现为。形，表现；诸，"之于"合音。舞咏：舞蹈和歌咏，歌咏的歌词即诗歌。上古时代诗乐舞三位一体，故此处主要指诗歌。④照烛：照耀。烛，照。三才：天、地、人。

诗品序 31

⑤晖丽：照亮。晖，同"辉"，照耀。万有：万物。⑥灵祇（qí）：泛指神灵。灵，天神；祇，地神。致飨（xiǎng）：使神灵享用祭品，即接受祭祀。古代祭祀时须演奏乐歌，故云。飨，享，祭祀。⑦幽微：幽冥，指鬼神。藉：凭借。昭告：明告，即明白地揭示出来。⑧"动天地"三句：语出《毛诗序》"故正得失，动天地，感鬼神，莫近于诗"四句，而删除了讲诗歌教化功能的首句，可见出其比汉代文学功能观的进步。莫近于，莫过于，没有比得上。

[译文]

序说：季节气候的变化影响自然景物的变化，自然景物的盛衰又触发人的情绪，就引起感情的激动，表现为跳舞和歌咏。要用诗歌照耀天地人间，照亮宇宙万物。神灵靠诗歌享用祭祀，鬼神借诗歌明白所告。能够感动天地和鬼神的，没有比诗歌的作用更大的了。

1.2 昔《南风》之辞①，《卿云》之颂②，厥义敻矣③。夏歌曰："郁陶乎予心④。"楚谣曰："名余曰正则⑤。"虽诗体未全（备），然［略］是五言之滥觞也⑥。

[注释]

①《南风》：传说为舜时的歌曲。《礼记·乐记》言其事而未载其辞，云："昔者舜作五弦之琴，以歌《南风》。"歌辞分别见《尸子》和《孔子家语·辨乐》，云："南方之薰兮，可以解吾民之愠兮。南方之时兮，可以阜吾民之财兮。"大意为春风温和可以化民郁结，春风适时可以丰民财富。南风，指春风。按：东汉末年郑玄注《礼记》时尚"其辞未闻也"，知此歌辞当为后人拟作。②《卿云》：相传为舜与群臣相合而歌《卿云》之歌。其事和歌辞均见《尚书大传·虞夏传》，歌辞为："卿云烂兮，纠缦缦兮。日月光华，旦复旦兮。"大意为灿烂的祥云飘浮，光明的日月一天天重复。卿云，即祥云，瑞云。颂：亦指歌辞。按：《尚书大传》为纬书，故知此歌辞亦当为后人拟作，且两篇歌辞均非五言诗。③厥：其，那。义：此处指舜歌《南风》和《卿云》的事情，非指两首歌辞的意义（从杨明说）。敻（xiòng）：远。④夏歌：相传

为上古夏朝的歌曲,指夏王太康五个兄弟规劝太康改邪归正的《五子之歌》。歌辞见《伪古文尚书·夏书·五子之歌》,其五云:"呜乎曷归?予怀之悲。万姓仇予,予将畴依?郁陶乎予心,颜厚有忸怩。弗慎厥德,虽悔可追?"大意为老百姓仇恨自己,内心很郁闷,后悔已来不及了。郁陶:忧愁,郁闷。予:我。⑤楚谣:楚辞,此处指屈原《离骚》。正则:屈原的乳名。钟嵘认为《离骚》"名余曰正则兮,字余曰灵均"两句,略去句末语助词"兮"字,为五言诗句。⑥滥觞(shāng):原指长江源头水少,仅能浮起酒杯,后喻指事物的起源、发端。滥,浮起;觞,酒杯。按:钟嵘所举如上五言诗起源之例,不如《文心雕龙·明诗》所举《诗经·召南·行露》、《孟子·离娄》"孺子歌"时间更早,更可信,更近五言诗。

[译文]

从前虞舜时代《南风歌》的歌词,《卿云歌》的颂词,那是很久远的事情了。夏朝《五子之歌》说的"郁陶乎予心",楚辞《离骚》说的"名余曰正则",虽然五言诗的诗体还不完备,然而大致是五言诗的源头了。

1.3 逮汉李陵①,始著五言之目矣②。古诗眇邈③,人世难详④。推其文体⑤,固是炎汉之制⑥,非衰周之倡也⑦。自王杨(扬)枚马之徒⑧,词(辞)赋竞爽⑨,而吟咏靡闻⑩。从李都尉迄班婕妤⑪,将百年间,有妇人焉,一人而已⑫。诗人之风⑬,顿已缺丧⑭。东京二百载中⑮,惟有班固《咏史》⑯,质木无文⑰。

[注释]

①逮:及,到。李陵:西汉武帝时将军、诗人,详见上品"汉都尉李陵诗"条注①。②始著五言之目:指传为李陵所作的五言诗《李少卿与苏武诗三首》,今存《文选》卷二十九。南朝人已怀疑其为后人拟托,今人多认为是东汉末年作品。著,立;目,名目。③古诗:西晋以来把此前不明作者姓氏的五言诗概称为"古诗",《文选》卷二十九所选《古诗十九首》是"古诗"的代表作。旧传为西汉作品,今人多以为是东汉末年作品。眇邈(miǎo miǎo):

久远。④人世：作者和时代。详：明。⑤文体：此处指五言诗的体式、风格。⑥炎汉：指汉代，似主要指西汉（前206~24）。秦汉方士以金、木、水、火、土五行即五德相克来解说王朝的更替，汉人认为汉朝属于火德，火又叫"炎上"，故称炎汉。制：制作，指作品。⑦衰周：周朝衰微的晚期，指春秋战国时代。倡：通"唱"，指五言诗的创作。⑧王扬枚马：王褒、扬雄、枚乘、司马相如四人的并称，皆西汉著名辞赋作家。此处四人不是以活动时间排序，而是以仄声字排序。⑨竞爽：争胜比美。爽，高迈。⑩吟咏：指写作五言诗。⑪李都尉：指李陵，他曾做过骑都尉。班婕妤（jiéyú）：即班姬，西汉末汉成帝时婕妤、诗人。详见上品"汉婕妤班姬诗"条注①。婕妤，宫中女官。⑫妇人：指班婕妤。一人：指李陵。《论语·泰伯》记载，周武王说自己有治国臣子十人，孔子说："有妇人焉，九人而已（有妇女在内，除掉妇女仅有九人）。"此处套用这一说法，意为西汉有两位五言诗作家，除一位妇女外，仅剩一位男了。⑬诗人：指《诗经》作者，亦指《诗经》时代。风：指吟咏诗歌的风气。⑭顿：突然。缺丧：丧失。⑮东京：指东汉（25~220）。西汉定都长安，东汉定都洛阳，习称长安为西京、洛阳为东京，并以西京代指西汉、东京代指东汉。二百载：东汉自光武帝刘秀建武元年（25）至汉献帝刘协延康元年（220），共一百九十五年，取其约数为二百载。⑯班固：东汉史学家、诗人，详见下品"汉令史班固"条注①。《咏史》：班固《咏史》诗见《文选》卷三十六王元长《永明九年策秀才文》"歌鸡鸣于厩下，称仁汉牍"句注文，诗咏西汉文帝时太仓令淳于意之女缇萦救父、汉文帝感而除肉刑的故事。全诗为："三王德弥薄，惟后用肉刑。太仓令有罪，就逮长安城。自恨身无子，困急独茕茕。小女痛父言，死者不可生。上书诣阙下，思古歌鸡鸣。忧心摧折裂，晨风扬激声。圣汉孝文帝，恻然感至情。百男何愦愦，不如一缇萦。"按：东汉五言诗不止班固《咏史》诗一首，钟嵘《诗品》中与班固同列下品的就有郦炎的《见志》诗二首、赵壹的《寄邪》诗二首。⑰质、木：都是质朴的意思。

[译文]

到了西汉李陵，才确立了五言诗的名目。现在看到的"古诗"已经久远，作者和时代都难以考定。推测它们的体式，必然是汉代的作品，而不是周朝晚期的作品。从王褒、扬雄、枚乘、司马相如等人开始，虽然辞赋体争胜比美，但吟咏诗歌的声音却听不到了。从李陵到班婕妤，将近百年的时间，除一位班婕妤尚是女作家外，仅剩李陵一位五言诗人罢了。《诗经》时代的吟诗风气突然丧失。东汉约二百年中，只有班固的《咏史》诗一首，质朴而无文采。

1.4 降及建安①，曹公父子②，笃好斯文③。平原兄弟④，郁为文栋⑤。刘桢王粲⑥，为其羽翼⑦。次有攀龙托凤⑧，自致于属车者⑨，盖将百计。彬彬之盛⑩，大备于时矣⑪！

[注释]

①建安：东汉末年汉献帝刘协年号（196~220），因当时曹操执政，政权实归曹操，且文风发生重要变化，所以建安文学划归魏文学时段而不划归汉文学时段。②曹公父子：指曹操和儿子曹丕。一云指曹操、曹丕、曹植。详见中品"魏文帝诗"条注①和下品"魏武帝"条注①。③笃（dǔ）好：深深爱好，酷爱。笃，深，甚。斯文：原指礼乐教化、典章制度，此处专指文学。④平原兄弟：指曹植和曹彪。一云指曹植和曹丕。曹植曾为平原侯。详见上品"魏陈思王［曹］植诗"条注①和下品"魏白马王彪"条注①。⑤郁：茂盛。文栋：文坛的栋梁，指文坛的主要人物。按：曹彪不够"文栋"级别，骈文"父子"对"兄弟"而及之。⑥刘桢、王粲：均为"建安七子"成员，分别见上品"魏文学刘桢诗"条注①、上品"魏侍中王粲诗"条注①。⑦羽翼：比喻辅佐的人。⑧攀龙托凤：指文学上攀附追随曹氏父子的作家。龙、凤，喻帝王，此指曹操等。⑨自致：自己到达，此指自愿归附。属车：副车，帝王出行时侍从的车子，指部属，这里喻指文学上追随曹氏父子的作家。⑩彬彬：文质兼备，文采与质朴配合恰到好处。语出《论语·雍也》"文质彬彬，然后君子"之句。⑪大：非常。备：完备。时：当时。

[译文]

接下来是建安时代，曹操曹丕父子，酷爱文学。曹植曹彪兄弟，文采富盛成为文坛主将。刘桢王粲，则是他们的辅佐。其次攀附依托，自愿追随在后面的，大概以百来计算。文质兼备的创作盛况，在当时非常完备了。

1.5 尔后陵迟衰微①，迄于有晋②。太康中③，三张、二陆、两潘、一左④，勃尔复兴⑤，踵武前王⑥，风流未沫⑦，亦文章之中兴也⑧。永嘉时⑨，贵黄老⑩，【稍】尚虚谈⑪。于时篇什⑫，理过其辞⑬，淡乎寡味⑭。爰及江表⑮，微波尚传⑯。孙绰、许询、桓、庾诸公诗⑰，皆平典似《道德论》⑱，建安风力尽矣⑲。

[注释]

①尔后：指建安以后。尔，这。陵迟：同"陵夷"，丘陵逐渐由高变低，夷为平地，引申为衰颓。陵，丘陵；迟，渐渐，一云通"夷"，削平。②有晋：晋朝，似当主要指西晋（265～317）。有，助词，用于名词前无义，仅为搭配成词而用。③太康：西晋开国皇帝晋武帝司马炎年号（280～289）。④三张：指太康作家张载、张协、张亢兄弟三人，分别详见下品"晋中书张载"条注①、上品"晋黄门郎张协诗"条注①。张亢未入品，亢字季阳，安平武邑（今河北武邑）人，生卒年不详，作品散佚不存，《北堂书钞》卷一百四十存录残诗四句，云："昔我好坟典，下帷慕董氏。吟咏仿余风，染轴舒素纸。"《晋书》卷五十五有传。二陆：指太康作家陆机、陆云兄弟二人，分别详见上品"晋平原相陆机诗"条注①、中品"晋清河太守陆云诗"条注①。两潘：指太康作家潘岳、潘尼叔侄二人，分别详见上品"晋黄门郎潘岳诗"条注①、中品"晋中书令潘尼诗"条注①。一左：指太康作家左思，详见上品"晋记室左思诗"条注①。他们都是西晋著名作家。⑤勃尔：兴盛的样子。一云突然。复兴：再次兴起。⑥踵（zhǒng）武前王：语本屈原《离骚》"忽奔走以先后兮，及前王之踵武"之句，此处是说追随在建安作家之后，指继承建安文学传统。踵武，踏着脚印前进；踵，脚后跟，亦泛指脚，用脚走，引申为追随，武，脚印；前王，前代帝王，指曹操父子，当泛指以曹操父子为首的建安作家。⑦风流：遗风，指建安文学的流风余韵。未沫：未尽，未消。⑧文章：当指五言诗。中兴：衰而复兴。⑨永嘉：西晋末晋怀帝司马炽年号（307～

313)。⑩黄老：黄老之学，指道家学说。道家以黄帝和老子为始祖，故称。按：皇帝轩辕氏是传说中的上古帝王，"三皇"之一，道家以其为始祖，出于附会和依托。⑪虚谈：玄虚的清谈。道家贵虚无清净。⑫篇什：《诗经》中《雅》、《颂》部分以十篇为一什，故后世以"篇什"代指诗篇。⑬理过其辞：指玄言诗玄理超过文采。理，指作品中所讲的哲理、道家的玄理。⑭淡乎寡味：平淡无味，语出《老子》第三十五章："道之出口，淡乎无味。"⑮爰：乃，于是。江表：即江外，长江以南地区，因东晋建都建康（今南京），故此处代指东晋（317～420）。⑯微波：指玄言诗的余波。⑰孙绰、许询：二人都是东晋玄言诗作者，分别详见下品"晋廷尉孙绰"条注③和"晋征士许询"条注④。桓：指东晋玄言诗作者桓温（312～373），未入品。温字元子，谯国龙亢（今安徽怀远西）人，晋明帝司马绍女婿，掌兵权，专擅朝政，作品今不存，《晋书》卷九十八有传。一云"桓"指桓伟。庾：指东晋玄言诗人庾亮（289～340），未入品。亮字元规，颍川鄢陵（今河南鄢陵西北）人，外戚，历仕晋元帝、明帝、成帝三朝，握重兵，作品不存，《晋书》卷七十三有传。一云庾指庾友、庾蕴、庾阐。⑱平典：平和典正，犹今天所说的刻板抽象。《道德论》：指何晏、夏侯玄、阮籍等所著的阐发老庄哲学思想的玄学著作，他们都曾著同名著作《道德论》，已不存。道德，指《老子》，又名《道德经》，共八十一章，分《道经》和《德经》两部分。⑲建安风力：即建安风骨，指建安文学所代表的文风，具体解释众说纷纭，大体指文学作品既深刻反映广阔的社会生活现实，又具有刚健、明朗的风格。

[译文]

建安以后文学逐渐衰微，一直到晋代。西晋太康年间，三张（张载、张协、张亢）、二陆（陆机、陆云）、两潘（潘岳、潘尼）、一左（左思），又勃然兴起，继承曹操父子为首的建安文学传统，使建安文学的流风余韵未曾消歇，这也是文学的中兴啊。永嘉时期，推重道家的黄老之学，崇尚玄虚的清谈。当时的诗篇，玄理淹没了辞采，平淡无味。直到东晋，玄言诗的余波还在流传。孙绰、许询、桓温、庾亮等人的诗歌，都刻板抽象得好像《道德论》一类的哲学论文，建安文学的风骨丧失殆尽了。

1.6 先（由）是郭景纯用隽（俊）上之才①，变创（创变）其体②；刘越石仗清刚之气③，赞成厥美④。然彼众我寡⑤，未能动俗⑥。逮义熙中⑦，谢益寿斐然继作⑧。元嘉中（初）⑨，有谢灵运⑩，才高词盛⑪，当（富）艳难踪⑫，固已含跨刘郭⑬，凌轹潘左⑭。故知陈思为建安之杰⑮，公干仲宣为辅⑯；陆机为太康之英，安仁景阳为辅⑰；谢客为元嘉之雄⑱，颜延年为辅⑲。斯皆五言之冠冕⑳，文词之命世也㉑。

[注释]

①由是：因此。郭景纯：两晋之际作家郭璞的字，详见中品"晋弘农太守郭璞诗"条注①。俊上之才：杰出超众的才华。②创变其体：创新变革玄言体裁，指郭璞创作《游仙诗》开始改变玄言诗风。③刘越石：西晋之际作家刘琨的字，详见中品"晋太尉刘琨诗"条注①。清刚之气：清新刚健的风格。气，作家的气质个性，体现为作品的风格。④赞成厥美：指刘琨协助成就了郭璞的美好诗风。赞，辅佐，协助；成，成就，完成；其，指郭璞；美，指郭璞所创立的新诗风。一云善举。按：古今有学者依刘琨略早于郭璞而质疑钟嵘此论，杨明认为钟氏非以时间早晚论，而以贡献大小论，钟评不误，今从杨说。⑤彼：指玄言诗的势力。我：指郭璞、刘琨。⑥动俗：改变世俗的风气，指从根本上转变玄言诗的风气。⑦逮：及，到。义熙：东晋末期晋安帝司马德宗年号（405~418）。⑧谢益寿：即东晋作家谢混。混字叔源，小字益寿，详见中品"晋仆射谢混诗"条注②。斐（fěi）然：有文采的样子。继作：指继郭璞、刘琨之后而振作。⑨元嘉：南朝宋文帝刘义隆年号（424~453）。⑩谢灵运：南朝宋著名作家，山水诗派开创者，详见上品"宋临川太守谢灵运诗"条注①。⑪词盛：创作丰富，作品多。一云辞藻丰富。⑫踪：追踪，追及。⑬固已：确实已经。含跨：兼并超越。刘郭：指刘琨、郭璞。⑭凌轹（lì）：压倒。凌，高出其上；轹，车轮碾压。潘左：指潘岳、左思。一云有潘尼。⑮陈思：即曹植。植封陈王，死后谥号曰"思"，世称陈思王。⑯公干：刘桢

的字。仲宣：王粲的字。⑰安仁：潘岳的字。景阳：张协的字。⑱谢客：即谢灵运，灵运小字"客儿"。⑲颜延年：颜延之的字，南朝宋作家，详见中品"宋光禄大夫颜延〔之〕诗"条注①。⑳冠冕：帽子，引申为领袖、第一。㉑文词：文章，此处指五言诗。命世：名世，闻名于世，名声流传于世。命，名。

[译文]

因此两晋之际的郭璞以超众的才华，创新变革玄言的诗体，刘琨也凭仗着清新刚健的创作风格，协助成就了郭璞的良好诗风。然而终因写玄言诗的人多势众，搞诗体创新的人少力单，未能从根本上改变玄言诗风。到了东晋末期的义熙年间，谢混文采斐然，继郭璞、刘琨之后而振起。南朝宋代元嘉初年，有谢灵运，才华高超，创作丰富，作品富丽华艳，难以追及，确实已经兼并超越了刘琨和郭璞，压倒了潘岳和左思。由此可知，陈思王曹植为建安文学最杰出的作家，刘桢、王粲是他的辅佐；陆机是太康文学最杰出的作家，潘岳、张协是他的辅佐；谢灵运是元嘉文学最杰出的作家，颜延之是他的辅佐。以上都是五言诗的领袖，作品闻名于世的人物。

1.7 夫四言文约意广①，取效《风》《骚》②，便可多得③。每苦文繁而意少④，故世罕习焉⑤。五言居文词之要⑥，是众作之有滋味者也⑦，故云会于流俗⑧。岂不以指事造形，穷情写物⑨，最为详切者耶⑩？故诗有六义焉⑪：一曰兴，二曰比，三曰赋。文已尽而意有余，兴也⑫；因物喻志⑬，比也；直书其事，寓言写物⑭，赋也。弘斯三义，酌而用之，干之以风力⑮，润之以丹彩⑯，使味之者无极，闻之者动心，是诗之至也。若专用比兴，则患在意深⑰，意深则词踬⑱；若但用赋体，则患在意浮⑲，意浮则文散⑳，嬉成流移㉑，文无止泊㉒，有芜漫之累矣㉓。

[注释]

①文约：文字简约，文字少，因四言诗每句仅四字，故云。约，少。意

广:容易写得长。意,通"易"。②取效:取法、学习。《风》《骚》:《国风》和《离骚》,代指《诗经》和《楚辞》。按:此处实主要指《诗经》,因其主要为四言;《楚辞》是连类而及,因其除《橘颂》外都不是四字句。③多得:指有较多的体会。一云有很多创作。④文繁而意少:文句繁多而含意贫乏。指四言诗因句法单纯,致使全篇篇幅长,句子多,内容含量不大,如西汉韦孟四言《讽谏诗》长达一百零八句,后人很难学习。⑤世:指东汉《古诗十九首》以后。一云指齐梁时代,即钟嵘所处之世。习:熟悉,娴熟。一云学习写作。⑥文词:指各种诗歌形式。一云泛指包括诗歌在内的各种体裁的文学作品。要:关键,枢要。一云繁简得当。⑦众作:各种诗歌体裁。一云各种作品。一云众多诗篇。滋味:诗味,指诗歌回味无穷的艺术意蕴。⑧会于流俗:合于世俗,指合乎世人的口味。会,合。⑨指事:指陈事情,即叙述事情。造形:塑造形象。穷情:穷尽感情,即抒发感情。写物:描写事物。⑩详切:详尽贴切。⑪六义:六种要义。《毛诗大序》解释说:"故诗有六义焉,一曰风,二曰赋,三曰比,四曰兴,五曰雅,六曰颂。"即"六义"指《诗经》的风、雅、颂三类内容和赋、比、兴三种表现手法。按:钟嵘下文仅及赋、比、兴三义,是以大名代小名。⑫兴:诗歌表现手法之一,朱熹《诗集传》卷一认为,"兴者,先言他物以引起所咏之词也",也就是借物起兴。按:钟嵘这里以"文已尽而意有余"解"兴",似不是解其定义,而是揭示"兴"的艺术表现效果,此解赋予了"兴"新的含义,是一大理论贡献。"兴"作为古代文学理论命题,历代学者解说纷纭,可参《西北师大学报》2003年第1期《先秦至唐代比兴说述论》一文。⑬因物喻志:借助外物表明作者心中所想。因,借;喻,明,表明;志,意,思想。按:"比"与"兴"的区别在于,"比"就是比喻,打比方,所要表达的意思直接而且浅显;但"兴"所要表达的意思深奥而又不容易明白说出,故刘勰《文心雕龙·比兴》解释为"比显而兴隐"。⑭寓言写物:运用语言,描写事物。寓言,寄言,即寄托思想于语言,也就是运用语言表达思想。⑮干:主干,骨干。⑯润:润色。丹彩:指辞藻。⑰意深:意思隐晦难明,内容深奥难懂。⑱词踬(zhì):文辞艰涩不流畅。踬,本义为被绊倒,引申为不通顺。⑲意浮:意思浮在表面,内容直露。⑳文散:文辞松散。㉑嬉成流移:嬉戏而成,流动迁移,指信笔写来,随意草率。嬉,嬉戏，指很随便；流移，流动迁移，伸展转移。一云油滑。㉒文无止泊：指行文漫无边际，无所归依。止泊，停泊，归宿；泊，本指停船靠岸，引申为停留。㉓芜漫：杂乱散漫。芜，丛生的杂草，引申为杂乱。累：毛病。

[译文]

　　四言诗文字少，容易写得长，学习《诗经》和《楚辞》，便可有较多的体会。常常苦于诗句繁多而含意贫乏，所以世人已很少有人能熟练运用这种形式了。五言诗居各种诗歌形式的关键地位，是众多诗歌体裁中最有诗味的（或是众多文学体裁中最有滋味的），因此说它合乎世人的口味。难道不是因为它叙事状物、抒情写景最为详尽贴切的缘故吗？所以说《诗经》有六项要义：一叫做兴，二叫做比，三叫做赋。文辞已尽而文意余味无穷，是兴；借助他物打比方，表明思想，是比；直接书写其事，运用言辞描摹事物，是赋。大力弘扬这三种表现手法，斟酌不同情况而恰当运用它们，以风力为骨干，以辞藻为润色，使欣赏作品的人感到趣味无穷，使听到作品的人心动神摇，这才是诗歌中最好的作品。如果只使用比兴手法，缺点在于意思隐晦难明，意思隐晦则文辞艰涩不畅；如果只用赋的手法，缺点在于内容太直白显露，内容太直白则文辞容易松散，显得随意草率，行文无节制，就有杂乱散漫的毛病了。

　　1.8　若乃春风春鸟①，秋月秋蝉，夏云暑雨，冬月祁寒②，斯四候之感诸诗者也。嘉会寄诗以亲③，离群托诗以怨④。至于楚臣去境⑤，汉妾辞宫⑥；或骨横朔野⑦，或魂逐飞蓬⑧；或负戈外戎（戍），[或]杀气雄边⑨；塞客衣单⑩，孀闺泪尽⑪；文（又）士有解佩出朝⑫，一去忘返；女有杨（扬）娥（蛾）入宠⑬，再盼倾国⑭：凡斯种种，感荡心灵，非陈诗何以展其义⑮？非长歌何以聘（骋）其情⑯？故曰："《诗》可以群，可以怨⑰。"使穷贱易安，幽居靡闷⑱，莫尚于诗矣⑲。故词人作者，罔不爱好⑳。

[注释]

①若乃：若是，至于。②祁（qí）寒：严寒。祁，大。③嘉会：宾主宴集，欢聚。古代有宾主欢宴以诗赠答的习俗。寄：托，借。④离群：与亲友分离。⑤楚臣去境：指屈原遭谗被楚王流放之事，详见《史记》卷八十四《屈原贾生列传》。司马迁《报任安书》说："屈原放逐，乃赋《离骚》。"去，离开；境，此处指国都。⑥汉妾辞宫：指西汉元帝刘奭宫人王昭君远嫁匈奴和亲事，详见《汉书》卷九《元帝纪》。汉妾，王昭君。⑦骨横：骨横于野，指战死。朔：北方。野：郊野，指战场。⑧飞蓬：飘飞的枯草。⑨雄边：称雄边关。⑩塞客：指戍边的将士。⑪孀（shuāng）闺：寡居的妇女。孀，寡妇；闺，闺房。⑫解佩：解下文官所佩印绶，指辞官。⑬扬蛾：扬眉，指得意。蛾，蛾眉，指女子的眉毛。女子画眉细长弯曲，如蚕蛾触须，故称。入宠：入宫受到宠幸。⑭盼：看，这里指女子眉目传情。倾国：倾城而出，使全城的人都出来观看，或使全城的人为之倾倒，形容美色惊艳全城。语出李延年《李夫人歌》："北方有佳人，绝世而独立。一顾倾人城，再顾倾人国。宁不知倾城与倾国？佳人难再得！"倾，尽，或倒；国，都城。一云使国家颠覆。⑮陈诗：指赋诗。展其意：展现表达他们的思想。一云表现其事。⑯长歌：长声歌咏，也引申为赋诗。⑰"《诗》可"二句：录《论语·阳货》孔子原话。群，合群，即让人交流感情，培养合群能力；怨，抒发怨愤情绪。⑱穷：指政治失意。幽居：隐居。靡闷：没有郁闷，指消除苦闷。⑲尚：超过。⑳词人：诗人。罔（wǎng）：没有，无。

[译文]

至于春风春鸟，秋月秋蝉，夏日的云雨，冬月的严寒，这四季中的景物是最容易感动诗人被写进诗中去的。欢聚时，可以借诗歌表示亲密；离别时，可以用诗歌抒发哀怨。至于楚臣屈原被放逐离开国都，宫女王昭君远嫁匈奴辞别汉宫；有的尸骨横卧于北方的原野，孤魂追逐着飘飞的蓬草；有的拿起武器镇守边防，杀气称雄边关；戍边将士衣裳单薄，闺中思妇泪水流尽；又有士人解佩辞官，走出朝廷，一去不返；也有美女扬眉得意，入宫受宠，美目顾盼，使国人倾倒：凡此种种遭遇，感荡着人们的心灵，不写诗用什么来表达他们的思想？不长歌用什么来宣泄他们的感情？所以说："《诗经》可用来培养人的合群能力，可用来抒发怨恨之情。"使政治失意、地位卑贱的人容易安于现状，隐居独处的人感觉没有苦闷，没有比诗歌更好的了。因此文人作家，没有不喜欢的。

1.9 今之士俗①，斯风炽矣②。才能胜衣③，甫就小学④，必甘心而驰骛焉⑤。于是庸音杂体⑥，各各为容⑦。至使膏腴子弟⑧，耻文不逮⑨，终朝点缀⑩，分夜呻吟⑪。独观谓为警策⑫，众睹终沦平钝⑬。次有轻薄之徒，笑曹刘为古拙⑭，谓鲍照羲皇上人⑮，谢朓今古独步⑯。而师鲍昭（照）⑰，终不及"日中市朝满"⑱；学谢朓（脁），劣得"黄鸟度青枝"⑲。徒自弃于高听⑳，无涉于文流矣㉑。

[注释]

①士俗：文人和世俗平民。一云一般的文士。一云世俗文人。②斯风：指写诗的风气。炽：炽热，形容很盛。③胜衣：儿童稍长，其体力刚能胜任成年人衣服之重，指少年。胜，承担起。④甫：开始。就：就读。小学：儿童之学。《汉书·食货志》云："八岁入小学，学六甲（六十甲子）五方（东西南北和中央）书（写字）计（计数）之事。"⑤驰骛（wù）：奔走追逐，指互相学习诗歌创作。⑥庸音：指平庸的诗歌。杂体：杂乱无章的体式。⑦各各：各自。为容：为样子。⑧膏腴（yú）子弟：吃肥美食物人家的子弟，指富贵人家的子弟。膏腴，肥脂肪，指食物肥美，借喻富贵人家。⑨耻：以之为耻。文：诗歌。逮：达到。⑩终朝：从天亮到早餐时间，此代指整天整日。点缀：指修改、润色。⑪分夜：半夜，此处代指整夜。呻吟：吟咏诵读，指斟酌修改。⑫独观谓为警策：指自以为很精彩。谓为，说是，认为；警策，用鞭打马使马受惊奔驰，引申为作品精彩。⑬平钝：平庸，拙劣。⑭曹刘：指曹植和刘桢。分别见上品"魏陈思王[曹]植诗"条注①和"魏文学刘桢诗"条注①。古拙：古朴笨拙。⑮谓鲍照羲皇上人：把鲍照说成是羲皇以上时代的人，指尊

崇鲍照为超尘脱俗的高人。按：钟嵘对鲍照怀有偏见，他认为时人是在不恰当地尊崇鲍照在诗坛上的地位。鲍照，南朝宋著名作家，但被《诗品》屈尊列在"中品"，详见中品"宋参军鲍照诗"条注①；羲皇，传说中的上古帝王太昊伏羲氏，"三皇"之一。⑯谢朓：南朝齐著名作家，详见中品"齐吏部谢朓诗"条注①。独步：独一无二，第一。⑰师：师法，学习。⑱"日中市朝满"：鲍照《结客少年场行》诗句，全诗见中品"宋参军鲍照诗"条附录。⑲劣得：仅得，指仅能写出。"黄鸟度青枝"：南朝齐作家虞炎《玉阶怨》诗句，全诗为："紫藤拂花树，黄鸟度青枝。思君一叹息，苦泪应言垂。"谢朓《玉阶怨》原诗见中品"齐吏部谢朓诗"条附录。⑳高听：敬辞，高明，指曹植、刘桢。㉑无：无缘，不能。涉：进入，加入。文流：文士之流，即文学家行列。一云文学领域。

[译文]

如今文人和世俗平民，写诗的风气很盛。体力刚能禁得住穿成人衣服的少年，刚开始进小学识字，就必定心甘情愿地为写诗而奔走。于是平庸的作品，杂乱无章的体式，一个人一个样子。以至于富贵人家的子弟，以作诗比不上别人为耻辱，整日地修改润色，整夜地诵读斟酌。独自观赏认为很精彩，众人一看则终究不过是平庸之作。还有轻薄之徒，讥笑曹植、刘桢的作品古朴笨拙，尊称鲍照为伏羲以上时代的人，谢朓是古今独一无二的诗人。但是师法鲍照，最终赶不上鲍照"日中市朝满"这样的作品；学习谢朓仅能写出虞炎"黄鸟度青枝"一类的句子，白白地自己放弃高明的诗人不去效法，无缘进入文学家的行列了。

1.10 观王公搢绅之士①，每博论之余②，何尝不以诗为口实③。随其嗜欲④，商榷（权）不同⑤。淄渑并泛⑥，朱紫相夺⑦，喧议竞起⑧，准的无依⑨。近彭城刘士章⑩，俊赏之士⑪，疾其淆乱，欲为当世诗品，口陈标榜⑫，其文未遂⑬。[嵘]感而作焉。昔九品论人⑭，《七略》裁士⑮，校以宾实⑯，诚多未值⑰。至若诗之为技，较尔可知⑱。以类推之，殆均博奕（弈）⑲。方今皇帝⑳，资生知之上才㉑，体沉郁之幽思㉒；文丽日月㉓，赏（学）究天人㉔。昔在贵游㉕，已为称首㉖。况八紘（纮）既奄㉗，风靡云蒸㉘。抱玉者联肩，握珠者踵武㉙。[固]以（已）瞰汉魏而不眄（顾）㉚，吞晋宋于胸中㉛。谅非农歌辕议㉜，敢致流别㉝。嵘之今录㉞，庶周旋于闾里㉟，均之于谈笑耳㊱。

[注释]

①搢（jìn）绅：插笏于绅，指官员士大夫。古代官员上朝时将记事用的手版笏插于衣带间，故以"搢绅"代指官员士大夫。搢，插；绅，大腰带。②博论：犹高谈阔论。③口实：口中实物，引申为谈话资料、话题。④嗜（shì）欲：嗜好和欲望，此指审美趣味。嗜，嗜好，特殊的爱好。⑤商榷（què）：商量，商讨，此指意见、看法。⑥淄渑（zī shéng）并泛：淄水和渑水合流，喻指作品优劣不分。淄、渑，二水名，即今天的淄河和早已湮没不存的渑河，都在山东省淄博境内，旧说两河味异，合流则难辨；并泛，合流，共同泛滥。⑦朱紫相夺：语本《论语·阳货》"恶紫之夺朱也"之句，比喻将坏的作品当作好的作品。朱，纯红色，被认为是正色；紫，杂色，被认为是不正的颜色；夺，乱，侵夺，代替。⑧喧议：喧嚣混乱的议论。⑨准的：标准。无依：丧失依据，没有可依据的。⑩彭城：郡名，治所在今江苏徐州市。刘士章：南朝齐作家刘绘的字，详见下品"齐中庶子刘绘"条注②。⑪俊赏：有卓越的鉴赏能力。⑫口陈：口头陈说。标榜：品评。一云宣扬，昭示。⑬遂：成功，完成。⑭九品论人：分九个品级品评人物，疑指班固《古今人表》。西汉已有品评人物之习，李蔡曾被司马迁评为中下。至东汉，随人才荐举，品评之风大盛，按品德才能把人分为上中下三等，每等又分上中下三档，共为上上、上中、上下、中上、中中、中下、下上、下中、下下九品，东汉后期班固《古今人表》即按此九品评列古今人物。至三国曹丕，开始实行"九品中正制"，按九个等级的品德选拔使用官吏。论人，品评挑选人才。⑮《七略》：我国最早的图书总目，西汉末成帝刘骜时，刘歆在其父刘向校理国家藏书基础上整理而成，把全部书籍分为七类（实六类），称为"七略"，其中《辑略》

是总论，《六艺略》是经书，《诸子略》是经书之外诸子各家的哲学著作，《诗赋略》是文学作品，《兵书略》是军事著作，《术数略》是天文、历谱、五行、占卜等书籍，《方技略》是医学、经方、房中术、神仙等书籍。其书已佚，《汉书·艺文志》即摘其要点而成。略，类。一云简略，大要。裁士：裁判评价作者。按：《七略》并未评判书籍作者，钟嵘以为著作被收入《七略》，本身就意味着受到肯定性评判，正像作家被他列入《诗品》本身就意味着评判一样。⑯校（jiào）：核对，核实。宾实：名与实，《庄子·逍遥游》解"名"为"实之宾也"，故称。⑰诚：确实。未值：不恰当，不相符。值，恰当，符合。⑱较尔：分明显然。较，通"皎"，明；尔，形容词语尾。一云比较。⑲殆（dài）：大约，大致，差不多。均：等于，同于，相当于。博弈：古代的棋戏，这里比喻作诗。博，六博，一种棋戏；弈，围棋。⑳方今皇帝：指梁武帝萧衍（502～549年在位）。㉑资：天资禀赋，天赋，用作动词。生知之上才：生而知之的一流天才，语本《论语·季氏》"孔子曰：'生而知之者上也'"之句。㉒体：体察。幽思：幽深的文思。㉓文丽日月：文采明丽如日月。㉔学究天人：学识可穷究自然与社会的道理，语本司马迁《报任少卿书》："亦欲以究天人之际，通古今之变，成一家之言。"天，天道，自然规律；人，人事，社会规律。㉕贵游：与显贵交游，指梁武帝称帝前与沈约、谢朓、王融、任昉、萧琛、范云、陆倕等在齐竟陵王萧子良所开西邸的文学交游，时称"竟陵八友"。㉖称首：称为首领。一云推举为首领。一云为首，首领。㉗八纮（hóng）：八方，指天下。奄：覆盖，包括，指统一。㉘风靡云蒸：像风刮草倒一样顺从，像云气一样涌动升腾，比喻许多人纷纷辅佐君王。风靡，随风倒伏；蒸，升腾。㉙"抱玉"二句：喻有才华的文士众多，语本曹植《与杨德祖书》："人人自谓握灵蛇之珠，家家自谓抱荆山之玉。"抱玉者、握珠者，均比喻有非凡才华的文人；联肩、踵武，肩挨着肩，脚踩着脚，极言人多。踵，脚后跟，用作动词，用脚走；武，脚印，亦泛指脚。㉚固：固然，当然。瞰：俯视。不顾：不屑一顾。㉛吞：比喻超越。㉜谅：确实。农歌辕议：农人唱的歌谣、车夫发的议论，喻议论浅俗。按：钟嵘自谦之词，实为不评论梁武帝及当代活着的诗人找理由。辕，车辕，代指赶车人。㉝致流别：辨析、评论作家作品的源流风格和派别。致，表达。㉞录：记录，指书写。

㉟庶：庶几，大概。一云希望。周旋：应付，往来，此指流传。闾里：巷里，古代以二十五家为一"里"，"闾"是"里"的门，后泛指街巷，街头巷尾，此处指民间。㊱均之于谈笑：把它当做谈笑。均，等同。

[译文]

看那些王公贵族和官僚们，往往在高谈阔论的余暇，何尝不用诗歌作为谈话资料。他们凭着各自的爱好，商讨意见颇不相同。就像淄水与渑水合流一样优劣不分，又像纯正的红色和不正的紫色混杂一样相互错乱，喧嚣的议论竞相纷起，没有可作依据的标准。近来彭城人刘绘，是个有卓越鉴赏能力的有识之士，痛恨这种混乱的现象，打算写一部当代诗品。但他只是口头上做过一些品评，其著作没有写成，我有感于此，便来写这部《诗品》了。从前东汉人班固《古今人表》分九个品级评论人物，西汉人刘歆《七略》则把书籍分为七类评判作者，但用名称来核对实际，他们的品评确实有很多地方是不恰当的。至于诗歌作为一种技艺，其水平高下是分明易知的，打个类似的比方，大约和评论赌博下围棋的胜负相同。当今皇帝梁武帝，禀赋"生而知之"的上等天才，能体察沉郁幽深的文思，文采明丽如日月，学识可穷究自然与社会的道理。从前在与显贵交游时，已被称为"竟陵八友"之首。何况现在天下已经统一，文学之士像风刮草倒一样顺从，像云气一样涌动升腾。怀抱着美玉般才华的人多得肩并着肩，手握珍珠般才能的人多得脚踩着脚，当然就俯视汉魏诗篇而不屑一顾、气吞晋宋文学于胸中了，确实不是我这等浅俗的农人歌谣、车夫议论所敢于区分源流、品评派别的。我现在所写的，大概只能在街头巷尾流传，把它当做谈笑罢了。

[中]

2.1 序曰:【一品之中①,略以世代为先后②,不以优劣为诠次③。又其人既往④,其文克定⑤。今所寓言⑥,不录存者。】

[注释]

①一品之中:指在《诗品》所分的上中下三品的各品之中。②略:大概。③诠次:编排次第,指所评作家的排列次序。④既往:指已经去世。⑤克定:能够定论。克,可,能。⑥寓言:寄言,寄托的话,指品评之言。

[译文]

序说:在上中下三品的每一品之中,大致按作家的时代排列先后,不以其水平高低为次序。还有,作家已经去世,他的作品可以盖棺论定,因此这里所评论的,不收录活着的作家。

2.2 夫属词比事①,乃为通谈②。若乃经国文符③,应资博古④;撰德驳奏⑤,宜穷往烈⑥。至乎会(吟)咏情性⑦,亦何贵于用事⑧?"思君如流水⑨",既是即目⑩;"高台多悲风⑪",亦惟所见;"清晨登陇首⑫",羌无故实⑬;"明月照积雪⑭",讵出经史⑮?观古今胜语⑯,多非补假⑰,皆由直寻⑱。颜延[之]谢庄⑲,尤为繁密⑳,于时化之㉑。故大明泰始中㉒,文章殆同书抄㉓。近任昉王元长等㉔,词不贵奇㉕,竞须新事㉖,尔来作者㉗,寖(寖)以成俗㉘。遂乃句无虚语,语无虚字㉙,拘挛补衲㉚,蠹文已甚㉛!但自然英旨㉜,罕值其人㉝。词既失高㉞,则宜加事义㉟,虽谢天才㊱,且表学问㊲,亦一理乎㊳!

[注释]

①属词:连缀文词,指写作诗文。属,连缀。比事:排比事类,指运用

典故。事，事类，指典故。②通谈：常谈。③经国：治理国家。文符：公文，文书。符，符命，一种专为帝王歌功颂德的文体。④资：资用，凭借，借助。博古：广博的古事，指借助广博的古事来印证。⑤撰德：记述德行的文章，如"颂"、"赞"、"铭"等文体。驳奏：驳议和奏疏，皆为臣下进呈皇帝的公文。⑥往烈：过去的功业，此处似也是典故。⑦吟咏情性：吟咏诗歌，抒发思想感情，专指写诗。⑧用事：运用典故。⑨"思君"句：徐干《室思》诗句，全诗见下品"魏文学徐干"条附录。⑩即目：眼前所见。⑪"高台"句：曹植《杂诗》第一首诗句，全诗见"魏陈思王［曹］植诗"条附录。⑫"清晨"句：张华诗句，全诗已佚并失题。《北堂书钞》卷一百五十七《地理部一·陇篇八》引其阙文云："清晨登陇首，坎壈行山难。岭阪峻阻曲，羊肠独盘桓。"⑬羌：发语词，起强调作用。故实：典故。⑭"明月"句：谢灵运《岁暮》诗句，全诗已佚。《艺文类聚》卷三《岁时·冬》及《初学记》卷三《岁时部》引其阙文云："殷忧不能寐，苦此夜难颓。明月照积雪，朔风劲且哀。运往无淹物，年逝觉已催。"⑮讵（jù）：岂，哪里是，难道是。⑯胜语：佳句。⑰补假：补缀借用，此处指拼凑、借助典故。⑱直寻：直接状物抒情。⑲颜延之：即南朝宋作家颜延年，详见中品"宋光禄大夫颜延［之］诗"条注①。谢庄：亦南朝宋作家，详见下品"宋光禄大夫谢庄"条注①。⑳尤为繁密：特别繁多密集，指用典故特别多。㉑化之：因之而变化，即因他们（颜、谢）而改变。㉒大明：南朝宋孝武帝刘骏年号（457～464）。泰始：南朝宋明帝刘彧年号（465～471）。㉓殆（dài）：几乎。书抄：辑录词章典故的类书，如唐初有《北堂书钞》。㉔近：指钟嵘所处的齐梁时代。任昉：南朝齐梁文学家，详见中品"梁太常任昉诗"条注①。王元长：即南朝齐文学家王融，字元长，详见下品"齐宁朔将军王融"条注①。㉕奇：此指新奇独创。㉖须：待，借助于，指使用。新事：人们未见过的生僻典故。㉗尔来：近来。尔，通"迩"，近。㉘寖（jìn）以成俗：逐渐形成了风气。寖，同"浸"，逐渐；俗，风气。㉙"遂乃"二句：每句每字都用典故。虚语、虚字，指无典故的句、无出处的字；虚，空白。㉚拘挛（luán）：拘束，拘谨，不舒展。补衲：补缀拼凑，指拼凑典故。㉛蠹（dù）文：对诗歌损害。蠹，虫蛀，蛀蚀，此处指损害。已甚：太大。㉜自然英旨：指天然美好的诗歌。英旨，美好；英，花；

旨，美味。㉝值：遇。㉞失高：不高明。㉟事义：即典故。㊱谢：惭愧。一云辞别。㊲表：表现，此处指炫耀、卖弄。㊳理：理由，道理。一云途径。按：以上五句含有讽刺意味。

[译文]

诗文写作运用典故，本来是老生常谈。如果是治国经世的公文，应当借助广博的古事来印证；撰述德行的文章和辩驳、奏疏，应该尽量称引过去的事迹。至于抒发思想感情的诗歌，又何必以运用典故为贵呢？建安诗人徐干的诗句“思君如流水”，就是写眼前所见；三国魏诗人曹植的诗句“高台多北风”，也只是写所见到的景象；西晋诗人张华的诗句“清晨登陇首”，根本没有使用什么典故；南朝宋诗人谢灵运的诗句“明月照积雪”，哪里是出于经书和史书？观察古今诗歌佳句，大多不是拼凑借助典故，都是径直拈来。南朝宋诗人颜延年和谢庄，运用典故尤其繁密，当时的诗风因他们而发生变化。所以南朝宋大明、泰始年间，诗歌作品几乎等同于罗列典故的“类书”了。近世齐梁诗人任昉、王融等人，文辞不注重新奇独创，却争相使用人们未见过的生僻典故。近来的作者，逐渐地形成了风气。于是诗中没有不用典故的句子，句子中没有无出处的字，拘束拼凑，对诗歌的损害太大了！但是天然美好的诗歌，却很少遇到作者了。文辞既然不高明，就勉强加进典故，虽然惭愧缺乏天才，权且炫耀一下学问，也算是一种理由吧！

2.3　陆机《文赋》，通而无贬[①]；李【孝】充《翰林》[②]，疏而不切[③]；王微《鸿宝》[④]，密而无裁；颜延论文[⑤]，情（精）而难晓；挚虞《文志》[⑥]，详而博赡[⑦]，颇曰知言[⑧]。观斯数家，皆就谈文体，而不显优劣。至于谢客集诗[⑨]，逢诗辄取[⑩]；张隐《文士》[⑪]，逢文即书[⑫]。诸英志录[⑬]，并义在文[⑭]，曾无品第[⑮]。嵘今所录，止乎五言。［一品之中，略以世代为先后，不以优劣为诠次。又其人既往，其文克定，今所寓言，不录存者。]⑯虽然，网罗今古，词文（人）殆集⑰。轻欲辨彰清浊⑱，掎摭病利⑲，凡百二十人⑳。预此宗流者㉑，便称才子。至斯三品升降㉒，差非定制㉓，方申变裁㉔，请寄知者尔㉕。

[注释]

①"陆机"二句：意为西晋陆机的《文赋》主要是讲创作构思的，虽也讲到了十种文体的特点，通达文理，但不举出具体作家作品加以褒贬、品评高下。《文赋》今存于萧统《文选》卷十七。本书附录有"陆机《文赋》注译"及相关参考资料。通，通达文理；无贬，没有褒贬。②李充：东晋作家，字宏度，江夏郡（治所在今湖北）人，东晋文学家。《翰林》：即《翰林论》。《隋书·经籍志》著录"《翰林论》三卷，梁五十四卷"，书已散佚，今存佚文十数则。按：从清代严可均《全上古三代秦汉三国六朝文》所辑录的数条轶文看，该书曾谈到了各种文体的特点，是结合文体来评论作品的，比较粗疏。③疏而不切：粗疏而不够贴切。疏，粗疏。一云文理疏通，"疏"与上句"通"义近，钟嵘评人皆先褒后贬，上下当一致。④王微：南朝宋作家，详见中品"宋征君王微诗"条注④。《鸿宝》：《隋书·经籍志·杂家》著录"《鸿宝》十卷"，不著撰者姓名，今已散佚。该书对作家作品分析比较细致，但没有裁定高下。⑤颜延论文：《宋书·颜延之传》、《南齐书·文学传论》、《文心雕龙·总术》都讲到颜延之有论文之作，未见论文专篇，今所存《庭诰》中有论文章之语，持论精辟，而不好理解，不知是钟嵘所指否？⑥挚虞：西晋作家，字仲洽，京兆长安（今陕西西安）人。曾按文体编纂文章总集《文章流别集》，并附有《文章流别志论》、《文章流别论》。《文志》：似当指《文章流别志论》，《晋书·挚虞传》记载挚虞"撰古文章，类聚区分为三十卷，名曰《流别集》，各为之论"。《隋书·经籍志》著录"《文章志》四卷，又著录《文章流别集》四十一卷，梁六十卷，志二卷，论二卷"，今已散佚，《艺文类聚》、《太平御览》、《北堂书钞》存轶文十数条，清人严可均《全上古三代秦汉三国六朝文》之《全晋文》辑录。⑦博赡（shàn）：内容广博丰富。⑧知言：有识之论。⑨谢客集诗：指谢灵运编纂诗歌总集。按：《隋书·经籍志》著录谢灵运编"《诗集钞》十卷"、"《杂诗钞》十卷，录一卷"、"《诗集》五

十卷，梁五十卷"、"《诗英》九卷，梁十卷"，今俱亡佚。⑩辄：就，便。⑪张隐：生平不详，当是晋作家。《文士》：指张隐所著《文士传》。《隋书·经籍志》著录"《文士传》五十卷，张隐撰"。《三国志》裴松之注及《世说新语》刘孝标注也作张隐。但《旧唐书·经籍志》、《新唐书·艺文志》著录《文士传》则作张骘（zhì）。骘、隐（隱）形近，其中当有一个为误。⑫书：书写，指抄录。⑬诸英：誉指谢灵运、张隐两前贤，或前面提到的各位论文作者。志录：收录，记录，著录。⑭义：指作品内容。一云指编者用意。⑮曾：乃，并。第：等级。⑯"一品"等三十五字：按：据韩国学者车柱环《钟嵘诗品校证》考证，此段文字当放此处，云："自'一品之中'至'不录存者'，乃《诗品》撰例之一，与下论用事之弊无涉。考《中品序》论次，此三十五字疑本在下文'止乎五言'下，'虽然网罗'云云上，今本此文在文首，盖错简也。"车说甚是，颇可信从，故此段文字在开头位置保留的同时，亦在此处重复出现一次，以供读者鉴别。⑰词人：指诗人。殆：大概，几乎。⑱轻：轻率，随意。此为自谦的话。辨彰：辨明。清浊：清流与浊流，指不同的文学流派及优劣高低。⑲掎摭（jǐzhí）病利：指对作品进行艺术分析，指出其优缺点。掎摭，指摘，摘取；病利，缺点与优点。⑳百二十人：系举成数。今本《诗品》"上品"十一人，另有"古诗"一则，"中品"三十九人，"下品"七十二人，共一百二十三人。当然不同版本人数有差异，列目人数与实际品评人数之间亦有差异。㉑预：通"与"，参与，进入。综流：流派，系统，指《诗品》品评范围。㉒三品升降：按着三个等级或往上或往下安排作家。㉓差非定制：大抵不是定论。差，略，大致；定制，定论，确定不移的论断。㉔方：将。申：重，再。变裁：原指改变衣服样式，此指变更品第，改变裁定论断。㉕请寄：寄托，委托。请，礼貌自谦语。知者：知音者，指真正懂诗的人。一云知我者。一云有识之士。

[译文]

西晋陆机的《文赋》，通达文理而没有褒贬；东晋李充的《翰林论》，粗疏而不够贴切；南朝宋代王微的《鸿宝》，论述细致而未裁定高下；同代颜延年的论文之作，持论精辟而不好理解；西晋挚虞的《文章流别志论》，详尽丰富，颇可以称得上有识之论。通观这几家的著述，都是就文章体裁本身进行谈论，而不显示作家作品的高下优劣。至于南朝宋代谢灵运编纂的诗歌总集，见到诗就收；晋人张隐编辑的《文士传》，看到文章就抄录。两位前贤的著录，都在于作品内容本身，并没有品评等级。钟嵘我如今所著录的，仅限于五言诗作者。［分上中下三品，在每一品之中，大致按作家的时代排列先后，不以其水平高低为次序。还有，作家已经去世，他的作品可以盖棺论定，因此这里所评论的，不收录活着的作家。］尽管如此，还是广泛地搜罗古今作者，诗人几乎都汇集起来了。轻率地辨明优劣，指出优点和缺点，约一百二十人。凡录入我这本《诗品》品评范围的诗人，便可称为才子。至于这三个等级往上或往下排列，大抵不算定论，将来要重新变更品第，就麻烦委托给真正懂诗的有识之士了。

［下］

3.1 序曰：昔曹刘殆文章之圣①，陆谢于（为）体贰之才②。锐精研思，千百年中，而不闻宫商之辨③，四声之论④。或谓前达偶然不见⑤，岂其然乎？

［注释］

①曹刘：指曹植、刘桢，分别见上品"魏陈思王［曹］植诗"条注①和"魏文学刘桢诗"条注①。殆：几乎，差不多。②陆谢：指陆机、谢灵运，分别见上品"晋平原相（内史）陆机诗"条注①和"宋临川太守谢灵运诗"条注①。体贰：犹体二，体现二人，此指体现、效法曹植、刘桢二人。③宫商之辨：指辨别宫、商、角、徵（zhǐ）、羽五种音阶，此处以宫商代指音乐。④四声之论：讨论平、上、去、入四种声调。按：我国古代音乐分宫、商、角、

徵、羽五个音阶,汉字有平、上、去、入四种音调。南朝齐武帝萧赜永明(483~493)年间,沈约等人将五音和声调用于诗歌创作,以协调音韵,并规定了"平头"、"上尾"、"蜂腰"、"鹤膝"等禁忌。《南齐书·陆厥传》载:"约等文体,皆用宫商,以平上去入为四声,以此制韵,不可增减。"《文镜秘府论·天卷序》亦称:"宫商为平声,徵为上声,羽为去声,角为入声。故沈隐侯论云:'欲使宫徵相变,低昂舛节,若前有浮声,则后须切响。一简之内,音韵尽殊;两句之中,轻重悉异。妙达此旨,始可言文。'"大意为沈约主张宫音徵音、高调低调、柔浮韵激切韵要交错使用。⑤或谓:有人说,指沈约等。沈约《宋书·谢灵运传论》中曾谈到古人作诗没有发现浮声、切响等声律的秘密,"有骚人以来,此秘未睹",但是他们的"高言妙句,音韵天成",却"皆暗与理合"。前达:前贤,指曹植、刘桢、陆机、谢灵运等著名诗人。不见:没有发现。

[译文]

序说:从前曹植、刘桢几乎可以说是文学中的圣人,陆机、谢灵运是效法前二人的文学俊才。他们对诗歌的研究思考极其精深,但是千百年以来,从来没有听说过什么宫商角徵羽的辨别,平上去入四声的讨论。有人说是前贤偶然没有发现,难道是这样的吗?

3.2 尝试言之:古曰诗颂①,皆被之金竹②,故非调五音③,无以谐会④。若"置酒高堂(殿)上"⑤、"明月照高楼"⑥,为韵之首⑦。故三祖之词⑧,文或不工,而韵入歌唱⑨。此重音韵之义也⑩,与世之言宫商异矣⑪。今既不备(被)[于]管弦⑫,亦何取于声律邪⑬?

[注释]

①诗颂:即诗歌。古代宗庙祭祀,需配乐演唱歌颂祖先盛德内容的诗歌,故称诗颂。②被之金竹:配乐演唱,指诗歌入乐。被,同"披",加,此处指配;金竹,代指乐器、音乐。古代以金、石、土、革、丝、木、匏(páo)、竹为八音。实指八类乐器,金指铜钟,石指石磬,土指埙,即陶哨,革指鼓等

皮乐器，丝指琴瑟等弦乐，木指木制的柷、敔，匏指葫芦材料做的笙，竹指竹箫。此处以金、竹两种乐器代指全部乐器或音乐。③五音：宫、商、角、徵、羽五个音阶。④谐会：和谐节奏，即与乐曲的节奏和谐一致。会，韵律，节奏。⑤"置酒高殿上"：曹植《箜篌引》诗句，代指该诗，全诗见上品"魏陈思王［曹］植诗"条附录。诗开头为："置酒高殿上，亲友从我游。中厨办丰膳，烹羊宰肥牛。秦筝何慷慨，齐瑟和且柔。"按：原文为"置酒高堂上"，若然，则为阮瑀《杂诗二首》之二诗句。阮诗为："我行自凛秋，季冬乃来归。置酒高堂上，友朋集光辉。念当复离别，涉路险且夷。思虑益惆怅，泪下沾裳衣。"然钟嵘下文称其为韵律和谐的代表作，并讲"三祖之词"，故知其所引当是曹植诗句而非阮瑀诗句，"高堂"似"高殿"传写之误，今从曹旭说改。⑥"明月照高楼"：曹植《七哀诗》诗句，代指该诗，全诗见上品"魏陈思王［曹］植诗"条附录。诗开头几句为："明月照高楼，流光正徘徊。上有愁思妇，悲叹有余哀。"⑦为韵之首：是韵律和谐的诗歌中最好的作品，是韵律和谐诗歌中的代表作。⑧三祖：指魏太祖武皇帝曹操、魏高祖文皇帝曹丕、魏烈祖明皇帝曹叡，《三国志·魏书》卷三《明帝纪》称曹操为魏太祖、曹丕为魏高祖、曹叡为魏烈祖，故合称三祖。词：指诗。⑨韵入歌唱：指诗歌音韵和谐，可以入乐。⑩义：意思，用意。⑪世之言宫商：指沈约等人所讲的四声八病之说等声律理论。⑫不被于管弦：指当时的诗歌已不入乐。管弦，代指乐器；管，管乐器，如笙箫；弦，弦乐器，如琴瑟。⑬亦何取于声律耶：又何必从声律中获取写诗的方法呢？意为又何必讲究声律宫商呢？

[译文]

我们不妨尝试着谈论一下这个问题：古时候所说的诗歌，都配乐演唱，所以不协调宫商角徵羽五音，就没办法与乐曲的节奏和谐一致。如曹植的"置酒高殿上"、"明月照高楼"二诗，是韵律和谐的诗歌中最好的作品。所以曹操、曹丕、曹叡"三祖"的诗作，文辞上或许不够精工，但是韵律和谐，可以入乐歌唱。这就是重视音韵的用意所在，与现在世人所谈论的宫商声律不是一回事了。当今的诗歌既然已经不再配乐演唱了，又何必讲究声律、从中获取写诗方法呢?

3.3　齐有王元长者①，尝谓余云："宫商与二仪俱生②，自古词人不知［用］之③。唯颜宪子［论文］④，乃云律吕音调⑤，而其实大谬。唯见范晔谢庄⑥，颇识之耳⑦。"尝欲进（造）《知音论》，未就［而卒］⑧。王元长创其首，谢朓沈约扬其波⑨。三贤或（咸）贵公子孙⑩，幼有文辨⑪，于是士流景慕⑫，务为精密⑬。襞（襞）绩细微⑭，专相凌架⑮。故使文多拘忌⑯，伤其真美⑰。

[注释]

①王元长：即南朝齐作家王融，字元长，详见下品"齐宁朔将军王融"条注①。②二仪：指天地。③词人：指诗人。④颜宪子：指颜延之，死后谥"宪子"，详见中品"宋光禄大夫颜延［之］诗"条注①。论文：指论诗。⑤"律吕音调"：律吕即是音调。律吕，乐律的总称。古人用竹或金属制成十二根长短不同的管子，以发出十二个不同高度的音，其中六个阳音合称为"六律"，六个阴音合称为"六吕"，六律六吕简称"律吕"，用来作为音乐的正音器，以定乐器的音调，故用作乐律的总称。颜延之认为律吕即是音调，王融不同意这个看法，故称"其实大谬"。颜延之的相关言论已不可考。⑥范晔、谢庄：均为南朝宋作家，分别详见下品"宋詹事范晔"条注①、"宋光禄谢庄"条注①。⑦识之：指懂得声律问题。按：范晔、谢庄谈论声律的言论分别见范晔《狱中与诸甥侄书》和《南史·谢庄传》。⑧未就：未完成。⑨"王元长"二句：指王融是声律论的首创者，谢朓、沈约是声律论的提倡者。谢朓、沈约同为南朝齐梁时期著名的文学家，分别见中品"齐吏部谢朓诗"条注①和"梁左光禄沈约诗"条注①。谢朓论诗歌声律之文不存，其片段言论见《南史·王筠传》引。沈约关于声律的言论见《四声谱》。⑩贵公子孙：贵族王公的子孙。按：王融的曾祖父王弘为宋太保，祖父王僧达为征虏将军，父亲王道琰为庐陵内史；谢朓的从祖父谢景仁为宋左仆射，祖父谢述为吴兴太守，父亲谢纬为散骑常侍；沈约的祖父沈林之为宋征虏将军，父亲沈璞为

淮南太守。⑪幼有文辨：指三人从小就有文思才辨。辨，同"辩"，思辨、口辩之才。按：《南齐书·王融传》称融"少而神明警惠，博涉有文才"；《南齐书·谢朓传》称朓"少好学，有美名，文章清丽"；《梁书·沈约传》称约少时"笃志好学"，"博通群籍，能属文"。⑫士流：士族文人之流。景慕：景仰倾慕。⑬务为：专力讲究，努力追求。⑭襞(bì)绩：原意为衣裙上的褶子，此处喻指对声律的烦琐讲究。⑮凌架：原意为屋上架屋，喻指竞相超越，压住对方。⑯文：文辞，诗歌语言。一云作品。拘忌：拘谨，拘束忌讳。⑰真美：自然美。

[译文]

南齐时代有位叫王融的，曾经对我说："宫商与天地二仪并生，自古以来诗人们不懂得运用它。只有颜延之论诗时，才说到'律吕即是音调'的话，而实际上说得很不对。只有范晔、谢庄很懂得一些门道。"他曾想撰写《知音论》，未完成就死了。王融是声律论的首创者，谢朓沈约是声律论的倡导者。他们三人都是贵族子孙，从小就有文思才辨。于是文人们便景仰倾慕他们，作诗务求声律精密，烦琐细微，专门互相超越，压倒别人。所以致使文辞多拘束忌讳，破坏了诗歌的自然美。

3.4 余谓文制①，本须讽读②，不可蹇碍③。但令清浊通流④，口(唇)吻调利⑤，斯为足矣。至[如]平上去入，则余病未能⑥；蜂腰鹤膝⑦，闾里已具⑧。

[注释]

①文制：诗歌的体制形式。一云文学作品。②须：同"需"，应该，需要。讽读：朗诵，诵读。③蹇(jiǎn)碍：阻塞不通畅。蹇，跛足，此喻不顺畅。④清浊通流：似指平仄通顺流畅。清，清音，似指轻清的平声字；浊，浊音，似指浊重的仄声字。⑤唇吻调利：指读来朗朗上口。唇、吻，都是嘴唇，指口唇之音，此处指朗读；调，调和；利，流利，顺畅。⑥病：苦于。未能：做不到。⑦蜂腰、鹤膝：沈约等人所列诗歌音律所犯八种毛病中的两种，即

"四声八病"之说中的病,此处代指"八病"。具体内容说法不一。吕德申注云:宋魏庆之《诗人玉屑》卷十一引沈约语:"诗病有八:一曰平头(第一、第二字不得与第六、第七字同声调。如'今日良宴会,欢乐莫具陈','今'、'欢'皆平声);二曰上尾(第五字不得与第十字同声调。如'青青河畔草,郁郁园中柳','草'、'柳'皆上声);三曰蜂腰(第二字不得与第五字同声调。如'闻君爱我甘,窃欲自修饰','君'、'甘'皆平声,'欲'、'饰'皆入声);四曰鹤膝(第五字不得与第十五字同声调。如'客从远方来,遗我一书札。上言长相思,下言久离别'。'来'、'思'皆平声);五曰大韵(如'声'、'鸣'为韵,上九字不得用'惊'、'倾'、'平'、'荣'字);六曰小韵(除本一字外,九字中不得有两字同韵,如'遥'、'条'不同);七曰旁纽;八曰正纽(十字内两字叠韵为正纽,若不共一纽而有双声,为旁纽。如'流'、'久'为正纽,'流'、'柳'为旁纽)。八种唯上尾、鹤膝最忌,余病亦皆通。"⑧闾里已具:民间已经有了。具体所指,有两种解释,一种是黄侃《文心雕龙札记》的解释:认为意思是说"蜂腰"、"鹤膝"这样的毛病,民间歌谣就已经避免了,不必再从理论上严设禁科;一种解释认为四句为倒装句,是说虽然"四声八病"之说在民间都已经风行开了,但是我还是不能随俗奉行。黄侃之解似更近原意。闾里:古代以二十五家为一"里","闾"是"里"的门,后泛指街巷,此处指民间。

[译文]

我认为诗歌这种文学样式,本来就是应该用来吟诵朗读的,不能阻塞不畅。只要让清音浊音通顺流畅,读来朗朗上口,调和流利,这也就足够了。至于像"平上去入"的讲究,我则苦于做不到;"蜂腰"、"鹤膝"的毛病,民间歌谣就已经避免了。

3.5 陈思赠弟①,仲宣《七哀》②,公干思友③,阮籍《咏怀》④,子(少)卿"双凫"⑤,叔夜"双鸾"⑥,茂先寒夕⑦,平叔衣单⑧,安仁倦暑⑨,景阳苦雨⑩,灵运《邺中》⑪,士衡《拟古》⑫,越石感乱⑬,景纯咏仙⑭,王微风月⑮,谢客(朓)山泉⑯，叔源离宴⑰，鲍照戍边⑱，太冲《咏史》⑲，颜延入洛⑳，陶公咏贫之制㉑，惠连《捣衣》之作㉒，斯皆五言之警策者也㉓。所谓篇章之珠泽㉔，文采之邓林[乎]㉕。

[注释]

①陈思：曹植，建安文学代表作家，封陈王，卒谥"思"，故称。详见上品"魏陈思王[曹]植诗"条注①。赠弟：指曹植的五言长诗《赠白马王彪》，是曹植诗歌的代表作之一，见曹植条附录。②仲宣：建安作家王粲的字，"建安七子"之一，详见上品"魏侍中王粲诗"条注①。《七哀》：指王粲《七哀诗》三首，见王粲条附录选二。③公干：建安作家刘桢的字，"建安七子"之一，详见上品"魏文学刘桢诗"条注①。思友：当指刘桢《赠徐干诗》，见刘桢条附录。④阮籍：正始时期代表作家，详见上品"晋（魏）步兵阮籍诗"条注①。《咏怀》：指阮籍《咏怀诗》八十二首，见阮籍条附录选十。⑤少卿：西汉将领、诗人李陵的字，详见上品"汉都尉李陵诗"条注①。"双凫"：传李陵所作诗中有"双凫"字样，故北周庾信《哀江南赋》有"李陵之双凫永去"之句。今传李陵诗有"双凫相背飞，相远日已长"句，全诗见李陵条附录。又，《古文苑》卷四载《苏武别李陵》诗有"双凫俱北飞，一凫独南翔"句，而《太平御览》卷四百八十九将此诗作《李陵赠苏武》诗，全诗见李陵条附录。⑥叔夜：正始时期代表作家嵇康的字，详见中品"晋（魏）中散嵇康诗"条注①。"双鸾"，嵇康五言诗《赠秀才》首句为"双鸾匿景耀"，全诗见嵇康条附录。⑦茂先：西晋重臣、作家张华的字，详见中品"晋司空张华诗"条注①。寒夕：可能指张华《杂诗》三首，其中第一首有"繁霜降当夕，悲风中夜兴"、"重衾无暖气，挟纩如怀冰"等句，全诗见张华条附录。⑧平叔：三国魏作家何晏的字，详见中品"魏尚书何晏诗"条注①。衣单：所指不明，可能诗已亡佚。⑨安仁：西晋作家潘岳的字，详见上品"晋黄门郎潘岳诗"条注①。倦暑：指潘岳《在怀县作》二首，因作于盛暑，抒写倦游怀归之意，故称"倦暑"，两诗见上品"晋黄门郎潘岳诗"条附录。⑩景阳：西晋作家张协的字，详见上品"晋黄门郎张协诗"条注①。苦雨：指张协《杂诗》十首，诗多写雨景，见上品"晋黄门郎张协诗"条附录选五；另有《苦雨》诗一首，亦见该条附录。⑪灵运：南朝宋著名山水诗人谢灵运，

详见上品"宋临川太守谢灵运诗"条注①。《邺中》：指谢灵运《拟魏太子邺中集》诗八首，见谢灵运条附录。⑫士衡：西晋太康代表作家陆机的字，详见上品"晋平原相（内史）陆机诗"条注①。《拟古》：指陆机《拟古诗》十二首，见陆机条附录选二。⑬越石：两晋之交作家刘琨的字，详见中品"晋太尉刘琨诗"条注①。感乱：指刘琨《扶风歌》、《重赠卢谌》等诗，皆为感念战乱而作，两诗见刘琨条附录。⑭景纯：西晋作家郭璞的字，详见中品"晋弘农太守郭璞诗"条注①。咏仙：指郭璞的《游仙诗》十九首，见郭璞条附录选七。⑮王微：南朝宋作家，详见中品"宋征君王微诗"条注④。风月：王微现存诗五首，没有写风月的诗，知写景之作已亡佚。⑯谢朓：南朝齐著名作家、山水诗人，详见中品"齐吏部谢朓诗"条注①。山泉：指谢朓的山水诗，见谢朓条附录选录。⑰叔源：东晋作家谢混的字，详见中品"晋仆射谢混诗"条注②。离宴：可能指谢混《送二王在领军府集诗》，今仅存佚句，云："苦哉远征人，将乖萃余室。明窗通朝晖，丝竹盛萧瑟。乐酒辍今辰，离端起来日。"见谢混条附录。⑱鲍照：南朝宋著名作家，详见中品"宋参军鲍照诗"条注①。戍边：指鲍照众多边塞之作，如《代出自蓟北门行》、《代陈思王白马篇》等，见鲍照条附录。⑲太冲：西晋太康时期代表作家左思的字，详见上品"晋记室左思诗"条注①。《咏史》：指左思《咏史诗》八首，左思以咏史著名，见左思条附录选七。⑳颜延：晋宋作家颜延之，详见中品"宋光禄大夫颜延[之]诗"条注①。入洛：指颜延之的《北使洛》诗，见颜延之条附录。㉑陶公：东晋末著名大诗人陶渊明，详见中品"宋征士陶潜诗"条注①。咏贫之制：指陶渊明《咏贫士》、《乞食》等为代表的歌咏贫居生活之作，见陶潜条附录。㉒惠连：晋宋作家谢惠连，详见中品"宋法曹参军谢惠连诗"条注①。《捣衣》之作：指谢惠连《捣衣诗》，见谢惠连条附录。㉓警策者：指精警动人的优秀作品。㉔珠泽：传说中产珍珠的湖泽，语出《穆天子传》卷二"天子北征，舍于珠泽"之句，此处比喻文采荟萃。㉕邓林：即桃林，典出《山海经·海外北经》和《列子·汤问》，传说夸父逐日，道渴而死，其手杖化为邓林。此处亦比喻文采荟萃。

[译文]

　　三国魏陈思王曹植的《赠白马王彪》，建安王粲的《七哀诗》，建安刘桢思友的《赠徐干》，魏正始时期阮籍的八十二首《咏怀诗》，西汉李陵有"双凫"字句的《赠苏武别》诗，魏正始时期嵇康有"双鸾"字句的《赠秀才》诗，西晋张华咏"寒夕"的《杂诗》，魏何晏的咏"衣单"之作，西晋潘岳的咏"倦暑"诗，西晋张协咏苦雨的《杂诗十首》和《苦雨》诗，南朝宋谢灵运的《拟魏太子邺中集》，西晋陆机的《拟古》诗十二首，两晋之际刘琨感念战乱的《扶风歌》、《重赠卢谌》，西晋郭璞的《游仙诗》，南朝宋王微吟咏风月的诗，南齐谢朓的山水诗，东晋谢混咏离宴的《送二王在领军府集》诗，南朝宋鲍照咏戍边生活的诗，西晋左思的《咏史》组诗八首，晋宋颜延之的《北使洛》诗，东晋陶渊明的《咏贫士》组诗及其他咏贫之作，晋宋之际谢惠连的《捣衣诗》，等等，这些诗歌都是五言诗中精警动人的优秀作品。所以说是诗篇中的产珠湖，文采中的桃花林。

诗品上

古 诗①

其体源出于《国风》②。陆机所拟十四(十二)首③,文温以丽④,意悲而远⑤,惊心动魄,可谓几乎一字千金⑥。其外《去者日以疏》四十五首⑦,虽多哀怨,颇为总杂⑧,旧疑是建安中曹王所制⑨。《客从远方来》、《橘柚垂华实》,亦为惊(警)绝矣⑩。人代冥灭⑪,而清音独远⑫,悲夫!

[注释]

①古诗:指以《古诗十九首》为代表的一批无名氏五言诗。因不能确定作者和写作年代,所以称为古诗。旧传为西汉作品,今人多以为是东汉末年作品。从《世说新语·文学》所记王恭(?~398)问"古诗"中何句最佳并自咏佳句"所遇无故物,焉得不速老"可知,至迟东晋人已把这些诗称为"古诗"了。钟嵘所见古诗共五十九首,其中入选梁萧统所编《文选》卷二十九的《古诗十九首》代表了当时五言诗的最高成就。今人逯钦立辑校《先秦汉魏晋南北朝诗》汉诗卷十二辑录,本条附录转录。②"其体"句:古诗风格的源头从《国风》而来。钟嵘将齐梁以前诗人的作品风格分为三个系统:《国风》、《小雅》、《楚辞》,属于《国风》一系的诗人或作品主要列在上品,他

认为"古诗"的风格属于《国风》一系，故列于上品之首。体，体貌、体式，即作品的整体风格，除本条外，以下各条都省掉了"体"字；《国风》，《诗经》中十五国风的总称，为周代各诸侯国民歌的总汇。③陆机：两晋作家，详见上品"晋平原相（内史）陆机诗"条注①。所拟十二首：指陆机《拟古诗十二首》，今存《文选》卷三十，其中十首模拟过的题目包含在《古诗十九首》之内。拟，模拟。④文温以丽：指陆机所模拟过的那十二首古诗的文辞温润而秀丽。文，文辞；温，温润，温和。⑤意悲而远：意蕴悲怆而旷达。意，意蕴、旨趣，即内容；远，指意旨超脱，旷达。一云清远，深远。⑥一字千金：一字值千金。典出《史记》卷八十五《吕不韦列传》。秦相吕不韦组织门客写出《吕氏春秋》一书后，挂在首都咸阳市城门，上面悬挂千两黄金，邀请文人宾客"有能增损一字者，予千金"。⑦"其外"句：指除了陆机所模拟过的十二首之外，还有《去者日以疏》等四十五首古诗。按：这四十五首古诗今多亡佚，仅《去者日以疏》、《客从远方来》、《橘柚垂华实》三首可确指，前两首分别为《古诗十九首》第十四和第十八，后一首今存明人冯惟讷所编《诗纪》卷十和逯钦立辑校《先秦汉魏晋南北朝诗》汉诗卷十二。本条附录转录。⑧"虽多"二句：是说此四十五首古诗，虽然多是抒发哀怨之情，但是它们的体例风格颇为驳杂，并不一致。总杂，驳杂，不单纯。⑨建安：东汉末年汉献帝刘协年号（196～220）。曹王：指曹植和王粲，分别详见上品"魏陈思王［曹］植诗"条注①，"魏侍中王粲诗"条注①。⑩警绝：警策之极，精辟深刻到了极点。⑪人代：指作者与写作年代。冥（míng）灭：隐没灭绝，泯没不明。冥，昏暗。⑫清音：清新的音响，指清新的诗篇。

[译文]

古诗风格的源头从《国风》而来。其中西晋陆机所模拟过的十二首，文辞温润而秀丽，意蕴悲怆而旷达，读来令人惊心动魄，可以说几乎是一字值千金！除此之外的《去者日以疏》等四十五首，虽然多是抒发哀怨之情，但风格颇为驳杂，过去有人怀疑是建安时期的曹植和王粲所作。其中《客从远方来》、《橘柚垂华实》两首，也是精辟深刻到了极点。古诗的作者和时代都隐没难明了，但清新的音响却传送得特别久远，真令人感叹啊！

[附录]

古诗十九首

（一）行行重行行

行行重行行，与君生别离。相去万余里，各在天一涯。道路阻且长，会面安可知？胡马依北风，越鸟巢南枝。相去日已远，衣带日已缓。浮云蔽白日，游子不顾反。思君令人老，岁月忽已晚。弃捐勿复道，努力加餐饭！

（二）青青河畔草

青青河畔草，郁郁园中柳。盈盈楼上女，皎皎当窗牖。娥娥红粉妆，纤纤出素手。昔为倡家女，今为荡子妇。荡子行不归，空床难独守。

（三）青青陵上柏

青青陵上柏，磊磊涧中石。人生天地间，忽如远行客。斗酒相娱乐，聊厚不为薄。驱车策驽马，游戏宛与洛。洛中何郁郁，冠带自相索。长衢罗夹巷，王侯多第宅。两宫遥相望，双阙百余尺。极宴娱心意，戚戚何所迫？

（四）今日良宴会

今日良宴会，欢乐难具陈。弹筝奋逸响，新声妙入神。令德唱高言，识曲听其真。齐心同所愿，含意俱未申。人生寄一世，奄忽若飙尘。何不策高足，先据要路津？无为守穷贱，轗轲长苦辛。

（五）西北有高楼

西北有高楼，上与浮云齐。交疏结绮窗，阿阁三重阶。上有弦歌声，音响一何悲！谁能为此曲？无乃杞梁妻。清商随风发，中曲正徘徊。一弹再三叹，慷慨有余哀。不惜歌者苦，但伤知音稀。愿为双鸣鹤，奋翅起高飞。

（六）涉江采芙蓉

涉江采芙蓉，兰泽多芳草。采之欲遗谁？所思在远道。还顾望旧乡，长路漫浩浩。同心而离居，忧伤以终老！

（七）明月皎夜光

明月皎夜光，促织鸣东壁。玉衡指孟冬，众星何历历！白露沾野草，时节忽复易。秋蝉鸣树间，玄鸟逝安适？昔我同门友，高举振六翮。不念携手好，弃我如遗迹。南箕北有斗，牵牛不负轭。良无盘石固，虚名复何益！

（八）冉冉孤生竹

冉冉孤生竹，结根泰山阿。与君为新婚，兔丝附女萝。兔丝生有时，夫妇会有宜。千里远结婚，悠悠隔山陂。思君令人老，轩车来何迟？伤彼蕙兰花，含英扬光辉。过时而不采，将随秋草萎。君亮执高节，贱妾亦何为！

（九）庭中有奇树

庭中有奇树，绿叶发华兹。攀条折其荣，将以遗所思。馨香盈怀袖，路远莫致之。此物何足贡（贵）？但感别经时。

（十）迢迢牵牛星

迢迢牵牛星，皎皎河汉女。纤纤擢素手，札札弄机杼。终日不成章，泣涕零如雨。河汉清且浅，相去复几许？盈盈一水间，脉脉不得语。

（十一）回车驾言迈

回车驾言迈，悠悠涉长道。四顾何茫茫，东风摇百草。所遇无故物，焉得不速老！盛衰各有时，立身苦不早。人生非金石，岂能长寿考？奄忽随物化，荣名以为宝。

（十二）东城高且长

东城高且长，逶迤自相属。回风动地起，秋草萋已绿。四时更变化，岁暮一何速！晨风怀苦心，蟋蟀伤局促。荡涤放情志，何为自结束?燕赵多佳人,美者颜如玉。被服罗裳衣,当户理清曲。音响一何悲!弦急知柱促。驰情整中带,沉吟聊踯躅。思为双飞燕,衔泥巢君屋。

(十三)驱车上东门

驱车上东门,遥望郭北墓。白杨何萧萧,松柏夹广路。下有陈死人,杳杳即长暮。潜寐黄泉下,千载永不寤。浩浩阴阳移,年命如朝露。人生忽如寄,寿无金石固。万岁更相送,圣贤莫能度。服食求神仙,多为药所误。不如饮美酒,被服纨与素。

(十四)去者日以疏

去者日以疏,生者日以亲。出郭门直视,但见丘与坟。古墓犁为田,松柏摧为薪。白杨多悲风,萧萧愁杀人。思还故里闾,欲归道无因。

(十五)生年不满百

生年不满百,常怀千岁忧。昼短苦夜长,何不秉烛游?为乐当及时,何能待来兹?愚者爱惜费,但为后世嗤。仙人王子乔,难可与等期。

(十六)凛凛岁云暮

凛凛岁云暮,蝼蛄夕鸣悲。凉风率已厉,游子寒无衣。锦衾遗洛浦,同袍与我违。独宿累长夜,梦想见容辉。良人惟古欢,枉驾惠前绥。愿得常巧笑,携手同车归。既来不须臾,又不处重闱。亮无晨风翼,焉能凌风飞?眄睐以适意,引领遥相睎。徙倚怀感伤,垂涕沾双扉。

(十七)孟冬寒气至

孟冬寒气至,北风何惨慄!愁多知夜长,仰观众星列。三五明月满,四五詹兔缺。客从远方来,遗我一书札。上言长相思,下言久离别。置书怀袖中,三岁字不灭。一心抱区区;惧君不识察。

（十八）客从远方来

客从远方来，遗我一端绮。相去万余里，故人心尚尔。文彩双鸳鸯，裁为合欢被。著以长相思，缘以结不解。以胶投漆中，谁能别离此？

（十九）明月何皎皎

明月何皎皎，照我罗床帏。忧愁不能寐，揽衣起徘徊。客行虽云乐，不如早旋归。出户独彷徨，愁思当告谁？引领还入房，泪下沾裳衣。

（以上录自《文选》卷二十九）

钟嵘所见《古诗十九首》之外的古诗

（二十）橘柚垂华实

橘柚垂华实，乃在深山侧。闻君好我甘，窃独自雕饰。委身玉盘中，历年冀见食。芳菲不相投，青黄忽改色。人倘欲我知，因君为羽翼。

（录自《诗纪》卷十，又见逯钦立《先秦汉魏南北朝诗》汉诗卷十二）

汉都尉李陵诗[①]

其源出于《楚辞》[②]。文多凄［怆］[③]，怨者之流[④]。陵，名家子[⑤]，有殊才。生命不谐[⑥]，声颓身丧[⑦]。使陵不遭辛苦[⑧]，其文亦何能至此[⑨]！

[注释]

①都尉：武官名，西汉时辅佐郡守并掌全郡军事。汉武帝时也有中央官职称都尉者。李陵（？～前74）：西汉将领、诗人。字少卿，陇西成纪（今甘肃通渭东北）人，汉代名将李广之孙。少为侍中建章监，善骑射。汉武帝刘

彻时因率八百骑入匈奴，被任为骑都尉。武帝天汉二年（前99），率步卒五千人出击匈奴，因孤军深入，无后援，兵败被俘。武帝闻其训练单于兵，怒杀陵母及妻儿，陵降敌。单于以女妻之，立为右校王。在匈奴二十余年，于汉昭帝刘弗陵元平元年（前74）病卒于域外。事见《史记》卷一〇九《李将军列传附李陵传》、《汉书》卷五十四《李广传附李陵传》。因在汉时李陵与苏武同为侍中，匈奴便使李陵说服被扣的苏武降匈奴，苏武不从，但宴饮甚欢。汉昭帝立，求苏武归，李陵送别，感慨系之，赠诗互答，成为文坛千古悲伤佳话，诗即《汉书·苏武传》所存之骚体《别歌》诗，凄怨悲怆，感情沉痛，意境宏阔，可谓名篇。《隋书·经籍志》著录"汉骑都尉李陵集二卷"，已散佚。今《汉书》卷五十四《苏建传》所附《苏武传》载李陵骚体《别歌》一首，《文选》卷二十九录题名李陵五言《与苏武诗》三首，又《古文苑》录李陵五言《录别诗》八首。按：以三首《与苏武诗》为代表的五言诗，虽然在南朝流传很广，但当时人如颜延之、刘勰等已对其真实性表示了怀疑。今人以为除《汉书》所载一首骚体诗为李陵真作外，其余五言诗全为伪作，似当东汉末文人假托，对此逯钦立辨之甚详。逯钦立认为是东汉末同名人所作，因西汉李陵有盛名，后人便附会于他。钟嵘和萧统视其为真作。逯钦立辑校《先秦汉魏晋南北朝诗》除将骚体《别歌》收"汉诗"卷二李陵名下，余皆录"汉诗"卷十二无名氏"古诗"中。本条附录录骚体一、《文选》五言三、《古文苑》五言二，以备读者参阅辨析。②楚辞：《诗经》之后的一部辞赋总集。西汉刘向辑。原收战国楚人屈原、宋玉、景差及汉代东方朔、刘向等人辞赋，共计十六篇，东汉王逸作注时又增入己作《九思》而成十七篇。因所收作品以屈原为主，运用的是楚地文学样式和楚地方言，抒写的又是楚地风物人情等，具有浓厚的楚地色彩，故名《楚辞》。也可把"楚辞"视为一种文体。③凄怆：凄怨悲怆。④怨者：当指屈原。流：类，流派。⑤名家子：名门之后，名人的后代。李陵的先人李信，为秦时大将，祖父李广、叔父李敢，皆汉代名将。⑥生命不谐：命运不顺，指李陵出击匈奴，孤军深入，不幸兵败事。生命，指命运；谐，和谐，顺遂。⑦声颓身丧：名声败坏，身死异域，犹身败名裂，指李陵投降匈奴事。据《史记》和《汉书》本传与司马迁《报任安书》载，汉武帝闻知李陵帮助训练单于兵后，怒杀李陵老母及全家，从此之后李氏名声败裂,陇西老家的士人皆以李氏为耻。《汉书·苏武传》中写李陵本人送别苏武时也称自己"士众灭兮名已颓"。颓,指败落,毁坏;丧,死,指李陵身死异域。⑧使:若,如果。辛苦:指苦难,磨难。⑨其文亦何能至此:指李陵诗歌所取得的成就和形成的凄怨悲怆风格。按:意识到诗人的身世遭遇与其创作风格的联系,是钟嵘对诗歌理论的重要贡献。

[译文]

李陵诗歌风格的源头从《楚辞》而来。作品多凄怨悲怆,属于心怀怨苦的屈原那一流派。李陵,是名门的后代,有出众的才干,但命运不顺,身败名裂(名声败坏,身死异域)。假使李陵没有遭遇这种苦难,他的作品又怎么能达到这种水平并形成这种风格呢!

[附录]

李陵诗

李陵真作

（一）别歌（骚体）

径万里兮度沙漠,为君将兮奋匈奴。路穷绝兮矢刃摧,士众灭兮名已颓。老母已死,虽欲报恩将安归?

(录自《汉书》卷五十四,又见逯钦立《先秦汉魏晋南北朝诗》汉诗卷二)

旧题李陵诗

（二）与苏武诗三首之一

良时不再至,离别在须臾。屏营衢路侧,执手野踟蹰。仰视浮云驰,奄忽互相逾。风波一失所,各在天一隅。长当从此别,且复立斯须。欲因晨风发,送子以贱躯。

（三）与苏武诗三首之二

嘉会难再遇,三载为千秋。临河濯长缨,念子怅悠悠。远望悲风至,对酒不能酬。行人怀往路,何以慰我愁。独有盈觞酒,与子结绸缪。

（四）与苏武诗三首之三

携手上河梁，游子暮何之。徘徊蹊路侧，恨恨不得辞。行人难久留，各言长相思。安知非日月，弦望自有时。努力崇明德，皓首以为期。

（以上录自《文选》卷二十九）

（五）李陵录别诗八首之一

陟彼南山隅，送子淇水阳。尔行西南游，我独东北翔。辕马顾悲鸣，五步一彷徨。双凫相背飞，相远日已长。远望云中路，想见来圭璋。万里遥相思，何益心独伤。随时爱景耀，愿言莫相忘。

（录自《古文苑》卷四，作《李陵赠苏武别》）

（六）李陵录别诗八首之五

双凫俱北飞，一凫独南翔。子当留斯馆，我当归故乡。一别如秦胡，会见何讵央？怆恨切中怀，不觉泪沾裳。愿子长努力，言笑莫相忘。

（录自《古文苑》卷四，作《苏武别李陵》，《太平御览》卷四百八十九作《李陵赠苏武》）

（以上二首又见逯钦立《先秦汉魏晋南北朝诗》汉诗卷十二，题目依该书）

汉婕妤班姬诗[①]

其源出于李陵[②]。《团扇》短章[③]，辞旨清婕（捷）[④]，怨深文绮[⑤]，得匹妇之致[⑥]。侏儒一节[⑦]，可以知其工矣。

[注释]

①婕妤：一作"倢伃"，妃嫔称号，有云为宫中女官名。西汉武帝始置。

婕妤班姬（前48~前6?），即班婕妤，名不详。西汉作家，又为成帝刘骜婕妤。楼烦（今山西宁武县）人，班固祖姑。成帝初年以才学被选入宫，始为少使，大受宠幸，立为婕妤，曾为成帝生两子，皆夭折。进见上疏皆依守古礼。后赵飞燕姊妹得宠，婕妤失宠。赵飞燕诬其咒成帝，拷问时应辩得体，免罪，恐久见危，求退居长信宫供养太后，在宫中作赋独自伤悼。汉成帝死，班婕妤守园陵，死后葬于园中。其事见《汉书》卷九十七下《外戚传》下《孝成班婕伃传》。班婕妤诗赋俱佳，自叙遭遇，怨而不怒，哀而不伤，颇显中和之美。《隋书·经籍志》著录"汉成帝班婕妤集一卷"，已散佚。今《汉书》卷九十七本传存《自悼赋》一篇，《艺文类聚》卷八十五存《捣素赋》一篇，萧统《文选》卷二十七存五言诗《怨歌行》（《玉台新咏》题作《怨诗》）一首。南朝刘勰等人、北宋郭茂倩、南宋严羽均疑《怨歌行》为伪作，而钟嵘、江淹、谢朓、萧统、徐陵等人均视其为真作。今人多疑为伪作，有云出自三国魏伶人之手。二赋辑入清严可均《全上古三代秦汉三国六朝文》，诗辑入逯钦立《先秦汉魏晋南北朝诗》汉诗卷二。本条附录选录《怨歌行》和《自悼赋》。②其源出于李陵：钟嵘认为，李陵诗歌和班婕妤诗歌的风格都有"骚怨"的特点，所以说班婕妤"源出于李陵"。按：此评符合李陵骚体诗和班婕妤辞赋实际，但未必符合二人五言诗的特点，一则现存钟嵘所依据的作品的真实性备受质疑，二则即便现存五言诗为真作，也主要是接近《国风》风格而不是继承的《楚辞》骚怨之风。③《团扇》：即《怨歌行》，又名《怨诗》，因咏团扇，故借指诗题。④辞旨：诗意。一云辞藻和诗意。清捷：清新明快。⑤怨深文绮：哀怨深沉，文辞绮丽。绮，一种有花纹的丝织品，引申为色彩美丽。⑥得匹妇之致：指《团扇》诗体现了女子的情致。匹妇，古时称平民男女为匹夫匹妇，这里泛指女子；致，情致。⑦侏儒一节：语出桓谭《新论》所引谚语"侏儒见一节，而长短可知"，意为看到侏儒身上的一节就可以知道他的长短，比喻由局部可知整体。此处指看一首诗，就可知作诗的整体水平了。侏儒，身材奇短的人。

[译文]

　　班婕妤诗歌风格的渊源从李陵而来。《团扇》这首短诗，诗意清新明快，哀怨深沉，文辞绮丽，体现出了一位女性的情致。只看到一首短诗,就可以知道她工于作诗了。

[附录]

班婕妤五言诗

（一）怨歌行（又名《怨诗》、《团扇》）

新裂齐纨素,皎洁如霜雪。裁为合欢扇,团团似明月。出入君怀袖,动摇微风发。常恐秋节至,凉风夺炎热。弃捐箧笥中,恩情中道绝。

（录自《文选》卷二十七）

班婕妤赋（二选一）

（二）自悼赋

承祖考之遗德兮,何性命之淑灵,登薄躯于宫阙兮,充下陈于后庭。蒙圣皇之渥惠兮,当日月之盛明。扬光烈之翕赫兮,奉隆宠于增成。既过幸于非位兮,窃庶几乎嘉时,每寤寐而累息兮,申佩离以自思,陈女图以镜监兮,顾女史而问诗。悲晨妇之作戒兮,哀褒阎之为邮;美皇英之女虞兮,荣任姒之母周。虽愚陋其靡及兮,敢舍心而忘兹?历年岁而悼惧兮,闵蕃华之不滋。痛阳禄与柘馆兮,仍襁褓而离灾。岂妾人之殃咎兮?将天命之不可求。

白日忽已移光兮,遂晻莫而昧幽,犹被覆载之厚德兮,不废捐于罪邮。奉共养于东宫兮,托长信之末流,共洒扫于帷幄兮,永终死以为期。愿归骨于山足兮,依松柏之余休。

重曰:潜玄宫兮幽以清,应门闭兮禁闼扃。华殿尘兮玉阶莰,中庭萋兮绿草生。广室阴兮帷幄暗,房栊虚兮风泠泠。感帷裳兮发红罗,纷綷縩兮纨素声。神眇眇兮密靓处,君不御兮谁为荣?俯视兮丹墀,思君兮履綦,仰视兮云屋,双涕兮横流。顾左右兮和颜,酌羽觞兮销忧。惟人生兮一世,忽一过兮若浮。已独享兮高明,处生民兮极休。勉虞精兮极乐,与福禄兮无期。《绿衣》兮《白华》,自古兮有之。

(录自《汉书》卷九十七下《外戚传》下)

魏陈思王[曹]植诗①

其源出于《国风》。骨气奇高②，词采华茂③，情兼雅怨④，体被（备）文质⑤。粲溢今古⑥，卓尔不群⑦。嗟乎！陈思之于文章也，譬人伦之有周孔⑧，鳞羽之有龙凤⑨，音乐之有琴笙⑩，女工之有黼黻⑪。俾尔怀铅吮墨者（之士）⑫，[宜乎]抱篇章而景慕⑬，映余辉以自烛⑭。故孔氏之门如用诗⑮，则公干升堂⑯，思王入室⑰，景阳（王阮）潘陆，自可坐于廊庑之间矣⑱。

[注释]

①陈思王（192～232）：即曹植，三国魏著名作家。字子建，沛国谯（今安徽亳州市）人，曹操与卞夫人所生第三子，曹丕同母弟。封陈王，死后谥"思"，故世称"陈思王"。曹植生于黄巾起义之际，长于军旅之中，天资聪慧，奇才敏捷，兼习文武。曾从曹操北征乌桓，南征赤壁，西征马超，少时以才学为曹操所宠爱，曾一度欲立为太子。后因任性而行，不自雕励，饮酒不节，屡犯宫禁，甚至乘车行驰道，私开司马门，惹怒曹操，宠爱日衰。而其兄曹丕又颇能矫情自饰，遂被曹操立为嗣子，继为魏王。建安二十五年（220），曹操卒于洛阳，曹丕不久代汉称帝，丕称帝后，对曹植多方排挤和迫害，几次险治大罪，多赖母亲卞氏泣救，方得保命。屡徙封地和降爵，名为王侯，实为囚徒。曹丕死后，其子曹叡继位，仍对曹植猜忌防范，弃而不用，曹植多次上表自试、求存问亲戚，叡则虚与应付。明帝太和六年（232），植遂郁郁而终，年四十一岁。事见《三国志》卷十九《魏书·陈思王植传》。曹植虽志在建功立业，不屑为文，而最终却以诗歌著称，兼善辞赋和文章，其诗歌创作以黄初元年（220）曹丕称帝为界而分为前后两个时期。前期多歌唱政治抱负、渴望

建功立业及描写贵族游乐生活,豪放潇洒;后期多写怀才不遇、骨肉分离、备受压抑的遭遇和苦闷,忧苦愤激。曹植的诗歌"骨气奇高,词采华茂,情兼雅怨,体被文质",代表了建安诗歌的最高成就。《隋书·经籍志》著录"魏陈思王曹植集三十卷",另有《列女传颂》一卷,《画赞》五卷,均已散佚。宋人辑有《曹子建集》,明人张溥辑有《陈思王集》。今存诗八十余首,以五言诗为主,计六十余首。人民文学出版社曾出版有赵幼文《曹植集校注》。逯钦立辑校《先秦汉魏晋南北朝诗》魏诗卷六卷七有收,本条附录选录十一首。②骨气:同"风骨"、"气骨",原为评论人物用语,后用于评论诗文和书画,"风骨"今人有一百余种解释,此取普遍接受者,指作品挺拔端直而富于生气。骨,指骨力,挺拔有力;气,指气韵生动。③华茂:华丽而丰富。④情兼雅怨:情感内容兼具雅正和忧怨,指其诗歌有以《小雅》为代表的《诗经》雅正风格,又兼有以《离骚》为代表的《楚辞》忧怨风格。雅,雅正,指《小雅》;怨,忧怨,指《离骚》。一云指诗歌出于《国风》,又兼具《小雅》怨而不怒的风格。雅,《小雅》;怨,《小雅》之怨,怨而不怒。⑤体备文质:指作品文质兼备,文采和质实配合恰到好处。体,体貌风格。⑥粲溢今古:光彩四溢,照耀古今。粲,光芒四射;溢,水满外流。一云"粲"为美好。一云"粲"为文采。⑦卓尔不群:卓越超群。卓,突出;尔,语助词。⑧人伦:人类。伦,类。周孔:周公旦和孔子,皆古代圣人。周公旦乃西周武王之弟姬旦,武王死后,摄政辅佐年幼的成王,相传他制礼作乐,创建了我国的典章制度。孔子(前551~前479)乃春秋末期思想家,名丘,字仲尼,儒家学派创始人。西汉以后儒家思想在我国一直占据着统治地位,所以古人都把他二人尊崇为人伦之至的圣人。⑨鳞羽:泛指水族和禽鸟。龙凤:传说水族以龙为尊长,鸟类以凤为王。⑩琴笙:古人认为琴、笙是最好的两种乐器,如嵇康《琴赋序》称"众器之中,琴德最优",潘岳《笙赋》称"惟笙也,能总众清之林"。⑪女工:女子手工艺。黼黻(fǔ fú):古代礼服上所绣的花纹,黑白相交叫"黼",黑青相交叫"黻"。⑫俾:使。尔:尔等,你们。怀铅吮墨:指从事写作的人。吮墨,用舌头舔毛笔尖,古人构思时的习惯;铅,铅粉,古代书写颜料。⑬景慕:景仰倾慕。⑭余辉:指曹植作品所溢出的光辉。自烛:照亮自己,喻从中受到启迪。烛,照。⑮孔氏之门:当指孔氏门徒、门派。一云门墙。用诗：指衡量、评论诗歌高下。⑯公干：刘桢的字，详见上品"魏文学刘桢诗"条注①。升堂：登上大堂，喻指文学成就的第二个层次。堂，指正厅。⑰入室：进内室，内室在大堂之后，喻指文学成就的最高层次。⑱王阮潘陆：指王粲、阮籍、潘岳、陆机，分别见上品"魏侍中王粲诗"条注①、"魏步兵阮籍诗"条注①、"晋黄门郎潘岳诗"条注①、"晋平原相（内史）陆机诗"条注①。廊庑（wǔ）：正房外面的走廊，喻指文学成就尚未入门。一云厢房。按：以上三注所涉"故孔氏之门"五句，乃仿用《论语·先进》、扬雄《法言·吾子》相关句式，这种句式的仿用在南北朝较为普遍。

[译文]

　　曹植诗歌的风格从《国风》而来。骨气和气韵奇拔高妙，辞采华丽富盛，情感内容兼具雅正和忧怨，体貌风格，则文采和质实配合恰到好处，光彩四溢，照耀古今诗坛，卓越超群。啊！曹植对于文学创作来说，就如同人类中有周公和孔子，鸟兽中有神龙和凤凰，乐器中有琴和笙，女工刺绣中有天子礼服上的花纹。你们从事文章写作的文士们，应该手捧他的作品而景仰倾慕，映着他的光辉照亮自己。因此孔子门徒如果用诗歌来衡量高下，那么刘桢作品甚好，已登上大堂；曹植成就最高，则进了内室；王粲、阮籍、潘岳、陆机属于第三层次，自然可以坐在大堂外面的走廊里了。

[附录]

曹植五言诗

前期诗歌歌唱理想和抱负

（一）白马篇

　　白马饰金羁，连翩西北驰。借问谁家子？幽并游侠儿。少小去乡邑，扬声沙漠垂。宿昔秉良弓，楛矢何参差。控弦破左的，右发摧月支。仰手接飞猱，俯身散马蹄。狡捷过猴猿，勇剽若豹螭。边城多警急，胡虏数迁移。羽檄从北来，厉马登高堤。长驱蹈匈奴，左顾凌鲜卑。弃身锋刃端，性命安可怀？父母且不顾，何言子与妻？名编壮士籍，不得中顾私。捐躯赴国难，视死忽如归。

（二）箜篌引

置酒高殿上，亲友从我游。中厨办丰膳，烹羊宰肥牛。秦筝何慷慨，齐瑟和且柔。阳阿奏奇舞，京洛出名讴。乐饮过三爵，缓带倾庶羞。主称千金寿，宾奉万年酬。久要不可忘，薄终义所尤。谦谦君子德，磬折欲何求。惊风飘白日，光景驰西流。盛时不可再，百年忽我遒。生在华屋处，零落归山丘。先民谁不死，知命亦何忧？

（以上录自《文选》卷二十七）

后期诗歌抒写遭受曹丕迫害怀才不遇的苦闷

（三）七哀

明月照高楼，流光正徘徊。上有愁思妇，悲叹有余哀。借问叹者谁？言是宕子妻。君行逾十年，孤妾常独栖。君若清路尘，妾若浊水泥。浮沉各异势，会合何时谐？愿为西南风，长逝入君怀。君怀良不开，贱妾当何依？

（录自《文选》卷二十三）

（四）赠白马王彪

黄初四年五月，白马王、任城王与余俱朝京师，会节气。到洛阳，任城王薨。至七月，与白马王还国。后有司以二王归藩，道路宜异宿止。意毒恨之。盖以大别在数日，是用自剖，与王辞焉。愤而成篇。

谒帝承明庐，逝将归旧疆。清晨发皇邑，日夕过首阳。伊洛广且深，欲济川无梁。泛舟越洪涛，怨彼东路长。顾瞻恋城阙，引领情内伤。

太谷何寥廓，山树郁苍苍。霖雨泥我途，流潦浩纵横。中逵绝无轨，改辙登高岗。修坂造云日，我马玄以黄。

玄黄犹能进，我思郁以纡。郁纡将难进？亲爱在离居。本图相与偕，中更不克俱。鸱枭鸣衡扼，豺狼当路衢。苍蝇间白黑，谗巧令亲疏。欲还绝无蹊，揽辔止踟蹰。

踟蹰亦何留？相思无终极。秋风发微凉，寒蝉鸣我侧。原野何萧条，白日忽西匿。归鸟赴乔林，翩翩厉羽翼。孤兽走索群，衔草不遑食。感物伤我怀，抚心长太息。

太息将何为？天命与我违。奈何念同生，一往形不归。孤魂翔故城，灵柩寄京师。存者忽复过，亡没身自衰。人生处一世，去若朝露晞。年在桑榆间，影响不能追。自顾非金石，咄唶令心悲。

心悲动我神，弃置莫复陈。丈夫志四海，万里犹比邻。恩爱苟不亏，在远分日亲。何必同衾帱，然后展殷勤。忧思成疾疢，无乃儿女仁。仓卒骨肉情，能不怀苦辛？

苦辛何虑思，天命信可疑。虚无求列仙，松子久吾欺。变故在斯须，百年谁能持？离别永无会，执手将何时？王其爱玉体，俱享黄发期。收泪即长路，援笔从此辞。

(录自《文选》卷二十四)

(五) 美女篇

美女妖且闲，采桑歧路间。柔条纷冉冉，叶落何翩翩。攘袖见素手，皓腕约金环。头上金爵钗，腰佩翠琅玕。明珠交玉体，珊瑚间木难。罗衣何飘飘，轻裾随风还。顾眄遗光采(彩)，长啸气若兰。行徒用息驾，休者以忘餐。借问女安居，乃在城南端。青楼临大路，高门结重关。容华耀朝日，谁不希令颜？媒氏何所营，玉帛不时安？佳人慕高义，求贤良独难。众人何(徒)嗷嗷，安知彼所观。盛年处房室，中夜起长叹。

(录自《文选》卷二十七)

(六) 杂诗六首其一

高台多悲风，朝日照北林。之子在万里，江湖迥且深。方舟安可极，离思故难任。孤雁飞南游，过庭长哀吟。翘思慕远人，愿欲托遗音。形影忽不见，翩翩伤我心。

（七）杂诗六首其四

南国有佳人，容华若桃李。朝游江北岸，日夕宿湘沚。时俗薄朱颜，谁为发皓齿？俯仰岁将暮，荣耀难久恃。

（八）杂诗六首其五

仆夫早严驾，吾将远行游。远游欲何之？吴国为我仇。将骋万里途，东路安足由？江介多悲风，淮泗驰急流。愿欲一轻济，惜哉无方舟！闲居非吾志，甘心赴国忧。

（九）杂诗六首其六

飞观百余尺，临牖御棂轩。远望周千里，朝夕见平原。烈士多悲心，小人偷自闲。国仇亮不塞，甘心思丧元。抚剑西南望，思欲赴太山。弦急悲声发，聆我慷慨言。

（以上录自《文选》卷二十九）

（十）杂诗

揽衣出中闺，逍遥步两楹。闲房何寂寞，绿草被阶庭。空室自生风，百鸟翔南征。春思安可忘！忧戚与我并。佳人在远道，妾身独单茕。欢会难再遇，兰芝不重荣。人皆弃旧爱，君岂若平生？寄松为女萝，依水如浮萍。束身奉衿带，朝夕不堕倾。傥愿终顾盼，永副我中情。

（录自《玉台新咏》卷二）

（十一）野田黄雀行

高树多悲风，海水扬其波。利剑不在掌，结友何须多？不见篱间雀，见鹞自投罗？罗家得雀喜，少年见雀悲。拔剑捎罗网，黄雀得飞飞。飞飞摩苍天，来下谢少年。

（录自《乐府诗集》卷三十九）

魏文学刘桢诗①

其源出于《古诗》②。壮(仗)气爱奇③,动多振绝④。真(贞)骨凌霜⑤,高风跨俗⑥。但气过其文⑦,雕润恨少⑧。然自陈思已(以)下,桢称独步⑨。

[注释]

①文学:官名,掌校典籍,侍奉文章。刘桢(?~217):建安时期著名作家。字公干,东平宁阳(今山东宁阳县南)人。与王粲、陈琳、徐干、阮瑀、应玚、孔融并称为"建安七子",又与曹植并称为"曹刘"。刘桢自幼警悟敏捷,才华过人,十岁能诵《论语》,其归附曹操之前已知名于青徐一带。建安初,归顺曹操,为司空军谋祭酒。曾从曹操征伐,被曹操辟为丞相掾属,又为平原侯曹植庶子。曾前后两度为五官中郎将曹丕文学,甚得曹丕、曹植赏爱。性亢直,有逸气,曾因平视嗣子曹丕甄夫人而以不敬获刑。建安二十二年(217)遇疫卒,年约五十岁。事见《三国志》卷二十一《魏书·王粲传》附。刘桢的五言诗在当时颇负盛名,诗分两类,一类是赠答诗,一类是游乐诗,多抒写个人怀抱,豪迈凌厉。曹丕称其诗歌风格"有逸气,但未遒耳",钟嵘评其诗"贞骨凌霜,高风跨俗",但又"气过其文,雕润恨少",皆为确评。其《赠从弟》和《赠徐干》等都可称为名篇。《隋书·经籍志》著录"魏太子文学刘桢集四卷,录一卷",已散佚。明人张溥辑有《刘公干集》,中华书局出版有今人俞绍初辑校《建安七子集》,其中有《刘桢集》一卷。今存诗歌十三首,皆五言,另有残篇断句若干。另存文十篇。逯钦立辑校《先秦汉魏晋南北朝诗》魏诗卷三亦收,本条附录选七。②其源出于《古诗》:因刘桢诗歌的风格特点是直抒胸臆,善用比兴,不重雕饰,与《古诗十九首》风格相近,故钟嵘如此追溯。唐皎然《诗式》亦称刘桢诗歌"气格自高,与'十九首'其流一也"。③仗气爱奇:依仗豪气,爱发奇特不凡之语。④动:动辄,常常。振绝:即震绝,惊绝,指惊世骇俗,使人惊异至极。⑤贞骨:正骨,端直

的气骨,喻指诗歌的挺拔风格。凌霜:压倒霜雪,凌驾霜雪。凌,欺凌驾驭,压倒。⑥高风跨俗:高迈的风韵超越流俗。风,风韵,风貌。⑦气过其文:气势超过了文采,即气势有余,文采不足。按:钟嵘对刘桢这一特点是批评的,说明钟嵘重文。气,气势。一云文气。一云气力。⑧雕润:雕饰润色,指语言形式。恨:遗憾。⑨陈思:即曹植,已见上条。独步:独一无二,绝妙时人。

[译文]

刘桢诗歌的风格从《古诗》而来。他凭仗豪迈之气,爱发不凡之语,动辄惊世骇俗。端直的气骨压倒严霜,高迈的风韵超越流俗。但是他的诗歌未免气势超过了文采,遗憾的是雕饰润色太少了。然而,自陈思王曹植以下,刘桢在当时堪称是独一无二的。

[附录]

刘桢五言诗

(一)赠从弟三首其一

泛泛东流水,磷磷水中石。蘋藻生其涯,华纷何扰弱。采之荐宗庙,可以羞嘉客。岂无园中葵,懿此出深泽。

(二)赠从弟三首其二

亭亭山上松,瑟瑟谷中风。风声一何盛,松枝一何劲。冰霜正惨怆,终岁常端正。岂不罗(罹)凝寒?松柏有本性。

(三)赠从弟三首其三

凤凰集南岳,徘徊孤竹根。于心有不厌,奋翅凌紫氛。岂不常勤苦,羞与黄雀群。何时当来仪?将须圣明君。

(四)赠徐干

谁谓相去远?隔此西掖垣。拘限清切禁,中情无由宣。思子沉心曲,长叹不能言。起坐失次第,一日三四迁。步出北寺门,遥望西苑园。细柳夹道生,方塘含清源。轻叶随风转,飞鸟何翩翩!乖人易感动,涕下与衿连。仰视白日光,皦皦高且悬。兼烛八纮内,物类无颇偏。我独抱深感,不得与比焉。

(以上录自《文选》卷二十三)

（五）赠徐干（残篇）

猥蒙惠咳唾，贶以雅颂声。高义厉青云，灼灼有表经。

(录自《北堂书钞》卷一百)

（六）斗鸡

丹鸡被华采，双距如锋芒。愿一扬炎威，会战此中唐。利爪探玉除，瞋目含火光。长翘惊风起，劲翮正敷张。轻举奋勾喙，电击复还翔。

(录自《艺文类聚》卷九十一)

（七）射鸢

鸣鸢弄双翼，飘飘薄青云。我后横怒起，意气凌神仙。发机如惊焱，三发两鸢连。流血洒墙屋，飞毛从风旋。庶士同声赞，君射一何妍！

(录自《艺文类聚》卷九十二)

(以上七首又见俞绍初辑校《建安七子集》卷七《刘桢集》)

魏侍中王粲诗[1]

其源出于李陵[2]。[善]发愀怆之词[3]，文秀而质羸[4]。在曹刘间别构一体[5]。方陈思不足[6]，比魏文有余[7]。

[注释]

①侍中：官职名，侍从皇帝左右，出入宫廷，初仅应杂役，魏晋以后，地位渐重，为亲近之职。王粲（177～217）：建安时期著名文学家。字仲宣，山阳高平（今山东邹县西南）人。与刘桢、陈琳、徐干、阮瑀、应玚、孔融并称"建安七子"。粲父王谦，为何进长史。粲少有异才，董卓之乱起，随父西迁西安，深受蔡邕赏识。十七岁避乱荆州，依刘表十五年，因其貌丑体弱不被重用，郁郁不得志。建安十三年（208），曹操大军南下，刘表卒，劝表子

刘琮归降曹操，曹操辟粲为丞相掾，赐爵关内侯，又迁军谋祭酒。建安十八年（213），魏国建立，拜王粲为侍中。建安二十二年（217）随军征吴，病卒于返邺途中，年四十一岁。曹植为其作《王仲宣诔》，曹丕令赴葬者各学驴鸣叫一声为粲送行，以此知其在"建安七子"中最受曹氏父子信重，官爵亦最高。事见《三国志》卷二十一《魏书·王粲传》。王粲博学多识，文思敏捷，善属文，举笔便成，无所改定，时人常以为宿构。在"建安七子"中成就最突出，被刘勰《文心雕龙·才略》称为"七子之冠冕"。王粲作品分前后两期，归顺曹操前多写汉末战乱、流落荆州的羁旅伤怀和壮志难酬之恨，归曹后多写随曹出征感受，歌颂曹操英明神武，表达效力曹氏意愿以及战士感伤。前期风格悲怆，后期风格悲怆而昂扬，《七哀诗》、《登楼赋》历为传颂名篇。《隋书·经籍志》著录"后汉侍中王粲集十一卷"，已散佚。明人张溥辑有《王侍中集》一卷，中华书局曾出版有今人俞绍初辑校《建安七子集》，其中有《王粲集》一卷。今存诗歌二十四首，其中五言诗十五首。逯钦立辑校《先秦汉魏晋南北朝诗》魏诗卷二亦收，本条附录选六。②其源出于李陵：钟嵘以为，李陵诗"多凄［怆］怨者之流"，而王粲诗"善发愀怆（qiǎochuàng）之词"；又认为李陵诗风源于《楚辞》，依刘熙载《艺概》之评，"王仲宣诗出于《骚》"，故称王粲诗"源出于李陵"。③愀怆：悲伤的样子，黯然伤情。按：王粲作品写战乱多从个人感受出发，故伤感特色明显，正如谢灵运《拟魏太子邺中集诗》所说："（王粲）家本秦川贵公子孙，遭乱流寓，自伤情多。"《七哀诗》三首可代表他的诗歌风格。④文秀而质羸（léi）：文采秀美而质地瘦弱，指王粲诗歌骨力、气势不足，正如曹丕《与吴质书》所评："惜其体弱，不足起其文。"秀，美；羸，瘦弱。⑤曹刘：指曹植、刘桢。体：体貌风格。按：钟嵘认为曹植诗歌风格是"体备文质"，即文质彬彬，文采与质朴配合恰到好处，刘桢诗歌风格是"气过其文"，即气势有余，文采不足，而王粲则是"文秀而质羸"，即文采有余而气势不足，正好代表三种风格，故称"在曹刘间别构一体"。⑥方：比。陈思：指陈思王曹植。⑦魏文：指魏文帝曹丕，详见中品"魏文帝诗"条注①。

[译文]

王粲诗歌的风格从李陵而来。善于唱出悲伤的歌词，文采秀美而气势较弱。在曹植和刘桢之间另外形成一种风格。其成就比陈思王曹植不足，比魏文帝曹丕有余。

[附录]

王粲五言诗

前期（归顺曹操前流落荆州）作品

（一）七哀诗三首其一

西京乱无象，豺虎方遘患。复弃中国去，远身适荆蛮。亲戚对我悲，朋友相追攀。出门无所见，白骨蔽平原。路有饥妇人，抱子弃草间。顾闻号泣声，挥涕独不还。未知身死处，何能两相完？驱马弃之去，不忍听此言。南登霸陵岸，回首望长安。悟彼《下泉》人，喟然伤心肝。

（二）七哀诗三首其二

荆蛮非我乡，何为久滞淫？方舟溯大江，日暮愁我心。山岗有余映，岩阿增重阴。狐狸驰赴穴，飞鸟翔故林。流波激清响，猴猿临岸吟。迅风拂裳袂，白露沾衣衿。独夜不能寐，摄衣起抚琴。丝桐感人情，为我发悲音。羁旅无终极，忧思壮难任。

（以上录自《文选》卷二十三）

后期（归顺曹操后多次从征）作品

（三）从军诗五首（又名《从军行五首》）其一

从军有苦乐，但闻所从谁。所从神且武，焉得久劳师？相公征关右，赫怒震天威。一举灭獯虏，再举服羌夷。西收边地贼，忽若俯拾遗。陈赏越丘山，酒肉踰川坻。军人多饫饶，人马皆溢肥。徒行兼乘还，空出有余资。拓地三千里，往返速若飞。歌舞入邺城，所愿获无违。尽日处大朝，日暮薄言归。外参时明政，内不废家私。禽兽惮为牺，良苗实已挥。窃慕负鼎翁，愿厉朽钝姿。不能效沮溺，相随把锄犁。熟览夫子诗，信知所言非。

（四）从军诗五首其二

凉风厉秋节，司典告详刑。我君顺时发，桓桓东南征。泛舟盖长川，陈卒被隰埛。征夫怀亲戚，谁能无恋情？拊襟倚舟樯，眷眷思邺城。哀彼东山人，喟然感鹳鸣。日月不安处，人谁获常宁。昔人从公旦，一徂辄三龄。今我神武师，暂往必速平。弃余亲睦恩，输力竭忠贞。惧无一夫用，报我素餐诚。夙夜自佛性，思逝若抽萦。将秉先登羽，岂敢听金声？

（五）从军诗五首其三

从军征遐路，讨彼东南夷。方舟顺广川，薄暮未安坻。白日半西山，桑梓有余晖。蟋蟀夹岸鸣，孤鸟翩翩飞。征夫心多怀，恻怆令吾悲。下船登高防，草露沾我衣。回身赴床寝，此愁当告谁？身服干戈事，岂得念所私？即戎有授命，兹理不可违。

（六）从军诗五首其五

悠悠涉荒路，靡靡我心愁。四望无烟火，但见林与丘。城郭生榛棘，蹊径无所由。萑蒲竟广泽，葭苇夹长流。日夕凉风发，翩翩漂吾舟。寒蝉在树鸣，鹳鹄摩天游。客子多悲伤，泪下不可收。朝入谯郡界，旷然消人忧。鸡鸣达四境，黍稷盈原畴。馆宅充廛里，女士满庄馗。自非圣贤国，谁能享斯休。诗人美乐土，虽客犹愿留。

（以上录自《文选》卷二十七，又见俞绍初辑校《建安七子集》卷二《王粲集》）

晋（魏）步兵阮籍诗①

其源出于《小雅》②。[虽]无雕虫之功（巧）③，而《咏怀》之作，可以陶性云（灵）④，发幽思⑤。言在耳目之内，情寄八荒之表⑥。洋洋乎会于"风""雅"⑦，使人忘其鄙近⑧，自致远大⑨。颇多感慨之词。厥旨渊放⑩，归趣难求⑪。颜延往（注）解⑫，怯言其志。

[注释]

①步兵：步兵校尉的省称，掌苑囿之门的屯兵。阮籍（210～263）：三国魏正始时期著名作家、思想家。字嗣宗，陈留尉氏（今河南开封）人。"建安七子"之一阮瑀之子。与嵇康、山涛、向秀、阮咸、王戎、刘伶并称为"竹林七贤"，与嵇康齐名，并称"阮嵇"。曾任步兵校尉，世称阮步兵。阮籍少时志气宏放，任性不羁，闭门读书，经月不出，嗜酒，能啸，善弹琴。早年屡辞征辟，后曾为司马懿、司马师从事中郎、散骑常侍等职，封关内侯。高贵乡公曹髦正元二年（255），司马昭代兄辅政，以籍为侍中，典著作，求为东平相，法令清简，旬日而还。闻步兵厨有贮酒三百斛，又求为步兵校尉。虽不在佐职，然仍游于司马昭府酣饮。景元四年（263），司马昭伪辞九锡，公卿劝进，命籍操笔，籍于沉醉中一挥而就。不久卒，年五十四岁。阮籍本有济世之志，但处在魏晋易代之际，斗争复杂，名士多遭杀戮，他不满于司马氏集团的专权，又对曹氏集团的荒淫无能失望，遂纵酒昏酣，托意《老》《庄》，对司马氏政权采取消极不合作态度，以求全身自保。其蔑视礼教，尝以"白眼"看待"礼俗之士"，后又变为"口不臧否人物"。表现出的行为则是怪癖异常：母丧，不哭，狂饮，举声一号而吐血数升；司马昭欲为子司马炎求婚于籍，大醉六十日，不得言而止；嫂回娘家，籍相见与别；邻家美妇当垆，其醉卧身侧；不相关少女亡，往哭送葬；等等。深为礼法之士所深恶痛绝，多欲寻机置之死地，但都被当政者司马昭曲意保护起来，此足说明其处事的成功。曾登荥阳广武山，观楚汉古战场，慨叹："时无英雄，使竖子成名！"常独自驾车，率意而行，车迹所穷，辄恸哭而返。这又说明其内心深处极为痛苦。他虽表面疏狂遁世，实际却心仪礼制。事见《三国志》卷二十一《魏书·阮籍传》、《晋书》卷四十九《阮籍传》、《世说新语》等。阮籍能诗善文，五言《咏怀诗》八十二首是他的代表作，讽刺世事，抒发忧生之嗟，而又多所隐避，诗风委婉曲折而又慷慨浑朴，颇为世人推重。《隋书·经籍志》著录"魏步兵校尉阮籍集十卷，梁十三卷，录一卷"，虽有散佚，大体尚存。明人张溥辑有《阮步兵集》，中华书局曾出版有今人陈伯君《阮籍集校注》。今存《咏怀诗》

九十五首,其中五言诗八十二首。逯钦立辑校《先秦汉魏晋南北朝诗》魏诗卷十辑录,本条附录录十。②其源出于《小雅》:《小雅》大部分是西周后期作品,反映了当时的社会危机,有不少怨刺之作,具有较深刻的社会内容,而阮籍的《咏怀诗》也多讥刺时政,表现嗟生忧时、苦闷彷徨的心情,所以钟嵘认为阮籍诗歌"其源出于《小雅》"。按:对此意见不一,清人何焯《义门读书记》认为阮籍《咏怀诗》"其源本诸《离骚》",晚清刘熙载《艺概》则认为"阮步兵诗出于《庄》"。阮籍的诗歌,可能同时受到过《小雅》、《离骚》、《庄子》的影响。③无雕虫之巧:是说阮籍诗歌神至兴到,多用比兴手法而无雕琢痕迹。雕虫,雕虫小技,常指雕章琢句刻意追求文学形式技巧,语出扬雄《法言·吾子》。雕虫和篆刻是秦汉书法八体中的二体,为学龄儿童所习,故称小技。④陶性灵:陶冶性情。⑤发幽思:引发深远的情思。幽,深沉,幽远。⑥"言在"二句:是说阮籍《咏怀诗》具有言近旨远、意在言外的艺术特点。八荒,八方荒远之地;表,外。⑦洋洋:美盛的样子。语出《论语·泰伯》,云:"子曰:师挚之始,《关雎》之乱,洋洋乎盈耳哉!"会:合,相合。⑧鄙近:指诗歌语言鄙俗浅近。一云指鄙俗凡近的事情。⑨自致远大:自会体验到诗中的远大境界。一云让读者自己达到一个远大的境界。致,至,达到。⑩厥(jué):其。旨:意旨,主题。渊:深。放:旷放。⑪归趣:意趣所归。⑫颜延注解:颜延之曾注释过阮籍的《咏怀诗》,已亡佚,仅见于萧统《文选》李善注所引数则,详见《文选》卷二十三《阮嗣宗咏怀十七首》李善注。颜氏有云:"嗣宗身仕乱朝,常恐罹谤遇祸","虽志在讥刺,而文多隐避","故粗明大意,略其幽志也"。颜延,即颜延之,详见中品"宋光禄大夫颜延[之]诗"条注①。

[译文]

阮籍诗歌的风格从《小雅》而来。虽然没有刻意追求精巧的雕章琢句,但《咏怀诗》的创作,可以陶冶人的性情,引发深远的思绪。写的是耳闻目睹范围内的事情,情怀却寄托在八方荒远的地方之外。多么美好啊,精神与《诗经》中的"风"、"雅"相合,使人忘掉它言词的鄙俗浅近,自己体验到一种远大的艺术境界。诗中颇多感慨的词语。它的意旨深远旷放,意趣所归,很难探求。颜延之为《咏怀诗》作注解，胆怯而不敢言说他的意旨所在。

[附录]

阮籍五言咏怀诗八十二首（选十）

（一）其一

夜中不能寐，起坐弹鸣琴。薄帷鉴明月，清风吹我衿。孤鸿号外野，朔鸟鸣北林。徘徊将何见，忧思独伤心。

（二）其二

二妃游江滨，逍遥顺风翔。交甫怀环珮，婉娈有芬芳。猗靡情欢爱，千载不相忘。倾城迷下蔡，容好结中肠。感激生忧思，谖（萱）草树兰房。膏沐为谁施，其雨怨朝阳。如何金石交，一旦更离伤。

（三）其三

嘉树下成蹊，东园桃与李。秋风吹飞藿，零落从此始。繁华有憔悴，堂上生荆杞。驱马舍之去，去上西山趾。一身不自保，何况恋妻子。凝霜被野草，岁暮亦云已。

（四）其十五

独坐空堂上，谁可与欢者？出门临永路，不见行车马。登高望九州，悠悠分旷野。孤鸟西北飞，离兽东南下。日暮思亲友，晤言用自写。

（五）其十七

湛湛长江水，上有枫树林。皋兰被径路，青骊逝骎骎。远望令人悲，春气感我心。三楚多秀士，朝云进荒淫。朱华振芬芳，高蔡相追寻。一为黄雀哀，涕下谁能禁。

（以上录自《文选》卷二十三）

（六）其十九

西方有佳人，皎若白日光。被服纤罗衣，左右珮双璜。修容耀姿美，顺风振微芳。登高眺所思，举袂当朝阳。寄颜云霄间，挥袖凌虚翔。飘飖恍惚中，流盼顾我傍。悦怿未交接，晤言用感伤。

(七) 其三十一

驾言发魏都，南向望吹台。箫管有遗音，梁王安在哉！战士食糟糠，贤者处蒿莱。歌舞曲未终，秦兵已复来。夹林非吾有，朱宫生尘埃。军败华阳下，身竟为土灰。

(八) 其三十三

一日复一夕，一夕复一朝。颜色改平常，精神自损消。胸中怀汤火，变化故相招。万事无穷极，知谋苦不饶。但恐须臾间，魂气随风飘。终身履薄冰，谁知我心焦。

(九) 其三十九

壮士何慷慨，志欲威八荒。驱车远行役，受命念自忘。良弓挟乌号，明甲有精光。临难不顾生，身死魂飞扬。岂为全躯士，效命争战场。忠为百世荣，义使令名彰。垂声谢后世，气节故有常。

(十) 其六十七

洪生资制度，被服正有常。尊卑设次序，事物齐纪纲。容饰整颜色，磬折执圭璋。堂上置玄酒，室中盛稻粱。外厉贞素谈，户内灭芬芳。放口从衷出，复说道义方。委曲周旋仪，姿态愁我肠。

（以上录自《诗纪》卷十九，又见逯钦立《先秦汉魏晋南北朝诗》魏诗卷十）

晋平原相（内史）陆机诗①

其源出于陈思②。才高辞赡③，举体华美④。气少于公干，文力（劣）于仲宣⑤。尚规矩⑥，【不】贵绮错⑦，有伤直致之奇⑧。然其咀嚼英华⑨，厌饫膏泽⑩，［故］文章之渊泉也⑪。张公叹其大才⑫，信矣！

[注释]

①平原内史：平原国（治所在今山东平原县）内史，相当于郡太守。陆

机（261～303）：西晋文学家。字士衡，吴郡吴县华亭（今上海市松江）人。祖父陆逊、父亲陆抗，均为三国东吴名将。机少时任牙门将，年二十而吴亡，遂退居旧里华亭，读书十年。晋武帝司马炎太康十年（289），感于统一的晋朝有中兴之势，与弟陆云应诏到洛阳，为著名文人张华所爱重，誉为"伐吴之役，利获二俊"，文才倾动一时，时称"二陆"，至有"二陆入洛，三张减价"之说。曾任太子洗马、著作郎、中书郎等职。机锐意进取，晋惠帝司马衷永康二年（301）获罪于齐王司马冏，赖成都王司马颖所救，遂视成都王为中兴之主。热衷功名，曾与陆云、潘岳、左思、石崇等诣事贾谧，号称"二十四友"。当时八王乱象已生，乡人劝机激流勇退，全身还吴，不听，入颖幕府，表为平原内史，世称陆平原。太安二年（303）成都王讨伐长沙王司马乂，任陆机为后将军、河北大都督，率二十万大军做前锋，兵败受谗，为司马颖所杀，灭三族，成为"八王之乱"的牺牲品，年四十三岁。其弟陆云亦同时被杀，年四十二岁。机临刑前释戎装而换文士服，神色自若，叹曰："欲闻华亭鹤唳，可复得乎！"幡然悔悟，为时已晚。事见《晋书》卷五十四《陆机传》。陆机是西晋太康、元康时期最负盛名的作家，和潘岳齐名，二人为西晋诗风的代表者。其作品成就及潘陆高下，两晋南北朝时已屡被论及，张华、葛洪、孙绰等都有评论名言，但今天看来其评皆过其实，时代艺术标准使然。陆机诗的总体风格，一是内容表现为拟古，二是形式表现为繁缛。其《文赋》在中国文学理论史上享有崇高地位。陆机著述颇丰，《隋书·经籍志》著录"晋平原内史陆机集十四卷，梁四十七卷，录一卷"，已散佚。另有《晋纪》四卷、《洛阳记》一卷、《要览》二卷、《吴牵》二卷、《连珠》一卷等，亦散佚。南宋徐民瞻得遗文十卷，与陆云集合刻为《晋二俊文集》，明代陆元大翻刻为今之通行的《陆士衡集》，又明张溥辑有《陆平原集》。人民文学出版社曾出版有郝立权注《陆士衡诗注》。今存诗歌一百零七首，其中五言诗六十余首。诗见逯钦立辑校《先秦汉魏晋南北朝诗》晋诗卷五，本条附录录四。机另存文四十七篇。《先秦汉魏晋南北朝诗》晋诗卷辑录，本条附录录四。②其源出于陈思：钟嵘认为，曹植"骨气奇高，词采华茂"，而陆机"才高辞赡，举体华美"，诗风相近，所以确认陆机源于曹植。齐梁时代，不少文人如刘勰、萧绎都将曹陆并称，至明代宋濂仍称"陆士衡兄弟则仿子建"（《答章秀才论诗书》），清代何焯也认为陆机《乐府》可以直追曹植和王粲（《义门读书记》）。③辞赡（shàn）：文辞宏富。④举体：全身，全体。⑤"气少"二句：气骨少于刘桢，文采逊于王粲。按：王运熙先生称，钟嵘评诗，主张风力文采二者兼具，他评刘桢为"仗气"，王粲为"文秀"，认为刘王虽各在其中一方面胜于陆机，但刘则文采不足，王则气力羸弱；陆机诗虽气力逊于刘桢，文采不如王粲，但又不似二人之偏胜，而是比较全面；就气与文二者结合较好而言，陆机继承了曹植的优点，兼有刘桢和王粲二人之美。公干，刘桢的字；仲宣，王粲的字。⑥规矩：指五言诗的体式法度和规范。一云指陆机诗歌多模仿因袭之作，对前人五言诗亦步亦趋。⑦绮错：交错，如丝织品的花纹纵横交错，此指词藻的错综变化。⑧直致：自然率直，直抒胸臆。奇：奇致，美。⑨咀嚼英华：咀嚼花朵，喻指体会玩味前代优秀作品。英华，花朵。⑩厌饫（yù）膏泽：饱餐美味，喻指汲取前代文学遗产的精华。厌饫，饱餐。厌，满足；饫，饱食。膏泽，肥美养分。⑪文章：指诗歌，此似指代诗风。⑫张公：指张华，西晋作家详见中品"晋司空张华诗"条注①。叹其大才：事见南朝宋刘义庆《世说新语·文学》刘孝标注引《文章传》，其中云："机善属文，司空张华见其文章，篇篇称善，犹讥其作文大冶，谓曰：'人之作文，患于不才；至子为文，乃患太多也。'"按：杨明先生注云：所谓才多，包括能大量调遣组织词藻而言，词藻盛多，在当时看来是优点，但若太过，就又成了缺点，故张华批评陆机"乃患太多"。

[译文]

陆机诗歌的风格从陈思王曹植而来。才华高超，文辞宏富，整体华美繁密。气骨少于刘桢，文采逊于王粲。崇尚五言诗的体式规范，重视词藻的错综变化，损伤了作品的直率自然之美。但是他的诗歌体会玩味、充分吸收前代文学遗产的精华，成为开启一代诗风的渊薮。张华曾赞叹他的大才，确实如此！

[附录]

陆机五言诗

（一）赴洛道中作二首其一

总辔登长路，呜咽辞密亲。借问子何之，世网婴我身。永叹遵北渚，遗思结南津。行行遂已远，野途旷无人。山泽纷纡余，林薄杳阡眠。虎啸深谷底，鸡鸣高树巅。哀风中夜流，孤兽更我前。悲情触物感，沉思郁缠绵。伫立望故乡，顾影凄自怜。

（二）赴洛道中作二首其二

远游越山川，山川修且广。振策陟崇丘，案辔遵平莽。夕息抱影寐，朝徂衔思往。顿辔倚嵩岩，侧听悲风响。清露坠素辉，明月一何朗。抚枕不能寐，振衣独长想。

（以上录自《文选》卷二十六）

（三）拟古诗十二首·拟明月何皎皎

安寝北堂上，明月入我牖。照之有余晖，揽之不盈手。凉风绕曲房，寒蝉鸣高柳。踟蹰感节物，我行永已久。游宦会无成，离思难常守。

（四）拟古诗十二首·拟西北有高楼

高楼一何峻！岩岩峻而安。绮窗出尘冥，飞阶蹑云端。佳人抚琴瑟，纤手清且闲。芳气随风结，哀响馥若兰。玉容谁得顾？倾城在一弹。伫立望日昃，踯躅再三叹。不怨伫立久，但愿歌者欢。思驾归鸿羽，比翼双飞翰。

（以上录自《文选》卷三十）

晋黄门郎潘岳诗[①]

其源出于仲宣[②]。《翰林》叹其翩翩奕奕[③]，如翔禽之有羽毛,衣被之有绡縠④,犹浅于陆机⑤。谢混云⑥:"潘诗烂若舒锦,无处不佳;陆文如披沙简(拣)金,往往见宝⑦。"嵘谓益寿轻华⑧,故以潘[为]胜;《翰林》笃论⑨,故叹陆为深。余常言:陆才如海,潘才如江⑩。

[注释]

①黄门郎:此处是给事黄门侍郎的简称,职为侍从皇帝、传达诏命之职,魏晋后地位渐重,掌机密文件,备皇帝顾问。潘岳(247~300):西晋作家。字安仁,中牟(今河南中牟县东)人。少以聪慧扬名乡里,被称为神童。貌美,与夏侯湛并为美男联璧,世称"潘安之貌"。早年举秀才,热心仕进,与石崇、左思、陆机、陆云、刘琨等人投贾谧门下,有"二十四友"之称,潘岳为"二十四友"之首。其与石崇争事贾谧,构陷愍怀太子,尤为人诟病。曾先任河阳令、怀县令、尚书度支郎、长安令等职,后任著作郎、散骑常侍、给事黄门侍郎等职。永康元年(300),赵王司马伦政变,杀贾谧。中书令孙秀诬岳谋奉淮南王司马允、齐王司马冏之命作乱,与石崇、欧阳建等同时被杀,灭三族。事见《晋书》卷五十五《潘岳传》。潘岳诗文与陆机齐名,并称"潘陆",又与其侄潘尼并称"两潘"。潘陆是以太康文学为标志的西晋文风的代表人物,东晋孙绰称二人的诗风特点为"潘文浅而净,陆文深而芜"。但今天看来,潘岳作品多美化当时统治集团和抒写伤春悲秋之情,形式趋向繁缛华靡,甚至杂芜,并不简净。潘岳尤善哀悼之作,《悼亡诗》三首较有名,可代表他的风格。《隋书·经籍志》著录"晋黄门郎潘岳集十卷",已散佚。明人张溥辑有《潘黄门集》。今存诗十九首五十余章,断句若干,逯钦立辑校《先秦汉魏晋南北朝诗》晋诗卷四辑录。本条附录选五。另存文六十一篇。②其源出于仲宣:《晋书》本传称潘岳诗"词藻绝丽",长于抒情,王粲则"文秀","善发愀怆之词",所以被钟嵘规为"源出于仲宣"。明代宋濂和清代刘熙载也分别在《答章秀才论诗书》、《艺概·诗概》中称"(潘岳)学仲宣","王仲宣潘安仁悲而不壮",可印证钟嵘观点。促宣,粲的字,已见上品。③《翰林》:指东晋李充《翰林论》,其书已佚,今存少量佚文于《太平御览》等类书中。翩翩奕奕:均形容文辞美好。④绡縠(xiāohú):轻纱薄纱一类丝织品。绡,生丝织的丝织品;縠,有绉文的薄纱。⑤犹浅于陆机:《翰林论》

此论已佚,可用《世说新语·文学》孙绰评语"潘文浅而净,陆文深而芜"印证。⑥谢混:东晋作家,详见中品"晋仆射谢混诗"条注②。⑦"潘诗"四句:《世说新语·文学》亦载相同内容,文字略异,乃古代口耳相传所致,但名归东晋孙绰,云:"孙兴公云:潘文烂若披锦,无处不善。陆文若排沙简金,往往见宝。"烂,灿烂。舒锦,舒展开的锦缎。披沙拣金,扒开沙砾淘金粒,犹去粗取精。披,扒开;拣,淘取。⑧益寿:谢混的小字。轻华:指谢混的诗歌特点轻绮华美,与潘岳相类。一云指轻视,即不同意张华对陆机"才多"的评论,"华"乃张华之"华"。⑨笃论:笃于论,注重议论。一云确论,忠肯切实的议论。一云深入的议论。⑩"陆才"二句:是说陆机的文才大于潘岳;似亦指陆机诗歌风格深广,潘岳诗歌风格流丽。

[译文]

潘岳诗歌的风格从王粲而来。东晋李充《翰林论》赞叹他的诗歌文辞美好,犹如飞翔的鸟儿有漂亮的羽毛,衣服被子有美丽的薄纱,而且比陆机的诗歌浅显。谢混说:"潘岳的诗歌灿烂好像舒展开的锦缎,无处不美;陆机的作品好像扒开沙子淘金粒,往往看见宝贝。"我钟嵘认为谢混的诗歌轻绮华美,因此谢混认为潘岳的诗歌胜过陆机;《翰林论》注重议论,所以其赞叹陆机的作品深过潘岳。我常说:陆机的文才如大海,潘岳的文才如长江。

[附录]

潘岳五言诗

(一) 悼亡诗三首其一

荏苒冬春谢,寒暑忽流易。之子归穷泉,重壤永幽隔。私怀谁克从,淹留亦何益?僶俛恭朝命,回心反初役。望庐思其人,入室想所历。帷屏无仿佛,翰墨有余迹。流芳未及歇,遗挂犹在壁。怅怳如或存,周遑忡惊惕。如彼翰林鸟,双栖一朝只。如彼游川鱼,比目中路析。春风缘隙来,晨溜承檐滴。寝息何时忘,沉忧日盈积。庶几有时衰,庄缶犹可击。

（二）悼亡诗三首其二

皎皎窗中月，照我室南端。清商应秋至，溽暑随节阑。凛凛凉风升，始觉夏衾单。岂曰无重纩，谁与同岁寒。岁寒无与同，朗月何胧胧。展（辗）转眄枕席，长簟竟床空。床空委清尘，室虚来悲风。独无李氏灵，仿佛睹尔容。抚衿长叹息，不觉涕沾胸。沾胸安能已，悲怀从中起。寝兴目存形，遗音犹在耳。上惭东门吴，下愧蒙庄子。赋诗欲言志，此志难具纪。命也可奈何，长戚自令鄙。

（以上录自《文选》卷二十三）

（三）河阳县作诗二首其一

微身轻蝉翼，弱冠忝嘉招。在疚妨贤路，再升上宰朝。猥荷公叔举，连陪厕王寮。长啸归东山，拥耒耨时苗。幽谷茂纤葛，峻岩敷荣条。落英陨林趾，飞茎秀陵乔。卑高亦何常，升降在一朝。徒恨良时泰，小人道遂消。譬如野田蓬，斡流随风飘。昔倦都邑游，今掌河朔谣。登城眷南顾，凯风扬微绡。洪流何浩荡，修芒郁岩峣。谁谓晋京远，室迩身实辽。谁谓邑宰轻？令名患不劭。人生天地间，百岁孰能要？颓如槁石火，瞥若截道飚。齐都无遗声，桐乡有余谣。福谦在纯约，害盈犹矜骄。虽无君人德，视民庶不恌。

（四）在怀县作二首其一

南陆迎修景，朱明送末垂。初伏启新节，隆暑方赫羲。朝想庆云兴，夕迟白日移。挥汗辞中宇，登城临清池。凉飙自远集，轻襟随风吹。灵圃耀华果，通衢列高椅。瓜瓞蔓长苞，姜芋纷广畦。稻栽肃仟仟，黍苗何离离。虚薄乏时用，位微名日卑。驱役宰两邑，政绩竟无施。自我违京辇，四载迄于斯。器非廊庙姿，屡出固其宜。徒怀越鸟志，眷恋想南枝。

（五）在怀县作二首其二

春秋代迁逝，四运纷可喜。宠辱易不惊，恋本难为思。我来冰未泮，时暑忽隆炽。感此还期淹，叹彼年往驶。登城望郊甸，游目历朝寺。小国寡民务，终日寂无事。白水过庭激，绿槐夹门植。信美非吾土，祇搅怀归志。卷然顾巩洛，山川邈离异。愿言旋旧乡，畏此简书忌。祇奉社稷守，恪居处职司。

（以上录自《文选》卷二十六）

晋黄门郎张协诗①

其源出于王粲②。文体华净③，少病累。又巧构形似之言④，雄于潘岳，靡于大（太）冲⑤。风流调达⑥，实旷代之高手（才）⑦。词彩（采）葱蒨⑧，音韵铿锵⑨，使人味之，亹亹不倦⑩。

[注释]

①张协（？～307）：西晋作家。字景阳，安平武邑（今河北武邑）人。少有俊才，曾任秘书郎、华阴令、中书侍郎、河间内史等职。晋惠帝司马衷末年，协见天下纷乱，遂隐居不仕，以文章自娱。晋怀帝司马炽永嘉初年（307），征为黄门侍郎，托病不就，以疾卒于家。事见《晋书》卷五十五《张载传》附。张协在文学上与兄张载、弟张亢（一云张华）齐名，并称"三张"，文稍逊于兄，但诗独劲出，尤擅长五言，笔法洗练传神，诗境凄婉，词藻清丽。《杂诗》十首最为后人称道，代表他的五言诗风格。《隋书·经籍志》著录"晋黄门郎张协集三卷，梁四卷，录一卷"，已散佚。明人张溥辑有《张孟阳景阳集》。今存诗十三首，残篇断句若干，逯钦立辑校《先秦汉魏晋南北朝诗》晋诗卷辑录，本条附录选六。②其源出于王粲：钟嵘评张协五言诗"文体华净，少病累"，刘勰《文心雕龙·才略》评王粲诗"文多兼善，辞少瑕累"，二人有相近之处，故钟嵘认为"源出于王粲"。明人宋濂也认为"张景阳学仲宣"（《答章秀才论诗书》）。③文体：作品风格。文，指诗歌；体，风格，体貌。华净：华美洁净，华美干净。一云"净"为明净。④形似：描摹物象，形象逼真。⑤"雄于"二句：是说张协诗气骨强于潘岳，辞采美于左

思。靡，绮靡，美；太冲，西晋作家左思的字，详见上品"晋记室左思诗"条注①。⑥调达：俊逸洒脱。⑦旷代：绝代，绝世无双。旷，空缺。⑧葱蒨(qiàn)：草木青翠茂盛的样子，此喻指辞采丰富生动。⑨铿(kēng)锵：金玉相击声，象声词，形容声音清脆响亮和谐。⑩亹亹(wěi)：同"娓娓"，形容美好动人、勤勉不倦的样子。

[译文]

张协诗歌的风格从王粲而来。作品风格华美干净，很少有累赘的毛病。又善于巧妙地组织形象传神的语言。比潘岳的诗歌雄壮刚健，比左思的诗歌绮靡华美。风流畅达，俊逸潇洒，确实是绝世无双的高才。词采丰富生动，音韵清脆响亮。使人品味欣赏起来，感觉美好动人不知疲倦。

[附录]

张协五言诗

（一）杂诗十首其一

秋夜凉风起，清气荡暄浊。蜻蜥吟阶下，飞蛾拂明烛。君子从远役，佳人守茕独。离居几何时？钻燧忽改木。房栊无行迹，庭草萋以绿。青苔依空墙，蜘蛛网四屋。感物多所怀，沉忧结心曲。

（二）杂诗十首其三

金风扇素节，丹霞启阴期。腾云似涌烟，密雨如散丝。寒花发黄采，秋草含绿滋。闲居玩万物，离群恋所思。案无萧氏牍，庭无贡公綦。高尚遗王侯，道积自成基。至人不婴物，余风足染时。

（三）杂诗十首其四

朝霞迎白日，丹气临汤谷。翳翳结繁云，森森散雨足。轻风摧劲草，凝霜竦高木。密叶日夜疏，丛林森如束。畴昔叹时迟，晚节悲年促。岁暮怀百忧，将从季主卜。

（四）杂诗十首其七

此乡非吾地，此郭非吾城。羁旅无定心，翩翩如悬旌。出睹军马阵，入闻鞞鼓声。常惧羽檄飞，神武一朝征。长铗鸣鞘中，烽火列边亭。舍我衡门衣，更被缦胡缨。畴昔怀微志，帷幕窃所经。何必操干戈，堂上有奇兵。折冲樽俎间，制胜在两楹。巧迟不足称，拙速乃垂名。

（五）杂诗十首其九

结宇穷冈曲，耦耕幽薮阴。荒庭寂以闲，幽岫峭且深。凄风起东谷，有渰兴南岑。虽无箕毕期，肤寸自成霖。泽雉登垄雊，寒猿拥条吟。溪壑无人迹，荒楚郁萧森。投耒循岸垂，时闻樵采音。重基可拟志，回渊可比心。养真尚无为，道胜贵陆沉。游思竹素园，寄辞翰墨林。

（以上录自《文选》卷二十九）

（六）杂诗十首其十（又名《苦雨》）

墨蜺跃重川（渊），商羊舞野庭。飞廉应南箕，丰隆迎号屏。云根临八极，雨足洒四溟。霖沥过二旬，散漫亚九龄。阶下伏泉涌，堂上水苔（衣）生。洪潦浩方割，人怀昏垫情。沉液潄陈根，绿叶腐秋茎。里无曲突烟，路无行轮声。环堵自颓毁，垣间不隐形。尺烬重寻桂，红粒贵瑶琼。君子守固穷，在约不爽贞。虽荣田方赠，惭为沟壑名。取志于陵子，比足黔娄生。

（录自《艺文类聚》卷二，又见逯钦立《先秦汉魏晋南北朝诗》晋诗卷七）

晋记室左思诗[①]

其源出于公干[②]。文典以怨[③]，颇为情（清）切[④]，得讽喻之致⑤。虽野（浅）于陆机，而深于潘岳⑥。谢康乐常言⑦："左太冲诗，潘安仁诗⑧，古今难比。"

[注释]

①记室：掌书记之官。左思（250？~305？252？~306？）：西晋著名作家，字太冲，齐国临淄（今山东淄博）人。出身寒微，少博览群书，遍阅名家，貌丑口讷，不善交游，足不出户。晋武帝司马炎泰始八年（272），其妹左芬以才德选入宫中，被晋武帝纳为美人，左思乃移家京师，任秘书郎。晋惠帝司马衷元康年间（291~299），权臣贾谧招揽文人，时左思因《三都赋》出名，遂与陆机、陆云、潘岳等侍其门下，号为"二十四友"，左思为贾谧讲《汉书》。贾谧被诛后，左思退隐，专意典籍。齐王司马同命其为记室督，辞不就。太安二年（303），皇室内讧，京师大乱，乃迁居冀州，数岁，以疾卒，年约五十余岁。事见《晋书》卷九十二《文苑传》。据本传称，左思初入洛阳，曾闭门十年，构思写成《三都赋》，名震京都，豪贵之家竞相传写，洛阳为之纸贵。但是奠定他文学地位的，则是《咏史诗》八首，这组五言诗，继承了建安文学的优良传统，托古讽今，对门阀制度进行了揭露和批判，抒写了寒士的理想、不平与抗争，表现了对士族的轻蔑与嘲讽，直抒胸臆，风格挺健，语言醇朴遒劲，被称为"左思风力"。《隋书·经籍志》著录"晋齐王府记室左思集二卷。梁有五卷，录一卷"，已散佚。明人张溥辑有《左太冲集》。今存诗十五首，其中五言诗十三首，逯钦立辑校《先秦汉魏晋南北朝诗》晋诗卷七辑录。本条附录选八。②其源出于公干：左思以风力胜，在形式上不事雕琢，故被钟嵘视为源出于"壮气爱奇"、"雕润恨少"的刘桢。明人宋濂、清人刘熙载亦分别在《答章秀才论诗书》、《艺概·诗概》中持相同观点。③文：指诗。典：典雅，指左思《咏史诗》多征引史事。怨：怨刺，指左思诗歌多借古人事迹批判现实，抒寒士不平。④清切：清朗恰切。⑤得讽喻之致：得到了委婉曲折讽刺时政的情致。⑥"虽浅"二句：是说左思五言《咏史诗》比陆机诗肤浅，但比潘岳诗深刻。⑦谢康乐：即谢灵运，详见上品"宋临川太守谢灵运诗"条注①。常：即尝，曾。⑧潘安仁：即潘岳。

[译文]

左思诗歌的风格从刘桢而来。诗中多引古事而抒发怨恨之情，颇为清朗恰切，有讽喻时政的情致。虽然比陆机的诗歌肤浅，但比潘岳的诗歌深刻。谢灵运曾说："左思的诗歌，潘岳的诗歌，古人和今人都难以相比。"

[附录]

左思五言诗

（一）咏史八首其一

弱冠弄柔翰，卓荦观群书。著论准《过秦》，作赋拟《子虚》。边城苦鸣镝，羽檄飞京都。虽非甲胄士，畴昔览穰苴。长啸激清风，志若无东吴。铅刀贵一割，梦想骋良图。左眄澄江湘，右盼定羌胡。功成不受爵，长揖归田庐。

（二）咏史八首其二

郁郁涧底松，离离山上苗。以彼径寸茎，荫此百尺条。世胄蹑高位，英俊沉下僚。地势使之然，由来非一朝。金张籍（藉）旧业，七叶珥汉貂。冯公岂不伟？白首不见招。

（三）咏史八首其三

吾希段干木，偃息藩魏君。吾慕鲁仲连，谈笑却秦军。当世贵不羁，遭难能解纷。功成不受赏，高节卓不群。临组不肯绁，对圭不肯分。连玺耀前庭，比之犹浮云。

（四）咏史八首其五

皓天舒白日，灵景耀神州。列宅紫宫里，飞宇若云浮。峨峨高门内，蔼蔼皆王侯。自非攀龙客，何为欻来游？被褐出阊阖，高步追许由。振衣千仞岗，濯足万里流。

（五）咏史八首其六

荆轲饮燕市，酒酣气益振。哀歌和渐离，谓若傍无人。虽无壮士节，与世亦殊伦。高眄邈四海，豪右何足陈？贵者虽自贵，视之若埃尘。贱者虽自贱，重之若千钧。

（六）咏史八首其七

主父宦不达，骨肉还相薄。买臣困采樵，伉俪不安宅。陈平无产业，归来翳负郭。长卿还成都，壁立何寥廓。四贤岂不伟，遗烈光篇籍。当其未遇时，忧在填沟壑。英雄有屯邅，由来自古昔。何世无奇才，遗之在草泽。

（七）咏史八首其八

习习笼中鸟，举翮触四隅。落落穷巷士，抱影守空庐。出门无通路，枳棘塞中途。计策弃不收，块若枯池鱼。外望无寸禄，内顾无斗储。亲戚还相蔑，朋友日夜疏。苏秦北游说，李斯西上书。俯仰生荣华，咄嗟复雕枯。饮河期满腹，贵足不愿余。巢林栖一枝，可为达士模。

（以上录自《文选》卷二十一）

（八）招隐诗二首其一

杖策招隐士，荒途横古今。岩穴无结构，丘中有鸣琴。白雪停阴岗，丹葩曜阳林。石泉漱琼瑶，纤鳞亦浮沉。非必丝与竹，山水有清音。何事待啸歌，灌木自悲吟。秋菊兼糇粮，幽兰间重襟。踌躇足力烦，聊欲投吾簪。

（录自《文选》卷二十二）

宋临川太守谢灵运诗[①]

其源出于陈思，杂有景阳之体[②]。故尚巧似[③]，而逸荡过之[④]，颇以繁芜为累[⑤]。嵘谓：若人学多才博（兴多才高而学博）[⑥]，寓目辄书[⑦]，内无乏思[⑧]，外无遗物[⑨]，其繁富，宜哉！然名章迥（秀）句[⑩]，处处间起[⑪]；丽典（曲）新声，络绎奔会（发）[⑫]。譬犹青松之拔灌木，白玉之映尘沙[⑬]，未足贬其高洁也。

初，钱塘杜明师夜梦东南有人来入其馆⑭，是夕即灵运生于会稽⑮。旬日而谢玄（安）亡⑯。其家以子孙难得，送灵运于杜治养之⑰，十五方还都⑱，故名"客儿"⑲。

[注释]

①临川太守：《宋书》本传称临川内史。宋用晋制，郡称太守，王国太守称内史，临川（治所在今江西抚州市西）为王国，所以当称临川内史。但因内史职掌与郡太守相同，因此又混称太守。谢灵运（385～433）：南朝宋著名山水诗人。陈郡阳夏（今河南太康）人，世居会稽（今浙江绍兴）。东晋名将谢玄之孙。幼时寄养于杭州道观，族人因名为"客儿"，世称"谢客"。十八岁袭封康乐公，世称"谢康乐"。少好学，在建康与谢混、谢瞻、谢晦、谢弘微以文相会，被称为"乌衣之游"。入宋，宋武帝刘裕将其降公爵为侯爵，起为散骑常侍，转太子左卫率，自以才宜参机要，刘裕以为文学侍臣，颇不平。先后为永嘉太守、秘书监、侍中、临川内史等职，在任不理政务，肆意遨游，今存山水诗，大半作于永嘉太守任内。宋文帝刘义隆时期，先后在始宁寻山涉岭，伐木开径。在临川内史任，仍遨游不止，终被治罪。灵运本有政治抱负，晋宋易代，政治失意，放浪形骸，渐萌逆志，为有司所弹劾，抗拒抓捕，逃逸被擒。流徙广州，后以谋反罪被杀于广州。事见《宋书》卷六十七、《南史》卷十九《谢灵运传》。谢灵运纵情山水，肆意遨游，多所吟咏。其诗大都描绘会稽、永嘉、彭蠡湖等地的山水名胜，善于刻画自然景物，是中国文学史上山水诗派的开创者，历被视为山水诗派之祖。灵运在晋宋之际最负诗名，与颜延之、鲍照并称"元嘉三大家"，号为江左第一，远近钦慕，名动京师。每有一诗至都邑，贵贱莫不竞写，一夜之间，士庶皆遍。谢诗善于描摹，富丽精工，意象清新，多存佳句。谢灵运著述极丰，多达二十余种。《隋书·经籍志》著录"宋临川内史谢灵运集十九卷，梁二十卷，录一卷"，已散佚。另有《诗集》五十卷、《诗集钞》十卷、《诗英》十卷、《赋集》九十二卷，又有《晋书》三十六卷，《四部目录》达六万余卷等，皆见《隋书·经籍志》著录。多散佚，仅存残文。明人张溥辑有《谢康乐集》。中州古籍出版社曾出版有顾绍柏《谢灵运集校注》。今存诗九十余首，其中五言诗约八十首，《先秦汉魏晋南北朝诗》宋诗卷二卷三辑录，本条附录选十三首。②"其源"二句：钟嵘

评曹植诗"骨气奇高，词采华茂"，谢灵运也是"才高词盛，富艳难踪"，因此认为其"源出于陈思"。吕德申云：谢灵运善于描摹刻画事物，特别是长于描写自然山水，故又认为他杂有"巧构形似之言"的张协（字景阳）之"体"。明人宋濂《答章秀才论诗书》亦基本信从钟嵘此论，认为"三谢（谢灵运、谢惠连、谢朓）亦本子建，而杂参于郭景纯"。明胡应麟《诗薮·内编》卷二认为"灵运之词，渊源潘陆"，而陆机本来就是"源出于陈思"的，所以也间接印证了钟嵘之论。清人陈祚明《采菽堂古诗选》卷十二亦认为张协"风气微开康乐"。③尚：崇尚，喜好。巧似："巧构形似"的简称，巧妙地组织形象传神的语言，即描摹景象形象逼真。④逸荡：不受拘束，放纵不节制，指谢诗纵情描绘不剪裁。之：指张协。⑤繁芜：繁缛芜杂。累：毛病。⑥若人：此人，指谢灵运。兴：兴致，感兴，指外物所引发的创作激情与灵感。⑦寓目：看到，过目。辄：就，则，便。⑧乏思：指缺乏情思，诗思枯竭。⑨遗物：指未被描写到的景物。⑩名章：名篇。⑪间起：不断涌现。⑫络绎（yì）：接连不断。⑬青松、白玉：喻谢诗中的名句。拔：超出。灌木、尘沙：喻谢诗中繁芜的诗句。⑭钱塘：今浙江杭州，当时属吴郡。杜明师：杜冔（bǐng），字叔恭，钱塘人，东晋著名道士，卒后其信徒弟子谥曰明师。⑮会稽：郡名，治所在今浙江绍兴市。⑯谢安（320～385）：东晋政治家，字安石。位至宰相，谢灵运从曾祖，谢玄叔父，"淝水之战"总策划。⑰杜治：指杜明师处。治，道士家中静室，进行宗教活动之所。⑱都：指东晋首都建康（今江苏南京）。⑲按："初……'客儿'"一段传说，出于南朝宋刘敬叔《异苑》，钟嵘当时抄录《异苑》之文。也有学者怀疑《诗品》原不载此故事，乃后人旁书《异苑》故事，误被后人作为原文而阑入。

[译文]

谢灵运诗歌的风格从曹植而来，又杂有张协的风格。所以崇尚描绘景物形象逼真，但放纵笔墨超过了张协，颇有繁缛芜杂的毛病。我认为此人感兴多、诗才高、学问博，见到就写，内心没有缺乏情思之时，眼前没有遗漏不入诗之物，其诗繁缛，是当然的啊！然而，其中著名篇章秀美的诗句，处处不断涌现，美丽的曲辞，清新的声调，接连不断地奔涌而来。就好像灌木不足以贬损挺拔在灌木丛中的青松、尘沙不足以贬损映照在尘沙之上的白玉一样，一般人不足以贬损谢灵运诗歌的高洁。

当初，钱塘人道士杜明师，夜里梦见东南方向有人进入他的道观，那天晚上谢灵运就在会稽出生。过了十天，他的从曾祖谢安便去世了。他们家因为子孙难得，就把灵运送到杜明师静室寄养，直到十五岁才回到京都建康，所以小名称为"客儿"。

[附录]

谢灵运五言诗

（一）登池上楼

潜虬媚幽姿，飞鸿响远音。薄霄愧云浮，栖川怍渊沉。进德智所拙，退耕力不任。徇禄反穷海，卧疴对空林。[衾枕昧节候，褰开暂窥临。]倾耳聆波澜，举目眺岖嵚。初景革绪风，新阳改故阴。池塘生春草，园柳变鸣禽。祁祁伤豳歌，萋萋感楚吟。索居易永久，离群难处心。持操岂独古，无闷征在今。

（二）石壁精舍还湖中作

昏旦变气候，山水含清晖。清晖能娱人，游子憺忘归。出谷日尚早，入舟阳已微。林壑敛暝色，云霞收夕霏。芰荷迭映蔚，蒲稗相因依。披拂趋南径，愉悦偃东扉。虑澹物自轻，意惬理无违。寄言摄生客，试用此道推。

（以上录自《文选》卷二十二）

（三）登江中孤屿

江南倦历览，江北旷周旋。怀新道转迥，寻异景不延。乱流趋正绝，孤屿媚中川。云日相辉映，空水共澄鲜。表灵物莫赏，蕴真谁为传？想象昆山姿，缅邈区中缘。始信安期术，得尽养生年。

（四）入彭蠡湖口

客游倦水宿，风潮难具论。洲岛骤回合，圻岸屡崩奔。乘月听哀狁，浥露馥芳荪。春晚绿野秀，岩高白云屯。千念集日夜，万感盈朝昏。攀崖照石镜，牵叶入松门。三江事多往，九流理空存。露物叄珍怪，异人秘精魂。金膏灭明光，水碧缀流温。徒作千里曲，弦绝念弥敦。

（以上录自《文选》卷二十六）

拟魏太子邺中集诗八首并序

建安末，余时在邺宫，朝游夕宴，究欢愉之极。天下良辰美景，赏心乐事，四者难并。今昆弟友朋，二三诸彦，共尽之矣。古来此娱，书籍未见，何者？楚襄王时有宋玉、唐、景，梁孝王时有邹、枚、严、马，游者美矣，而其主不文；汉武帝［时］，徐、乐诸才，备应对之能，而雄猜多忌，岂获晤言之适？不诬方将，庶必贤于今日尔。岁月如流，零落将尽，撰文怀人，感往增怆。其辞曰：

（五）魏太子

百川赴巨海，众星环北辰。照灼烂霄汉，遥裔起长津。天地中横溃，家王拯生民。区宇既涤荡，群英必来臻。忝此钦贤性，由来常怀仁。况值众君子，倾心隆日新。论物靡浮说，析理实敷陈。罗缕岂阙辞？窈窕究天人。澄觞满金罍，连榻设华茵。急弦动飞听，清歌拂梁尘。何言相遇易，此欢信可珍。

（六）王粲

家本秦川，贵公子孙，遭乱流寓，自伤情多。

幽厉昔崩乱，桓灵今板荡。伊洛既燎烟，函崤没无像。整装辞秦川，秣马赴楚壤。沮漳自可美，客心非外奖。常叹诗人言，式微何由往。上宰奉皇灵，侯伯咸宗长。云骑乱汉南，纪郢皆扫荡。排雾属盛明，披云对清朗。庆泰欲重叠，公子特先赏。不谓息肩愿，一旦值明两。并载游邺京，方舟泛河广。绸缪清宴娱，寂寥梁栋响。既作长夜饮，岂顾乘日养！

（七）刘桢

卓荦偏人，而文最有气，所得颇经奇。

贫居晏里闬，少小长东平。河兖当冲要，沦飘薄许京。广川无逆流，招纳厕群英。北渡黎阳津，南登纪郢城。既览古今事，颇识治乱情。欢友相解达，敷奏究平生。契荷明哲顾，知深觉命轻。朝游牛羊下，暮坐括揭鸣。终岁非一日，传卮弄新声。辰事既难谐，欢愿如今并。唯羡肃肃翰，缤纷戾高冥。

（八）平原侯植

公子不及世事，但美遨游，然颇有忧生之嗟。

朝游登凤阁，日暮集华沼。倾柯引弱枝，攀条摘蕙草。徙倚穷骋望，目极尽所讨。西顾太行山，北眺邯郸道。平衢修且直，白杨信袅袅。副君命饮宴，欢娱写怀抱。良游匪昼夜，岂云晚与早。众宾悉精妙，清辞洒兰藻。哀音下回鹄，余哇彻清昊。中山不知醉，饮德方觉饱。愿以黄发期，养生念将老。

（以上录自《文选》卷三十）

（九）东阳溪中赠答二首其一

可怜谁家妇？缘流洗素足。明月在云间，迢迢不可得。

（十）东阳溪中赠答二首其二

可怜谁家郎？缘流乘素舸。但问情若为，月就云中堕。

（以上录自《玉台新咏》卷十）

（十一）岁暮

殷忧不能寐，苦此夜难颓。明月照积雪，朔风劲且哀。运往无淹物，年逝觉易催。

（录自《艺文类聚》卷三，又见逯钦立《先秦汉魏晋南北朝诗》宋诗卷三）

（十二）石门岩上宿

朝搴苑中兰，畏彼霜下歇。暝还云际宿，弄此石上月。鸟鸣识夜栖，木落知风发。异音同至听，殊响俱清越。妙物莫为赏，芳醑谁与伐？美人竟不来，阳阿徒晞发。

(十三) 过白岸亭

拂衣遵沙垣，缓步入蓬屋。近涧涓密石，远山映疏木。空翠难强名，渔钓易为曲。援萝聆（临）青崖，春心自相属。交交止栩黄，呦呦食苹鹿。伤彼人百哀，嘉尔承筐乐。荣悴迭去来，穷通成休戚。未若长疏散，万事恒抱朴。

（以上录自《诗纪》卷四十八，又见逯钦立《先秦汉魏晋南北朝诗》宋诗卷二）

谢灵运写景佳句选

(一) 白云抱幽石，绿筱媚清涟。——《过始宁墅》

(二) 晓霜枫叶丹，夕曛岚气阴。——《晚出西射堂》

(三) 云日相辉映，空水共澄鲜。——《登江中孤屿》

(四) 林壑敛暝色，云霞收夕霏。——《石壁精舍还湖中作》

(五) 春晚绿野秀，岩高白云屯。——《入彭蠡湖口》

(六) 池塘生春草，园柳变鸣禽。——《登池上楼》

(七) 野旷沙岸净，天高秋月明。——《初去郡》

(八) 密林含余清，远峰隐半规。——《游南亭》

(九) 近涧涓密石，远山映疏木。——《过白岸亭》

(十) 石横水分流，林密蹊绝踪。——《于南山往北山经湖中瞻眺诗》

(十一) 石浅水潺湲，日落山照耀。——《七里濑》

(十二) 明月照积雪，朔风劲且哀。——《岁暮》

诗品中

汉上计秦嘉① 嘉妻徐淑②诗

[士会]夫妻事既可伤,文亦凄怨③。[二汉]为五言者,不过数家,而妇人居二④。徐淑叙别之作⑤,亚于《团扇》矣⑥。

[注释]

①上计:汉时地方官在年末将辖境内户口、田地、收支、盗贼、狱讼等情况编辑成册,派遣官吏上报,称上计,所遣官吏称上计掾,亦简称上计。秦嘉作为陇西太守的上计掾入京,故称上计。秦嘉:东汉时作家,生卒年不详。字士会,陇西(治所在今甘肃临洮)人。东汉桓帝时,举上计掾,赴洛阳,妻徐淑患病还母家,不及面别,作诗为赠。嘉在洛阳时,任黄门郎,夫妇相互赠答,托诗寄意,后病卒于津乡亭。事见徐陵《玉台新咏》秦嘉《赠妇诗》三首序。秦嘉作品今存《与妻徐淑书》、《重报妻书》二篇,五言《赠妇诗》三首,四言《赠妇诗》一首,四言《述昏诗》一首,残篇断句若干,以五言《赠妇诗》为最著名。今人逯钦立《先秦汉魏晋南北朝诗》汉诗卷六辑录秦嘉诗歌,本条附录录五言诗三首。②徐淑:东汉女作家,生卒年不详,秦嘉之妻,与嘉同郡,有才学。其夫为郡上计掾,赴洛阳后相互赠答,表示怀念之情。秦嘉后来客死他乡,她抗拒其兄威逼,守志不嫁,有一女,又乞养一子,

思夫哀伤而卒。事见徐陵《玉台新咏》秦嘉《赠妇诗》三首序、《太平御览》卷四四一引杜预《女记》、《铁桥漫录》卷七《后汉秦嘉妻徐淑传》等。《隋书·经籍志》著录"梁又有妇人后汉黄门郎秦嘉妻徐淑集一卷",已散佚。今存五言《答秦嘉诗》一首,答书二篇。逯钦立辑校《先秦汉魏晋南北朝诗》汉诗卷六辑录,本条附录转录。③文:此指诗歌。④妇人居二:指西汉班婕妤和东汉徐淑。班婕妤详见上品"汉婕妤班姬诗"条注①。⑤徐淑叙别之作:指徐淑的五言《答秦嘉诗》,详见本条附录。⑥《团扇》:指班婕妤的五言《怨歌行》(又名《怨诗》),诗咏团扇,故称。详见上品"汉婕妤班姬诗"条附录。

[译文]

秦嘉徐淑夫妻离别之事既令人悲伤,诗歌也写得凄楚哀怨。两汉写作五言诗的作家,不过几个人,而女作家就占了两位。徐淑抒写离愁别绪的诗作,仅次于班婕妤的《团扇》诗。

[附录]

秦嘉五言诗

(一)赠妇诗三首其一

人生譬朝露,居世多屯蹇。忧艰常早至,欢会常苦晚。念当奉时役,去尔日遥远。遣车迎子还,空往复空返。省书情凄怆,临食不能饭。独坐空房中,谁与相劝勉。长夜不能眠,伏枕独展(辗)转。忧来如寻(循)环,匪席不可卷。

(二)赠妇诗三首其二

皇灵无私亲,为善荷天禄。伤我与尔身,少小罹茕独。既得结大义,欢乐若不足。念当远离别,思念叙款曲。河广无舟梁,道近隔丘陆。临路怀惆怅,中驾正踯躅。浮云起高山,悲风激深谷。良马不回鞍,轻车不转毂。针药可屡进,愁思难为数。贞士笃终始,恩义不可属。

(三)赠妇诗三首其三

肃肃仆夫征,锵锵扬和铃。清晨当引迈,束带待鸡鸣。顾看空室中,仿佛想姿形。一别怀万恨,起坐为不宁。何用叙我心,遗思致款诚。宝钗可耀首,明镜可鉴形。芳香去垢秽,素琴有清声。诗人感木瓜,乃欲答瑶琼。愧彼赠我厚,惭此往物轻。虽知未足报,贵用叙我情。

徐淑五言(骚体)诗

答秦嘉诗

妾身兮不令,婴疾兮来归。沉滞兮家门,历时兮不差。旷废兮侍觐,情敬兮有违。君今兮奉命,远适兮京师。悠悠兮离别,无因兮叙怀。瞻望兮踊跃,伫立兮徘徊。思君兮感结,梦想兮容辉。君发兮引迈,去我兮日乖。恨无兮羽翼,高飞兮相追。长吟兮永叹,泪下兮沾衣。

(录自《玉台新咏》卷一)

魏文帝诗[①]

其源出于李陵,颇有仲宣之体则[②]。新奇(所制)歌百许篇[③],率皆鄙质如偶语[④]。惟"西北有浮云"十余首[⑤],殊美赡可玩(观)[⑥],始见其工矣[⑦]。不然,[亦]何以铨衡群彦[⑧],对杨(扬)厥弟者(之美)耶[⑨]?

[注释]

①魏文帝:即曹丕(187~226),三国时期魏国的建立者、作家。公元220年至226年在位。丕,字子桓,沛国谯(今安徽亳州市)人,曹操次子,曹植同母(卞氏)兄。汉献帝刘协建安十六年(211)为五官中郎将、副丞相,二十二年(217)立为魏太子,二十五年(220)曹操卒,继位丞相、魏

王。延康元年（220），代汉自立，都洛阳，改延康元年为黄初元年，国号魏。死后谥号文帝。事见《三国志·魏书》卷二《文帝纪》。曹丕爱好文学，天资文藻，和曹植同是曹操网罗文士的中坚力量，为邺下文人集团的领袖，著有《典论》五卷及诗赋百余篇。其《典论·论文》为我国现存最早的文学理论批评专论，涉及文学的本质、地位作用、文体特点、作家作品风格等，影响深远。其诗歌一是写贵族宴游生活，二是描写男女爱情，三是征人思妇题材，后者最能体现曹丕诗的艺术水平。诗风清婉，悱恻动人，有浓烈的民歌风味。与其父曹操的古直悲凉和其弟曹植的风流倜傥相比，他的诗风主要是娟婉的文士气。其诗形式多样，各言皆备，五言诗成就最高。《燕歌行》二首是现存最早的完整的七言诗。《隋书·经籍志》著录"魏文帝集十卷，梁二十三卷"，已散佚。明人张溥辑有《魏文帝集》。今存诗四十余首，残篇断句若干，有四言、五言、六言、七言、杂言等，逯钦立辑校《先秦汉魏晋南北朝诗》卷四辑录本条附录转录五言诗六首、七言诗二首。②"其源"二句：钟嵘评李陵"文多凄［怆］怨之流"，王粲"发愀怆之词"，而曹丕五言的一部分代表作如《杂诗》，与二人诗的风格有相似之处，所以他认为曹丕诗"源出于李陵，颇有仲宣之体则"。同时王粲也"源出于李陵"。仲宣，王粲的字，"建安七子"之一，详见上品"魏侍中王粲诗"条注。体则，体貌法则，仍指风格特色。李陵，西汉作家；仲宣，王粲的字，建安作家。二人已见上品。③百许篇：钟嵘当时所见篇数。④率：大体上，大都。鄙直：鄙俚质朴，粗野直露。偶语：相对私语，对话，指口语。⑤"西北有浮云"：曹丕《杂诗》二首其二的首句，代指该诗。⑥殊：很，极。一云不同。美赡：指文辞华美丰富。⑦工：工巧。⑧铨（quán）衡群彦：指曹丕《典论·论文》及《与吴质书》评论"建安七子"等当代著名作品的优劣得失。衡，衡量轻重的器具，此处引申为衡量评品；群彦，众多人才；彦，有才学的俊杰之士，此处指作家。⑨对扬：对答称扬。用于下对上，习见于西周铜器铭文，《尚书·说命下》、《诗经·大雅·江汉》亦曾用，此处借用为应对，对比。厥弟：指曹植。厥，其，他的。

[译文]

魏文帝曹丕诗歌的风格从李陵而来，又很有王粲诗歌的特色。所创作的百十首诗歌，大都鄙俚质朴像口语。只有"西北有浮云"

等十多首，极为华美丰富，可供观赏，才看得出他诗作的工巧。要不然，他又凭什么作《典论·论文》等评论各位当代著名作家，并可与他弟弟曹植的作品之美相对比呢！

[附录]

曹丕诗歌

五言诗

（一）芙蓉池作

乘辇夜行游，逍遥步西园。双渠相溉灌，嘉木绕通川。卑枝拂羽盖，修条摩苍天。惊风扶轮毂，飞鸟翔我前。丹霞夹明月，华星出云间。上天垂光采（彩），五色一何鲜？寿命非松乔，谁能得神仙？遨游快心意，保己终百年。

（录自《文选》卷二十二）

（二）杂诗二首其一

漫漫秋夜长，烈烈北风凉。展（辗）转不能寐，披衣起彷徨。彷徨忽已久，白露沾我裳。俯视清水波，仰看明月光。天汉回西流，三五正从（纵）横。草虫鸣何悲，孤雁独南翔。郁郁多悲思，绵绵思故乡。愿飞安得翼？欲济河无梁。向风长叹息，断绝我中肠。

（三）杂诗二首其二

西北有浮云，亭亭如车盖。惜哉时不遇，适与飘风会。吹我东南行，南行至吴会。吴会非我乡，安能久留滞。弃置勿复陈，客子常畏人。

（以上录自《文选》卷二十九）

（四）清河作

方舟戏长水，湛淡自浮沉。弦歌发中流，悲响有余音。音声入君怀，凄怆伤人心。心伤安所念，但愿恩情深。愿为晨风鸟，双飞翔北林。

（五）于清河见挽船士新婚与妻别作（逯钦立收作徐干诗）

与君结新婚，宿昔当别离。凉风动秋草，蟋蟀鸣相随。冽冽寒蝉吟，蝉吟抱枯枝。枯枝时飞扬，身体忽迁移。不悲身迁移，但惜岁月驰。岁月无穷极，会合安可知？愿为双黄鹄，比翼戏清池。

（以上录自《玉台新咏》卷二）

（六）善哉行

朝日乐相荣，酣饮不知醉。悲弦激新声，长笛吹清气。弦歌感人肠，四坐皆欢悦。寥寥高堂上，凉风入我室。持满如不盈，有德者能卒。君子多苦心，所愁不但一。慊慊下白屋，吐握不可失。众宾饱满归，主人苦不悉。比翼翔云汉，罗者安所羁？冲静得自然，荣华何足为！

（录自《乐府诗集》卷三十六）

七言诗

（七）燕歌行二首其一

秋风萧瑟天气凉，草木摇落露为霜。群燕辞归雁南翔，念君客游思断肠。慊慊思归恋故乡，何为淹留寄他方？贱妾茕茕守空房，忧来思君不敢忘，不觉泪下沾衣裳。援琴鸣弦发清商，短歌微吟不能长。明月皎皎照我床，星汉西流夜未央。牵牛织女遥相望，尔独何辜限河梁？

（录自《文选》卷二十七）

（八）燕歌行二首其二

别日何易会日难，山川悠远路漫漫。郁陶思君未敢言，寄书浮云往不还。涕零雨面毁形颜，谁能怀忧独不叹！耿耿伏枕不能眠，披衣出户步东西。展诗清歌聊自宽，乐往哀来摧心肝。悲风清厉秋气寒。罗帷徐动经秦轩。仰戴星月观云间。飞鸟晨鸣声可怜，留连顾怀不自存。

（录自《乐府诗集》卷三十二）

（魏）中散嵇（稽）康诗①

颇似(其源出于) 魏文②。过为峻切③，讦直露才④，[有]伤渊雅之致⑤。然托谕清远⑥，良有鉴裁⑦，亦未失高流矣⑧。

[注释]

①中散：中散大夫的简称，官职名，王莽始置，参与议论政事，属光禄勋，魏晋以后无具体职事。嵇康（224～263）：三国魏作家、思想家、音乐家。字叔夜，谯郡铚（今安徽宿州市西南）人。早孤，有奇才，博闻强志，有风仪，身长七尺八寸，娶曹操曾孙女长乐亭主为妻。曾任中散大夫，史称"嵇中散"。与阮籍、山涛、向秀、刘伶、阮咸、王戎为山林之游，后世称为"竹林七贤"，与阮籍齐名。一方面崇尚老庄，恬静寡欲，另一方面尚奇任侠，嫉恶如仇，锋芒毕露。因对司马氏集团采取不合作态度，并"非汤武而薄周孔"，为司马氏集团所恨怒，钟会乘其为友人吕安辩护不孝之罪而构陷之，下狱，被司马昭杀害。三千太学生曾为其上书请命，临刑神色自若，奏《广陵散》，从容赴死。事见《晋书》卷四十九。嵇康卒时尚属魏世，传列《晋书》、钟氏称"晋中散"均不妥。嵇康笃好《老》《庄》，提倡"越名教而任自然"之说，其目的在于否定当时司马氏集团推行的礼乐教化思想。在文学上，他的散文成就高于诗歌成就，鲁迅称赞其散文"思想新颖"，以《养生论》、《声无哀乐论》、《与山巨源绝交书》、《难自然好学论》最为著名。在诗歌上，他的五言诗不如四言诗，四言诗风格清峻，以《幽愤诗》为代表；五言诗《答二郭》、《酒会诗》、《游仙诗》、《述志诗》较有特色，多写鄙弃世俗、回归自然之志。另外，嵇康精音律，《广陵散》、《琴赋》颇有名。《隋书·经籍志》著录"魏中散大夫嵇康集十三卷，梁十五卷，录一卷"，已散佚。明汪士贤刻有《嵇中散集》，鲁迅辑有《嵇康集》，人民文学出版社曾出版有戴明扬《嵇康集校注》。今存诗歌四言、五言、六言、七言、杂言共三十余首，其中五言诗十二首，《先秦汉魏晋南北朝诗》魏诗卷九辑录，本条附录选录五言诗六首、四言二首。②"其源"句：钟嵘评曹丕诗"鄙质如偶语"，嵇康的诗也有质直的

特点,径遂直陈,有言必尽,所以说他的诗歌源于曹丕或颇似曹丕。③峻切:严峻激切。④讦(jié)直:揭人隐私,直言不讳。讦,直言。露才:才能外露,犹锋芒外露。⑤有伤渊雅之致:认为嵇康缺少深厚温文尔雅的情致。渊雅,蕴藉深厚、温文高雅。⑥托谕:托物以讽谕,指用传统的比兴手法讽喻,不使作品太直露。谕,同"喻",明白。清远:清新深远,清高玄远,指超尘脱俗,高情远趣。⑦良:很,甚,确实。鉴裁:鉴别评判的识力,指有见识。⑧高流:中品以上称高流。

[译文]

嵇康诗歌的风格从曹丕而来。过于严峻激切,直言不讳,锋芒毕露,损害了蕴藉深厚、温文高雅的风致。然而寄意清新深远,很有鉴别和评判的识力,也不失为高士名流了。

[附录]

嵇康五言诗

(一)答二郭诗三首其一

昔蒙父兄祚,少得离负荷。因疏遂成懒,寝迹北山阿。但愿养性命,终已靡有他。良辰不我期,当年值纷华。坎壈趣世教,常恐婴网罗。羲农邈已远,拊膺独咨嗟。朔戒贵尚容,渔父好扬波。虽逸亦已难,非余心所嘉。岂若翔区外,餐琼漱朝霞。遗物弃鄙累,逍遥游太和。结友集灵岳,弹琴登清歌。有能从我者,古人何足多!

(二)游仙诗

遥望山上松,隆谷郁青葱。自遇一何高,独立迥无双。愿想游其下,蹊路绝不通。王乔弃我去,乘云驾六龙。飘飘戏玄圃,黄老路相逢。授我自然道,旷若发童蒙。采药钟山隅,服食改姿容。蝉蜕弃秽累,结友家板桐。临觞奏《九韶》,雅歌何邕邕。长与俗人别,谁能睹其踪?

（三）述志诗二首其一

潜龙育神躯，跃鳞戏兰池。延颈慕大庭，寝足俟皇羲。庆云未垂景，盘桓朝阳陂。悠悠非吾匹，畴肯应俗宜。殊类难遍周，鄙议纷流离。辒轲丁悔吝，雅志不得施。耕耨感宁越，马席邀张仪。逝将离群侣，杖策追洪崖。焦朋振六翮，罗者安所羁。浮游太清中，更求新相知。比翼翔云汉，饮露餐琼枝。多念世间人，凤驾咸驱驰。冲静得自然，荣华安足为！

（四）述志诗二首其二

斥鹦擅蒿林，仰笑神凤飞。坎井蟪蛙宅，神龟安所归。恨自用身拙，任意多永思。远实与世殊，义誉非所希。往事既已谬，来者犹可追。何为人事间，自令心不夷。慷慨思古人，梦想见容辉。愿与知己遇，舒愤启幽微。岩穴多隐逸，轻举求吾师。晨登箕山巅，日夕不知饥。玄居养营魄，千载长自绥。

（五）酒会诗

乐哉苑中游，周览无穷已。百卉吐芳华，崇台邈高峙。林木纷交错，玄池戏鲂鲤。轻丸毙翔禽，纤纶出鳣鲔。坐中发美赞，异气同音轨。临川献清酤，微歌发皓齿。素琴挥雅操，清声随风起。斯会岂不乐？恨无东野子。酒中念幽人，守故弥终始。但当体七弦，寄心在知己。

（六）五言赠秀才诗

双鸾匿景耀，戢翼太山崖。抗首漱朝露，晞阳振羽仪。长鸣戏云中，时下息兰池。自谓绝尘埃，终始永不亏。何意世多艰，虞人来我维。云网塞四区，高罗正参差。奋迅势不便，六翮无所施。隐姿就长缨，卒为时所羁。单雄翩独逝，哀吟伤生离。徘徊恋俦侣，慷慨高山陂。鸟尽良弓藏，谋极身必危。吉凶虽在己，世路多崄巇。安得反初服，抱玉宝六奇。逍遥游太清，携手长相随。

（以上录自《嵇康集》卷一）

（七）幽愤诗

嗟余薄祜，少遭不造。哀茕靡识，越在襁褓。母兄鞠育，有慈无威。恃爱肆姐，不训不师。爰及冠带，冯宠自放。抗心希古，任其所尚。托好《老》《庄》，贱物贵身。志在守朴，养素全真。曰余不敏，好善暗人。子玉之败，屡增惟尘。大人含弘，藏垢怀耻。民之多僻，政不由己。惟此褊心，显明臧否。感悟思愆，怛若创痏。欲寡其过，谤议沸腾。性不伤物，频致怨憎。昔惭柳惠，今愧孙登。内负宿心，外恧良朋。仰慕严郑，乐道闲居。与世无营，神气晏如。咨予不淑，婴累多虞。匪降自天，实由顽疏。理弊患结，卒致囹圄。对答鄙讯，絷此幽阻。实耻讼免（冤），时不我与。虽曰义直，神辱志沮。澡身沧浪，岂云能补？嗈嗈鸣雁，奋翼北游。顺时而动，得意忘忧。嗟我愤叹，曾莫能俦。事与愿违，遘兹淹留。穷达有命，亦又何求？古人有言，善莫近名。奉时恭默，咎悔不生。万石周慎，安亲保荣。世务纷纭，只搅余情。安乐必诫，乃终利贞。煌煌灵芝，一年三秀。予独何为，有志不就。惩难思复，心焉内疚。庶勖将来，无馨无臭。采薇山阿，散发岩岫。永啸长吟，颐性养寿。

（录自《文选》卷二十三）

（八）四言赠兄秀才入军诗十八章其九

良马既闲，丽服有晖。左揽繁弱，右接忘归。风驰电逝，蹑景追飞。凌厉中原，顾盼生姿。

（九）四言赠兄秀才入军诗十八章其十四

息徒兰圃，秣马华山。流磻平皋，垂纶长川。目送归鸿，手挥五弦。俯仰自得，游心太玄。嘉彼钓叟，得鱼忘筌。郢人逝矣，谁与尽言。

（以上录自《诗纪》卷十八，又见逯钦立《先秦汉魏晋南北朝诗》魏诗卷九）

晋司空张华诗①

其源出于王粲②。其(文)体华艳③,兴托不(多)奇④,巧用文字,务为妍冶(冶)⑤。虽名高曩代⑥,而疏亮之士⑦,犹恨其儿女情多,风云气少⑧。谢康乐云⑨:"张公虽复千篇,犹一体耳⑩。"今置之中品(甲科)疑弱⑪,处之下科(抑之中品)恨少⑫,在季孟之间矣⑬。

[注释]

①司空:官职名,三公之一,相当于汉代的御史大夫,为丞相的助手,负纠察、执法之责。张华(232~300):西晋大臣,作家。字茂先,范阳方城(今河北固安西南)人。少孤贫,曾以牧羊为生,好学不倦。魏末被荐为太常博士,佐著作郎。入晋,为黄门侍郎,因坚持伐吴有功,为晋武帝司马炎所倚重,封为广武县侯,曾为都督幽州诸军事,加强了对东北地区的统治。西晋惠帝司马衷即位,历任太子少傅、中书监、领著作等职,官至司空,尽忠辅弼,弥缝补缺,虽当暗主虐后之朝,而海内晏然,华之功也。在"八王之乱"中,因拒绝参与赵王司马伦篡政,被司马伦和孙秀所杀。张华是西晋有影响的政治人物,各种诏诰,皆出其手,有台辅之望,时人比之子产。他性好人物,奖掖后学,诱进不倦,名重一时,传为佳话,当时文人如陆机、陆云、左思、陈寿、挚虞等人均出其门下。事见《晋书》卷三十六《张华传》。张华诗风清丽靡嫚,爱铺排对偶、堆砌典故和词藻。但有的作品也间接地表现了对当时政治状况的忧虑和感慨,《游猎篇》、《轻薄篇》等为这方面的代表作;其《情诗》脍炙人口,代表他诗歌的艺术水平。张华以博洽著称,著述甚丰,《隋书·经籍志》著录"晋司空张华集十卷,录一卷",已散佚。又著《博物志》十篇,今存。明人张溥辑有《张茂先集》。今存诗近五十首,其中五言诗二十多首。逯钦立辑校《先秦汉魏晋南北朝诗》晋诗卷三辑录,本条附录转录五首。
②其源出于王粲:张华的诗歌长于抒情,风力不足,但有较强的艺术性,因此

钟嵘认为源出于"文秀而质羸"、"自伤情多"的王粲。明人宋濂《答章秀才论诗书》也信从钟嵘之论,认为张华诗"学仲宣"。③文体华艳:指张华诗歌铺排对偶、堆砌典故和词藻等。文,指诗歌;体,体貌风格。④兴托:比兴寄托。⑤务为妍(yán)冶:指刻意追求文采的艳丽。妍,美;冶,艳丽。⑥曩(nǎng)代:前代,此处指晋代。⑦疏亮之士:通达之士。疏亮,即疏朗明敏。⑧"犹恨"二句:指遗憾张华的诗歌缠绵的儿女柔情太多,慷慨豪放的气势太少。恨,遗恨,遗憾;风云,六朝常用语,犹"风骨",指慷慨激昂风格。一云超尘脱俗。⑨谢康乐:谢灵运,袭封康乐公,故称。⑩虽复:虽令,纵有。一体:一种风格体式。按:谢灵运此语仅见于此处,未详出处。⑪甲科:即上品。科,品级。⑫恨少:遗憾贬低了。少,少之,轻视、贬低。⑬季孟之间:两者之间,六朝习语,语出《论语·微子》。原文为:"齐景公待孔子,曰:'若季氏,则吾不能。以季孟之间待之。'"这里借指张华的诗在上品与中品之间。季孟,指季孙氏与孟孙氏,都是鲁国贵族,季氏为上卿,孟氏为下卿。

[译文]

张华诗歌的风格从王粲而来。诗歌风格华丽艳美,比兴寄托,多寓意奇特。善于巧妙地运用文字,刻意追求文采的艳丽。尽管在晋代名声很高,但通达明敏之士,还是对他的诗歌儿女之情过多、豪放之气太少深表遗憾。南朝宋著名山水诗人谢灵运说:"张华之作纵有千篇,还是一种风格。"现在把他放在"上品",感觉弱了点;把他压在"中品",又遗憾贬低了,大致在上品和中品之间吧。

[附录]

张华五言诗

(一)杂诗

暑度随天运,四时互相承。东壁正昏中,固阴寒节升。繁霜降当夕,悲风中夜兴。朱火青无光,兰膏坐自凝。重衾无暖气,挟纩如怀冰。伏枕终遥昔,寤言莫予应。永思虑崇替,慨然独抚膺。

(录自《文选》卷二十九)

(二)情诗五首其一

北方有佳人,端坐鼓鸣琴。终晨抚管弦,日夕不成音。忧来结不解,我思存所钦。君子寻时役,幽妾怀苦心。初为三载别,于今久滞淫。昔邪生户牖,庭内自成林。翔鸟鸣翠隅,草虫相和吟。心悲易感激,俯仰泪流衿。愿托晨风翼,束带侍衣衾。

(三)情诗五首其三

清风动帷帘,晨月烛幽房。佳人处遐远,兰室无容光。衿怀拥虚景,轻衾覆空床。居欢惜夜促,在戚怨宵长。抚枕独吟叹,绵绵心内伤。

(四)杂诗二首其一

逍遥游春宫,容与绿池阿。白藾开素叶,朱草茂丹花。微风摇茝若,层波动芰荷。荣彩耀中林,流馨入绮罗。王孙游不归,修路邈以遐。谁与玩遗芳,伫立独咨嗟。

(五)杂诗二首其二

荏苒日月运,寒暑忽流易。同好逝不存,迢迢远离析。房栊自来风,户庭无行迹。蒹葭生床下,蛛蝥网四壁。怀思岂不隆,感物重郁积。游雁比翼翔,归鸿知接翮。来哉彼君子,无愁徒自隔。

(以上录自《玉台新咏》卷二)

(六)轻薄篇

末世多轻薄,骄代好浮华。志意既放逸,赀财亦丰奢。被服极纤丽,肴膳尽柔嘉。童仆余粱肉,婢妾蹈绫罗。文轩树羽盖,乘马鸣玉珂。横簪刻玳瑁,长鞭错象牙。足下金镂履,手中双莫耶(邪)。宾从焕络绎,侍御何芬葩。朝与金张期,暮宿许史家。甲第面长街,朱门赫嵯峨。苍梧竹叶清,宜城九酝醝。浮醪随觞转,素蚁自跳波。美女兴齐赵,妍唱出西巴。一顾倾城国,千金不足多。北里献奇舞,大陵奏名歌。新声逾《激楚》,妙妓绝《阳阿》。玄鹤降浮云,鲟鱼跃中河。墨翟且停车,展季犹咨嗟。淳于前行酒,雍门坐相和。孟公结重关,宾客不得蹉。三雅来何迟?耳热眼中花。盘案互交错,坐席咸喧哗。簪珥或堕落,冠冕皆倾邪(斜)。酣饮终日夜,明灯继朝霞。绝缨尚不尤,安能复顾他?留连弥信宿,此欢难可过。人生若浮寄,年时忽蹉跎。促促朝露期,荣乐遽几何?念此肠中悲,涕下自滂沱。但畏执法吏,礼防且切磋。

(录自《乐府诗集》卷六十七)

(七)题(残篇)

清晨登陇首,坎壈行山难。岭阪峻阻曲,羊肠独盘桓。

(录自《北堂书钞》卷一百五十七,又见逯钦立《先秦汉魏晋南北朝诗》晋诗卷三)

魏尚书何晏① 晋[冯]翊[太]守孙楚② 晋著作[郎]王赞③ 晋[王]司徒椽(掾)张翰④ 晋中书令潘尼⑤ [诗]

平叔"鸿雁"之篇⑥,风规见矣⑦。子荆"零雨"之外⑧,正长"朔风"之后⑨,虽有累札⑩,良亦无闻⑪。季鹰"黄花"之唱⑫,正叔"绿蘩"之章⑬,虽不具美⑭,[而]文[彩]高丽⑮。并得虬龙片甲,凤凰一毛⑯。事同驳圣⑰,宜居中品。

[注释]

①尚书:官职名,魏晋后,六部尚书为六部的行政长官,分掌政务,等同于国务大臣,其吏部尚书掌管全国官吏的任免、考核、升降、调动等事务。何晏(?~249):三国魏玄学家、作家。字平叔,南阳宛县(今河南南阳)人。少以才秀知名,面至白,人称"傅粉何郎"。其母尹氏被曹操纳为夫人,

晏遂被曹操收养,为操所爱,并娶操女为妻。曹爽秉政,晏官至吏部尚书。好《老》《庄》,和夏侯玄、王弼等倡导玄学,竞尚清谈,遂为正始玄学代表人物之一。所主张的"君主无为,大臣专政"理论,实为曹爽一派专权寻找理论根据。因依附曹爽,骄横一时,炙手可热,后为司马懿所杀,时约六十岁。事见《三国志·魏书》卷九《曹爽传》附。何晏能诗善赋,长于文,曾撰有《道德论》、《无名论》、《无为论》、《论语集解》、《孝经注》及诗文赋数十篇。《隋书·经籍志》著录"魏尚书何晏集十一卷,梁十卷,录一卷",已散佚。今存五言诗二首,断句一则,逯钦立辑校《先秦汉魏晋南北朝诗》魏诗卷八辑录,本条附录转录。另存文十四篇,及《景福殿赋》、《论语集解》。②冯翊(píngyì):郡名,治所在临晋(今陕西大荔)。太守:郡行政长官。孙楚(?~293):西晋作家。字子荆,太原中都(今山西平遥西南)人。祖、父均仕魏。楚被征西扶风王骏起为参军,晋惠帝司马衷初年,为冯翊太守。恃才傲物,为乡里所非,然才藻卓绝,为世人所称。元康三年(293)卒,约七十余岁。事见《晋书》卷五十六《孙楚传》。楚工诗能文,《隋书·经籍志》著录"晋冯翊太守孙楚集六卷,梁十二卷,录一卷",已散佚。明人张溥辑有《孙子荆集》。今存诗八首,其中五言诗二首,逯钦立辑校《先秦汉魏晋南北朝诗》晋诗卷二辑录,另存文赋颂赞论等四十五篇。③著作郎:官职名,晋代属秘书省,掌编国史。王赞(?~311):西晋作家。字正长,义阳郡(治所在今河南新野)人。晋武帝司马炎太康三年(282)前,为太子舍人,惠帝司马衷时期,历任侍中、著作郎,出为陈留太守。晋怀帝司马炽永嘉五年(311),为南侵的石勒所俘,伪为归顺,密反被杀。事见萧统《文选》卷二十九王正长《杂诗》李善注引臧荣绪《晋书》及房玄龄《晋书》卷一〇四载《石勒传》。王赞博学有俊才,善为诗文,《宋书·谢灵运传论》称其《杂诗》"直举胸情,非傍诗史"。《隋书·经籍志》著录"梁有散骑侍郎王赞集五卷,亡"。今存诗四首并残句,其中五言诗一首,《文选》卷二十九及逯钦立辑校《先秦汉魏晋南北朝诗》晋诗卷八收录。另存文《梨树颂》一篇并序。④司徒掾:司徒府的文书。司徒:官职名,掌管国家的土地和人民,与太尉、司空同为三公之一。按:史不载张翰为司徒掾属之职,疑"司徒"为"司马"之误,张翰曾为齐王司马冏大司马东曹掾。张翰:西晋作家。字季鹰,吴郡吴(今

诗品中 121

江苏苏州）人。生卒年不详。大致生活在魏高贵乡公曹髦甘露至东晋元帝司马睿大兴年间（256～321）。晋惠帝司马衷永宁元年（301），齐王司马冏为大司马，辟翰为东曹掾。后见"八王之乱"将起，遂托言思吴中鲈鱼莼菜，辞官归乡。东晋初，遭母忧，哀毁过甚而卒，年五十七。张翰任性不拘，有"江东步兵"之称。事见《晋书》卷九十二《文苑传·张翰传》。张翰有清才，善属文，文藻新丽，《文心雕龙·才略》称其"辨切于短韵"，所著诗文数十篇。《隋书·经籍志》著录"梁有大司马东曹掾张翰集二卷，录一卷"，已散佚。今存诗六首，其中五言《杂诗》三首，逯钦立辑校《先秦汉魏晋南北朝诗》晋诗卷七辑录。另存文三篇。⑤中书令：官职名，魏晋以前为宦官所任，魏晋时改为重要幕僚或有名望的文人担任，职责亦由传宣诏令改为典尚书奏事，掌管机要。潘尼（247？～约311）：西晋作家。字正叔，荥阳中牟（今河南中牟）人。潘勖之孙，潘岳从侄。少有清才，举秀才，晋武帝司马炎太康五年（284）为太常博士。晋惠帝司马衷元康二年（292）初授太子舍人，永兴年间任中书令。"八王之乱"中参与齐王司马冏平定赵王司马伦之乱，封安昌县公。历任黄门侍郎、散骑常侍、侍中、秘书监、太常卿等职。晋怀帝司马炽永嘉四年（310），洛阳城陷，携家还乡里，为贼所困，病卒于道，年六十余。事见《晋书》卷五十五《潘尼传》。潘尼与从叔潘岳俱以文学见知于世，时号"两潘"。其诗歌被清人陈祚明《采菽堂古诗选》称为"手笔高苍，情绪警切，而执于雅正"。《隋书·经籍志》著录"晋太常卿潘尼集十卷"，已散佚。明人张溥辑有《潘太常集》。今存诗近五十首，零篇残句若干，以赠答诗居多，逯钦立辑校《先秦汉魏晋南北朝诗》晋诗卷八辑录。另存文二十六篇。本条附录选何晏五言诗二首、孙楚二首、王赞一首、张翰三首、潘尼四首。⑥平叔：何晏的字。"鸿雁"之篇：当指何晏的《言志诗》其一"双鹄比翼游"一首，见此条后附录。按：诗歌原句可能为"鸿雁比翼游"。⑦风规：讽喻自规。按：当时曹爽辅政，曹魏集团与司马氏集团斗争激烈，何晏身处其中，忧虑自危，故作此诗表激流勇退之意，故钟嵘认为有讽世作用。一云风格规范。见：即"现"，表现。⑧子荆：孙楚的字。"零雨"：指孙楚的《征西官属送于陟阳侯作》一诗，内有"零雨被秋草"句，见本条附录。零雨：下雨。⑨正长：王赞的字。"朔风"：指王赞的《杂诗》，其首句为"朔风动秋草"，见本条附录。朔风，北方的寒风。⑩累札：犹连篇累牍，指很多作品。累，积累；札，古时书写用的木片。⑪良：确实。无闻：指听不到佳句，没名声没影响。⑫季鹰：张翰的字。"黄花"：指张翰的《杂诗》其一，内有"黄华如散金"一句，见本条附录。华，同"花"。《艺文类聚》本该句作"花"。⑬正叔：潘尼的字。"绿蘩（fán）"：指潘尼《迎大驾》诗，内有"绿蘩被广隰"一句，见本条附录。蘩，植物名，即白蒿。⑭具美：全美，指整首诗都美。具，通"俱"。⑮高丽：高妙华丽，高雅华丽，卓绝艳丽。⑯"并得"二句：喻指以上诗歌局部美好，珍贵难得，并似乎暗喻何晏等五人得到了曹植诗歌风格的一小点儿的真传，他们的诗是"源出于曹植"。因上品"魏陈思王［曹］植诗""譬人伦之有周孔，鳞羽之有龙凤"，比喻为动物和飞鸟中的神龙和凤凰。并，都。虬（qiú）龙：传说中有两角的龙，动物之王；凤凰，传说中的神鸟，百鸟之王。⑰事同驳圣：情形如同驳杂不纯的圣人，指诗歌没有达到最高境界，比"文章之圣"曹植低一个层次，是诗中的贤者。语出《论衡·明雩篇》："世称圣人纯而贤者驳。"圣，圣人，思想道德最完美的人物，此处当指诗歌创作达到最高境界的曹植一类作者。

[译文]

何晏《言志诗》"双鹄比翼游"一首，表现出了讽喻自规的意旨。孙楚《征西官属送于陟阳侯作》"零雨被秋草"一诗之外，王赞《杂诗》"朔风动秋草"之后，尽管还连篇累牍创作了很多诗歌，但确实听不到什么佳句了。张翰《杂诗》"黄华如散金"的歌咏，潘尼《迎大驾》"绿蘩被广隰"的乐章，虽然不是整首诗都美，但文采高妙华丽。以上作品，都好比得到了虬龙的一片鳞甲，凤凰的一根翎毛，局部美好，珍贵难得。五位诗人，如同驳杂而不纯的圣人，诗歌创作没有达到最高境界，应该放在"中品"。

[附录]

何晏五言诗

（一）言志诗（又名《拟古》）二首其一

双鹄比翼游，群飞戏太清。常恐夭网罗，忧祸一旦并。岂若集五湖，从流唼浮萍。逍遥放志意，何为怵惕惊？

（录自《世说新语·箴规篇》，观逯钦立《先秦汉魏晋南北朝诗》魏诗卷八）

（二）言志诗（又名《拟古》）二首其二

转蓬去其根，流飘从风移。芒芒四海涂（途），悠悠焉可弥。愿为浮萍草，托身寄清池。且以乐今日，其后非所知。

（录自《初学记》卷二十七注引《名士传》，又见逯钦立《先秦汉魏晋南北朝诗》魏诗卷八）

孙楚五言诗

（一）《征西官属送于陟阳侯作》

晨风飘歧路，零雨被秋草。倾城远追送，饯我千里道。三命皆有极，咄嗟安可保。莫大于殇子，彭聃犹为夭。吉凶如纠缠，忧喜相纷绕。天地为我炉，万物一何小！达人垂大观，诚此苦不早。乖离即长衢，惆怅盈怀抱。孰能察其心，鉴之以苍昊。齐契在今朝，守之与偕老。

（录自《文选》卷二十）

（二）之冯翊祖道

举翮抚三秦，抗我千里目。念当隔山河，执觞怀惨毒。

（录自《初学记》卷十八，又见逯钦立《先秦汉魏晋南北朝诗》晋诗卷二）

王赞五言诗

杂诗

朔风动秋草,边马有归心。胡宁久分析,靡靡忽至今。王事离我志,殊隔过商参。昔往鸧鹒鸣,今来蟋蟀吟。人情怀旧乡,客鸟思故林。师涓久不奏,谁能宣我心?

(录自《文选》卷二十九)

张翰五言诗

(一)杂诗

暮春和气应,白日照园林。青条若总翠,黄华如散金。嘉卉亮有观,顾此难久耽。延颈无良涂(途),顿足托幽深。荣与壮俱去,贱与老相寻。欢乐不照颜,惨怆发讴吟。讴吟何嗟及,古人可慰心。

(录自《文选》卷二十九)

(二)杂诗

东邻有一树,三纪裁可拱。无花复无实,亭亭云中竦。隙禽不为巢,短翮莫肯任。

(三)杂诗

忽有一飞鸟,五色杂英华。一鸣众鸟至,再鸣众鸟罗。长鸣摇羽翼,百鸟互相和。

(以上录自《艺文类聚》卷二十六,又见逯钦立《先秦汉魏晋南北朝诗》晋诗卷七)

潘尼五言诗

(一)赠河阳

密生化单父,子奇莅东阿。桐乡建遗烈,武城播弦歌。逸骥腾夷路,潜龙跃洪波。弱冠步鼎铉,既立宰三河。流声馥秋兰,摘藻艳春华。徒美天姿茂,岂谓人爵多?

(二)赠侍御史王元贶

昆山积琼玉,广厦构众材。游鳞萃灵沼,抚翼希天阶。膏兰孰为销？济治由贤能。王侯厌崇礼，回迹清宪台。蠖屈固小往，龙翔乃大来。协心毗圣世，毕力赞康哉。

（以上录自《文选》卷二十四）

（三）迎大驾

南山郁岑崟，洛川迅且急。青松荫修岭，绿蘩被广隰。朝日顺长涂（途），夕暮无所集。归云乘幰浮，凄风寻帷入。道逢深识士，举手对吾揖。世故尚未夷，崤函方崄涩。狐狸夹两辕，豺狼当路立。翔凤婴笼槛，骐骥见维絷。俎豆昔尝闻，军旅素未习。且少停君驾，徐待干戈戢。

（录自《文选》卷二十六）

（四）三月三日洛水作

暑运无穷已，时逝焉可追？斗酒足为欢，临川胡独悲。暮春春服成，百草敷英蕤。聊为三日游，方驾结龙旗。廊庙多豪俊，都邑有艳姿。朱轩荫兰皋，翠幙映洛湄。临岸濯素手，涉水搴轻衣。沉钩出比目，举弋落双飞。羽觞乘波进，素卵（卵）随流归。

（录自《艺文类聚》卷四，又见逯钦立《先秦汉魏晋南北朝诗》晋诗卷八）

魏侍中应璩诗[①]

祖袭魏文[②]，善为古语[③]，指事殷勤[④]，雅意深笃[⑤]，得诗人激刺之旨[⑥]。至于"济济今日所"[⑦]，华靡可讽味焉[⑧]。

[注释]

①侍中：官职名，侍从皇帝左右，出入宫廷，初仅应杂役，魏晋后地位渐重，为亲近之职。应璩（qú）（190～252）：三国魏作家。字休琏，汝南南顿（今河南项城西）人。"建安七子"之一应玚（德琏）之弟。魏文帝曹丕、

明帝曹叡时历任散骑常侍。魏齐王曹芳时官至侍中、大将军曹爽长史。曹爽专权，应璩作《百一诗》一百三十篇讽喻时事，意存规劝，切中时弊。事见《三国志·魏书》卷二十一《王粲传》附。应璩博学工文，善为书奏，其诗以《百一诗》闻名，内容广泛，温柔敦厚，语言质朴通俗，重说理，轻形象。《隋书·经籍志》著录"魏卫尉卿应璩集十卷，梁有录一卷"，已散佚。《隋书·经籍志》"干宝撰《百志诗》九卷"下原注：梁又有应贞注应璩《百一诗》八卷，亡。"范文澜《文心雕龙注》曰："《魏书·李寿传》'龚壮作诗七首，托言应璩以讽寿。'是《百一诗》有后人依托，故多至八卷。"明人张溥辑有《应德琏休琏集》。今存《文选》所录《百一诗》一首，《诗纪》、《艺文类聚》补辑三首，逯钦立辑校《先秦汉魏晋南北朝诗》魏诗卷八辑有大量残句，皆作为《百一诗》佚文。本条附录选四。②祖袭魏文：曹丕的诗歌"鄙质如偶语"，应璩的《百一诗》等，则有质朴通俗的特点，与曹丕相近，所以钟嵘认为"祖袭魏文"。祖，师法；袭，继承；魏文，指魏文帝曹丕。已见中品。③古语：古朴质实的语言。一云借说古事以达意。④指事：陈说事理。殷勤：情意恳切，此处指应氏诗歌规讽世人而言。⑤雅意：美意。⑥诗人：指《诗经》作者。激刺之旨：激切讽喻的意图。激刺，激切地讽刺。按：传统的看法认为，《诗经》作品分"美"、"刺"即歌功颂德和讥刺时政两大类。应璩的诗歌继承了《诗经》的讥刺传统是六朝人的普遍看法。《三国志·魏书·王粲传》注引《文章叙录》云："曹爽秉政，多违法度，璩为诗以讽焉。"《文选》卷二十一注引李充《翰林论》云："应休琏五言诗百数十篇，以风规治道，盖有诗人之旨焉"。⑦"济济今日所"：众多人才汇集在今日的处所，此句为应璩佚诗。济济，形容众多。⑧华靡：有文采，华美。可讽：可借讽诵玩赏。

[译文]

　　应璩的诗歌师法继承魏文帝曹丕。善于运用古朴的语言，陈说事理真诚恳切，美意深厚，体现出《诗经》作者激切讽刺的规劝精神。至于"济济今日所"一诗，则又文采华美，可供讽诵玩赏。

[附录]

应璩五言诗

(一)《百一诗》四首之一

下流不可处,君子慎厥初。名高不宿著,易用受侵诬。前者隳官去,有人适我闾。田家无所有,酌醴焚枯鱼。问我何功德,三入承明庐。所占于此土,是谓仁智居。文章不经国,筐箧无尺书。用等称才学,往往见叹誉。避席跪自陈,贱子实空虚。宋人遇周客,惭愧靡所如。

(录自《文选》卷二十一)

(二)《百一诗》四首之二

细微可不慎,堤溃自蚁隙(穴)。腠理早从事,安复劳针石。哲人睹未形,愚夫暗明白。曲突不见宾,焦烂为上客。思愿献良规,江海倘不逆。狂言虽寡善,犹有如鸡跖。鸡跖食不已,齐王为肥泽。

(录自《艺文类聚》卷二十三)

(三)《百一诗》四首之三

年命在桑榆,东岳与我期。长短有常会,迟速不得辞。斗酒当为乐,无为待来兹。室广致凝阴,台高来积阳。奈何季世人,侈靡在宫墙,饰巧无穷极,土木被朱光。征求倾四海,雅意犹未康。

(录自《艺文类聚》卷二十四)

(四)《百一诗》四首之四

散骑常师友,朋(朝)夕进规献。侍中主喉舌,万机无不乱。尚书统庶事,官人乘法宪。彤管弼(珥)纳言,貂珰表武弁。出入承明庐,车服一何焕!三寺齐荣秩,百僚所瞻愿。

(录自《艺文类聚》卷四十五)

(以上四首又见逯钦立《先秦汉魏晋南北朝诗》魏诗卷八)

晋清河［太］守陆云① 晋侍中石崇② 晋襄城太守曹摅③ 晋朗陵公何劭④ ［诗］

清河之方平原⑤，殆如陈思（白马）之匹白马（陈思）⑥。千（于）其哲昆⑦，故称"二陆"⑧。季伦颜远⑨，并有英篇⑩。笃而论之⑪，朗陵为最⑫。

[注释]

①清河：郡名，治所在甘陵（今山东临清东）。太守：郡最高行政长官，晋时清河为王国，其最高行政长官称为内史，因执掌与太守相同，故亦混称太守，陆云曾任清河内史。陆云（262～303）：西晋作家。字士龙，吴郡吴县华亭（今上海松江）人，陆机之弟。吴国灭亡后，晋武帝司马炎太康末年（289）与陆机同赴晋都洛阳，兄弟二人深为当时名臣张华所重，称"伐吴之役，利获二俊"。先后任浚仪令、郎中令、中书侍郎、清河内史、大将军司马等职，世称"陆清河"。"八王之乱"中，因其兄陆机兵败被成都王司马颖所杀，云亦同时遇害，时年四十二岁，门生故吏葬之于清河，修墓立碑。事见《晋书》卷五十四《陆云传》。陆云工诗能文，擅谈玄，为文人集团"二十四友"之一，与兄陆机齐名，并称"二陆"。兄弟二人多书信往还，虽文章不及兄而持论过之，诗多四言，典正中见清新。《文心雕龙·才略》称："士龙朗练，以识检乱，故能布采鲜净，敏于短篇。"说他文思明朗，文辞简洁，善写短篇。《四库全书总目》称："其文藻丽，词旨深雅。"《晋书》本传记其著有文章三百四十九篇，又撰《新书》十篇。《隋书·经籍志》著录"晋清河太守陆云集十二卷，梁十卷，录一卷"，已散佚。宋人徐民瞻辑有《晋二俊文集》，明人张溥辑有《陆清河集》，中华书局曾出版有排印本《陆云集》。今存诗三十余首，其中五言诗八首，多写女子之美，见逯钦立辑校《先秦汉魏晋南北朝诗》晋诗卷六辑录，另存文五十四篇，其中《与兄平原书》二十五篇，见清严可均辑《全上古三代秦汉三国六朝文》。②侍中：官职名。皇帝左右的亲

近之职。石崇（249~300）：西晋作家。字季伦，渤海南皮（今河北南皮东北）人。初为修武令，历任黄门侍郎、散骑常侍、侍中、卫尉等职。晋惠帝司马衷永熙元年（290）出任荆州刺史，以劫掠客商致财产无数，遂为巨富，以生活豪奢著称。曾与贵戚王凯、羊琇等交糜斗富，惨无人道。"八王之乱"中，他与齐王司马冏结党，被赵王司马伦所杀。事见《晋书》卷三十三《石苞传》附。石崇善诗文，为文人集团"二十四友"之一。曾在洛阳南郊建金谷别业，聚三十余文人为金谷之会，编《金谷集》，并作序。四言诗《王昭君辞》、杂言诗《思归引》是其代表作。《隋书·经籍志》著录"晋卫尉卿石崇集六卷，梁有录一卷"，已散佚。今存诗八首，其中五言诗三首，《先秦汉魏晋南北朝诗》晋诗卷四辑录。另存文八篇，见清严可均辑《全上古三代秦汉三国六朝文》。③襄城：郡名，治襄城（今河南襄城县）。曹摅（shū）（？~308）：西晋作家。字颜远，谯国谯（今安徽亳州市）人。初补临淄令，转洛阳令，晋惠帝司马衷时任襄城太守。晋怀帝司马炽永嘉二年（308）为征南司马，讨伐流民，军败战死。事见《晋书》卷九十《良吏传·曹摅传》。曹摅好学善属文，《文心雕龙·才略》称摅"清靡于长篇"，代表作有五言诗《思友人》、《感旧诗》等。《隋书·经籍志》著录"梁有征南司马曹摅集三卷，录一卷"，已散佚。今存诗十首并残句，其中五言诗三首，《先秦汉魏晋南北朝诗》晋诗卷八辑录。另存文三篇。④朗陵：县名，故城在今河南确山县西南。何劭（236~301）：西晋作家。字敬祖，陈国阳夏（今河南太康县）人。何曾之子，袭封朗陵县公，与晋武帝司马炎同年交好，曾为太子太傅。赵王伦篡权，屡迁劭为司徒、太宰等，穷极骄奢，日食四方珍贵。事见《晋书》卷三十三《何曾传》附。何劭博学善属文，张华评其诗"穆如清风"，尤以《游仙诗》著名。《隋书·经籍志》著录"梁有太宰何劭集一卷，录一卷"，已散佚。今存诗五首，其中五言诗三首为《文选》所录。本条附录转录陆云诗五首、石崇诗三首、曹摅诗二首、何劭诗三首。⑤清河：即陆云。平原：即陆云之兄陆机，曾为平原内史。⑥殆：大概，大致，差不多。白马：即曹植的异母弟曹彪，曾封白马王。匹：匹配。陈思：即曹植，曾封陈王，谥曰"思"，故称。以上二句是说陆云的诗歌成就次于其兄陆机，就像曹彪的诗歌不如曹植一样。⑦于：以，因。哲昆：犹贤兄。哲，智；昆，兄。⑧二陆：陆机兄弟入洛，为时人所重，并称二陆。如名臣张华《与褚陶书》云："二陆龙跃于江汉。"（《世说新语·赏誉》注引）《晋书·陆云传》亦云："（陆云）少与兄齐名，虽文章不及机，而持论过之，号曰'二陆'。"⑨季伦：石崇的字。颜远：曹摅的字。⑩英篇：优秀作品。石崇优秀名篇为五言诗《王昭君词》、杂言诗《思归引》，曹摅名篇为《思友人》、《感旧诗》等。⑪笃：确当，确切。⑫朗陵为最：钟嵘认为何劭诗在四人中最好。按：理由当为：陆云诗风格"清省"，曹摅诗风格"清靡"，而张华《答何劭》誉劭诗"穆如清风，奂若春华敷"，遂成定评，"穆如清风"自当胜过"清省"与"清靡"。

[译文]

陆云的文学成就与陆机相比，大致和曹彪的文学成就与曹植相比差不多。因为贤兄陆机的缘故，所以陆云被并称为"二陆"。石崇、曹摅，都有优秀的诗篇。确切地评论他们四人，以何劭诗最为优秀。

[附录]

陆云五言诗

（一）答兄机

悠远途可极，别促怨会长。衔恩恋行迈，兴言在临觞。南津有绝济，北渚无河梁。神往同逝感，形留悲参商。衡轨若殊迹，牵牛非服箱。

（二）答张士然

行迈越长川，飘飖冒风尘。通波激柱渚，悲风薄丘榛。修路无穷迹，井邑自相循。百城各异俗，千室非良邻。欢旧难假合，风土岂虚亲？感念桑梓城（域），仿佛眼中人。靡靡日夜远，眷眷怀苦辛。

（三）为顾彦先赠妇往返四首其二

悠悠君行迈，荧荧妾独止。山河安可逾？永路隔万里。京室（师）多妖冶，粲粲都人子。雅步擢（嫋）纤腰，巧笑发皓齿。佳丽良可美，衰贱焉足纪？远蒙眷顾言，衔恩非望始。

(四) 为顾彦先赠妇往返四首其四

浮海难为水,游林难为观。容色贵及时,朝华忌日晏。皎皎彼姝子,灼灼怀春粲。西城善雅舞,总章饶清弹。鸣簧发丹唇,朱弦绕素腕。轻裾犹电挥,双袂如雾(霞)散。华容溢藻幄,哀响入云汉。知音世所希,非君谁能赞?弃置北辰星,问此玄龙焕。时暮复何言,华落理必贱。

(以上录自《文选》卷二十五)

(五) 为顾彦先赠妇往返四首其一

我在三川阳,子居五湖阴。山海一何旷,譬彼飞与沉。目想清惠姿,耳存淑媚音。独寐多远念,寤言抚空衿。彼美同怀子,非尔谁为心?

(六) 为顾彦先赠妇往返四首其三

翩翩飞蓬征,郁郁寒木荣。游止固殊性,浮沉岂一情?隆爱结在昔,信誓贯三灵。秉心金石固,岂从时俗倾?美目逝不顾,纤腰徒盈盈。何用结中款,仰指北辰星。

(以上录自《玉台新咏》卷三)

石崇五言诗

(一) 王昭君词

王明君者,本是王昭君,以触文帝讳,[故]改焉。匈奴盛,请婚于汉,元帝以后宫良家子昭(明)君配焉。昔公主嫁乌孙,令琵琶马上作乐,以慰其道路之思。其送明君,亦必尔也。其造新曲,多哀怨之声,故叙之于纸云尔。

我本汉家子,将适单于庭。辞诀未及终,前驱已抗旌。仆御涕流离,辕马悲且鸣。哀郁伤五内,泣泪湿朱缨。行行日已远,遂造匈奴城。延我于穹庐,加我阏氏名。殊类非所安,虽贵非所荣。父子见陵辱,对之惭且惊。杀身良不易,默默以苟生。苟生亦何聊?积思常愤盈。愿假飞鸿翼,乘之以遐征。飞鸿不我顾,伫立以屏营。昔为匣中玉，今为粪上英。朝华不足欢，甘与秋草并。传语后世人，远嫁难为情。

（录自《文选》卷二十七）

（二）答曹嘉

昔常接羽仪，俱游青云中。敦道训胄子，儒化涣以融。同声无异响，故使恩爱隆。岂惟敦初好？欵分在令终。孔不陋九夷，老氏适西戎。逍遥沧海隅，可以保王躬。世事非所务，周公不足梦。玄寂令神王，是以守至冲。

（录自《三国志》卷二十《楚王彪传》注）

（三）赠枣腆

久官无成绩，栖迟于徐方。寂寂守空城，悠悠思故乡。恂恂二三贤，身远屈龙光。携手沂泗间，遂登舞雩堂。文藻譬春华，谈话犹兰芳。消忧以觞醴，娱耳以名娼。博弈逞妙思，弓矢威边疆。

（录自《艺文类聚》卷三十一）

（以上三首又见逯钦立《先秦汉魏晋南北朝诗》晋诗卷四）

曹摅五言诗

（一）思友人诗

密云翳阳景，霖潦淹庭除。严霜凋翠草，寒风振纤枯。凛凛天气清，落落卉木疏。感时歌蟋蟀，思贤咏白驹。情随玄阴滞，心与回飚俱。思心何所怀，怀我欧阳子。精义测神奥，清机发妙理。自我别旬朔，微言绝于耳。褰裳不足难，清扬未可俟。延首出阶檐，伫立增想似。

（二）感旧诗

富贵他人合，贫贱亲戚离。廉蔺门易轨，田窦相夺移。晨风集茂林，栖鸟去枯枝。今我唯困蒙，郡（群）士所背驰。乡人敦懿义，济济荫光仪。对宾颂有客，举觞咏露斯。临乐何所叹？素丝与路歧。

（以上录自《文选》卷二十九）

何劭五言诗

（一）游仙诗

青青陵上松，亭亭高山柏。光色冬夏茂，根柢无凋落。吉士怀贞心，悟物思远托。扬志玄云际，流目瞩岩石。羡昔王子乔，友道发伊洛。迢递陵峻岳，连翩御飞鹤。抗迹遗万里，岂恋生民乐？长怀慕仙类，眩然心绵邈。

（录自《文选》卷二十一）

（二）赠张华

四时更代谢，悬象迭卷舒。暮春忽复来，和风与节俱。俯临清泉涌，仰观嘉木敷。周旋我陋圃，西瞻广武庐。既贵不忘俭，处有能存无。镇俗在简约，树塞焉足摹？在昔同班司，今者并园墟。私愿偕黄发，逍遥综（乐）琴书。举爵茂阴下，携手共踌躇。奚用遗形骸，忘筌在得鱼。

（录自《文选》卷二十四）

（三）杂诗

秋风乘夕起，明月照高树。闲房来清气，广庭发晖素。静寂怆然叹，惆怅出游顾。仰视垣上草，俯察阶下露。心虚体自轻，飘飘若仙步。瞻彼陵上柏，想与神人遇。道深难可期，精微非所慕。勤思终遥夕，永言写情虑。

（录自《文选》卷二十九）

晋太尉刘琨[①] 晋中诗（郎）刘（卢）谌[②]诗

其源出于王粲[③]。善为凄戾之词[④]，自有清拔之气[⑤]。琨既体良才[⑥]，又罹厄运[⑦]，故善叙丧乱，多感恨之词[⑧]。中郎仰之，微不逮者矣[⑨]。

[注释]

①太尉：官职名，原为全国军政首脑，专掌武事，与司徒、司空并称三公，晋以后渐变为无实权的加官。刘琨（271～318）：西晋将领、作家。字越石，中山魏昌（今河北无极东北）人。汉中山靖王刘胜之后。少有俊朗之目，与范阳祖逖交好，同以雄豪著名。晋武帝司马炎太康末年（289），与祖逖俱为司州主簿，情好义笃，枕戈待旦，闻鸡起舞，砺练意志。晋惠帝司马衷永康元年（300）赵王伦执政，以琨为记室督，身陷"八王之乱"，对晋室忠心不改，颇有靖世之志。永兴元年（304）以迎惠帝有功，封广武侯。晋怀帝司马炽永嘉元年（307），为并州刺史，招抚流亡，对抗匈奴刘聪。晋愍帝司马邺建兴三年（315），以大将军拜司空，都督并、冀、幽诸军事。刘琨以收复中原为己任，长期坚守并州，抗击刘聪、石勒等入侵，一腔热血，屡败屡战，百折不挠，意志不衰，为世所敬重。建兴四年（316）为石勒所败后，又投奔幽州刺史鲜卑人段匹磾，结为婚姻，相约共同匡扶晋室。东晋建武元年（317），琅邪王司马睿于建康称晋王，刘琨等一百八十人联名上表江南，力劝司马睿继位称帝，后琨被任为侍中、太尉。遭段匹磾疑忌，被害，时年四十八岁。东晋元帝司马睿大兴三年（320），卢谌、温峤等上书理其冤，赠侍中、太尉，谥愍。（平反诏书中有"故太尉"三字，故有云。司马睿即位称帝时的建武元年即拜刘琨为太尉。）事见《晋书》卷六十六《刘琨传》。刘琨少好老庄，尚清谈，曾参与石崇的三十余文人金谷之会，又与石崇、陆机等以文才事权贵贾谧，为"二十四友"之一。后值逆乱，家园残破，立志报国，虽不复属意于诗文，但英雄失路，孤危困顿，发为歌咏，抒写壮志未酬的悲愤，多风云之气，慷慨悲凉，凄戾清拔，其《扶风歌》、《重赠卢谌》等诗可为代表作。刘勰《文心雕龙·才略》称其"雅壮而多风"；金元好问《论诗三十首》称为"可惜并州刘越石，不教横槊建安中"；明人张溥《刘中山集题辞》称其文在诸葛亮《出师表》与岳飞《乞出师札》之间。《隋书·经籍志》著录"晋太尉刘琨集九卷，梁十卷，刘琨别集十二卷"，已散佚。明人张溥辑有《刘中山集》。今存诗四首，其中五言诗三首，《先秦汉魏晋南北朝诗》晋诗卷十一辑录，另存文二十三篇。②中郎：官职名，从事中郎的简称，为将帅的幕僚，卢谌曾任此职。卢谌（285～351）：两晋之交作家。字子谅，范阳涿（今河北涿

州市)人,刘琨内侄,卢志之子。尚晋武帝司马炎荥阳公主,拜驸马都尉,未婚而公主卒。晋怀帝司马炽永嘉五年(311),羯人石勒陷洛阳,谌随父投奔刘琨,晋愍帝司马邺建兴三年(315),刘琨为司空,以谌为从事中郎。东晋元帝司马睿建武元年(317)随琨投幽州刺史段匹䃅,为段别驾,刘琨被杀后,段匹䃅败,谌又往投辽西段末波,流寓近二十年。元帝大兴三年,卢谌向司马睿表奏刘琨之冤。晋成帝司马衍咸康四年(338),石勒侄石虎破辽西,以谌为中书侍郎、国子祭酒、侍中、中书监,从此不得已而身仕后赵。晋穆帝司马聃永和七年(351),汉人后魏建立者冉闵破后赵,卢谌被杀。中原沦陷后,卢谌虽在后赵官位高显,而终身以身仕异族为耻,常对诸子称:"吾身没之后,但称晋司空从事中郎。"事见《晋书》卷四十四《卢谌传》。卢谌博学多艺,不仅长于诗赋,还工书法,好老庄,撰《祭法》六卷、《庄子注》(已佚),并有文集行世。在段匹䃅幕府时,多与刘琨作诗赠答。刘琨被杀时作《重赠卢谌》,谌亦有酬作。《文心雕龙·才略》称其作品"情发而理昭"。《隋书·经籍志》著录"晋司空从事中郎卢谌集十卷,梁有录一卷",已散佚。今存诗八首,其中五言诗七首,零篇断句二则,《先秦汉魏晋南北朝诗》晋诗卷十二辑录,另存文十四篇并《祭法》残文。本条附录转录刘琨诗三首、卢谌诗五首。③其源出于王粲:此处应单指刘琨,似未指卢谌。刘琨由于所处时代和本身特殊经历的关系,形成了"凄戾"、"清拔"的风格特点,与王粲所处的时代、个人经历以及"发愀怆之词"的诗歌风格有相似之处,所以钟嵘认为"其源出于王粲"。刘熙载赞成钟氏此论,称为格言定论,《艺概·诗概》云:"钟嵘谓越石诗出于王粲,以格言耳。"④凄戾(lì):凄厉悲凉。戾,乖张不顺。⑤清拔:清新挺拔。⑥体:禀有。良才:指优秀诗才。⑦雁(lí):遭遇。厄(è)运:困苦的命运,刘琨诗文也常常提及自己的不幸。⑧"善叙"二句:刘琨现存诗《扶风歌》、文《答卢谌书》等都提到了丧乱,并悲愤交加。⑨逮:及。

[译文]

　　刘琨诗歌的风格从王粲而来。善于写凄厉悲凉的诗句,自然有清朗挺拔的气概。刘琨既禀赋有优秀的诗才,又遭遇困苦的命运,所以善于叙写丧亡离乱的题材,颇多感慨愤恨之词。卢谌很敬仰他，只是稍微比不上他。

[附录]

刘琨五言诗

（一）扶风歌

朝发广莫门，莫（暮）宿丹水山。左手弯繁弱，右手挥龙渊。顾瞻望宫阙，俯仰御飞轩。据鞍长叹息，泪下如流泉。系马长松下，发（废）鞍高岳头。烈烈悲风起，泠泠涧水流。挥手长相谢，哽咽不能言。浮云为我结，归（飞）鸟为我旋。去家日已远，安知存与亡？慷慨穷林中，抱膝独摧藏。麋鹿游我前，猿猴戏我侧。资粮既乏尽，薇蕨安可食？揽辔命徒侣，吟啸绝岩中。君子道微矣，夫子故有穷。惟昔李骞（愆）期，寄在匈奴庭。忠信反获罪，汉武不见明。我欲竟此曲，此曲悲且长。弃置勿重陈，重陈令心伤。

（录自《文选》卷二十八）

（二）重赠卢谌

握（幄）中有悬璧，本自荆山璆。惟彼太公望，昔在渭滨叟。邓生何感激，千里来相求。白登幸曲逆，鸿门赖留侯。重耳任五贤，小白相射钩。苟能隆二伯，安问党与仇？中夜抚枕叹，相（想）与数子游。吾衰久矣夫，何其不梦周？谁云圣达节，知命故不忧。宣尼悲获麟，西狩涕孔丘。功业未及建，夕阳忽西流。时哉不我与，去乎若云浮。朱实陨劲风，繁英落素秋。狭路倾华盖，骇驷摧双辀。何意百炼刚，化为绕指柔。

（录自《文选》卷二十五》）

（三）扶风歌（又名艳歌行）

南山石嵬嵬，松柏何离离。上枝拂青云，中心十数围。洛阳发（伐）中梁，松树窃自悲。斧锯截是松，松树东西摧。特作四轮车，载至洛阳宫。观者莫不叹，问是何山材？谁能刻镂此，公输与鲁班。

被之用丹漆，薰用苏合香。本自南山松，今为宫殿梁。

（录自《艺文类聚》卷八十八，又见逯钦立《先秦汉魏晋南北朝诗》晋诗卷十一）

卢谌五言诗

（一）赠崔温（又名与温太真、崔道儒）

逍遥步城隅，暇日聊游豫。北眺沙漠垂，南望旧京路。平陆引长流，岗峦挺茂树。中原厉迅飙，山阿起云雾。游子恒悲怀，举目增永慕。良俦不获偕，舒情将焉诉？远念贤士风，遂存往古务。朔鄙多侠气，岂惟地所固！李牧镇边城，荒夷怀南惧。赵奢正疆场，秦人折北虑。羁旅及宽政，委质与时遇。恨以驽蹇姿，徒烦飞（非）子御。亦既弛负担，忝位宰黔庶。苟云免罪戾，何暇收民誉？倪宽以殿黜，终乃最众赋。何武不赫赫？遗爱常在去。古人非所希，短弱自有素。何以敷斯辞，惟以二子故。

（录自《文选》卷二十五》）

（二）览古

赵氏有和璧，天下无不传。秦人来求市，厥价徒空言。与之将见卖，不与恐致患。简才备行李，图令国命全。蔺生在下位，缪子称其贤。奉辞驰出境，伏轼径入关。秦王御殿坐，赵使拥节前。挥袂睨金柱，身玉要俱捐。连城既伪往，荆玉亦真还。爰在渑池会，二主克交欢。昭襄欲负力，相如折其端。眦血下沾襟，怒发上冲冠。西缶终双击，东瑟不只弹。舍生岂不易？处死诚独难。棱威章台颠，强御亦不干。屈节邯郸中，俯首忍回轩。廉公何为者？负荆谢厥愆。智勇盖当代（世），弛张使我叹。

（录自《文选》卷二十一）

（三）时兴

亹亹圆象运，悠悠方仪廓。忽忽岁云暮，游原采萧藿。北逾芒与河，南临伊与洛。凝霜沾蔓草，悲风振林薄。摵摵芳叶零，荣荣芬华落。下泉激冽清，旷野增辽索。登高眺遐荒，极望无崖崿。形变随时化，神感因物作。澹乎至人心，恬然存玄漠。

（录自《文选》卷三十）

（四）重赠刘琨

璧由识者显，龙因庆云翔。茨棘非所憩，翰飞游高冈。余音非《九韶》，何以仪凤凰？新城非芝圃，曷由殖兰芳。

（录自《艺文类聚》卷三十一）

（五）诗

遐举游名山，松乔共相追。层崖成崇馆，岩阿结重闱。

（录自《初学记》卷五，以上五首又见逯钦立《先秦汉魏晋南北朝诗》晋诗卷十二）

晋弘农太守郭璞诗[①]

宪章潘岳[②]，文体（质）相辉[③]，彪炳可玩[④]。始变平（中）原平淡之体[⑤]，故称中兴第一[⑥]。《翰林》以为诗首[⑦]。但《游仙》之作，辞多慷慨，乖远玄宗[⑧]，而云"奈何虎豹姿"[⑨]，又云"戢翼栖榛梗"[⑩]，乃是坎壈咏怀[⑪]，非列仙之趣也[⑫]。

[注释]

①弘农：郡名，治所在弘农（今河南灵宝市北）。郭璞（276~324）：两晋之交（或称东晋）作家、训诂学家。字景纯，河东闻喜（今山西闻喜）人。博学，好古文奇字，又喜阴阳卜筮之术。西晋惠帝司马衷末、怀帝司马炽初，因时乱避居江南，过江后任宣城太守殷祐及丹阳太守王导参军。东晋初建，大兴元年（318）为著作佐郎，迁尚书郎，后被大将军、荆州刺史王敦任为记室参军。敦欲谋反，使璞占卜，璞言其必败，劝阻不要起兵，因而被王敦杀害。王敦之乱平，追赠璞为弘农太守。事见《晋书》卷十二《郭璞传》。郭璞好经术，

诗品中　139

通阴阳历算、卜筮之术，所著《尔雅注》、《尔雅音》、《尔雅图》、《尔雅图赞》，集《尔雅》学之大成；又有《方言注》、《山海经注》、《穆天子传注》等数十万言。郭璞擅长诗赋，其《游仙诗》最为著名，是其代表作。刘勰《文心雕龙·明诗》评为"景纯仙篇，挺拔而为俊矣"。他通过对神仙境界的追求，表现忧生避祸失意之悲和壮志难酬的精神寄托。《江赋》也较有名。《隋书·经籍志》著录"晋弘农太守郭璞集十七卷，梁十卷，录一卷"，已散佚。明人张溥辑有《郭弘农集》。今存诗近三十首，其中五言诗二十余首，仅《游仙诗》即占去十九首，《先秦汉魏晋南北朝诗》晋诗卷十一，本条附录转录七首。另存赋、表、序等文二十三篇。②宪章：以之为法则，指祖袭，效法。潘岳：西晋作家，已见上品。钟嵘认为潘岳的诗"如翔禽之有羽毛，衣被之有绡縠"，"烂若舒锦，无处不佳"，而郭璞诗则"文质相辉，彪炳可玩"，风格相近，所以认为郭璞"宪章潘岳"。③文质相辉：犹文质彬彬，文采和质朴相互辉映，配合恰到好处。④彪炳：指文采美丽绚烂。彪，老虎身上的花纹；炳，鲜明。玩：玩味，玩赏。⑤"始变"句：指郭璞清峻美丽的诗风，开始改变西晋玄言诗平淡寡味的诗风。中原平淡之体，指玄言诗。玄言诗就是以诗歌的形式谈论道家玄理，平淡无味，具体情况见《诗品序》"永嘉时"一段文字；中原，指西晋建都中原，正如以江左代替东晋一样。⑥中兴：指东晋时期。公元316年西晋灭亡，317年司马睿在江南建业（今南京）称帝，建立东晋王朝，史称"中兴"。⑦《翰林》：指李充《翰林论》，其中论郭璞的言论已散佚不存，无法确认其言论原意。诗首：诗人之首。一云首创。⑧乖远玄宗：违背远离玄言诗的宗旨，即不像玄言诗那样一味谈论道家的玄远之旨。一云"玄宗"指宗教玄理。⑨奈何虎豹姿：郭璞《游仙诗》佚句，今十九首不存。句意当是说虽身为虎一样的雄姿却无可奈何，没有办法；估计是抒写怀才不遇之情的。⑩戢（jí）翼栖榛（zhēn）梗：亦为郭璞《游仙诗》佚句，今不存。句意当是说收敛翅膀，停止飞翔，而停在杂树丛中；似乎以雄鹰自比，抒写不得志而混迹世俗的愤懑之情。戢翼，收敛翅膀，停止飞翔；戢，收敛，止息；榛梗，杂树丛；榛，树丛；梗，有刺的草木。⑪坎壈（lǎn）：同"坎廪"，困顿，不得志。⑫列仙：众仙人，西汉刘向有《列仙传》。

[译文]

　　郭璞的诗歌，效法潘岳，文质配合得当，相互辉映，文采美丽,可供玩赏。开始改变西晋诗坛平淡寡味的玄言诗风,所以被称为东晋诗歌的第一人。李充的《翰林论》把他放在东晋诗人的首位(或把他称为东晋诗人的"诗首")。但是郭璞的《游仙诗》,文辞多慷慨激烈,违背远离玄言诗谈玄说理的旨趣。而说"奈何虎豹姿",又说"戢翼栖榛梗",实际是不得志的咏怀之作,抒写的并不是众仙人的生活情趣。

[附录]

郭璞五言诗

（一）游仙诗其一

京华游侠窟,山林隐遁栖。朱门何足荣,未若托蓬莱。临源挹清波,陵岗掇丹荑。灵谿可潜盘,安事登云梯。漆园有傲吏,莱氏有逸妻。进则保龙见,退为（则）触藩羝。高蹈风尘外,长揖谢夷齐。

（二）游仙诗其二

青谿千余仞,中有一道士。云生梁栋间,风出窗户里。借问此何谁?云是鬼谷子。翘迹企颍阳,临河思洗耳。阊阖西南来,潜波涣鳞起。灵妃顾我笑,粲然启玉齿。蹇修时不存,要之将谁使?

（三）游仙诗其三

翡翠戏兰苕,容色更相鲜。绿萝结高林,蒙笼盖一山。中有冥寂士,静啸抚清弦。放情陵（凌）霄外,嚼蕊挹飞泉。赤松临上游,驾鸿乘紫烟。左挹浮丘袖,右拍洪崖肩。借问蜉蝣辈,宁知龟鹤年?

（四）游仙诗其四

六龙安可顿,运流有代谢。时变感人思,已秋复愿夏。淮海变微禽,吾生独不化。虽欲腾丹谿,灵螭非我驾。愧无鲁阳德,回日向三舍。临川哀年迈,抚心独悲吒。

（五）游仙诗其五

逸翮思拂霄,迅足羡远游。清源无增澜,安得运吞舟?圭璋虽特达，明月难暗投。潜颖怨青（清）阳，陵苕哀素秋。悲来恻丹心，零泪缘缨流。

（六）游仙诗其六

杂县寓鲁门，风暖将为灾。吞舟涌海底，高浪驾蓬莱。神仙排云出，但见金银台。陵阳挹丹溜，容成挥玉杯。姮娥扬妙音，洪崖颔其颐。升降随长烟，飘飘戏九垓。奇龄迈五龙，千岁方婴孩。燕昭无灵气，汉武非仙才。

（七）游仙诗其七

晦朔如循环，月盈已见魄。蓐收清西陆，朱羲将由白。寒露拂陵苕，女萝辞松柏。蕣荣不终朝，蜉蝣岂见夕！圆丘有奇草，钟山出灵液。王孙列八珍，安期炼五石。长揖当途人，去来山林客。

（以上录自《文选》卷二十一）

晋吏部郎袁宏诗[①]

彦伯《咏史》[②]，虽文体未遒[③]，而鲜明紧健[④]，去凡俗远矣[⑤]。

[注释]

①吏部郎：官职名，吏部的属官。吏部，官署名，六部之首，掌管全国官吏的任免、考核、升降、调动等事务，长官为吏部尚书。袁宏（约328～约376）：东晋作家。字彦伯，小字虎，陈郡阳夏（今河南太康县）人。少孤贫，曾以江上运租为业，因在租船上诵诗，为镇西将军谢尚所赏识，引为参军。晋哀帝司马丕年间入为大司马桓温记室，后又为吏部郎。晋孝武帝司马曜宁康三年（375）出为东阳太守。不久，卒于官，时年四十九岁。事见《晋书》卷九十二《文苑传·袁宏传》。袁宏有逸才，今存所撰《后汉书》三十卷，与范晔《后汉书》并列，又撰有《竹林名士传》三卷（又称《正史名士传》、《名士传》）及诗赋、谏表杂文凡三百余篇。其诗赋颇为脱俗而颇有情韵，被刘勰

《文心雕龙·才略》和《诠赋》篇称为"卓出而多偏","情韵不匮"。五言以《咏史诗》最为著名。《隋书·经籍志》著录"晋东阳太守袁宏集十卷,梁二十卷,录一卷",已散佚。今存诗歌六首,其中五言诗四首,见逯钦立辑校《先秦汉魏晋南北朝诗》晋诗卷十四辑录,本条附录转录。另存文十八篇。②《咏史》:袁宏今存《咏史》诗二首。其因讽诵《咏史》诗而成名并被镇西将军谢尚录用的典故见《世说新语·文学》注引《续晋阳秋》。按:依袁宏所存二首《咏史》诗看,其艺术水平和韵味并不胜于所存另两首五言诗,不当受到钟嵘等人赞誉,据此推测,其《咏史》诗原当有多首,惜珍珠多佚。③文体:指诗歌体式风格。未遒(qiú):未尽美。一云不够强劲有力,不够遒劲挺拔。④鲜明:有云指诗歌形象,有云指辞采。紧健:即劲健,强劲刚健。⑤凡俗:庸俗,一指作品平庸,一指作品所表现的思想庸俗,此处似兼指两方面。

[译文]

袁宏的《咏史》诗,虽然体式风格尚不够完美,但形象鲜明,风格劲健,已超越庸俗之作很远了。

[附录]

袁宏五言诗

(一)咏史二首其一

周昌梗概臣,辞达不为讷。汲黯社稷器,栋梁表天骨。陆贾厌解纷,时与酒梼杌。婉转将相门,一言和平勃。趋舍各有之,俱令道不没。

(二)咏史二首其二

无名困蝼蚁,有名世所疑。中庸难为体,狂狷不及时。杨恽非忌贵,知及有余辞。躬耕南山下,芜秽不遑治。赵瑟奏哀音,秦声歌新诗。吐音非凡唱,负此欲何之?

(以上录自《艺文类聚》卷五十五)

(三) 拟古

高馆百余仞，迢递虚中亭。文幌耀琼扇，碧疏映绮棂。

（录自《艺文类聚》卷六十三）

(四) 佚名

森森千丈松，磊砢非一节。虽无榱桷丽，较为梁栋桀。

（录自《艺文类聚》卷八十八，以上四首又见逯钦立《先秦汉魏晋南北朝诗》晋诗卷十四）

晋处士郭泰机① 晋常侍顾恺之② 宋谢世基③ 宋参军顾迈④ 宋参军戴凯（凯）⑤ 诗

泰机"寒女"之制⑥，孤怨宜恨⑦。长康能以二韵答四首（时）之美⑧。世基"横海"⑨，顾迈"鸿飞"⑩。戴凯人实贫羸⑪，而才章富健⑫。观此五子，文虽不多⑬，气调警拔⑭。吾许其进⑮，而鲍昭（照）江淹⑯，未足逮止⑰。越居中品⑱，佥曰宜哉⑲。

[注释]

①处士：没有做过官的文人。郭泰机：西晋作家。生卒年、年龄、字号均不详，河南郡（今河南洛阳以南一带）人。与傅咸（239～294）同时并相交，约生活在魏末和西晋时期。出身寒微，终身未仕。曾与傅咸以诗赠答，求为荐举，未果。《文选》卷二十五录其《答傅咸诗》一首，李善注引《傅咸集》称："河南郭泰机，寒素后门之士。不知余无能为益，以诗见激切可施用之才，而况沉沦不能自拔于世。余虽心知之，而未如之何。此屈非复文辞所了，故直戏以答其诗。"傅咸的答诗今存四句，亦见李善注中。郭泰机的诗以寒女织素自喻，并说傅咸你自己吃过早饭了，却不知道我的饥饿，对傅咸未伸出援手表示怨愤之意。郭泰机今存《答（赠）傅咸》诗一首，即当为本条钟嵘所评之"泰机'寒女'之制"，见《文选》卷二十五。②常侍：官名，魏晋

时期为散骑常侍的简称,经常侍从在君主左右的官吏。顾恺之(349?~410?):东晋画家、作家。字长康,小字虎头,晋陵无锡(今属江苏无锡)人。曾为大司马桓温参军,甚见亲近。好谐谑,人多爱近之。晋孝武帝司马曜太元十七年(392)又为荆州刺史殷仲堪参军,亦被爱重。晋安帝司马德宗义熙初年(405),为散骑常侍。约义熙六年或稍后卒,年六十二岁。事见《晋书》卷九十二《文苑传·顾恺之传》。顾恺之博学有才气,工诗赋、书法,尤精绘画,人物肖像,以形传神,曾有"才绝"、"画绝"、"痴绝"之称。《隋书·经籍志》著录"晋通直常侍顾恺之集七卷",原注"梁二十卷",已散佚。今存诗二首并残句,《先秦汉魏晋南北朝诗》晋诗卷十四辑录。另存文十五篇。③谢世基(?~426):南朝宋作家。陈郡阳夏(今河南太康)人,谢晦兄子。宋文帝刘义隆元嘉三年(426),谢晦谋反,牵连世基,被文帝杀害。事见《宋书》卷四十四、《南史》卷十九《谢晦传》附。世基有才气,将刑时赋五言《连句诗》一首,见逯钦立辑校《先秦汉魏晋南北朝诗》宋诗卷一。④参军:官职名,南北朝诸王及将军的重要幕僚。顾迈(?~453):南朝宋作家。吴郡(今江苏苏州)人。宋文帝刘义隆元嘉十七年(440),始兴王刘浚为扬州刺史,任顾迈为其主簿,元嘉二十六年(449)加浚为征北将军,迈为征北将军行参军,后因泄密被徙广州。元嘉三十年(453),南海太守萧简之据广州反叛,迈为之尽力,乱平,与简之同时被杀。事见《宋书》卷四十二《刘穆之传》、卷五《文帝纪》。顾迈轻薄有才气,工于诗歌,作品不多而气格警拔,《隋书·经籍志》著录"梁又有征北行参军顾迈集二十卷,亡",今诗均不存。⑤戴凯(?~466?):南朝宋作家。一作戴凯之,字庆豫,武昌郡(今湖北鄂城)人。《宋书》卷八十四《邓琬传》、《南齐书》卷三《武帝纪》载武昌戴凯之为晋安王江州刺史刘子勋僚属,《诗品》标作"宋参军戴凯",可知其为子勋参军,时当在宋孝武帝刘骏大明(457~464)、宋明帝刘彧泰始间(465~471)。宋明帝泰始元年(465),刘子勋反,戴凯参与叛乱,第二年,为武昌相,被官军击败,或战死或被诛。戴凯能诗,才章富健。《隋书·经籍志》著录"戴凯之集六卷",已散佚。今诗均不存。又《隋书·经籍志》谱系类著录"竹谱一卷",又脱姓氏,《旧唐书·经籍志》农家类著录为戴凯之撰,今存。本条附录转录郭泰机诗一首、顾恺之诗二首、谢世基诗一首。⑥"寒女"之制：指郭泰机《答（赠）傅咸》诗，内有"皦皦白素丝，织为寒女衣。寒女虽妙巧，不得秉杼机"之句，全诗见本条附录。⑦孤怨：指作者为终生布衣的孤门怨士。宜恨：当然应该有所怨恨，指诗中所抒发的对傅咸不能荐己的愤懑情绪。宜，应该。⑧二韵答四时：指顾恺之《神情诗》，该诗用两韵四句"春水满四泽，夏云多奇峰。秋月扬明辉，冬岭秀寒松"写出了春夏秋冬四季之美。⑨"横海"：指谢世基临刑前与谢晦连句所作诗，首"伟哉横海鲸"，有"横海"二字。⑩"鸿飞"：指顾迈俠诗，诗句中当有"鸿飞"二字。⑪贫羸（léi）：贫弱，似指家贫体弱，一云家道贫寒。⑫才章：指才华诗章。富健：丰富劲健。⑬文：这里指诗歌作品。⑭气调：气概格调，气韵风格。警拔：遒劲挺拔，警策出众。⑮吾许其进：我期许他们能再进一步。语本《论语·述而》"子曰：与其进也，不与其退也（'与'同'许'）"之句。许：期许，期待，希望。⑯鲍照：南朝宋代作家，详见中品。江淹：南朝梁代作家，详见中品"梁光禄江淹诗"条注①。⑰未足逮止：不足于赶得上，未必赶得上。逮，及，赶得上；止，句末助词。⑱越居：超越提拔而列居。⑲佥（qiān）：都，皆。宜：合适，恰当。

[译文]

郭泰机的"寒女"之作，孤门怨士，当然要抒发怨恨之情。顾恺之的《神情诗》能用二韵写出四季之美。谢世基有"横海"诗，顾迈有"鸿飞"诗。戴凯其人确实家贫体弱，但他的才气和诗章却丰富劲健。综观这五位诗人，作品虽不多，但气概格调警策挺拔。我期许他们如果能再进一步，那么鲍照、江淹未必能追赶得上。现在超越提拔而列居"中品"，都说是合适的。

[附录]

郭泰机五言诗

答（赠）傅咸

皦皦白素丝，织为寒女衣。寒女虽妙巧，不得秉杼机。天寒知运速，况复雁南飞？衣工秉刀尺，弃我忽若遗。人不取诸身，世士焉所希？况复已朝餐，曷由知我饥。

（录自《文选》卷二十五）

顾恺之五言诗

（一）神情诗

春水满四泽，夏云多奇峰。秋月扬明辉，冬岭秀寒松。

（录自《艺文类聚》卷三）

（二）拜宣武（桓温）墓

山崩溟海竭，鱼鸟将何依？远念羡昔存，抚坟衰今亡。

（前两句录自《世说新语·言语篇》，后两句录自《文选》卷二十三《庐陵王墓下作》诗注，以上二首又见逯钦立《先秦汉魏晋南北朝诗》宋诗卷十四）

谢世基五言诗

连句诗

伟哉横海鲸，壮矣垂天翼。一旦失风水，翻为蝼蚁食。

（录自《宋书》卷四十四《谢晦传》，又见逯钦立《先秦汉魏晋南北朝诗》宋诗卷一）

宋征士陶潜诗[①]

其源出于应璩，又协左思风力[②]。文体省静（净）[③]，殆无长语[④]。笃意真古[⑤]，辞兴婉惬[⑥]。每观其文，想其人德。世叹其质直[⑦]。至如"欢言醉（酌）春酒"[⑧]，"日暮天无云"[⑨]，风华清靡[⑩]，岂直为田家语耶[⑪]？古今隐逸诗人之宗也。

[注释]

①征士：被朝廷征召的人。按：虽然陶渊明主要生活在东晋末年，仅在

刘宋时代生活了几年，但钟嵘《诗品》是以作家卒年确定其所处朝代的，故称"宋征士"。陶潜（365~427）：东晋著名大诗人。字渊明，一说名渊明，字元亮；一说在晋时名渊明，字元亮，入宋后改名潜。唐人避讳又作深明、泉明。自号五柳先生，私谥靖节。浔阳柴桑（今江西九江）人，晋大司马陶侃曾孙。早年丧父，东晋孝武帝司马曜太元十八年（393）为江州祭酒，不堪吏职，旋解职归。晋安帝司马德宗隆安四年（400），出任桓玄僚属，次年丁母忧，归故里。元兴三年（404），入刘裕幕府为镇军参军，旋转入建威将军刘敬宣幕府为参军。义熙元年（405），奉命赴建康，同年八月出任彭泽令，在官八十余日而辞官归里。据《宋书》本传和萧统《陶渊明传》载，郡遣督邮至县，吏请束带迎之，渊明以为"岂能为五斗米折腰向乡里小儿"？适逢其妹病逝武昌，便"即日解印绶去职"。从此以后，多次被征召，概不出仕。归隐田园之初，曾亲自参加耕作。后因旧宅失火，迁居南里之南村。辞官后，与周续之、刘遗民等过从较密，号称"浔阳三隐"；又与名僧慧远、江州刺史功曹颜延之友善。宋文帝刘义隆元嘉三年（426），檀道济镇守浔阳，往候，渊明病馁卧床，道济馈以梁肉，渊明挥而去之，次年病卒。卒前作《自祭文》，年六十三岁，诸好友私谥靖节，葬庐山西南麓。事见《宋书》卷九十三《隐逸传》、《晋书》卷九十四、《南史》卷七十五及颜延年《陶征士诔》、萧统《陶渊明传》等。渊明少有高趣，好读书，不求甚解，性嗜酒，少饮辄醉，归隐田园，著述自娱。陶诗多描写田园生活，分为田园诗、咏怀诗、咏史诗、行役诗、赠答诗等几类，而且很多都是组诗。其田园诗描绘自然景色、田园风光、劳动感受、人生感悟，风格淳美，恬淡自然，情、景、事、理完美统一，开创了新的文学题材，遂成为古今田园隐逸诗人之祖。尤以组诗《归园田居》五首、《饮酒》二十首、《读山海经》十三首、《杂诗》十二首、《拟古诗》九首、《咏荆轲》、散文《五柳先生传》、《桃花源记》及赋《归去来兮辞》、《闲情赋》等最为脍炙人口。梁萧统编有《陶渊明集》八卷，又经北齐阳休之增补。《隋书·经籍志》著录"宋征士陶潜集九卷，梁五卷，录一卷"。今人有王瑶注《陶渊明集》、王叔岷《陶渊明诗笺证稿》、逯钦立校注《陶渊明集》、袁行霈《陶渊明集笺注》。今存诗一百二十五首，其中五言诗一百十六首，本条附录选二十六首。另存文、赋等十二篇。②"其源"二句：吕德申注称：

钟嵘评陶诗的风格特点是"省净"、"笃意真古"、"质直"等，与应璩诗拙朴少文的风格有相近之处；应璩"祖袭"的曹丕诗也是"鄙质如偶语"，说明质直和古拙是他们共同的风格特点；陶诗的"风华清靡"，也即应璩的"华靡可讽味"，所以认为陶潜诗"源出于应璩"。"又协左思风力"，指出陶诗风格的另一个重要方面，即对建安以来五言诗优良传统的继承。代表作有《咏贫士》、《咏三良》、《咏荆轲》等。按：对于《诗品》中有关陶诗和应璩诗关系的意见，宋以后有不同的评论。王夫之《古诗评选》卷四云："此（指陶潜《拟古·迢迢百尺楼》）真《百一诗》中杰作。钟嵘一品，千秋论定矣。"其他如叶梦得《石林诗话》下卷则以为应璩诗"与陶诗不相类"，批评钟嵘的说法"不知其所据"，"盖嵘之陋也"，等等。协，协和，指吸收、融会；风力，指风格骨力。③文体省净：诗歌风格简洁明净，指自然淳美。元好问之评可印证，其评论曰："一语天然万古新，豪华落尽见真淳。"（《论诗绝句三十首》）文，指诗歌；体，风格。④殆（dài）：几乎。长（zhǎng）语：多余的话。长，多余。⑤笃意：厚意，诚意。真古：真率古朴。⑥兴：兴致，起兴。婉惬（qiè）：柔和惬意。婉，委婉。⑦质直：质朴率直，质朴自然。⑧欢言酌春酒：指陶诗《读山海经》十三首中的第一首，内有"欢言酌春酒，摘我园中蔬"两句。⑨日暮天无云：指陶诗《拟古》九首的第七首，首两句为"日暮天无云，春风扇微和"。⑩风华：风格文采。华，华采，文采。清靡：清新优美。⑪田家语：农家日常用语，指语言质朴无华。

[译文]

陶渊明诗歌的风格从应璩而来，又吸收了左思的风格骨力。风格简洁明净，几乎没有多余的话。深厚的诗意真率古朴，文辞兴致柔和惬意。我每次读他的作品，都会联想起他的人格德行。世人都叹惋他的诗歌太过质朴率直。至于像"欢言酌春酒"、"日暮天无云"这样的诗句，风格文采清新优美，哪里只是农家的质朴用语呢？他是古今隐逸诗人的始祖啊！

[附录]

陶渊明五言诗

（一）和郭主簿二首其一（38岁时作）

蔼蔼堂前林，中夏贮清阴。凯风因时来，回飙开我襟。息交游闲业，卧起弄书琴。园蔬有余滋，旧谷犹储今。营己良有极，过足非所钦。春秫作美酒，酒熟吾自斟。弱子戏我侧，学语未成音。此事真复乐，聊用忘华簪。遥遥望白云，怀古一何深。

（二）癸卯岁始春怀古田舍二首其二（39岁时作）

先师有遗训，忧道不忧贫。瞻望邈难逮，转欲志长勤。秉耒欢时务，解颜劝农人。平畴交远风，良苗亦怀新。虽未量岁功，即事多所欣。耕种有时息，行者无问津。日入相与归，壶浆劳近邻。长吟掩柴门，聊为陇亩民。

（三）始作镇军参军经曲阿作（40岁时作）

弱龄寄事外，委怀在琴书。被褐欣自得，屡空常晏如。时来苟冥会，宛辔憩通衢。投策命晨装，暂与园田疏。眇眇孤舟逝，绵绵归思纡。我行岂不遥，登降千里余。目倦川涂异，心念山泽居。望云惭高鸟，临水愧游鱼。真想初在襟，谁谓形迹拘。聊且凭化迁，终返班生庐。

（四）归园田居五首其一（42岁时作）

少无适俗韵，性本爱丘山。误落尘网中，一去三十（十三）年。羁鸟恋旧林，池鱼思故渊。开荒南野际，守拙归园田。方宅十余亩，草屋八九间。榆柳荫后檐，桃李罗堂前。暧暧远人村，依依墟里烟。狗吠深巷中，鸡鸣桑树巅。户庭无尘杂，虚室有余闲。久在樊笼里，复得返自然。

（五）归园田居五首其二（42岁时作）

野外罕人事，穷巷寡轮鞅。白日掩荆扉，虚室绝尘想。时复墟曲中，披草共来往。相见无杂言，但道桑麻长。桑麻日已长，我土日已广。常恐霜霰至，零落同草莽。

（六）归园田居五首其三（42岁时作）

种豆南山下，草盛豆苗稀。晨兴理荒秽，带月荷锄归。道狭草木长，夕露沾我衣。衣沾不足惜，但使愿无违。

（七）归园田居五首其五（42岁时作）

怅恨独策还，崎岖历榛曲。山涧清且浅，遇以濯吾足。漉我新熟酒，只鸡招近局。日入室中暗，荆薪代明烛。欢来苦夕短，已复至天旭。

饮酒二十首并序（选四）（42岁开始陆续作）

余闲居寡欢，兼比夜已长，偶有名酒，无夕不饮。顾影独尽，忽焉复醉。既醉之后，辄题数句自娱，纸墨遂多，辞无诠次，聊命故人书之，以为欢笑尔。

（八）饮酒二十首其五

结庐在人境，而无车马喧。问君何能尔，心远地自偏。采菊东篱下，悠然见南山。山气日夕佳，飞鸟相与还。此中有真意，欲辨已忘言。

（九）饮酒二十首其八

青松在东园，众草没其姿。凝霜殄异类，卓然见高枝。连林人不觉，独树众乃奇。提壶抚寒柯，远望时复为。吾生梦幻间，何事绁尘羁。

（十）饮酒二十首其九

清晨闻叩门，倒裳往自开。问子为谁与？田父有好怀。壶浆远见候，疑我与时乖。褴缕茅檐下，未足为高栖。一世皆尚同，愿君汩其泥。深感父老言，禀气寡所谐。纡辔诚可学，违己讵非迷！且共欢此饮，吾驾不可回。

（十一）饮酒二十首其十六

少年罕人事，游好在六经。行行向不惑，淹留遂无成。竟抱固穷节，饥寒饱所更。敝庐交悲风，荒草没前庭。披褐守长夜，晨鸡不肯鸣。孟公不在兹，终以翳吾情。

（十二）读山海经十三首其一（42岁开始陆续作）

孟夏草木长，绕屋树扶疏。众鸟欣有托，吾亦爱吾庐。既耕亦已种，时还读我书。穷巷隔深辙，颇回故人车。欢然酌春酒，摘我园中蔬。微雨从东来，好风与之俱。泛览周王传，流观山海图。俯仰终宇宙，不乐复何如！

（十三）读山海经十三首其十（作年不详）

精卫衔微木，将以填沧海。刑天舞干戚，猛志故常在。同物既无虑，化去不复悔。徒设在昔心，良晨讵可待？

（十四）庚戌岁九月中于西田获早稻（46岁时作）

人生归有道，衣食固其端。孰是都不营，而以求自安。开春理常业，岁功聊可观。晨出肆微勤，日入负耒还。山中饶霜露，风气亦先寒。田家岂不苦？弗获辞此难。四体诚乃疲，庶无异患干。盥濯息檐下，斗酒散襟颜，遥遥沮溺心，千载乃相关。但愿长如此，躬耕非所叹。

（十五）移居二首其一（46岁时作）

昔欲居南村，非为卜其宅。闻多素心人，乐与数晨夕。怀此颇有年，今日从兹役。敝庐何必广，取足蔽床席。邻曲时时来，抗言谈在昔。奇文共欣赏，疑义相与析。

（十六）移居二首其二（46岁时作）

春秋多佳日，登高赋新诗。过门更相呼，有酒斟酌之。农务各自归，闲暇辄相思。相思则披衣，言笑无厌时。此理将不胜，无为忽去兹。衣食当须纪，力耕不吾欺。

（十七）杂诗十二首其一（50岁时作）

人生无根蒂，飘如陌上尘。分散逐风转，此已非常身。落地为兄弟，何必骨肉亲？得欢当作乐，斗酒聚比邻。盛年不重来，一日难再晨。及时当勉励，岁月不待人。

（十八）杂诗十二首其二（50岁时作）

白日沦西阿，素月出东岭。遥遥万里辉，荡荡空中景。风来入房户，夜中枕席冷。气变悟时易，不眠知夕永。欲言无予和，挥杯劝孤影。日月掷人去，有志不获骋。念此怀悲凄，终晓不能静。

（十九）杂诗十二首其五（50岁时作）

忆我少壮时，无乐自欣豫。猛志逸四海，骞翮思远翥。荏苒岁月颓，此心稍已去。值欢无复娱，每每多忧虑。气力渐衰损，转觉日不如。壑舟无须臾，引我不得住。前途当几许，未知止泊处。古人惜寸阴，念此使人惧。

（二十）杂诗十二首其八（50岁时作）

代耕本非望，所业在田桑。躬亲未曾替，寒馁常糟糠。岂期过满腹，但愿饱粳粮。御冬足大布，粗絺以应阳。正尔不能得，哀哉亦可伤。人皆尽获宜，拙生失其方。理也可奈何，且为陶一觞！

（二十一）怨诗楚调示庞主簿邓治中（54岁时作）

天道幽且远，鬼神茫昧然。结发念善事，僶俛六九年。弱冠逢世阻，始室丧其偏。炎火屡焚如，螟蜮恣中田。风雨纵横至，收敛不盈廛。夏日长抱饥，寒夜无被眠。造夕思鸡鸣，及晨愿乌迁。在己何怨天，离忧凄目前。吁嗟身后名，于我若浮烟。慷慨独悲歌，钟期信为贤。

（二十二）咏贫士七首其五（56岁时作）

袁安困积雪，邈然不可干。阮公见钱入，即日弃其官。刍藁有常温，采莒足朝餐。岂不实辛苦？所惧非饥寒。贫富常交战，道胜无戚颜。至德冠邦闾，清节映西关。

（二十三）拟古九首其七（56岁时作）

日暮天无云，春风扇微和。佳人美清夜，达曙酣且歌。歌竟长叹息，持此感人多。皎皎云间月，灼灼叶中华。岂无一时好，不久当如何？

（二十四）拟古九首其八（56岁时作）

少时壮且厉，抚剑独行游。谁言行游近，张掖至幽州。饥食首阳薇，渴饮易水流。不见相知人，惟见古时丘。路边两高坟，伯牙与庄周。此士难再得，吾行欲何求？

（二十五）咏荆轲（约59岁时作）

燕丹善养士，志在报强嬴。招集百夫良，岁暮得荆卿。君子死知己，提剑出燕京。素骥鸣广陌，慷慨送我行。雄发指危冠，猛气冲长缨。饮饯易水上，四座列群英。渐离击悲筑，宋意唱高声。萧萧哀风逝，淡淡寒波生。商音更流涕，羽奏壮士惊。公知去不归，且有后世名。登车何时顾，飞盖入秦庭。凌厉越万里，逶迤过千城。图穷事自至，豪主正怔营。惜哉剑术疏，奇功遂不成。其人虽已没，千载有余情。

（二十六）乞食（晚年）

饥来驱我去，不知竟何之。行行至斯里，叩门拙言辞。主人解余意，遗赠岂虚来？谈谐终日夕，觞至辄倾杯。情欣新知欢，言咏遂赋诗。感子漂母惠，愧我非韩才。衔戢知何谢，冥报以相贻。

（以上录自北京大学中国文学史教研室《魏晋南北朝文学史参考资料》、朱东润主编《中国历代文学作品选》、袁行霈《陶渊明集笺注》）

宋光禄大夫颜延［之］诗[①]

其源出于陆机[②]。［故］尚巧似[③]。体裁绮密[④]，［然］情喻渊深⑤，动无虚散（发）⑥，一句一字，皆致意焉⑦。又喜用古事⑧，弥见拘束⑨。虽乖秀逸⑩，是经纶文雅才，雅才减若人（固是经纶文雅⑪，才减若人⑫），则蹈（陷）于困踬矣⑬。汤惠休曰⑭："谢诗如芙蓉出水⑮，颜［诗］如错彩镂金⑯。"颜终身病之⑰。

[注释]

①光禄大夫：官职名，掌顾问应对，魏晋南朝时期为加官及褒赠之官，加金章紫绶者，称金紫光禄大夫；加银章青绶者，称银青光禄大夫。颜延之曾为金紫光禄大夫。颜延之（384～456）：南朝宋作家。字延年，琅邪临沂（今山东临沂）人。少孤贫，好读书，无所不览。东晋末安帝司马德宗义熙十二年（416），为江州刺史刘柳后军功曹，在江州得识陶渊明，相交甚深，渊明卒后，曾为之作《陶征士诔》。入宋，刘裕补为太子舍人。宋少帝刘义符景平二年（424），出为始安太守，宋文帝刘义隆元嘉三年（426），授中书侍郎。宋孝武帝刘骏即位，以颜延之为金紫光禄大夫，故世称"颜光禄"。孝建三年（456）卒，年七十二岁，谥宪子。事见《宋书》卷七十三、《南史》卷三十四《颜延之传》。颜延之性好酒，肆意直言，狂不可及，历四主（宋武帝刘裕、少帝刘义符、文帝刘义隆、孝武帝刘骏），陪两王（庐陵王、始兴王），沉浮上下，老不改性。其文章之美，冠绝当时，诗歌描摹山水，与谢灵运一样"尚巧似"，有名句无名篇，然比灵运更重雕饰，乏情致，两人以词诔齐名，并称"颜谢"。并且颜延之诗长于廊庙之体，实远不如谢。诗风凝练规整，错彩镂金，有过分雕琢、喜用典故之病。《隋书·经籍志》著录"宋特进颜延之集二十五卷，梁三十卷，又有颜延之逸集一卷"，已散佚。明人王士贤辑有《颜延之集》一卷，明人张溥辑有《颜光禄集》二卷。又曾为阮籍《咏怀诗》作注，见《文选》李善注引。今存诗三十余首，零篇断句若干，见逯钦立辑校《先秦汉魏晋南北朝诗》宋诗卷五。另存文三十七篇，见中华书局所出清严可均《全上古三代秦汉三国六朝文》。②源出于陆机：颜延之诗文辞藻丽，注重铺陈对偶，着意刻画雕琢。陆机才高词赡，举体华美。二人又都有"尚规矩"的特点。所以钟嵘认为颜延之"源出于陆机"。明人宋濂《答章秀才论诗书》亦认为"延之则祖士衡"。清人何焯《义门读书记·〈文选〉》卷二完全赞同钟嵘之评："（陆机）铺陈整赡，实开颜光禄之先。钟嵘品第颜诗，以

为其源出于陆机,是也。"④尚巧似:崇尚巧妙逼真。指崇尚巧妙地描写外物,使其形似逼真,如《从军行》、《拜陵庙作》、《赠太常僧达》、《夏夜呈从兄散骑车长沙》等诗中写景名句,参见本条附录。④体裁绮密:指颜延之诗歌风格绮丽、缀辞细密的特点。体裁,体式、风格;绮,美丽;密,繁密,细密。⑤情喻渊深:感情真切,喻意深远。喻,托喻。一云"情喻"指情意。⑥动无虚发:动笔写作不发空洞虚散之笔。动,指写作。⑦致意:尽情表达用意。一云尽心。⑧古事:典故。宋人张戒曾称,诗歌以用典故显示博学,始于颜延之。其用典诗句可参见《车驾幸京口三月三日侍游曲阿后湖作》、《拜陵庙作》等。见附录。⑨弥见拘束:指颜诗因喜用典故而更显受约束,不自然。弥,更加。⑩乖:背离,不合。秀逸:指诗歌秀丽飘逸之美。一云诗句警拔出众。⑪固:确实。经纶文雅:指颜延之善于写作典雅的应诏之作。如《应诏观北湖田收》、《车驾幸京口侍游蒜山作》、《拜陵庙作》等。经纶,经营,指写作;文雅,典雅的应诏体。⑫才减:才华减少,指才华不如。若人:此人。⑬困踬(zhì):困窘失败。踬,跌倒。⑭汤惠休:南朝宋齐诗僧,详见下品"齐惠休上人"条注①。⑮芙蓉出水:像从水中长出的荷花,形容谢灵运诗歌天然秀美。⑯错彩镂金:形容过分雕饰。错彩,用金涂饰色彩;错,用金涂饰;镂金,给金属雕刻花纹。⑰病之:以之为诟病,把它作为对自己的诟病。病,诟病。一云恨。

[译文]

颜延之诗歌的风格从陆机而来。所以崇尚巧妙逼真。风格绮丽细密,然而情感真切,喻意深远。动笔写作,不发虚浮空洞之语,每一句话,每一个字,都尽情表达用意。又喜欢运用典故,这就更显得拘束。虽然背离秀丽飘逸之美,但确实善于写作典雅的应诏之作。如果文才不如此人,写应诏之作就要陷入困窘失败的境地了。宋齐汤惠休说:"谢灵运诗歌就像在水中长出的荷花,颜延之的诗歌就像用金粉涂饰色彩,给金器雕刻花纹。"颜延之终身都把这一评价作为对自己的诟病。

[附录]

颜延之五言诗

(一) 五君咏五首之阮步兵

阮公虽沦迹,识密鉴亦洞。沉醉似埋照,寓辞类托讽。长啸若怀人,越礼自惊众。物故不可论,途穷能无恸?

(二) 五君咏五首之嵇中散

中散不偶世,本自餐霞人。形解验默仙,吐论知凝神。立俗迕流议,寻山洽隐沦。鸾翮有时铩,龙性谁能驯?

(三) 五君咏五首之刘参军

刘灵(伶)善闭关,怀情灭闻见。鼓钟不足欢,荣色岂能眩。韬精日沉饮,谁知非荒宴。颂酒虽短章,深衷自此见。

(四) 五君咏五首之阮始平

仲容青云器,实禀生民秀。达音何用深,识微在金奏。郭奕已心醉,山公非虚觏。屡荐不入官,一麾乃出守。

(五) 五君咏五首之向常侍

向秀甘淡薄,深心托毫素。探道好渊玄,观书鄙章句。交吕既鸿轩,攀嵇亦凤举。流连河里游,恻怆《山阳赋》。

(以上选自《文选》卷二十一)

(六) 车驾幸京口侍游蒜山作

元天高北列,日观临东溟。入河起阳峡,践华因削成。岩险去汉宇,襟卫徙吴京。流池自化造,山关固神营。园县极方望,邑社总地灵。宅道炳星纬,诞曜应神明。睿思缠故里,巡驾币旧坰。陟峰腾辇路,寻云抗瑶甍。春江壮风涛,兰野茂荑英。宣游弘下济,穷远凝圣情。岳滨有和会,祥习在卜征。周南悲昔老,留滞感遗氓。空食疲廊肆,反税事岩耕。

（七）应诏观北湖田收

周御穷辙迹，夏载历山川。蓄轸岂明懋，善游皆圣仙。帝晖膺顺动，清跸巡广廛。楼观眺丰颖，金驾映松山。飞奔互流缀，缇縠代回环。神行埒浮景，争光溢中天。开冬眷徂物，残悴盈化先。阳陆团精气，阴谷曳寒烟。攒素既森蔼，积翠亦葱仟（芊）。息飨报嘉岁，通急戒无年。温渥浃舆隶，和惠属后筵。观风久有作，陈诗愧未妍。疲弱谢凌遽，取累非缰牵。

（八）车驾幸京口三月三日侍游曲阿后湖作

虞风载帝狩，夏谚颂王游。春方动辰驾，望幸倾五州。山祇跸峤路，水若警沧流。神御出瑶轸，天仪降藻舟。万轴胤行卫，千翼泛飞浮。凋云丽璇盖，祥飚被彩斿。江南进荆艳，河激献赵讴。金练照海浦，笳鼓震溟洲。貌盼觌青崖，衍漾观绿畴。人灵骞都野，鳞翰耸渊丘。德礼既普洽，川岳遍怀柔。

（以上录自《文选》卷二十二）

（九）拜陵庙作

周德恭明祀，汉道尊（遵）光灵。哀敬隆祖庙，崇树加园茔。逮事休命始，投迹阶王庭。陪厕回天顾，朝宴流圣情。早服身义重，晚达生戒轻。否来王泽竭，泰往人悔形。敕躬惭积素，复与昌运并。恩合非渐渍，荣会在逢迎。凤御严清制，朝驾守禁城。束绅入西寝，伏轸（轼）出东垧。衣冠终冥漠，陵邑转葱青。松风遵路急，山烟冒垅生。皇心凭容物，民思被歌声。万纪载弦吹，千载托旒旌。未殊帝世远，已同沦化萌。幼牡困孤介，末暮谢幽贞。发轨丧夷易，归轸慎崎倾。

（录自《文选》卷二十三）

（十）赠王太常僧达

玉水记方流，璇源载圆折。蓄宝每希声，虽秘犹彰彻（澈）。聆龙睬九泉，闻凤窥丹穴。历听岂多工，唯然观世哲。舒文广国华，敷言远朝列。德辉灼邦懋，芳风被乡鄯。侧同幽人居，郊扉常昼闭。林间时晏开，亟回长者辙。庭昏见野阴，山明望松雪。静惟浃群化，徂生入穷节。豫往诚欢歇，悲来非乐阕。属美谢繁翰，遥怀具短札。

（十一）夏夜呈从兄散骑车长沙

炎天方埃郁，暑晏阕尘纷。独静阙偶坐，临堂对星分。侧听风薄木，遥睇月开云。夜蝉堂夏急，阴虫先秋闻。岁候初过半，荃蕙岂久芬。屏居恻物变，慕类抱情殷。九逝非空思，七襄无成文。

（以上录自《文选》卷二十六）

（十二）北使洛

改服饬徒旅，首路跼险难（艰）。振楫发吴州，秣马陵楚山。途出梁宋郊，道由周郑间。前登阳城路，日夕望三川。在昔辍期运，经始阔圣贤。伊穀（洛）绝津济，台馆无尺椽。宫陛多巢穴，城阙生云烟。王猷升八表，嗟行方暮年。阴风振凉野，飞雪瞀穷天。临途未及引，置酒惨无言。隐悯徒御悲，威迟良马烦。游役去芳时，归来屡徂愆。蓬心既已矣，飞薄殊亦然。

（录自《文选》卷二十七）

（十三）从军行

苦哉远征人，毕力干时艰。秦初略扬越，汉世争阴山。地广旁无界，岩阿上亏天。峤雾下高鸟，冰沙固流川。秋飙冬未至，春液夏不涓。闽烽指荆吴，胡埃属幽燕。横海咸飞骊，绝漠皆控弦。驰檄发章表，军书交塞边。接镝赴阵首，卷甲起行前。羽驿驰无绝，旌旗昼夜悬。卧伺金柝响，起候亭燧烟。逖矣远征人，惜哉私自怜。

（录自《乐府诗集》卷三十二）

宋豫章太守谢瞻① 宋（晋）仆射谢鲲（混）② 宋太尉袁淑③ 宋征君工（王）微④ 宋征虏将军王僧达⑤诗

其源出于张华⑥。才力苦弱，故务其（为）清浅⑦，殊得风流媚趣⑧。课其实录⑨，则豫章仆射，宜分庭抗礼⑩。征君太尉，可托乘后车⑪。征虏卓卓⑫，殆欲度骅骝前［矣］⑬。

[注释]

①豫章：郡名，治所在南昌（今江西南昌市）。谢瞻（383？~421）：晋宋作家。字宣远；一名檐，字通远，陈郡阳夏（今河南太康）人。谢晦次兄，谢灵运族兄。幼孤，为叔母刘氏抚养。东晋时，曾在荆州任安西将军桓伟参军，又转入吴郡内史刘柳幕为建威长史。后历任大将军刘裕镇军参军、琅邪王司马德文主簿等职。此间与族叔谢混、弟晦、族弟灵运、弘微等以文赏会，并与颜延之相识，时人谓"乌衣之游"。晋安帝司马德宗义熙十一年（415），为中书侍郎、黄门侍郎。第二年随刘裕北伐。因谢晦权倾朝野，屡乞降黜。刘裕乃以其为吴兴太守，转豫章太守。入宋后，仍为豫章太守，患疾于郡，拒绝治疗。卒，年三十九岁左右。事见《宋书》卷五十六、《南史》卷一十九《谢瞻传》。谢瞻六岁能属文，作《紫石英赞》、《果然诗》，为当时才士所叹异。文章辞采华美，史称与谢混、谢灵运相抗衡。曾作《喜霁诗》，由谢灵运书写，谢混吟咏，时称"三绝"。瞻诗风格清浅。明胡应麟《诗薮》称其《经张子房庙》、《九日从宋公戏马台集送孔令》两诗，格调在颜延之和谢灵运之间。清人陈祚明评为"如秋空河汉，光气淡明"（《采菽堂古诗选》），清人沈德潜则批评其诗"一味刻镂，失自然之致"。《隋书·经籍志》著录"宋豫章太守谢瞻集三卷"，已散佚。今存五言诗六首，《先秦汉魏晋南北朝诗》宋诗卷一辑录。另存残文二篇。②仆射（yè）：官职名，仆射之名，由仆人、射人合成，分为左仆射和右仆射，右仆射地位高于左仆射。尚书仆射是尚书令的副手，魏

晋时期同居宰相之任，谢混曾任尚书右仆射之职。谢混（381？～412）：东晋作家。字叔源，小字益寿，陈郡阳夏（今河南太康）人，谢玄之孙，谢灵运族叔。少有美誉，袭父谢琰望蔡公爵，为晋孝武帝司马曜女婿，娶晋陵公主。晋安帝司马德宗元兴（402～404）年间为中书令，曾入刘裕幕府从伐桓玄。义熙五年（409），迁尚书左仆射，领吏部尚书。与刘毅交密，毅败，为刘裕所杀，年约三十岁左右。刘裕代晋建宋后，曾为得不到谢混辅助朝政而悔恨。事见《晋书》卷七十九《谢安传》附。谢混美姿仪，当时江左第一。常与诸族侄灵运、瞻、曜、弘微等以文赏会，曾居乌衣巷，故世称"乌衣之游"。混诗风格风流高峻，功在改革玄言诗风，开启山水诗风，东晋玄言诗风，至谢混而大变。《诗品序》、《宋书·谢灵运传论》、《文心雕龙·才略》，都对此有所论述，称其"大变太元之气"。从其《游西池》一诗即可窥斑见豹，略知谢混诗歌风格。《隋书·经籍志》著录"晋左仆射谢混集三卷，梁五卷"，已散佚。又撰辑《文章流别本》十二卷，亦散佚。今存五言诗三首，五言残句一则，骚体一首。《先秦汉魏晋南北朝诗》晋诗卷十四辑录。另存文一篇。③太尉：官职名，原为全国军政首脑，三公之一，南北朝时已成为加官，无实际职权。袁淑死后，曾被追赠此官。袁淑（408～453）：南朝宋作家。字阳源，陈郡阳夏（今河南太康）人。袁豹之子。宋文帝刘义隆元嘉中为彭越王刘义康司徒祭酒，元嘉十年（433），为镇守江州的临川王刘义庆谘议参军，次年出为宣城太守。元嘉二十六年（449），迁尚书吏部郎，后为太子刘劭左卫率。元嘉三十年（453），刘劭谋反，弑父文帝刘义隆，袁淑不从，被杀害，时年四十六岁。宋孝武帝刘骏即位，追赠袁淑侍中、太尉，赐忠宪。事见《宋书》卷七十、《南史》卷二十六《袁淑传》。袁淑博学多诵，又为章句之学，有才辩。工诗善文，文采遒艳，其《效曹子建白马篇》、《效古诗》等诗，皆慷慨有古气，可为代表作，并为《文选》所收。《隋书·经籍志》著录"宋太尉袁淑集十一卷，并目录，梁十卷，录一卷"，已散佚。另，曾录古来隐士有迹无名者为《真隐传》十卷，又有《俳谐文》十卷；谢灵运辑《诗集》五十卷，袁淑、张敷补辑为一百卷。亦均佚。明人张溥辑有《袁忠宪集》。今存诗七首，其中五言诗五首，《先秦汉魏晋南北朝诗》宋诗卷五辑录。另存文十五篇。④征君：经朝廷征召而不仕者，称征士，尊称为"征君"。王微（415～453）：南朝宋作家。字景玄，琅邪临沂（今山东临沂县北）人。少好学，多才艺，通晓音律，擅长书画，又博通医方、阴阳、术数。宋文帝刘义隆元嘉十年（433）前后，起家彭城王刘义康司徒祭酒，转主簿，久之，为始兴王刘濬后军功曹、记室参军、太子中舍人等职。微素无宦情，丁父忧去职，后屡征不就，不复出仕，常住门屋一间，寻书玩古，凡十数年。卒赠秘书监，年三十九岁。事见《宋书》卷六十三、《南史》卷二十一《王微传》。王微善诗工文，尤好古文，不尚骈俪，颇得抑扬之致。其五言以《杂诗》为代表，为《文选》收录。《隋书·经籍志》著录"宋秘书监王微集十卷，梁有录一卷"，已散佚。又有《鸿宝》十卷，亦佚。今存五言诗四首，残句一则，《先秦汉魏晋南北朝诗》宋诗卷四辑录。另存文九篇。⑤王僧达（423～458）：南朝宋作家。琅邪临沂（今山东临沂北）人，王弘之子，刘义庆之婿。少敏慧强记，十八岁入仕为始兴司马濬后军参军，迁太子舍人，又迁太子洗马。宋文帝刘义隆元嘉二十五年（448）出为宣城太守，纵情游猎，不理政事。二十八年（451）入卫京师，抗击魏军，迁义兴太守。三十年（453）太子刘劭谋反，僧达从刘骏征讨，为长史，刘骏即位，授尚书右仆射、征虏将军。自负才学门第，以为当速任宰相，而颇多怨望，狂傲不驯，构怨甚多。先后任吴郡太守、太常、临淮太守、左卫将军、领太子中庶子、中书令等职。因在位多暴行，屡屡犯忤，非议朝政，宋武帝刘骏大明二年（458）被污谋反罪下狱，遂赐死狱中，时年三十六岁。事见《宋书》卷七十五、《南史》卷二十一《王僧达传》。僧达工诗，较有名的诗作为《答颜延年》、《和琅邪王依古》等，为《文选》所收。另《祭颜光禄文》亦文中佳作。《隋书·经籍志》著录"宋护军王僧达集十卷，梁有录一卷"，已散佚。今存诗五首，其中五言诗四首，《先秦汉魏晋南北朝诗》宋诗卷六。另存文七篇。本条附录转录谢瞻诗五首、谢混诗三首及残句、袁淑诗五首、王微诗四首、王僧达诗四首。⑥其源出于张华：钟嵘认为张华的诗歌风格是"华艳"、"妍冶"、"兴托的奇"，所谓"儿女情多，风云气少"，谢瞻等五人的诗歌特点也是"务为清浅，殊得风流媚趣"，所以认为他们"源出于张华"。张华，西晋作家，已见中品。按：今观五人诗句，除王微之外，其他四人确实"皆语工而清浅"（许文雨语），唯王微诗句颇为劲健，有曹植之风，所以钟氏之评基本符合实际。⑦"才力"两句：杨明解释为："才力大",是指善于组织、调遣词藻,词藻繁密则意旨深隐不明;反之,"才力弱",则指词藻精简、省净,词藻简省则意旨自然清朗浅显。才力,周振甫认为指诗才和骨力。⑧殊得:很得,颇得。风流媚趣:指风流潇洒、婉约柔媚的风格特点。代表五人这一风格的诗作为:谢瞻的《答灵运》,谢混的《游西池》,袁淑的《效古》,王微的《杂诗》,王僧达的《答颜延年》等。⑨课其实录:指考察五人诗歌创作的实际。课,考核,考察;实录,符合实际情况的记载。语出班固《汉书·司马迁传赞》:"其文直,其事核,不虚美,不隐恶,故谓之实录。"⑩分庭抗礼:分处庭中,相对设礼,原指以平等的礼节相见,后引申为地位平等、不分高下之意。语出《庄子·渔父》篇"见夫子未尝不分庭伉礼"句。抗,通"伉",对等相当。⑪托乘后车:搭乘随从的后车,喻指袁淑、王微的诗歌成就在谢瞻、谢混之下。后车,随从之车。⑫卓卓:卓立不凡,很突出。⑬殆（dài）:几乎。度:度越,超过。骅骝（huáliú）:神话中的赤色骏马,此处喻指谢瞻、谢混等,杨明认为单指王微。

[译文]

谢瞻等五人诗歌风格从张华而来。他们的诗才和骨力苦于乏弱,所以便努力在清朗浅净上下工夫,很得风流潇洒、婉约柔媚的艺术趣味。考察他们诗歌创作的实际,则豫章太守谢瞻、尚书仆射谢混,应该说水平不分高下。征君王微、太尉袁淑,水平略低,可搭乘随从的后车。征虏将军王僧达,卓立突出,几乎要超越到谢瞻、谢混等人之前了。

[附录]

谢瞻五言诗

（一）九日从宋公戏马台集送孔令

风至授寒服,霜降休百工。繁林收阳彩,密苑解华丛。巢幕无留燕,遵渚有来（归）鸿。轻霞冠秋日,迅商薄清穹。圣心眷嘉节,扬銮戾行宫。四筵沾芳醴,中堂起丝桐。扶光迫西汜,欢余宴有穷。逝矣将归客,养素克有终。临流怨莫从,欢心叹飞蓬。

（二）王抚军庾西阳集［别时为豫章太守庾］被征还东

祗召旋北京，守官反南服。方舟新（析）旧知，对筵旷明牧。举觞矜饮饯，指途念出宿。来晨无定端，别晷有成速。颓阳照通津，夕阴暧平陆。榜人理行舻，辀轩命归仆。分手东城闉，发櫂西江隩。离会虽相亲，逝川岂往复？谁谓情可书，尽言非尺牍。

（以上录自《文选》卷二十）

（三）经张子房庙

王风哀以思，周道荡无章。卜洛易隆替，兴乱罔不亡。力政吞九鼎，苛慝暴三殇。息肩缠民思，灵鉴集朱光。伊人感代工，聿来扶兴王。婉婉幙中画，辉辉天业昌。鸿门消薄蚀，垓下殒搀枪。爵仇建萧宰，定都护储皇。肇允契幽叟，翻飞指帝乡。惠心奋千祀，清埃播无疆。神武睦三正，裁成被八荒。明两烛河阴，庆霄薄汾阳。銮旍历颓寝，饰像荐嘉尝。圣心岂徒甄？惟德在无忘。逝者如可作，揆子慕周行。济济属车士，粲粲翰墨场。瞽夫违盛观，竦踊企一方。四达虽平直，蹇步愧无良。餐和忘微远，延首咏太康。

（录自《文选》卷二十一）

（四）答灵运

夕霁风气凉，闲房有余清。开轩灭华烛，月露皓已盈。独夜无物役，寝者亦云宁。忽获愁霖唱，怀劳奏所成（诚）。叹彼行旅艰，深兹眷言情。伊余虽寡慰，殷忧暂为轻。牵率酬嘉藻，长揖愧吾生。

（录自《文选》卷二十五）

（五）游西池

逍遥越郊肆，愿言屡经过。回阡被陵阙，高台眺飞霞。惠风荡繁囿，白雪腾曾阿。褰裳顺兰沚，徙倚引芳柯。美人愆岁月，迟暮独如何？

（录自《艺文类聚》卷二十八）

（又见逯钦立《先秦汉魏晋南北朝诗》宋诗卷一）

谢混五言诗

(一) 游西池

悟彼蟋蟀唱，信此劳者歌。有来岂不疾，良游常蹉跎。逍遥越城肆，愿言屡经过。回阡被陵阙，高台眺飞霞。惠风荡繁囿，白云屯曾阿。景昃鸣禽集，水木湛清华。褰裳顺兰沚，徙倚引芳柯。美人愆岁月，迟暮独如何？无为牵所思，南荣诚其多。

(录自《文选》卷二十二)

(二) 送二王在领军府集

苦哉远征人，将乖萃余室。明窗通朝晖，丝竹盛萧瑟。乐酒辍今辰，离端起来日。

(录自《初学记》卷十八)

(三) 诫族子

康乐诞通度，实有名家韵。若加绳染功，剖莹乃琼瑾。宣明体远识，颖达且沈隽。若能去方执，穆穆三才顺。阿多标独解，弱冠纂华胤。质胜诚无文，其尚又能峻。通远怀清悟，采采标兰讯。直辔鲜不踬，抑用解偏吝。微子基微尚，无倦由慕兰。勿轻一篑少，进往将(必) 千仞。数子勉之哉，风流由尔振。如不犯所知，此外无所慎。

(注：康乐指谢灵运，宣明指谢晦，阿多指谢曜，通远指谢瞻，微子指谢弘微)

(录自《宋书》卷五十八《谢弘微传》)

(四) 诗残句

昔为乌衣游，戚戚皆亲侄。

(录自《宋书》卷五十八《谢弘微传》)

(以上又见逯钦立《先秦汉魏晋南北朝诗》晋诗卷十四)

袁淑五言诗

(一) 效曹子建乐府白马篇

剑骑何翩翩，长安五陵间。秦地天下枢，八方凑才贤。荆魏多壮士，宛洛富少年。意气深自负，肯事郡邑权。籍籍（藉藉）关外来，车徒倾国塵。五侯竞书币，群公亟为言。义分明于霜，信行直如弦。交欢池阳下，留宴汾阴西。一朝许人诺，何能坐相捐？影节去函谷，投珮出甘泉。嗟此务远图，心为四海悬。但营身意遂，岂校耳目前？侠烈良有闻，古来共知然。

（二）效古

讯此倦游士，本家自辽东。昔隶李将军，十载事西戎。结车高阙下，极望见云中。四面各千里，纵横起严风。寒燠岂如节？霜雨多异同。夕寐北河阴，梦还甘泉宫。勤役未云已，壮年徒为空。乃知古时人，所以悲转蓬。

（以上录自《文选》卷三十一）

（三）登宣城郡

怅焉讯旧老，兹前乃楚居。十代阙州记，百祀绝方书。

（录自《艺文类聚》卷二十八）

（四）咏冬至

连星贯初历，令月临首岁。荐乐行阴政，登金赞阳滞。收凉降天德，萌华宣地惠。司瑞记夜晞，书云掌朝誓。

（录自《初学记》卷四）

（五）种兰

种兰忌当门，怀璧莫向楚。楚少别玉人，门非植兰所。（注：《南史》本传称：袁淑从母兄刘湛，欲淑附己。而淑不为改意，乃赋此诗，寻以病免。）

（录自《南史》卷二十六《袁淑传》）

（以上五首又见逯钦立《先秦汉魏晋南北朝诗》宋诗卷五）

王微五言诗

（一）杂诗二首其二

思妇临高台，长想凭华轩。弄弦不成曲，哀歌送苦言。箕帚留江介，良人处雁门。讵忆无衣苦，但知狐白温。日暗牛羊下，野雀满空园。孟冬寒风起,东壁正中昏。朱火独照人,抱景自愁怨。谁知心曲乱,所思不可论。

(录自《文选》卷三十)

(二)杂诗二首其一

桑妾独何怀?倾筐未盈把。自言悲苦多,排却不肯舍。妾悲叵陈诉,填忧不销冶。寒雁归所从,半途失凭假。壮情抃驱驰,猛气捍朝杜。常怀云汉惭,常欲复周雅。重名好铭勒,轻躯愿图写。万里度沙漠,悬师蹈朔野。传闻兵失利,不见来归者。奚处埋旌麾?何处丧车马?拊心悼恭人,零泪覆面下。徒谓久别离,不见长孤寡。寂寂掩高门,寥寥空广厦。待君竟不归,收颜今就槚。

(录自《玉台新咏》卷三)

(三)咏愁

自予抱羁思,眇与日月长。载离非宋远,谁谓河难航?忧随积霖密,慨因朗旭彰。负之苦不胜,即之竟无方。如彼引鲲鱼,待尽守空梁。天地岂私贫?运至岂固当?既悟非形兆,兹数讵可攘!

(录自《艺文类聚》卷三十五)

(四)四气

蘅若首春华,梧楸当夏翳。鸣笙起秋风,置酒飞冬雪。

(录自《艺文类聚》卷五十六)

(以上四首又见逯钦立《先秦汉魏晋南北朝诗》宋诗卷四)

王僧达五言诗

(一)答颜延年

长卿冠华阳,仲连擅海阴。珪璋既文府,精理亦道心。君子耸高驾,尘轨实为林。崇情符远迹,清气溢素襟。结游略年义,笃顾弃浮沉。寒荣共偃曝,春酝时献斟。聿来岁序暄,轻云出东岑。麦垄多秀色,杨园流好音。欢此乘日暇,忽忘逝景侵。幽衷何用慰,翰墨久谣吟。栖凤难为条,淑贶非所临。诵以永周旋,匪以代兼金。

（录自《文选》卷二十六）

（二）和琅邪王依古

少年好驰侠，旅宦游关源。既践终古迹，聊讯兴亡言。隆周为薮泽，皇汉成山樊。久没离宫地，安识寿陵园？仲秋边风起，孤蓬卷霜根。白日无精景，黄沙千里昏。显轨莫殊辙，幽途岂异魂。圣贤良已矣，抱命复何怨？

（录自《文选》卷三十一）

（三）七夕月下

远山敛雾裮，广庭扬月波。气往风集隙，秋还露泫柯。节期既已屡，中霄（宵）振绮罗。来欢讵终夕，收泪泣分河。

（录自《玉台新咏》卷四）

（四）佚名诗

初樱动时艳，蝉噪（擅藻）灼辉芳。缃叶未开蕊，红葩已发光。

（录自《艺文类聚》卷八十六）

（以上四首又见逯钦立《先秦汉魏晋南北朝诗》宋诗卷六）

宋法曹参军谢惠连诗[①]

小谢才思富捷[②]，恨其兰玉夙凋[③]，故长辔未骋（骋）[④]。[然]《秋怀》《捣衣》之作[⑤]，归[虽]复灵运锐思[⑥]，亦何以加焉[⑦]。又工为绮丽歌谣[⑧]，风人第一[⑨]。《谢氏家录》云[⑩]："康乐每对惠连[⑪]，[辄]得佳语[⑫]。后在永嘉西堂[⑬]，思诗竟日不就[⑭]，寤寐间[⑮]，忽见惠连，即成'池塘生春草'[⑯]。故常云[⑰]：'此语有神助，非吾语也。'"

[注释]

①法曹参军：官职名，为州郡的佐吏，主管刑法。谢惠连（407~433）：

南朝宋作家。陈郡阳夏（今河南太康）人，谢灵运从弟。幼而聪慧，十岁能文，随父谢方明于会稽太守任，灵运见之，深为赞赏。惠连年少轻薄不检，好男色，居父丧期间为男宠写诗十余首，流传于时，为世所非，不得入仕。宋文帝刘义隆元嘉七年（430），尚书仆射殷景仁力荐，任司徒彭城王刘义康法曹参军，兼记室。元嘉十年（433）卒，年二十七岁。事见《宋书》卷五十三、《南史》卷十九《谢方明传》附。惠连多才多艺，书画并妙，谢灵运见其诗作，每称"张华重生"。据传，谢灵运《登池上楼》"池塘生春草"名句，即寤寐间见惠连而得，与谢灵运并称，世称"小谢"，又与谢灵运、谢朓合称"三谢"。曾为《雪赋》，以高丽见奇，与谢庄《月赋》并称为刘宋小赋名篇；其《秋怀》诗、《捣衣》诗等，笔调轻灵，词语华丽，亦受推崇。清人陈祚明《采菽堂古诗选》评其诗"如秋空唳雁，风霜凄紧之中，飒沓寒声，偏能嘹亮"。《隋书·经籍志》著录"宋司徒府参军谢惠连集六卷，梁五卷，录一卷"，已散佚。明人汪士贤辑《谢惠连集》一卷，明人张溥辑有《谢法曹集》一卷。今存诗三十一首，其中五言诗二十余首，零篇断句三则，见逯钦立辑校《先秦汉魏晋南北朝诗》宋诗卷四辑录，本条附录转录。另存文十七篇。②小谢：指谢惠连，相对于从兄谢灵运而言。富捷：指才华富盛，思维敏捷。③恨：遗恨，可惜。兰玉凤凋：喻指谢惠连为谢家芝兰玉树，然不幸早亡。凤凋，过早凋零，喻指早死、夭折，谢惠连死时不足二十七岁。④长辔（pèi）：长缰绳，指善于驾马，喻谢惠连有驾驭文学的卓越天才。未骋：骏马未驰骋，喻指谢惠连的才华未能得到充分发挥。⑤《秋怀》《捣衣》：谢惠连五言诗代表作，抒写感怀情思，别有韵致，为《文选》所收，见附录。⑥锐思：精心构思。⑦加：超过。⑧工：精工，善于创作。绮丽：绮靡美丽，指艳美风格。歌谣：指乐府民歌。按：谢惠连现存有五言乐府《豫章行》、《塘上行》、《却东西门行》、《长安有狭邪行》、《从军行》五首，四言乐府三首，七言乐府一首，杂言乐府四首，说明确实工于"绮丽歌谣"。⑨风人：六朝乐府民歌的一种体裁，多以男女爱情为题材，形式上多用双关语，以本风人之言，如《子夜歌》、《读曲歌》、《西洲曲》等，后人谓之"风人体"。南朝文人仿作此体，蔚成风气，惜惠连存诗未见。⑩《谢氏家录》：书已佚，传永嘉西堂旧有《谢氏谱》十一卷，未知是否即《谢氏家录》。⑪康乐：指谢灵运。东晋时谢灵运十八岁袭封康乐公,入宋,降公爵为侯爵。⑫辄:就,往往,常常。⑬永嘉:郡名,治所在永宁(今浙江温州永嘉县)。谢灵运曾为永嘉太守。西堂:谢灵运在永嘉的住处。⑭竟日:终日。⑮寤寐间:似睡非睡之时。寤,睡;寐,醒;间,指时间、时候。⑯池塘生春草:谢灵运《登池上楼》诗句,以其清新自然,成为千古传颂的名句。按:自钟嵘此处评论该诗句后,称颂者代不乏人。如《南史·谢灵运传》记载与钟嵘此处大体一致。南宋叶梦得《石林诗话》卷中云:"'池塘生春草,园柳变鸣禽',世人多不解此语为工,盖欲以奇求之耳。此语之工,正在无所用意,猝然与景相遇,借以成章,不假绳削,故非常情所能到。诗家妙处,当须以此为根本,而思苦难言者,往往不悟。"金人元好问《论诗绝句三十首》云:"池塘春草谢家春,万古千秋五字新。传语闭门陈正字,可怜无补费精神。"明人胡应麟《诗薮·外编》卷二云:"'池塘生春草',不必苦谓佳,亦不必谓不佳。灵运诸佳句,多出深思苦索,如'清辉能娱人'之类,虽非锻炼而成,要皆真积所致,此却率然信口,故自谓奇。"⑰常:经常,常常。一云通"尝",曾经。

[译文]

  谢惠连才华富盛,思维敏捷,遗恨的是他死得太早,所以卓越的文学天才未能得到充分发挥。然而他的《秋怀》《捣衣》等五言诗,即使是让谢灵运再精心构思,又怎么能超过呢?谢惠连又善于创作绮艳美丽的乐府民歌,在乐府民歌的"风人体"中首屈一指。《谢氏家录》说:"谢灵运每当见到谢惠连时,就往往能写出诗歌佳句。后来他在永嘉郡的西堂,构思诗句终日不成,在似睡非睡之际,忽然梦见了谢惠连,便立即吟出了'池塘生春草'的名句。所以他常常说:'这句诗有神灵相助,并不是我自己创作出来的。'"

[附录]

谢惠连五言诗

（一）泛湖归出楼中望月

日落泛澄瀛，星罗游轻桡。憩榭面曲汜，临流对回潮。辍策共骈筵，并坐相招要。哀鸿鸣沙渚，悲猿响山椒。亭亭映江月，浏浏出谷飚。斐斐气幕岫，泫泫露盈条。近瞩祛幽蕴，远视荡喧嚣。悟（晤）言不知罢（疲），从夕至清朝。

（录自《文选》卷二十二）

（二）秋怀

平生无志意，少小婴忧患。如何乘苦心，矧复值秋晏。皎皎天月明，奕奕河宿烂。萧瑟含风蝉，寥唳度云雁。寒商动清闺，孤灯暧幽幔。耿介繁虑积，展（辗）转长宵半。夷险难豫（预）谋，倚伏昧前算。虽好相如达，不同长卿慢。颇悦郑生偃，无取白衣宦。未知古人心，且从性所玩。宾至可命觞，朋来当染翰。高台骤登践，清浅时陵乱，颓魄不再圆，倾羲无两旦。金石终消（销）毁，丹青暂凋焕。各勉玄发欢，无贻白首叹。因歌遂成赋，聊用布亲串。

（录自《文选》卷二十三）

（三）捣衣

衡纪无淹度，晷运倏如催。白露滋园菊，秋风落庭槐。肃肃莎鸡羽，烈烈寒螀啼。夕阴结空幕，霄月皓中闺。美人戒裳服，端饰相招携。簪玉出北房，鸣金步南阶。櫩高砧响发，楹长杵声哀。微芳起两袖，轻汗染双题。纨素既已成，君子行未归。裁用笥中刀，缝为万里衣。盈箧自余手，幽缄候（俟）君开。腰带准畴昔，不知今是非。

（录自《文选》卷三十）

(四) 七月七日夜牛女

落日隐檐楹，升月照帘栊。团团满叶露，析析振条风。蹀足循广除，瞬目眺曾穹。云汉有灵匹，弥年阙相从。遐川阻昵爱，修渚旷清容。弄杼不成藻，耸辔骛前踪。昔离秋已两，今聚夕无双。倾河易回幹，欸颜（情）难久惊。沃若灵驾旋，寂寥云幄空。留情顾华寝，遥心逐奔龙。沉吟为尔感，情深意弥重。

(以上录自《文选》卷三十)

(五) 代古（又名《拟客从远方来》）

客从远方来，赠我鹄文绫。贮以相思箧，缄以同心绳。裁为亲身服，著以俱寝兴。别来经年岁，欢心不可凌。泻酒置井中，谁能辨斗升？合如杯中水，谁能判淄渑？

(录自《玉台新咏》卷三)

(六) 三月三日曲水集（又名《上巳曲水集》）

四时著平分，三春禀融烁。迟迟和景婉，夭夭园桃灼。携朋斯（适）郊野，昧爽辞廛廓。斐（菲）云兴翠岭，芳飙起华薄。解辔偃崇丘，藉草绕回壑。际渚罗时籑，托波泛轻爵。

(录自《艺文类聚》卷四)

(七) 泛南湖至石帆

轨息陆途初，枻鼓川路始。涟漪繁波漾，参差层峰跱（峙）。萧疏野趣生，逶迤白云起。登陟苦跋涉，睥睨乐心耳。即玩玩有竭，有兴兴无已。

(录自《艺文类聚》卷九)

(以上四首又见逯钦立《先秦汉魏晋南北朝诗》宋诗卷四)

宋参军鲍昭（照）诗[①]

其源出于二张[②]。善制形状写物之词[③]。得景阳之淑（俶）

诡④，含茂先之靡嫚⑤。骨节强于谢混⑥，驱迈疾于颜延⑦。总四家而擅美⑧，跨两代而孤出⑨。嗟其才秀人微，故取湮当代⑩。然贵尚巧似⑪，不避危仄⑫，颇伤清雅之调⑬。故言险俗者⑭，多以附昭（照）⑮。

[注释]

①参军：官职名，南北朝时期，开府诸王及开府将军的重要幕僚，鲍照曾任南朝宋临海王刘子顼前军参军。鲍照（414？～466）：南朝宋作家。字明远，东海郡（治所在郯县，今江苏连云港市东）人，远祖本山西上党一带，后迁东海，其本人当生于江苏镇江。出身寒微，宋文帝刘义隆元嘉十六年（439），谒见临川王刘义庆，因献诗受到赏识，任为临川国侍郎。先后随刘义庆赴江州刺史和南兖州（扬州）刺史任。刘义庆卒后，元嘉二十二年又为文帝子始兴王刘濬国侍郎，后对刘濬与太子刘劭共谋篡逆之事有所察觉，于元嘉二十九年离幕出为永安令。宋孝武帝刘骏即位，先后任为中书舍人、秣陵令、海虞令等职。孝武大明六年（462）中，任临海王荆州刺史刘子顼前军参军、掌书记，故世称"鲍参军"。宋明帝刘彧太始元年（466），孝武帝子晋安王刘子勋、临海王刘子顼兄弟起兵反明帝，兵败赐死，鲍照为江陵人宋景乱兵所杀，时年五十余岁。事见《宋书》卷五十一、《南史》卷十三《临川烈武王道规传》附。鲍照诗赋骈文兼擅，尤长于乐府和七言歌行，是南北朝时期最杰出的诗人，后人将他与谢灵运、颜延之并称"元嘉三大家"。他才华卓异，志存高远，但在门阀统治森严的时代，长期沉沦下僚，才秀人微，郁郁不得志，因此将其满腔怨愤和愁苦宣泄在诗歌中。其诗歌内容主要表现对门阀政治的不满和抨击，忧愤深广，具体表现为建功立业的愿望和寒士报国无门的痛苦，写边塞战争和征夫戍卒生活，游子思妇的情殇，横征暴敛和百姓疾苦等几个方面。其诗歌风格主要是俊逸豪放，骨力遒劲，在诗歌形式上四言、五言、七言、杂言兼善，是推进文人七言诗发展繁荣的关键人物，对唐代李白、高适、岑参、杜甫等人的诗歌都有很大影响。其作品以《拟行路难》七言杂言十八首，《梅花落》杂言，《拟古》五言八首，五言诗《代东武吟》、《代白头吟》、《代出自蓟北门行》，赋《芜城赋》，文《登大雷岸与妹书》等，最为著名，多为《文选》所录。南齐永明年间，虞炎曾编《鲍氏集》，《隋书·经籍志》著

录"宋征虏记室参军鲍照集十卷,梁六卷",今存。明人张溥所辑《鲍参军集》最为通行。上海古籍出版社所出钱仲联补集说校《鲍参军集注》最为详实,收诗二百首。逯钦立辑校《先秦汉魏晋南北朝诗》宋诗卷七、卷八、卷九有收,本条附录转录十六首。②其源出于二张:指鲍照诗歌风格渊源于张协、张华。钟嵘认为,鲍照诗歌兼有张协的"诙诡"和张华的"靡嫚",鲍照"善制形状写物之词"、"贵尚巧似",即张协的"巧构形似之言",所以说他"源出于二张"。明人宋濂《答章秀才论诗书》中也认为"明远则效景阳",清人刘熙载《艺概·诗概》同样认为"张景阳诗开鲍明远"。张协、张华,西晋作家,已分见上品和中品。按:鲍照诗歌受乐府诗歌影响明显,其最负盛名的《拟行路难》十八首,本身就是拟乐府之作,这一点轻视乐府民歌的钟嵘没有认识到。③形状:描绘景物形象。形,动词,描绘。状,物状,景物形象。④景阳:张协的字。诙诡（chù guǐ）:怪异、奇异,指语言奇警不凡。一云同"倜傥",风流潇洒。⑤茂先:张华的字。靡嫚:即靡曼,原指女子肌肤之美,此处指语言靡丽艳美。⑥骨节:此处由人的骨骼代指诗歌作品的骨力、气势。谢混,西晋作家,已见中品。⑦驱迈:这里似指诗的节奏。颜延之善写雍容舒缓的廊庙之作,鲍照的诗歌节奏快于颜作。疾:疾速,快。⑧总:汇集,汇总。四家:指张协、张华、谢混、颜延之。擅美:独有其美,似指独出心裁,创造出自己的风格。擅,专,独揽。⑨两代:指四家所在的晋、宋两朝。孤出:独出,突出。⑩取湮（yān）:埋没不为人知。湮,埋没。⑪贵尚巧似:以崇尚巧似为贵,即以崇尚巧妙地描写外物,使其形似逼真为贵。按:此句与开头"善制形状写物之辞"句意近,揭示了鲍照诗一大艺术特点,其写景形象逼真的诗句很多,如"驰道直如发"、"九衢平若水"、"马毛缩如猬"、"鞍马光照地"等即是。⑫危仄（zè）:指词语险僻。仄,倾倒。⑬伤清雅之调:对清新典雅的格调有伤害。按:这里钟嵘一方面肯定鲍照博采众长而独创,另一方面又批评他伤清雅之调。一则批评他形式上受乐府影响,一则批评他内容上抒写对现实的不满有伤害。⑭险俗:险怪卑俗,与"危仄"相通。⑮附:追随,比附,迎合。

[译文]

鲍照诗歌的风格从张协、张华而来。善于制作描写景物形象的文辞。其得到了张协诗歌语言奇异的特点，包含了张华诗歌语言的艳美。骨力气势比谢混的诗歌强，节奏语速比颜延之的诗歌快。他的诗歌汇总二张谢颜四家的优点而自创其美，跨越晋宋两代而一枝秀出。可叹他才华出众却地位卑微，所以在当时湮没无闻。但是他以崇尚写景巧妙逼真为贵，不避词语险僻，对清新典雅的格调颇有伤害。因此讲究险怪卑俗风格的人，多追随迎合鲍照。

[附录]

鲍照五言诗

（一）咏史

五都矜财雄，三川养声利。百金不市死，明经有高位。京城十二衢，飞甍各鳞次。仕子彯华缨，游客竦轻辔。明星晨未稀，轩盖已云至。宾御纷飒沓，鞍马光照地。寒暑在一时，繁华及春媚。君平独寂漠（寞），身世两相弃。

（录自《文选》卷二十一）

（二）[代] 东门行

伤禽恶弦惊，倦客恶离声。离声断客情，宾御皆涕零。涕零心断绝，将去复还诀。一息不相知，何况异乡别。遥遥征驾远，杳杳落日晚。居人掩闺卧，行子夜中饭。野风吹秋木，行子心肠断。食梅常苦酸，衣葛常苦寒。丝竹徒满座，忧人不解颜。长歌欲自慰，弥起长恨端。

（三）[代] 放歌行

蓼虫避葵堇，习苦不言非。小人自龌龊，安知旷士怀？鸡鸣洛城里，禁门平旦开。冠盖纵横至，车骑四方来。素带曳长飙，华缨结远埃。日中安能止，钟鸣犹未归。夷世不可逢，贤君信爱才。明虑自天断，不受外嫌猜。一言分珪爵，片善辞草（蒿）莱。岂伊白璧赐？将起黄金台。今君有何疾，临路独迟回？

(四)[代]东武吟

主人且勿喧,贱子歌一言。仆本寒乡士,出身蒙汉恩。始随张校尉,占募到河源。后逐李轻车,追房穷塞垣。密途亘万里,宁岁犹七奔。肌力尽鞍甲,心思历凉温。将军既下世,部曲亦罕存。时事一朝异,孤绩谁复论?少壮辞家去,穷老还入门。腰镰刈葵藿,倚杖牧鸡豚。昔如鞲上鹰,今似槛中猿。徒结千载恨,空负百年怨。弃席思君幄,疲马恋君轩。愿垂晋主惠,不愧田子魂。

(五)[代]出自蓟北门行

羽檄起边亭,烽火入咸阳。征骑屯广武,分兵救朔方。严秋筋竿劲,虏阵精且强。天子按剑怒,使者遥相望。雁行缘石径,鱼贯度飞梁。箫鼓流汉思,旌甲被胡霜。疾风冲塞起,沙砾自飘扬。马毛缩如猬,角弓不可张。时危见臣节,世乱识忠良。投躯报明主,身死为国殇。

(六)[代]结客少年场行

骢马金络头,锦带佩吴钩。失意杯酒间,白刃起相仇。追兵一旦至,负剑远行游。去乡三十载,复得还旧丘。升高临四关,表里望皇州。九途平若水,双阙似云浮。扶宫罗将相,夹道列王侯。日中市朝满,车马若川流。击钟陈鼎食,方驾自相求。今我独何为,坎壈怀百忧。

(七)[代]白头吟

直如朱丝绳,清如玉壶冰。何惭宿昔意,猜恨坐相仍。人情贱恩旧,世议逐衰兴。毫发一为瑕,丘山不可胜。食苗实硕鼠,玷白信苍蝇。凫鹄远成美,薪刍前见陵。申黜褒女进,班去赵姬升。周王日沦惑,汉帝益嗟称。心赏犹难恃,貌恭岂易凭。古来共如此,非君独抚膺。

(以上录自《文选》卷二十八)

（八）学刘公干体诗五首其三

胡风吹朔雪，千里度龙山。集君瑶台里，飞舞两楹前。兹辰自为美，当避艳阳天。艳阳桃李节，皎洁不成妍。

（录自《文选》卷三十一）

（九）拟古诗八首其一

鲁客事楚王，怀金袭丹素。既荷主人恩，又蒙令尹顾。日晏罢朝归，鞍马塞衢路。宗党生光华，宾仆远倾慕。富贵人所欲，道得亦何惧？南国有儒生，迷方独沦误。伐木青江湄，设置守毚兔。

（十）拟古诗八首其二

十五讽诗书，篇翰靡不通。弱冠参多士，飞步游秦宫。侧睹君子论，预见古人风。两说穷舌端，五车摧笔锋。羞当白璧贶，耻受聊城功。晚节从世务，乘障远和戎。解佩袭犀渠，卷袠奉卢弓。始愿力不及，安知今所终！

（十一）拟古诗八首其三

幽并重骑射，少年好驰逐。毡带佩双鞬，象弧插雕服。兽肥春草短，飞鞚越平陆。朝游雁门上，暮还楼烦宿。石梁有余劲，惊雀无全目。汉虏方未和，边城屡翻覆。留我一白羽，将以分虎竹。

（以上录自《文选》卷三十一）

（十二）代陈思王白马篇

白马骍角弓，鸣鞭乘北风。要途问边急，杂虏入云中。闭壁自往夏，清野逐还冬。侨装多阙绝，旅服少裁缝。埋身守汉境，沉命对胡封。薄暮塞云起，飞沙被远松。含悲望两都，楚歌登四墉。丈夫设计误，怀恨逐边戎。弃别中国爱，要冀胡马功。去来今何道，单（卑）贱生所钟。但令塞上儿，知我独为雄。

（录自《乐府诗集》卷六十三）

（十三）拟古诗八首其六

束薪幽篁里，刈黍寒涧阴。朔风伤我肌，号鸟惊思心。岁暮井赋讫，程课相追寻。田租送函谷，兽藁输上林。河渭冰未开，关陇雪正深。笞击官有罚，呵辱吏见侵。不谓乘轩意，伏枥还至今。

（十四）拟古诗八首其七

河畔草未黄，胡雁已矫翼。秋蛩扶（挟）户吟，寒妇成夜织。去岁征人还，流传旧相识。闻君上陇时，东望久叹息。宿昔改衣带，朝旦（旦暮）异容色。念此忧如何，夜长愁更（忧何）多。明镜尘匣中，宝琴（瑟）生网罗。

（以上录自《鲍参军集》卷四）

（十五）赠傅都曹别

轻鸿戏江潭，孤雁集洲沚。邂逅两相亲，缘念共无已。风雨好东西，一隔顿万里。追忆栖宿时，声容满心耳。落日川渚寒，愁云绕天起。短翮不能翔，徘徊烟雾里。

（录自《鲍参军集》卷六）

（十六）拟行路难十八首其六（杂言体）

对案不能食，拔剑击柱长叹息。丈夫生世会几时，安能蹀躞垂羽翼？弃置罢官去，还家自休息。朝出与亲辞，暮还往（在）亲侧。弄儿床前戏，看妇机中织。自古圣贤尽贫贱，何况我辈孤且直！

（录自《鲍参军集》卷八）

（以上各首又见逯钦立《先秦汉魏晋南北朝诗》宋诗卷七）

齐吏部谢朓诗[①]

其源出于谢锟（混）[②]。微伤细密[③]，颇在不伦[④]。一章之中，自有玉石[⑤]，然奇章秀句，往往警遒[⑥]。足使叔源失步[⑦]，明达（远）变色[⑧]。善自发诗端[⑨]，而末篇多踬[⑩]，此意锐而才弱也[⑪]。至为后进士子之所嗟慕[⑫]。朓极与余论诗[⑬]，感激顿挫过其文⑭。

[注释]

①吏部：官职名，尚书吏部郎的简称，吏部中的事务官。谢朓（464～499）：南朝齐作家。字玄晖，陈郡阳夏（今河南太康）人，与谢灵运同族。少好学，有美名。南齐武帝萧赜永明初年（483），释褐为齐豫章王萧嶷太尉行参军。永明四年（486），转为随王萧子隆东中郎府官属，又为王俭卫军东阁祭酒，时齐竟陵王萧子良开西邸，招文学，谢朓与王融、沈约、萧琛、萧衍、范云、任昉、陆倕等人交游，号称"竟陵八友"。并与王融、沈约同倡声律论，讲求"四声八病"之说，遂有"永明体"之称。永明八年（490），为随郡王荆州刺史萧子隆功曹参军，先后深得萧子良、萧子隆的赏识。萧鸾辅政，任朓为骠骑谘议，领记室，掌骠骑萧鸾府文笔，中书郎，掌诏诰。齐明帝萧鸾建武二年（495），出为宣城太守，世称"谢宣城"，山水之作多创于此。因告发岳父会稽太守王敬则谋反事，明帝永泰元年（498），任为尚书吏部郎，故称"齐吏部"。齐东昏侯永元元年（499），因不肯依附始安王萧遥光篡权阴谋，被萧遥光、徐孝嗣、江祏等共同诬陷，下狱死，时年三十六岁。事见《南齐书》卷四十七、《南史》卷十九《谢朓传》。谢朓是"竟陵八友"中最突出的诗人，也是齐梁时代最突出的诗人。长于五言诗，是"永明体"新诗的创始者，其最大贡献是对山水诗的发展和对新体诗的探索。他认为"好诗圆美流转如弹丸"（《南史·王筠传》）。其山水诗既继承了谢灵运山水诗细致、清新的特点，又对谢灵运山水诗的有名句无名篇、玄言尾巴、富艳精工、典丽厚重有重大改变。风格清新流美，秀丽遒劲，萧疏淡远，富有情致，又重声律，别宫商，已接近唐诗之美，实开唐音之先声，不少名篇广为后人传颂。虽与谢灵运并称为"大小谢"，成就实高于大谢。沈约誉为"二百年来无此诗也"，时人称其"今古独步"，梁武帝父子推崇备至，钟嵘将其列为中品颇遭人非，李白终身服膺，"令人长忆谢玄晖"，"一生低头谢宣城"。谢朓之诗，已有全篇似唐人者。谢朓流传较广的五言诗有《晚登三山还望京邑》、《之宣城郡出新林浦向板桥》、《暂使下都夜发新林至京邑赠西府同僚》、《宣城郡内登望》、《冬日郡事隙》、《郡内高斋闲望答吕法曹》、《高斋视事》、《游东田》、《观朝雨》、《新亭渚别范零陵云》、《入朝曲》、《玉阶怨》、《王孙游》等，多

为《文选》所收。《隋书·经籍志》著录"齐吏部郎谢朓集十二卷,谢朓逸集二卷",已散佚。今存南宋楼炤辑本《谢宣城集》五卷,明人张溥辑有《谢宣城集》,人民文学出版社出版有近人郝立权《谢宣城诗注》,上海古籍出版社出版有曹融南《谢宣城集校注》,逯钦立辑校《先秦汉魏晋南北朝诗》齐诗卷三、卷四有收。现存诗一百三十余首,本条附录转录十七首。②其源出于谢混:谢混是开始写山水诗并以山水诗转变玄言诗风的人,谢灵运在谢混的基础上大量创作山水诗,确立了山水诗的地位,而谢朓则是在谢灵运的基础上,使山水诗走向成熟的关键人物。谢混诗格调清新,"务其清浅,殊得风流媚趣",谢朓也"文章清丽"(《南齐书》本传),诗歌清新流美,并注重音韵和谐,与谢混诗的风格相近,都以写秀丽的山水诗见长,所以钟嵘认为谢朓诗"源出于谢混"。谢混已见中品。③伤:失误,失于。细密:细碎繁密,指谢朓诗讲求平仄和对仗工整。④颇在不伦:指谢朓诗与谢混诗有不同之处。颇,稍,略微。不伦,不类,不同。⑤"一章"二句:指谢朓诗常在一首之内瑕瑜互见。一章,指一首诗,下句"章"字似含有"句"、"段"、"首"几重意思;自,虽然;玉石,玉石杂陈;玉,喻指佳句;石,喻指败笔,瑕疵。⑥警遒:警策有力。遒,道劲。⑦叔源:谢混的字。失步:错乱脚步,惊奇而失态。⑧明远:鲍照的字。鲍照:见中品"宋参军鲍照诗"条注。变色:改变脸色,亦指由于惊奇而失态。⑨善自发诗端:指谢朓善于写诗歌的开头。诗端,诗的开头,起句。按:谢朓诗在文学史上以善于开头著称,如,"大江流日夜,客心悲未央"(《暂使下都夜发新林至京邑赠西府同僚》)、"洞庭张乐地,潇湘帝子游"(《新亭渚别范零陵云》)、"朔风吹飞雨,萧条江上来"(《观朝雨》)、"江南佳丽地,金陵帝王州"(《入朝曲》)等,意境阔大,笼盖全篇(用萧华荣语)。⑩末篇多踬(zhì):指诗歌结尾困顿窘迫,不能与开头相称。末篇,结尾,结句;踬,颠仆,被绊倒,指困顿窘迫。按:由于谢朓才力和诗末好用典故等原因,结句往往不够生动。⑪意锐:文思敏捷,藻思敏锐。一云精于用思,精于构思。才:指才力。⑫至:极,非常。后进士子:后辈读书人。嗟:赞叹,叹赏。按:谢朓被时人叹赏倾慕之例可参钟嵘《诗品序》"谢朓今古独步",颜之推《颜氏家训·文章》"(刘孝绰)唯服谢朓",萧纲《与湘东王书》"(谢朓)实文章之冠冕,述作之楷模"等。⑬极:通"亟",屡次,多次,经常。一云尽情地,很投入地。⑭感激顿挫过其文:指谢朓论诗时情辞激昂,声调顿挫,持论超过了他的诗歌创作。感激,情绪激动,情辞激昂,一云感慨激昂。文,指诗歌。

[译文]

谢朓诗歌的风格从谢混而来。谢朓诗略微有失于细碎繁密,与谢混诗稍有不同。一首诗中,虽然佳句与败笔并存,然而那些奇特的篇章,清秀的诗句,往往警策有力。这些足以使谢混错乱脚步,吃惊失态;使鲍照改变脸色,惊奇咂舌。谢朓虽然善于创作诗歌的开头,而诗歌的结尾却多困顿窘迫,这是他文思敏捷而才力偏弱的缘故。他极为后学晚辈所赞叹倾慕。谢朓常与我讨论诗歌,情辞激昂,声调顿挫,持论超过了他的诗歌创作。

[附录]

谢朓五言诗

(一) 新亭渚别范零陵云

洞庭张乐地,潇湘帝子游。云去苍梧野,水还江汉流。停骖我怅望,辍棹子夷犹。广平听方籍,茂陵将见求。心事俱已矣,江上徒离忧。

(录自《文选》卷二十)

(二) 游东田

戚戚苦无悰,携手共行乐。寻云陟累榭,随山望菌阁。远树暧仟仟,生烟纷漠漠。鱼戏新荷动,鸟散余花落。不对芳春酒,还望青山郭。

(录自《文选》卷二十二)

(三) 暂使下都夜发新林至京邑赠西府同僚

大江流日夜,客心悲未央。徒念关山近,终知反路长。秋河曙耿耿,寒渚夜苍苍。引顾见京室,宫雉正相望。金波丽鳷鹊,玉绳低建章。驱车鼎门外，思见昭丘阳。驰晖不可接，何况隔两乡。风云有鸟路，江汉限无梁。常恐鹰隼击，时菊委严霜。寄言嫪罗者，寥廓已高翔。

（四）郡内高斋闲坐答吕法曹（吕僧珍为齐王法曹）

结构何迢递，旷望极高深。窗中列远岫，庭际俯乔林。日出众鸟散，山暝孤猿吟。已有池上酌，复此风中琴。非君美无度，孰为劳寸心？惠而能好我，问以瑶华音。若遗金门步，见就玉山岑。

（五）在郡卧病呈沈尚书

淮阳股肱守，高卧犹在兹。况复南山曲，何异幽栖时？连阴盛农节，篷笠聚东菑。高阁常昼掩，荒阶少净辞。珍簟清夏室，轻扇动凉飔。嘉鲂聊可荐，绿蚁方独持。夏李沉朱实，秋藕折轻丝。良辰竟何许？凤昔梦佳期。坐啸徒可积，为邦岁已期。弦歌终莫取，抚机令自嗤。

（以上录自《文选》卷二十六）

（六）之宣城郡出新林浦向板桥

江路西南永，归流东北骛。天际识归舟，云中辨江树。旅思倦摇摇，孤游昔已屡。既欢怀禄情，复协沧州趣。嚣尘自兹隔，赏心于此遇。虽无玄豹姿，终隐南山雾。

（七）晚登三山还望京邑诗

灞涘望长安，河阳视京县。白日丽飞甍，参差皆可见。余霞散成绮，澄江静如练。喧鸟覆春洲，杂英满芳甸。去矣方滞淫，怀哉罢欢宴。佳期怅何许，泪下如流霰。有情知望乡，谁能鬒不变？

（以上录自《文选》卷二十七）

（八）鼓吹曲

江南佳丽地，金陵帝王州。逶迤带绿水，迢递起朱楼。飞甍夹驰道，垂杨荫御沟。凝笳翼高盖，叠鼓送华辀。献纳云台表，功名良可收。

（录自《文选》卷二十八）

（九）观朝雨

朔风吹飞雨，萧条江上来。既洒百常观，复集九成台。空濛如薄雾，散漫似轻埃。平明振衣坐，重门犹未开。耳目暂无扰，怀古信悠哉。戢翼希骧首，乘流畏曝鳃。动息无兼遂，歧路多徘徊。方同战胜者，去剪北山莱。

（十）郡内登望

借问下车日，匪直望舒圆。寒城一以眺，平楚正苍然。山积陵阳阻，溪流春谷泉。威纡距遥甸，巉岩带远天。切切阴风暮，桑柘起寒烟。怅望心已极，惝怳魂屡迁。结发倦为旅，平生早事边。谁规鼎食盛？宁要狐白鲜。方弃汝南诺，言税辽东田。

（以上录自《文选》卷三十）

（十一）同王主簿有所思

佳期期未归，望望下鸣机。徘徊东陌上，月出行人稀。

（十二）玉阶怨

夕殿下珠帘，流萤飞复息。长夜缝罗衣，思君此何极。

（十三）王孙游

绿草蔓如丝，杂树红英发。无论君不归，君归芳已歇。

（以上录自《玉台新咏》卷十）

（十四）江上曲

弋阳春草出，踟蹰日已暮。莲叶尚田田，淇水不可渡。愿子淹桂舟，时同千里路。千里既相许，桂舟复容与。江上可采菱，清歌共南楚。

（录自《乐府诗集》卷七十七）

（十五）冬日晚郡事隙

案牍时闲暇，偶坐观卉本。飒飒满池荷，翛翛荫窗竹。檐隙自周流，房栊闲且肃。苍翠望寒山，峥嵘瞰平陆。已惕慕归心，复伤千里目。风霜旦夕甚，蕙草无芬馥。云谁美笙簧，孰是厌蘧轴。愿言税逸驾，临潭饵秋菊。

（十六）高斋视事

余雪映青山，寒雾开白日。暧暧江村见，离离海树出。披衣就清盥，凭轩方乘（秉）笔。列俎归单味，连驾止容膝。空为大国忧，纷诡谅非一。安得扫蓬径，锁吾愁与疾？

（十七）落日怅望

昧旦多纷喧，日晏未遑舍。落日余清阴，高枕东窗下。寒槐渐如束（束），秋菊行当把。借问此何时？凉风怀朔马。已伤暮归客，复思离居者。情嗜幸非多，案牍偏为寡。既乏琅玡政，方憩洛阳社。

（以上录自《谢宣城集》卷三）

（以上各首又见逯钦立《先秦汉魏晋南北朝诗》齐诗卷三）

齐（梁）光录（禄）江淹诗[①]

文通诗体总杂[②]，善于摹拟[③]，筋力于王微[④]，成就于谢朓[⑤]。初，淹罢宣城郡[⑥]，遂宿冶亭[⑦]，梦一美丈夫，自称郭璞[⑧]，谓淹曰："吾有笔在卿处多年矣，可以见还[⑨]。"淹探怀中，得一五色笔以授之[⑩]。尔后为诗，不复成语，故世传江淹才尽。

[注释]

①光禄：官职名，光禄大夫的简称，掌顾问应对，南北朝时期为加官，加金章紫绶者称金紫光禄大夫，加银章青绶者为银青光禄大夫。江淹曾任金紫光禄大夫一职。江淹（444～505）：南朝宋齐梁作家。字文通，济阳考城（今河南民权东北）人。历仕宋、齐、梁三代，习惯以梁代人物称之。江淹先世于晋室渡江时迁往江南。淹少孤贫，博览群书。二十岁入宋始安王刘子真幕教授五经。宋明帝刘彧泰始二年（466）杀子真后，应招入建平王刘景素幕府，素以"布衣之礼"待之，淹曾被诬下狱，又曾因谏阻刘景素起兵谋反被出为

建安吴兴令。宋顺帝刘準昇明元年（477），萧道成辅政，召为参军，甚得信宠。建元元年（479）萧道成代宋建齐，淹任豫章王萧嶷记室，带东武令，参掌诏册，中书侍郎。齐武帝永明元年（483）始，先后为建武将军、庐陵内史、尚书左丞，兼领国子博士等职。齐明帝萧鸾建武年间（494～498），累官至宫廷尉卿、冠军长史、宣城太守、黄门侍郎、秘书监等职。因迎萧衍起兵有功，萧衍代齐建梁（502）前后，累任淹为司徒左长史、吏部尚书、散骑常侍等，封临沮县开国伯，以疾迁金紫光禄大夫，改封醴陵伯。梁武帝萧衍天监四年（505）卒，年六十二岁，谥"宪"。事见《梁书》卷十四、《南史》卷五十九《江淹传》。江淹早年以文章著名，诗赋清丽遒劲，情调哀怨，诗歌多拟古之作，《杂体诗三十首》可为代表，另有《学魏文帝诗》、《效阮公诗十五首》，风格近鲍照，并称"江鲍"，赋以《恨赋》、《别赋》最为有名。齐永明之后，尤其罢宣城太守后，或因不适应诗风转变而搁笔，或因官居高任而无暇顾及，或因确实才思减退，佳作罕见，被后世传为"江郎才尽"，成为一千五百年来江淹研究领域的不尽话题（因作品"后集"失传，仅存"前集"作品，今人无法确知后期作品水平，故不好论定是否真的"才"尽）。曾自编诗文前后集，《隋书·经籍志》著录"梁金紫光禄大夫江淹集九卷，梁二十卷，江淹后集十卷，江淹拟古一卷"，已散佚。今存诗文当多出"前集"。明人汪士贤、张溥分别辑有《江文通集》、《江醴陵集》，中华书局排印出版的明胡之骥注释本《江文通集汇注》较为通行，中州古籍出版社出版的今人俞绍初、张亚新校注《江淹集校注》较为完备，收诗八十余首，本条附录转录十二首。②诗体总杂：诗歌风格驳杂不一，指江淹曾模拟过前人各种风格体式的诗，故其作品风格不一。体，体式风格。总杂，驳杂。总，众多。③善于摹拟：指江淹以拟古诗著名。按：今存江淹诗中拟古诗占了近一半，其《杂体诗三十八首》摹拟自汉至宋三十位诗人的代表作，还有《学魏文帝诗》、《效阮公诗十五首》等，这些诗都较为成功地体现了各家诗不同的风格特点，同时又有作者自己的寄托。所以钟嵘说他"善于摹拟"。南宋严羽《沧浪诗话·诗评》亦具体论江淹的善模拟："拟古唯江文通最长，拟渊明似渊明，拟康乐似康乐，拟左思似左思，拟郭璞似郭璞。独拟李都尉一首，不似两汉耳。"明胡应麟《诗薮·外编》卷二称其拟建安风骨逼真："独魏文、陈思、刘桢、王粲四作，置之魏风莫辨，真杰思也。"④筋力于王微：按：各家注均译作：江淹诗歌的筋腱骨力从王微而来，与王微相似，"筋力"作"筋腱骨力"，"于"作"从"。然而，笔者读二人之作，及参钟嵘对王微"才力苦弱，故务为清浅，殊得风流媚趣"之评，总感二人诗风相去甚远，王微诗无骨力可言，而江淹诗以清丽遒劲见称。且作此译语法不大通顺，故该句似当注释为：江淹的诗歌比王微的诗歌骨力强，更劲健有力。筋，筋腱，筋骨，喻指作品的骨力气势。力，形容词，强，劲健有力。于，比。因《诗品》各条均首讲渊源，且本条前后二句句式当一致，加之江淹《杂体诗三十首》确有摹拟王微《养疾》诗一首，故为慎重，译文仍从众。王微：南朝宋作家，已见中品。⑤成就于谢朓：从谢朓诗中取得成就，指从谢朓诗中吸取成就。按：此句颇费解。清人姚鼐《惜抱轩笔记》卷八云："实则醴陵（江淹）乃玄晖（谢朓）之前辈。"故钟嵘云："'齐永明中，谢朓未道，江淹才尽。'以江在谢前也。"所以曹旭说："仲伟（钟嵘）置谢朓于'齐'，置江淹于'梁'，《诗品》之例，以所举之朝代定其时代。江淹才尽之时，谢朓尚'未道'，何以江诗'成就于谢朓'？"萧华荣说："谢朓生平晚江淹二十年。……谢朓疑是谢混之误：第一，谢混与王微在卷中同一条中，二人风格、成就相似；第二，江淹《杂体诗三十首》亦有拟谢混《游览》一首，他学过王微、谢混的风格。"萧说可从。⑥罢宣城郡：卸任宣城郡太守职务。宣城，郡名，治所在宛陵（今安徽宣城县）。按：《梁书》本传载，江淹在齐明帝萧鸾建武（494～498）年间任宣城太守，四年后，还为黄门侍郎、秘书监。可见江淹卸任宣城太守的时间当在建武五年（498）。再早，因前有另两官职任职时间，太守职则不够四年；再晚，则齐明帝萧鸾已死，不可能回京任黄门侍郎等职。"江郎才尽"之说即江淹诗歌创作前后期的划分，似当以此年为界。⑦冶亭：故址在今南京市朝天宫一带。本吴国铸冶之地，故名冶城，冶亭在冶城之中。⑧郭璞：东晋作家，已见中品。按：此"夺笔"轶事，《南史》江淹本传记为张协"裂锦"。⑨见：被，指相。⑩授：给予，此处指归还。

[译文]

　　江淹诗歌的体式风格驳杂不一，善于摹拟前人的作品，他从王微的诗歌中得到筋腱骨力，从谢朓（混）的诗歌中吸取成就。当初,江淹卸任宣城太守回京,便宿住在冶亭,睡梦中见一位美男子,自称郭璞,对江淹说:"我有一支笔,在您那儿已经多年了,可以还给我了。"江淹探摸怀中,摸到一支五色彩笔,把它交还给了那位男子。他此后作诗,再也不成句了,所以世人传说"江郎才尽"。

[附录]

江淹五言诗

杂体诗三十首并序(选十)

夫楚谣汉风,既非一骨;魏制晋造,固亦二体。譬犹蓝朱成彩,杂错之变无穷;宫角为音,靡曼之态不极。故蛾眉讵同貌,而俱动于魄;芳草宁共气,而皆悦于魂。不其然欤!至于世之诸贤,各滞所迷,莫不论甘而忌辛,好丹而非素,岂所谓通方广恕,好远兼爱者哉?乃及公干、仲宣之论,家有曲直;安仁、士衡之评,人立矫抗,况复殊于此者乎?又贵远贱近,人之常情;重耳轻目,俗之恒蔽。是以邯郸托曲于李奇,士季假论于嗣宗,此其效也。然五言之兴,谅非夐古。但关西邺下,既已罕同;河外江南,颇为异法。故玄黄经纬之辨,金碧浮沉之殊,仆以为亦各具美兼善而已。今作三十首诗,斅其文体,虽不足品藻渊流,庶亦无乖商榷云尔。

(一)杂体诗三十首其四魏文帝游宴

置酒坐飞阁,逍遥临华池。神飙自远至,左右芙蓉披。绿竹夹清水,秋兰被幽涯。月出照园中,冠珮相追随。客从南楚来,为我吹参差。渊鱼犹伏浦,听者未云疲。高文一何绮,小儒安足为?肃肃广殿阴,雀声愁北林。众宾还城邑,何以慰吾心?

(二)杂体诗三十首其五陈思王赠友

君王礼英贤,不吝千金璧。双阙指驰道,朱宫罗第宅。从容冰井台,清池映华薄。凉风荡芳气,碧树先秋落。朝与佳人期,日夕望青阁。褰裳摘明珠，徙倚拾蕙若。眷我二三子，辞义丽金膆。延陵轻宝剑，季布重然诺。处富不忘贫，有道在葵藿。

（三）杂体诗三十首其六刘文学感遇

苍苍中山桂，团圆霜露色。霜露一何紧，桂枝生自直！橘柚在南国，因君为羽翼。谬蒙圣主私，托身文墨职。丹采既已过，敢不自雕饰？华月照方池，列坐金殿侧。微臣固受赐，鸿恩良未测。

（四）杂体诗三十首其七王侍中怀德

伊昔值世乱，秣马辞帝京。既伤蔓草别，方知林杜情。崤函复丘墟，异阙缅纵横。倚棹泛泾渭，日暮山河清。蟋蟀依桑野，严风吹若茎。鹳鹨在幽草，客子泪已零。去乡三十载，幸遭天下平。贤主降嘉赏，金貂服玄缨。侍宴出河曲，飞盖游邺城。朝露竟几何？忽如水上萍。君子笃惠义，柯叶终不倾。福履既所绥，千载垂令名。

（五）杂体诗三十首其八嵇中散言志

曰余不师训，潜志去世尘。远想出宏域，高步超常伦。灵凤振羽仪（翼），戢景西海滨。朝食琅玕实，夕饮玉池津。处顺故无累，养德乃入神。旷哉宇宙惠，云罗更四陈。哲人贵识义，大雅明庇身。庄生悟无为，老氏守其真。天下皆得一，名实久相宾。咸池飨爰居，钟鼓或愁辛。柳惠善直道，孙登庶知人。写怀良未远，感赠以书绅。

（六）杂体诗三十首其九阮步兵咏怀

青鸟海上游，鹥斯蒿下飞。沉浮不相宜，羽翼各有归。飘飘可终年，沆瀁安是非？朝云乘变化，光耀世所希。精卫衔木石，谁能测幽微？

（七）杂体诗三十首其十三左记室咏史

韩公沦卖药，梅生隐市门。百年信荏苒，何用苦心魂？当学卫霍将，建功在河源。珪组贤君眄，青紫明主恩。终军才始达，贾谊位方尊。金张服貂冕，许史乘华轩。王侯贵片议，公卿重一言。太平多欢娱，飞盖东都门。顾念张仲蔚，蓬蒿满中园。

（八）杂体诗三十首其十七郭弘农游仙

崦山多灵草，海滨饶奇石。偃蹇寻青云，隐沦驻精魄。道人读丹经，方士炼玉液。朱霞入窗牖，耀灵照空隙。傲睨摘木芝，凌波采水碧。眇然万里游，矫掌望烟客。永得安期术，岂愁濛汜迫！

（九）杂体诗三十首其二十二陶征君田居

种苗在东皋，苗生满阡陌。虽有荷锄倦，浊酒聊自适。日暮巾柴车，路暗光已夕。归人望烟火，稚子候檐隙。问君亦何为？百年会有役。但愿桑麻成，蚕月得纺绩。素心正如此，开径望三益。

（十）杂体诗三十首其二十三谢临川游山

江海经遭回，山峤备盈缺。灵境信淹留，赏心非徒设。平明登云峰，杳与庐霍绝。碧鄣长周流，金潭恒澄澈。桐林带晨霞，石壁映初晰。乳窦既滴沥，丹井复寥沉。岩崿转奇秀，岑崟还相蔽。赤玉隐瑶溪，云锦被沙汭。夜闻猩猩啼，朝见齟鼠逝。南中气候暖，朱华凌白雪。幸游建德乡，观奇经禹穴。身名竟谁辩，图史终磨灭。且泛桂水潮，映月游海澨。摄生贵处顺，将为智者说。

（以上录自《文选》卷三十一）

（十一）学魏文帝

西北有浮云，缭绕华阴山。惜哉时不遇，入夜值霜寒。秋风聒地起，吹我至幽燕。幽燕非我国，窈窕为谁贤？少年歌且止，歌声断客子。

（十二）效阮公诗十五首其一

岁暮怀感伤，中夕弄清琴。戾戾曙风急，团团明月阴。孤云出北山，宿鸟惊东林。谁谓人道广？忧慨自相寻。宁知霜雪后，独见松竹心！

（十三）陆东海谯山集

杳杳长役思，思来使情浓。恒忌光氛度，藉蕙望春红。青莎被海月，朱华冒水松。轻风暖长岳，雄虹赫远峰。日暮崦嵫谷，参差彩云重。永愿白沙渚，游衍遂相从。丹山有琴瑟，不为忧伤容。

　　　　（十四）无锡县历山集

愁生白露日，思起秋风年。窃悲杜蘅暮，揽涕吊空山。落叶下楚水，别鹤噪吴田。岚气阴不极，日色半亏天。酒至情萧瑟，凭樽还惘然。一闻清琴奏，歔泣方留连。况乃客子念，直置丝竹间。

　　（以上录自俞绍初校注《江淹集校注·上编·诗》）

　　　　（十五）咏美人春游

江南二月春，东风转绿蘋。不知谁家子，看花桃李津。白雪凝琼貌，明珠点绛唇。行人咸息驾，争拟洛川神。

　　（录自逯钦立《先秦汉魏晋南北朝诗》梁诗卷三）

梁卫将军范云[①]　梁中书郎丘迟诗[②]

　　范诗清便宛转[③]，如流风回雪[④]。丘诗点缀映媚，似落花依草[⑤]。故当浅于江淹，而秀于任昉[⑥]。

[注释]

　　①卫将军：武官名，南朝时为优礼大臣的虚号，梁代卫将军当为中卫将军的简称或习称。范云（451～503）：南朝齐梁间作家。字彦龙，南乡舞阴（今河南沁阳西北）人，范缜从弟。仕宋为郢州西曹书佐，转法曹行参军。宋齐易代，为会稽太守竟陵王萧子良幕府主簿。先后为萧子良司徒府记室参军、零陵内史、始兴内史、广州刺史、国子博士。因与沈约参与萧衍代齐建梁机密有功，梁朝立，迁散骑常侍，吏部尚书，封霄城县侯、尚书右仆射等职。家无余财，在任以廉洁称。梁武帝萧衍天监二年（503）卒，年五十三岁，谥文，追赠侍中卫将军。事见《梁书》卷十三、《南史》卷五十七《范云传》。范云少机警有才识，善属文，尤工尺牍，下笔辄成，时人疑为宿构。齐永明时期，与沈约、萧衍同为萧子良"竟陵八友"成员。云位尊望重，与沈约同为齐梁间文坛领袖，其诗歌气格警拔而又秀致，笔姿清便而又婉转，其《别诗》历

来被推为名篇。《隋书·经籍志》著录"梁尚书右仆射范云集十一卷，并录"，已散佚。今存诗四十余首，除一首为三言外均为五言，《先秦汉魏晋南北朝诗》梁诗卷二辑录，本条附录转录六首。②中书郎：官职名。中书省的属官，掌起草诏命，典国家机要。丘迟曾任此职。丘迟（464~508）：南朝梁作家。字希范，吴兴乌程（今浙江湖州）人。丘灵鞠之子。齐武帝萧赜永明三年（485），授国子博士，后迁大司马参军，西中郎参军，殿中郎等，齐东昏侯萧宝卷时（约500），入萧衍幕为骠骑主簿。萧衍代齐建梁，因劝进有功，先后授散骑常侍、中书侍郎、永嘉太守等职，曾参与北伐，并草劝降书。又授中书郎、司徒从事中郎等。梁武帝天监七年（508）卒于官，年四十五岁。事见《梁书》卷四十九、《南史》卷七十二《文学传·丘迟传》。丘迟工诗善文，辞采丽逸。《南史·江淹传》"张协裂锦"、"江郎才尽"轶事，曾言张协将江淹所还锦缎赠给丘迟，说明丘迟当时有一定文学地位。其《与陈伯之书》一文，脍炙人口，为南朝名作。《隋书·经籍志》著录"梁国子博士丘迟集十卷，并录，梁十一卷"，已散佚。又编《集抄》四十卷，亦佚。明人张溥辑有《丘中郎集》。今存五言诗十一首，《先秦汉魏晋南北朝诗》梁诗卷五辑录，本条附录转录二首。③清便：清新流利。一云"便（piān）"，"风雅美好貌"。宛转：委婉曲折。④回：回旋，飞舞。⑤"丘诗"二句：丘迟的诗歌善于点缀词采，互相衬托，相映成趣，好像落花依傍碧草。⑥"故当"二句：是通指范云和丘迟二人的诗。故当，六朝口语，应当；浅，浅显，一云清浅；江淹，见上条"梁光禄江淹诗"注；任昉，见下条"梁太常任昉诗"注。

[译文]

范云的诗歌清新流利，委婉多姿，犹如流风回旋着雪花。邱迟的诗歌点缀词采，相互映衬，妩媚动人，好似落花依附着碧草。应当说，他们二人的作品比江淹浅显，比任昉秀丽。

[附录]

范云五言诗

（一）古意赠王中书（又名《览古赠王中书融》）

摄官青琐闼，遥望凤皇（凰）池。谁云相去远？脉脉阻光仪。岱山饶灵异，沂水富英奇。逸翮凌北海，抟飞出南皮。遭逢圣明后，来栖桐树枝。竹花何莫莫，桐叶何离离！可栖复可食，此外亦何为？岂知鹓鶵者，一粒有余赀。

（二）赠张徐州谡

田家樵采去，薄暮方来归。还闻稚子说，有客欸柴扉。傧从皆珠玳，裘马悉轻肥。轩盖照墟落，传瑞生光辉。疑是徐方牧，既是复疑非。思旧昔言有，此道今已微。物情弃疵贱，何独顾衡闱？恨不具鸡黍，得与故人挥。怀情徒草草，泪下空霏霏。寄书云间雁，为我西北飞。

（以上录自《文选》卷二十六）

（三）效古

寒沙四面平，飞雪千里惊。风断阴山树，雾失交河城。朝驰左贤阵，夜薄休屠营。昔事前军幕，今逐嫖姚兵。失道刑既重，迟留法未轻。所赖今天子，汉道日休明。

（录自《文选》卷三十一）

（四）望织女

盈盈一水边，夜夜空自怜。不辞精卫苦，河流未可填。寸情百重结，一心万处悬。愿作双青鸟，共舒明镜前。

（录自《艺文类聚》卷四）

（五）别诗

洛阳城东西，长作经时别。昔去雪如花，今来花似雪。

（录自《艺文类聚》卷二十九）

（六）送别

东风柳线长，送郎上河梁。未尽樽前酒，妾泪已千行。不愁书难寄，但恐鬓将霜。望怀白首约，江上早归航。

（录自《诗纪》卷七十七）

（以上六首又见逯钦立《先秦汉魏晋南北朝诗》梁诗卷二）

丘迟五言诗

（一）旦发鱼浦潭

渔潭雾未开，赤亭风已飏。棹歌发中流，鸣鞞响沓障。村童忽相聚，野老时一望。诡怪石异像，崭绝峰殊状。森森荒树齐，析析寒沙涨。藤垂岛易陟，崖倾屿难傍。信是永幽栖，岂徒暂清旷。坐啸昔有委，卧治今可尚。

（录自《文选》卷二十七）

（二）侍宴乐游苑送张徐州应诏

诘旦阊阖开，驰道闻凤吹。轻黄承玉辇，细草藉龙骑。风迟山尚响，雨息云犹积。巢空初鸟飞，荇乱新鱼戏。实惟北门重，匪亲孰为寄？参差别念举，肃穆恩波被。小臣信多幸，投生岂酬义？

（录自《文选》卷二十）

（三）敬酬柳仆射征怨

清歌自言妍，雅舞空仙仙。耳中解明月，头上落金钿。雀飞且近远，暮入绮窗前。鱼戏虽南北，终还荷叶边。惟见君行久，新年非故年。

（四）答徐侍中为人赠妇

丈夫吐然诺，受命本遗家。糟糠且弃置，蓬首乱如麻。侧闻洛阳客，金盖翼高车。谒帝时来下，光景不可奢。幽房一洞启，二八尽芳华。罗裾（裙）有长短，翠鬟无低斜。长眉横玉脸，皓腕卷轻纱。俱看依井蝶，共取落檐花。何言征戍苦，抱膝空咨嗟。

（以上录自《玉台新咏》卷五）

（五）玉阶春草

发溜始参差，扶阶方沃若。杂叶半藏蜻，丛花未隐雀。葳蕤乱碧紫，苍黄间浓薄。

（录自《艺文类聚》卷八十一）

（六）赠何郎

向夕秋风起，野马杂尘埃。忧至犹如绕，讵是故人来。檐际落黄叶，阶前网绿苔。遥情不入酒，望美信难哉。

（录自《诗纪》卷七十七）

（以上六首又见逯钦立《先秦汉魏晋南北朝诗》梁诗卷五）

梁太常任昉诗①

彦升少年为诗不工，故出（世）称"沈诗任笔"②，昉深恨之③。晚节爱好既笃④，又（文）亦遒变⑤。若（善）铨事理⑥，拓体渊雅⑦，得国士之风⑧，故擢居中品⑨。但昉既博物（学），动辄用事⑩，所以诗不得奇⑪。少年士子，效其［如］此，弊矣⑫。

[注释]

①太常：官职名，九卿之一，祭祀礼乐之官，掌宗庙礼仪，南北朝时亦作为优礼大臣的虚号，任昉卒后被追赠此号。任昉（460~508）：南朝齐梁作家。字彦升，小名阿堆。乐安博昌（今山东博兴）人。在刘宋朝，十六岁为丹阳尹刘秉主簿。入齐，拜太常博士，丹阳尹王俭主簿，司徒竟陵王萧子良记室参军，为"竟陵八友"之一。后迁中书侍郎、司徒右长史。萧衍易代之际，入衍幕为骠骑记室参军，专主文翰，禅让文诰多出其手。萧衍代齐建梁，拜为黄门侍郎，迁吏部郎中。梁武帝萧衍天监二年（503）后，先后任义兴太守、吏部郎、御史中丞、秘书监、宁朔将军、新安太守等职。在朝勤政，曾亲校秘阁四部之书，在郡亲爱百姓，为政清廉，深受爱戴。天监七年（508）卒于太

守任，年四十九岁，百姓为其立祠于城南，朝廷追赠太常，谥敬子。事见《梁书》卷十四、《南史》卷五十九《任昉传》、梁人王僧孺《太常敬子任府君传》。任昉十六岁举秀才第一，广结才士，奖掖后学，号称"龙门之游"、"兰台聚"；性好藏书，存书万余卷；雅善属文，尤长于诏册章奏，起草文书，不加点窜，下笔即成。与沈约齐名，世称"沈诗任笔"。《文选》录文十七篇，数量为全书之冠，其文被萧纲评为"文章之冠冕，述作之楷模"（《与湘东王书》）。昉著有《四部目录》、《杂传》二四七卷、《地记》二五二卷、《文章缘起》一卷、《文集》三十四卷。除《文章缘起》今存外，余多散佚。昉诗典质有余，风神不足，情韵兼备者不多，《出郡传舍哭范仆射》可为代表，但并未如钟嵘所批评的"动辄用事"，有许多用典故的诗作已散佚。《隋书·经籍志》著录"梁太常卿任昉集三十四卷"，已佚。明人王士贤、张溥分别辑有《任彦升集》。今存诗二十一首，《先秦汉魏晋南北朝诗》梁诗卷五辑录，本条附录转录五首。另存文六十四篇，见《全上古三代秦汉三国六朝文》。②沈诗任笔：沈约擅长作诗，任昉擅长作公文。笔，指章表诏册一类的公文。按：南朝有"文笔之辨"，最初以有韵之文即押韵的诗赋之类为"文"，以无韵之文即不押韵的散文为"笔"，后来发展为以辞采华丽、感情强烈的文为"文"，以应用性的公文为"笔"。这样做实际上是将当时众多文体，大而化之，区分为文学性的文体和非文学性的文体两大类，这是文学观念进一步自觉的表现。南朝在"文""笔"对举的同时，还有"诗""笔"对举，"诗"是众多文体中文学性最强最有代表性的文体，故时人以"诗"代表文学性的"文"，与非文学性的"笔"对举。此处"诗"专指诗歌。沈，沈约，齐梁作家，详见下条"梁左光禄沈约诗"条注。③恨：遗恨，遗憾。④"晚节"句：指任昉晚年专门转向作诗。《南史·任昉传》载："（昉）晚节转好著诗，欲以倾沈。"笃，专一，深刻。⑤文：指诗歌。遒（qiú）变：大变。一云变得遒劲有力。遒，强劲，此处指变化强劲。⑥铨：衡量评说。事理：人情物理。⑦拓体渊雅：拓宽体裁，深厚典雅。拓，开拓，指拓宽。渊雅，深厚典雅，深刻雅正。⑧国士：举国倾慕的杰出人物。⑨擢：提升，拔高。⑩辄：就，每每。用事：用典故。⑪奇：新奇，当指清新，有情致和韵味。⑫弊：有弊，产生弊病，有害。

[译文]

　　任昉少年时作诗不够精工，所以世人称为"沈诗任笔"，对此任昉极为遗憾。他晚年爱好诗歌,创作已很专一,因而诗风也有了很大变化。他善于评说人情物理,拓宽了诗歌体裁,深厚典雅,有一国名士的风范,因此提升入居"中品"。但是任昉既然博学,写诗动不动就用典故,所以他的诗歌不能新奇有情致。少年士子,如果效法他这样做,就有害了。

[附录]

任昉五言诗

(一) 出郡传舍哭范仆射

平生礼数绝,式瞻在国桢。一朝万化尽,犹我故人情。待时属兴运,王佐俟民英。结欢三十载,生死一交情。携手遁衰孽,接景事休明。运阻衡言革,时泰玉阶平。浚冲得茂彦,夫子值狂生。伊人有泾渭,非余扬浊清。将乖不忍别,欲以遣离情。不忍一辰意,千龄万恨生。(一章)

已矣平生事,咏歌盈箧笥。兼复相嘲谑,常与虚舟值。何时见范侯,还叙平生意?(二章)

与子别几辰,经涂(途)不盈旬。弗睹朱颜改,徒想平生人。宁知安歌日,非君撤瑟晨。已矣余何叹?辍舂哀国均。(三章)

(录自《文选》卷二十三)

(二) 赠郭桐庐出溪口见候余既未至郭仍进村维舟久之郭生方至

朝发富春渚,蓄意忍相思。涿令行春反,冠盖溢川坻。望久方来萃,悲欢不自持。沧江路穷此,湍险方自兹。叠嶂易成响,重以夜猿悲。客心幸自弭,中道遇心期。亲好自斯绝,孤游从此辞。

(录自《文选》卷二十六)

(三) 济浙江诗

昧旦乘轻风,江湖忽来往。或与归波送,乍逐翻流上。近岸无暇目,远峰更兴想。绿树悬宿根,丹崖颓久壤。

（录自《艺文类聚》卷八）

（四）落日泛舟东溪

黝黝桑柘繁，芃芃麻麦盛。交柯溪易阴，反景澄余映。吾生虽有待，乐天庶知命。不学梁甫吟，唯识沧浪咏。田荒我有役，秩满余谢病。

（录自《艺文类聚》卷九）

（五）咏池边桃

已谢西王苑，复揖绥山枝。聊逢赏者爱，栖趾傍莲池。开红春灼灼，结实夏离离。

（录自《艺文类聚》卷八十六）

（以上五首又见逯钦立《先秦汉魏晋南北朝诗》梁诗卷五）

梁左光录（禄）沈约诗[①]

观休文众制[②]，五言最优。详其文体，察其余论[③]，固知宪章鲍明远也[④]。所以不闲（娴）于经纶，而长于清怨[⑤]。永明相王爱文[⑥]，王元长［约］等，皆宗附之【约】[⑦]。于时谢朓未遒[⑧]，江淹才尽[⑨]，范云名级故（固）微[⑩]，故约称独步[⑪]。虽文不至[⑫]，其功丽亦一时之选也[⑬]。见重闾里，诵咏成音[⑭]。嵘谓约所著既多，今剪除泾（淫）杂[⑮]，收其精要，允为中品之第矣[⑯]。故当词密于范[⑰]，意浅于江也[⑱]。

[注释]

①左光禄：官职名，左光禄大夫的简称，掌顾问应对，左右光禄大夫高于光禄大夫，开府同三公，是台阁重臣，沈约曾任此职。沈约（441～513）：南朝宋齐梁作家。字休文，吴兴武康（今浙江德清武康）人。历仕宋、齐、梁三代，习惯以梁代人物称之。沈约因父亲在宫廷斗争中被杀，少年流寓孤

贫，笃志好学，博通群籍，起家奉朝请。刘宋时任郢州刺史蔡兴宗记室，晋熙王刘燮法曹参军，兼记室，入朝为尚书度支郎。入齐，为征房将军萧长懋记室，带襄阳令。永明年间（482）入东宫为步兵校尉。又与萧衍、谢朓、王融、萧琛、范云、任昉、陆倕等同为竟陵王萧子良西邸"竟陵八友"。历任太子家令、中书郎、太子右卫率、御史中丞、东阳太守、兵部尚书、司徒长史、南清河太守等职。萧衍代齐建梁（502），沈约因参与谋废有功，任尚书右仆射，封建昌县侯，后迁尚书令，领太子少傅，梁天监九年（510）转左光禄大夫，加特进。天监十二年卒于官，年七十三岁，谥曰隐，世称"隐侯"。事见《梁书》卷十三、《南史》卷五十《沈约》传。沈约为三朝元老，官高望重，奖掖后进，为当时文坛盟主。其时谢朓工诗，任昉工文，约兼有而不能过。诗多拟古乐府和应制侍宴之作，最为传诵的是摹山范水和抒写离情别绪五言之作，诗风"华而不浮，隽而不靡"，清俊道丽，而又注重雕饰和声律。《夜夜曲》、《怀旧诗》（九首）、《别范安成》、《八咏诗》（杂言）、《早发定山》、《新安江至清浅深见底贻京邑游好》可为代表作。沈约对诗歌的主要贡献是声律论的创立，他与王融、谢朓等人在齐永明年间共创诗歌"四声八病"之说，撰《四声谱》，提倡文章"三易"（易见事、易识字、易读诵），是永明声律论和"永明体"诗歌的创立者和代表作家。对五言古诗向律诗的转变、唐代律诗的形成和发展有重要影响。沈约著述极丰，所撰《宋书》一百卷，今为二十四史之一；为阮籍《咏怀诗》作注，今见《文选》李善注引。另著《晋书》一百一十卷、《齐纪》二十卷、《高祖纪》十四卷、《文集》一百零一卷、《迩言》、《谥法》、《文章志》、《俗说》、《杂说》、《袖中记》、《珠丛》等，均佚。明人张溥辑有《沈隐侯集》，今存诗一百九十余首，其中五言诗一百五十余首，《先秦汉魏晋南北朝诗》宋诗卷六卷七辑录，本条附录转录十三首。②众制：众多诗体，指四言、五言、六言、七言、杂言等。一云各种文体，指诗、赋、文等。③文体：指诗体，诗歌风格。文，指诗。余论：高论，对人言论的一种敬称，此处指沈约的诗歌理论。按：具体诗论不详，或是《宋书·谢灵运传论》"四声八病"、"三易"等诗歌理论。④宪章：效法；以为法则。钟嵘以"功丽"评沈约，在当时被认为是"鲍照之遗烈"的一体，所以说他"宪章鲍明远（鲍照）"。鲍照，南朝宋作家，已见中品。按：后人如清人陈祚明不同意钟嵘之评，认为"休文诗体，全宗康乐（谢灵运）"，"华而不浮，隽而不靡"，"以为宪章明远，源流既讹，独谓工丽见长，品题并谬"（《采菽堂古诗选》卷二十三），即沈约诗风宗法谢灵运而不是效法鲍照，钟嵘的品第和归类都不对。⑤"所以"二句：是说沈约不擅长应制、奉诏之类的经纶之作，而长于抒情诗。娴，熟习。经纶，诗歌中应诏之类的典雅诗体。清怨，清商哀怨的抒情诗。按：从存诗看，沈约应诏诗数量很多，钟嵘认为他这类诗虽然写得多，但水平不行，并不是他所擅长的。⑥永明：齐武帝萧赜年号（483～493）。相王：齐竟陵王萧子良（460～493），齐武帝萧赜次子，封竟陵郡王，永明间为司徒、侍中，其任相当于宰相，故称相王。《南齐书·武十七王传》："子良少有清尚。礼才好士，居不疑之地，倾意宾客，天下才学皆游集焉。……士子文章及朝贵辞翰，皆发教撰录。"又《梁书·武帝本纪》："竟陵王子良开西邸，招文学，高祖（萧衍）与沈约、谢朓、王融、萧琛、范云、任昉、陆倕等并游焉，号曰八友。"又据《金楼子·说蕃》，江淹亦为萧子良所礼遇（用杨明先生注）。⑦王元长：即王融，见下品"齐宁朔将军王融诗"条注①。宗附：尊崇、归附。⑧于时：在当时，指永明时期。未遒：尚未达到道劲老成的程度，指还不够成熟。⑨江淹才尽：见中品"梁光禄江淹诗"条注。⑩范云：南朝梁作家，已见中品。名级：名声和品级。当时范云是萧子良的记室。固：本来。⑪独步：超群出众，独一无二。⑫文：指沈约的诗。不至：没有达到很高的成就。至，达到极致。⑬功：同"工"，工巧。选：首选，最优秀。⑭见重：被看重。闾里：乡里。古代以二十五家为一"里"，"闾"是"里"的门，代指民间。成音：指声音连成一片，或到处都是声音。⑮淫杂：淫滥芜杂。淫，过分。⑯允：允当，适宜，应当。第：等级。⑰故当：应当。范：范云。⑱江：江淹。

[译文]

通览沈约各种诗体创作，以五言诗为最优秀。仔细品读他的诗歌风格，考察他的诗歌理论，确实知道他是效法鲍照的。所以他不善于写作雍容典雅的应制诗，而擅长写作清商哀怨的抒情诗。齐代永明年间，竟陵王萧子良爱好文学，王融、沈约等人，都尊崇归附于他。在当时，谢朓的创作还不够成熟，江淹才情已尽，范云的名声地位本来就低微，所以沈约称为独一无二。虽然他的诗歌没有达到很高的成就，但其工巧华丽也是一时的首选了。沈约的诗歌，很被民间看重，讽诵吟咏的声音到处都是。我认为沈约所创作的诗歌既然很多，现在删除淫滥芜杂部分，收取其中精华，适宜列为"中品"的等级了。应当说他的诗词藻比范云繁密，内容比江淹浅明。

[附录]

沈约五言诗

（一）别范安成

生平少年日，分手易前期。及尔同衰暮，非复别离时。勿言一樽酒，明日难重持。梦中不识路，何以慰相思。

（录自《文选》卷二十）

（二）游沈道士馆

秦皇御宇宙，汉帝恢武功。欢娱人事尽，情性犹未充。锐意三山上，托慕九霄中。既表祈年观，复立望仙宫。宁为心好道，直由意无穷。曰余知止足，是愿不须丰。遇可淹留处，便欲息微躬。山嶂远重叠，竹树近蒙笼。开襟濯寒水，解带临清风。所累非外物，为念在玄空。朋来握石髓，宾至驾轻鸿。都令人径绝，唯使云路通。一举陵倒景，无事适华嵩。寄言赏心客，岁暮尔来同。

（录自《文选》卷二十二）

（三）新安江至清浅深见底贻京邑游好

眷言访舟客，兹川信可珍。洞澈随深浅，皎镜无冬春。千仞写乔树，百丈见游鳞。沧浪有时浊，清济涸无津。岂若乘斯去，俯映石磷磷。纷吾隔嚣滓，宁假濯衣巾。愿以潺湲水，沾君缨上尘。

（四）早发定山

夙龄爱远壑，晚莅见奇山。标峰彩虹外，置岭白云间。倾壁忽斜竖，绝顶复孤圆。归海流漫漫，出浦水浅浅（溅溅）。野棠开未落，山樱发欲然。忘归属兰杜,怀禄寄芳荃。眷言采三秀,徘徊望九仙。

(以上录自《文选》卷二十七)

(五)学省愁卧

秋风吹广陌,萧瑟入南闱。愁人掩轩卧,高窗时动扉。虚馆清阴满,神宇暧微微。网虫垂户织,夕鸟傍檐飞。缨佩空为忝,江海事多违。山中有桂树,岁暮可言归。

(六)冬节后至丞相第诣世子车中

廉公失权势,门馆有虚盈。贵贱犹如此,况乃曲池平。高车尘未灭,珠履故余声。宾阶绿钱满,客位紫苔生。谁当九原上,郁郁望佳城。

(以上录自《文选》卷三十)

(七)有所思

西征登陇首,东望不见家。关树抽紫叶,塞草发青芽。昆明当欲满,葡萄应作花。流泪对汉使,因书寄狭斜。

(八)夜夜曲

河汉纵且横,北斗横复直。星汉空如此,宁知心有忆?孤灯暧不明,寒机晓犹织。零泪向谁道?鸡鸣徒叹息。

(九)登高望春

登高眺京洛,街巷纷漠漠。回首望长安,城阙郁盘桓。日出照钿黛,风过动罗纨。齐僮蹑朱履,赵女扬翠翰。春风摇杂树,葳蕤绿且丹。宝瑟玫瑰柱,金羁玳瑁鞍。淹留宿下蔡,置酒过上兰。解眉还复敛,方知巧笑难。佳期空靡靡,含睇未成欢。嘉客不可见,因君寄长叹。

(十)春咏

杨柳乱如丝,绮罗不自持。春草青复绿,客心伤此时。翠苔已结洧,碧水复盈淇。日华照赵瑟,风色动燕姬。襟中万行泪,故是一相思。

（以上录自《玉台新咏》卷五）

（十一）昭君辞

朝发披香殿，夕济汾阴河。于兹怀九逝，自此敛双蛾。沾妆疑湛露，绕臆状流波。日见奔沙起，稍觉转蓬多。胡风犯肌骨，非直伤绮罗。衔涕试南望，关山郁嵯峨。始作阳春曲，终成苦寒歌。惟有三五夜，明月暂经过。

（以上录自《玉台新咏》卷五）

（十二）怀旧诗九首其二伤谢朓

吏部信才杰，文锋振奇响。调与金石谐，思逐风云上。岂言陵霜质，忽随人事往？尺璧尔何冤？一旦同丘壤。

（录自《艺文类聚》卷三十四）

（十三）石塘濑听猿诗

噭噭夜猿鸣，溶溶晨雾合。不知声远近，惟见山重沓。既欢东岭唱，复伫西岩答。

（录自《艺文类聚》卷九十五）

（以上各首又见逯钦立《先秦汉魏晋南北朝诗》梁诗卷七）

诗品下

汉令史班固① 汉孝廉郦炎② 汉上计赵壹③

孟坚才流④,而老于掌故⑤。观其《咏史》,有感叹之词⑥。文胜托咏"灵芝"⑦,【观】怀寄不浅⑧。元叔散愤"兰蕙"⑨,指斥"囊钱"⑩。苦言切句⑪,良亦勤矣⑫。斯人也而有斯困,悲夫⑬!

[注释]

①令史:官职名,兰台令史的简称,主校理群书,治理文书,班固曾任此职。班固(32~92):东汉史学家。字孟坚,扶风安陵(今陕西咸阳东北)人,班彪子。九岁能属文,诵诗赋,及长,遂贯群籍,九流百家之言,无不穷览。汉明帝刘庄永平(58~75)初年,因私改国史罪入狱,其弟班超亲明辨于汉明帝,明帝奇之而任固为兰台令史,使与陈宗等共撰《世祖本纪》。迁为郎,典校秘书,遂潜心二十年而成除部分表志外的《汉书》。汉和帝刘肇永元初年(89),大将军窦宪北征匈奴,以固为中护军,宪败,固坐免官。初,因家奴横行不法曾结怨洛阳令种兢,时兢借窦宪之败捕固入狱,遂死狱中,年六十一岁。事见《后汉书》卷四十《班固传》。班固所撰《汉书》即今二十四史之一,开我国断代史之先河,与司马迁《史记》齐名,有"史汉"、"马班"

之称。班固为汉代辞赋大家,世以"班扬(雄)"、"班张(衡)"并称,以《两都赋》最为著名,列于《文选》之首。另著有经学著作《白虎通义》,今存。《后汉书》本传称,固所著《典引》、《宾戏》、《应讥》、诗、赋、铭、诔、颂、书、文、记、论、议、六言,在者凡四十一篇。其所存《咏史》诗代表早期文人五言诗。《隋书·经籍志》著录"后汉大将军护军司马班固集十七卷",《新唐书·艺文志》作十卷,已散佚。明人张溥辑有《班兰台集》一卷。今《文选》录其辞赋赞铭九篇,另存诗八首,其中五言一首,残句二则,《先秦汉魏晋南北朝诗》汉诗卷五辑录,本条附录转录。②孝廉:汉代选拔官吏的科目之一,由各郡国在所属吏民中荐举,举孝廉者往往被任为"郎",孝廉在东汉为求仕进者的必由之路。郦(lì)炎曾被举为孝廉。郦炎(150~178):东汉作家。字文胜,范阳(今河北定兴西南)人。炎有文才,解音律,东汉灵帝刘宏时期,州郡召用,被举为孝廉,皆不就。后精神失常,遭母忧而发作,妻子在生产中,惊惧而死。妻家告官,被收入狱,灵帝熹平六年(177),死狱中,年二十九岁。事见《后汉书》卷八十《文苑传·郦炎传》。郦炎诗颇见文采。《隋书·经籍志》著录"郦炎集二卷,录一卷,亡"。今存诗二首,皆五言,见本传。逯钦立辑校《先秦汉魏晋南北朝诗》汉诗卷六亦收录。另存文五篇。③上计:官职名,指上计吏,参中品"汉上计秦嘉诗"条注①。赵壹:东汉作家,生卒年不详。字元叔,汉阳西县(今甘肃天水)人。体貌魁梧,恃才傲物,汉灵帝刘宏光和元年(178),举郡上计吏入京都洛阳,为重臣袁逢、羊陟等人所礼重,名动京师。西还后,州郡争致礼命,公府十次征召,皆拒辞不就,卒于家。事见《后汉书》卷八十《文苑传·赵壹传》。赵壹属文众体兼备,《后汉书》本传称其著赋、颂、箴、诔、书、论及杂文十六篇,其中尤以《刺世疾邪赋》最为著名。该赋讥刺豪强权贵,抨击社会现实,朴素平易,自成一格,至今仍为传诵,在文学史上有一定地位。其诗清新刚健,亦不失为东汉佳作。《隋书·经籍志》著录"梁有上计赵壹集二卷,录一卷,亡"。今存诗二首,为《刺世疾邪赋》中诗,皆五言,见本传。逯钦立辑校《先秦汉魏晋南北朝诗》汉诗卷七收录,本条附录转录。④才流:博学宏才之流,即才子之流。⑤老于掌故:指终身致力于治史。老于,谙熟,娴熟。掌故,过去的事情,指历史上的典章制度、故实等。班固《咏史》所咏缇萦救父事，即西汉旧事。一云官职名，太史官属，主掌故事。⑥"观其"二句：班固《咏史》咏汉文帝时缇萦救父事。钟嵘所谓"感叹之词"，大约指"百男何愦愦，不如一缇萦"等句。按：班固下狱与其诸子不遵法度有关，故有此感慨（参郑文《汉诗研究》、王发国《诗品考索》）。诗见本条附录。⑦文胜：郦炎的字。托咏"灵芝"：假借吟咏"灵芝"以言志。"灵芝"，指郦炎的《见志诗》第二首，其首句为"灵芝生河洲"。⑧怀寄不浅：感情寄托很深。《见志诗》第二首主要抒发贤士不遇之慨，全诗见本条附录。⑨元叔：赵壹的字。散愤"兰蕙"：借助"兰蕙"诗宣泄怀才不遇的愤懑。"兰蕙"，指赵壹《刺世疾邪赋》中的《鲁生歌》，诗中有"被褐怀金玉，兰蕙化为刍"之句，全诗见本条附录。⑩指斥"囊钱"：以直接斥责囊袋中的金钱来抨击社会现象和官场腐败。指斥，直接斥责。"囊钱"，指赵壹《刺世疾邪赋》中的《秦客诗》，诗中有"文籍虽满腹，不如一囊钱"之句，全诗见本条附录。⑪切句：痛切的诗句，激切的语句。⑫良：确实，实在。勤：同"懃"，愁苦，忧虑，忧愁。⑬"斯人"二句：套用《论语·雍也》句式，原文为："伯牛有疾，子问之，自牖执其手，曰：'亡之，命矣夫！斯人也而有斯疾也！斯人也而有斯疾也！'"钟嵘大意是说，这样的人却有这样的困境，真令人悲叹啊！按：赵壹《鲁生歌》尾句"哀哉复哀哉，此是命矣夫"也可能语本上引孔子之言。困，困境，困苦。

[译文]

班固是才子之流，对历史掌故非常谙熟。读他的《咏史诗》，有个人的感叹之词在里面。郦炎假借吟咏"灵芝"，寄托很深的感情。赵壹通过"兰蕙"诗，宣泄怀才不遇的愤懑；借助《秦客诗》直接斥责"文籍虽满腹，不如一囊钱"的社会现象。悲苦的言辞，激切的诗句，确实也是满怀忧愁的。这样的人却有这样的困境，令人悲叹啊！

[附录]

班固五言诗

(一) 咏史

三王德弥薄，唯后用肉刑。太仓令有罪，就递长安城。自恨身无子，困急独茕茕。小女痛父言，死者不复生。上书诣北阙，阙下歌鸡鸣。忧心摧折裂，晨风激扬声。圣汉孝文帝，恻然感至诚。百男何愦愦，不如一缇萦。

(录自《文选》卷三十六)

(二) 诗（佚句）

长安何纷纷，诏葬霍将军。刺绣被白领，县官给衣衾。

(录自《太平御览》卷八百一十五，又见逯钦立《先秦汉魏晋南北朝诗》汉诗卷五)

郦炎五言诗

(一) 诗二首（又作《见志诗》）其一

大道夷且长，窘路狭且促。修翼无卑栖，远趾不步局。舒吾陵霄羽，奋此千里足。超迈绝尘驱，倏忽谁能逐。贤愚岂常类，禀性在清浊。富贵有人籍，贫贱无天录。通塞苟由己，志士不相卜。陈平敖里社，韩信钓河曲。终居天下宰，食此万钟禄。德音流千载，功名重山岳。

(二) 诗二首（又作《见志诗》）其二

灵芝生河洲，动摇因洪波。兰荣一何晚，严霜瘁其柯。哀哉二芳草，不植太（泰）山阿。文质道所贵，遭时用有嘉。绛灌临衡宰，谓谊崇浮华。贤才抑不用，远投荆南沙。抱玉乘龙骥，不逢乐与和。安得孔仲尼，为世陈四科。

(以上录自《后汉书》卷八十《文苑传·郦炎传》，又见逯钦立《先秦汉魏晋南北朝诗》汉诗卷六)

赵壹五言诗

　　　　（一）秦客诗

河清不可俟，人命不可延。顺风激靡草，富贵者称贤。文籍虽满腹，不如一囊钱。伊优北堂上，抗脏倚门边。

　　　　（二）鲁生歌

势家多所宜，咳吐（唾）自成珠。被褐怀金玉，兰蕙化为刍。贤者虽独悟，所困在群愚。且各守尔分，勿复空驰驱。哀哉复哀哉，此是命矣夫！

（以上录自《后汉书》卷八十《文苑传·赵壹传》，又见逯钦立《先秦汉魏晋南北朝诗》汉诗卷六）

魏武帝[①]　魏明帝[②]

曹公古直[③]，甚有悲凉之句。叡不如丕[④]，亦称三祖[⑤]。

[注释]

①魏武帝：即曹操（155~220），东汉末年杰出政治家、军事家、诗人，三国魏的实际建立者。字孟德，小名阿瞒，沛国谯（今安徽亳州）人。父亲曹嵩，本姓夏侯，中常侍曹腾养子，官至太尉。操少时游荡任侠，有权谋，为重臣桥玄所欣赏，许劭称其为"治世之能臣，乱世之奸雄"。东汉灵帝刘宏熹平三年（174），举孝廉，为郎，除洛阳北部尉，执法严酷，不避豪强。熹平六年，为顿丘令。光和年间（178~184），以能明古学征拜议郎。光和末年（184），黄巾事起，曹操在镇压黄巾起义过程中，逐渐扩充军事力量。汉献帝刘协初平三年（192），占据兖州，诱降青州黄巾，选其精锐，编为"青州兵"。献帝建安元年（196），迎献帝还洛阳，旋迁都于许（今河南许昌东），"挟天子以令诸侯"，以汉献帝的名义发号施令，先后削平吕布等割据势力。建安五年（200），官渡之战以少胜多，大破袁绍，九年（204）破邺，十年（205）平定河北，逐渐统一中国北方。建安十三年（208）进位为丞相，率军南下，被孙权和刘备联军击败于赤壁（今湖北武昌西），遂定天下三分鼎足之

势。建安十八年（213）封魏公，二十一年（216）进爵魏王。孙权及臣僚多上书劝其代汉自立，操以周文王自居。二十五年（220）卒于洛阳，年六十六岁。曹丕称帝，追尊操为太祖武皇帝，故史称魏武帝。事见《三国志·魏书》卷一《武帝纪》。曹操雄才大略，"外定武功，内兴文学"，是杰出的作家，又是建安文学新局面的开创者。他一方面凭借政治上的领导地位，"唯才是举"，广泛地网罗人才，投归幕下的文人才子数以百计，形成了"彬彬之盛"的建安文学新局面；另一方面，他"虽在军旅，手不释卷"（曹丕《典论·自叙》），"登高必赋，及造新诗，被之管弦，皆成乐章"（《三国志·魏书·武帝纪》），用自己创造性的作品开创了文学上的新风气。其诗歌创作全部是乐府歌辞，用乐府旧题歌咏现实。诗分两大类内容：一是抒发建功立业、统一天下的雄心抱负和顽强进取精神；二是反映汉末动乱社会现实和人民的苦难。其诗气魄雄伟，慷慨悲凉，纵横豪迈，"犹是汉音"、"沈雄俊爽，时有霸气"、"苍劲萧瑟"（沈德潜《古诗源》），"苍莽古直悲凉"（陈沆《诗比兴笺》），"如幽燕老将，气韵沉雄"（敖陶孙《诗评》），"气雄力坚，足以笼罩一切，建安诸子未有其匹也"（刘熙载《艺概·诗概》）。钟嵘将其置于下品，最为后人所诟病，确实不公。曹操诗歌的代表作有《薤露行》（五言）、《蒿里行》（五言）、《苦寒行》（五言）、《短歌行》（四言）、《步出夏门行·龟虽寿》（四言）、《步出夏门行·观沧海》（四言）等。他的诗歌对杜甫、白居易及新乐府运动有较大影响。曹操著述宏富，《隋书·经籍志》著录"魏武帝集二十六卷"，注"梁三十卷，录一卷。梁又有武皇帝逸集十卷，亡"。宋以后散佚。明人张溥辑有《魏武帝集》一卷。中华书局排印本《曹操集译注》较为完备。今存诗二十余首，其中五言诗九首，本条附录转录五首。另存有《孙子略解》、《兵书摘要》。②魏明帝：即曹叡（204～239），三国魏作家，字元仲，沛国谯（今安徽亳州）人。曹丕长子，曹操孙。叡为甄后所生，甄后失宠赐死，叡意不平，素不与朝士接。魏文帝曹丕黄初二年（221），封齐公，三年（222）封平原王。七年（226）丕病笃，始立太子。太和元年（227），叡继皇位。在位奢华，大治宫室，耽于女色，后宫数千。景初三年（239）卒，年三十六岁。谥曰明，史称魏明帝。事见《三国志·魏书》卷三《明帝纪》。曹叡博闻强记，坚毅善断，优遇文人，提倡文学，置崇文观，召文士充之，下诏收录曹植遗文。善写诗,诗乏文采,不能与其父祖相匹敌,然后世将其三人并称为"魏氏三祖"。《隋书·经籍志》著录"魏明帝集七卷",注"梁五卷,或九卷,录一卷",已散佚。今存诗十三首,均为乐府诗,《先秦汉魏晋南北朝诗》魏诗卷五辑录,本条附录转录三首。③古直:古朴质直。按:钟嵘对曹操诗风格所作两句评语和概括很准确,只是列品不公,这是他和整个时代的文学崇尚所决定的。④丕:曹丕,见中品。⑤三祖:指曹操、曹丕、曹叡。

[译文]

曹操的诗歌古朴质直,有很多悲怆苍凉的句子。曹叡的诗歌不如其父曹丕,但也和曹操、曹丕一起被称为"三祖"。

[附录]

曹操五言诗

(一) 苦寒行

北上太行山,艰哉何巍巍!羊肠坂诘屈,车轮为之摧。树木何萧瑟,北风声正悲!熊罴对我蹲,虎豹夹路啼。溪谷少人民,雪落何霏霏!延颈长叹息,远行多所怀。我心何怫郁?思欲一东归。水深桥梁绝,中路正徘徊。迷惑失故路,薄暮无宿栖。行行日已远,人马同时饥。担囊行取薪,斧冰持作糜。悲彼东山诗,悠悠令我哀。

(录自《文选》卷二十七)

(二) 薤露行

惟汉二十世,所任诚不良。沐猴而冠带,知小而谋强。犹豫不敢断,因狩执君王。白虹为贯日,己亦先受殃。贼臣持国柄,杀主灭宇京。荡覆帝基业,宗庙以燔丧。播越西迁移,号泣而且行,瞻彼洛城郭,微子为哀伤。

(三) 蒿里行

关东有义士,兴兵讨群凶。初期会盟津,乃心在咸阳。军合力不齐,踌躇而雁行。势利使人争,嗣还自相戕。淮南弟称号,刻玺于北方。铠甲生虮虱,万姓以死亡。白骨露于野,千里无鸡鸣。生民百遗一，念之断人肠。

（以上录自《乐府诗集》卷二十七）

（四）善哉行

自惜身薄祜，夙贱罹孤苦。既无三徙教，不闻过庭语。其穷如抽裂，自以思所怙。虽怀一介志，是时其能与！守穷者贫贱，惋叹泪如雨。泣涕于悲夫，乞活安能睹？我愿于天穷，琅邪倾侧左。虽欲竭忠诚，欣公归其楚。快人由为叹，抱情不得叙。显行天教人，谁知莫不绪。我愿何时随？此叹亦难处。今我将何照（于光耀），释衔不如雨。

（录自《乐府诗集》卷三十六）

（五）却东西门行

鸿雁出塞北，乃在无人乡。举翅万余里，行止自成行。冬节食南稻，春日复北翔。田中有转蓬，随风远飘扬。长与故根绝，万岁不相当。奈何此征夫，安得去四方？戎马不解鞍，铠甲不离傍。冉冉老将至，何时反故乡？神龙藏深泉，猛兽步高冈。狐死归首丘，故乡安可忘。

（录自《乐府诗集》卷三十七）

曹叡五言诗

（一）乐府诗

昭昭素明月，晖光烛我床。忧人不能寐，耿耿夜何长。微风冲闺闼，罗帷自飘飏。揽衣曳长带，纵履下高堂。东西安所之，徘徊以彷徨。春鸟向南飞，翩翩独翱翔。悲声命俦匹，哀鸣伤我肠。感物怀所思，泣涕忽沾裳。伫立吐高吟，舒愤诉穹苍。

（二）种瓜篇

种瓜东井上，冉冉自癙垣。与君新为婚，瓜葛相结连。寄托不肖躯，有如倚太山。菟丝无根株，蔓延自登缘。萍藻托清流，常恐身不全。被蒙丘山惠，贱妾执拳拳。天日照知之，想君亦俱然。

（以上录自《玉台新咏》卷二）

（三）长歌行

静夜不能寐，耳听众禽鸣。大城育狐兔，高埔多鸟声。坏宇何寥廓！宿屋邪草生。中心感时物，抚剑下前庭。翔佯于阶际，景星一何明！仰首观灵宿，北辰奋休荣。哀彼失群燕，丧偶独茕茕。单心谁与侣，造房孰与成？徒然喟有和，悲惨伤人情。余情偏易感，怀罔增愤盈。吐吟音不彻，泣涕沾罗缨。

（录自《乐府诗集》卷三十）

魏白马王彪[①]　魏文学徐干[②]

白马与陈思答赠[③]，伟长与公干往复[④]，虽曰以筵扣钟[⑤]，亦能闲雅矣[⑥]。

[注释]

①白马王彪：即曹彪（195~251）。汉魏间作家。字朱虎，沛国谯（今安徽亳州）人，曹操子，孙姬所生，曹丕、曹植异母弟。汉献帝刘协建安二十一年（216），封寿春侯。魏文帝曹丕黄初二年（221），封汝阳公，又封弋阳王。黄初七年（226）徙封白马（治所在今河南滑县旧县城东）。魏明帝曹叡太和五年（231）冬朝京师，六年（232）改封楚王。齐王曹芳嘉平元年（249）正月，兖州刺史令狐愚与太尉王凌谋废齐王曹芳，迎曹彪为帝，都许昌，以摆脱司马懿的掌控而复兴曹氏，事败，司马懿矫诏令曹彪自杀，年五十七岁。事见《三国志·魏书》卷二十《楚王彪传》。曹彪雅好文学，师宗贾洪，钟嵘称其诗闲雅，较合实际。今存诗一首（仅四句），见《初学记》卷十八，《先秦汉魏晋南北朝诗》魏诗卷六辑录，本条附录转录。②文学：官职名，掌校典籍，侍奉文章，徐干曾任五官中郎将曹丕文学。徐干（171~218）：东汉末思想家、学者、作家，"建安七子"之一。字伟长，北海剧县（今山东昌乐西）人。少聪颖过人，诵读五经，操笔成文。董卓之乱，避乱胶东高密一带。避州郡辟于山谷。汉献帝刘协建安十年（205），曹

操平袁绍后，干始应召入操幕府，为司空军谋祭酒，十六年（211），为五官中郎将曹丕文学，侍曹丕、曹植游宴。曾从操多次征伐，并与建安诸子过从，互有唱和赠答之作。十八年（213）以后，因病辞职家居。二十三年（218）遇疫卒，年四十八岁。事见《三国志·魏志》卷二十一《王粲传》附。徐干性情淡泊，无意名利，又体弱多病，强起入仕，激流勇退。能诗文，善辞赋，被曹丕称为"怀文抱质"（《与吴质书》），"徐干时有齐气，然粲之匹也"（《典论·论文》）。刘勰评为"时逢壮采"（《文心雕龙》）。其赋作以《玄猿赋》、《漏卮赋》、《橘赋》等最被称道；其诗以写离情别绪的《室思》等为代表，后人多所拟作；其文以气度雍容的哲学论文《中论》最为有名。《隋书·经籍志》著录"魏太子文学徐干集五卷"，注"梁有录一卷，亡"。宋以后已散佚，后人辑有《徐伟长集》。今存徐干诗九首，皆五言，见俞绍初辑校《建安七子集》卷四《徐干集》一卷，《先秦汉魏晋南北朝诗》魏诗卷三辑录，本条附录转录六首。另存文十篇。《中论》收入《建安七子集》附录。③陈思：指曹植。植封陈王，卒后谥思，故称，已见上品。答赠：即赠答，指曹彪与曹植之间互相以诗赠答。曹植赠白马王曹彪诗指五言长诗《赠白马王彪》，是曹植的代表作之一，见上品"魏陈思王[曹]植诗"条附录。魏文帝曹丕黄初四年（223），曹植、曹彪、曹彰俱朝京师洛阳，至洛阳后，曹彰暴卒，疑为曹丕所害。返国时，曹丕疑忌诸侯兄弟互相交通，便派人监视，不让曹植与曹彪在归藩路上同行同宿，故曹植写此诗赠曹彪以抒愤懑。根据诗序和诗歌内容推测，该诗当是曹植与曹彪在洛阳城外或是同行一段路程之后分手时所写赠。曹彪答曹植诗指《答东阿王》一诗，当为即兴作答，今存四句，见本条附录。④公干：刘桢的字。往复：指以诗文往返。刘桢赠徐干的诗，指《赠徐干》，今存二首，其中一首仅存四句，见刘桢条附录。徐干赠刘桢的诗，指《答刘桢》，今存一首，见本条附录。⑤以莛（tíng）扣钟：用草茎去敲大钟，发不出声音，语本刘向《说苑·善说》，此处喻指曹彪、徐干分别答曹植、刘桢的诗，无法与曹植、刘桢所赠原诗的水平相比。莛，草茎，喻指曹彪、徐干的答诗。钟，喻指曹植、刘桢的赠诗。按：对钟嵘此评，后人也有异议，认为评徐干太低，评刘桢太高。明胡应麟称："以公干为巨钟，而伟长为小莛，抑扬不已过乎！"

(《诗薮·外编》)清王士祯更认为:"建安诸子,伟长实胜公干,而嵘讥其以莛扣钟,乖反弥甚"。(《渔洋诗话》卷下)录此备参。⑥闲雅:即娴雅,优雅。闲,同"娴"。

[译文]

　　白马王彪与陈思王曹植的诗歌赠答,徐干与刘桢的诗歌往还,虽说好像是用小草去敲大钟,很难发出声响,但曹彪、徐干二人的诗歌也能够称得上从容优雅了。

[附录]

曹彪五言诗

答东阿王

盘径难怀抱,停驾与君诀。即车登北路,永叹寻先辙。

(录自《初学记》卷十八,又见逯钦立《先秦汉魏晋南北朝诗》魏诗卷七)

徐干五言诗

(一) 情诗

高殿郁崇崇,广厦凄泠泠。微风起闺闼,落日照阶庭。踟蹰云屋下,啸歌倚华楹。君行殊不返,我饰为谁荣。炉薰阖不用,镜匣上尘生。绮罗失常色,金翠暗无精。嘉肴既忘御,旨酒亦常停。顾瞻空寂寂,惟闻燕雀声。忧思连相嘱,中心如宿醒。

(录自《玉台新咏》卷一)

(二) 室思六章之一章

沉阴结愁忧,愁忧为谁兴?念与君相别,各在天一方。良会未有期,中心摧且伤。不聊忧餐食,慊慊常饥空。端坐而无为,仿佛君容光。

(三) 室思六章之二章

峨峨高山首,悠悠万里道。君去日已远,郁结令人老。人生一世间，忽若暮春草。时不可再得，何为自愁恼？每诵昔鸿恩，贱躯焉足保？

　　　　（四）室思六章之三章

浮云何洋洋，愿因通我辞。飘飖不可寄，徙倚徒相思。人离皆复会，君独无返期。自君之出矣，明镜暗不治。思君如流水，何有穷已时！

　　　　（五）室思六章之四章

惨惨时节尽，兰叶复凋零。喟然长叹息，君期慰我情。展转不能寐，长夜何绵绵。蹑履起出户，仰观三星连。自恨志不遂，泣涕如涌泉。

（以上录自《玉台新咏》卷一）

　　　　（六）答刘桢（又名《答刘公干》）

与子别无几，所经未一旬。我思一何笃，其愁如三春。虽路在咫尺，难涉如九关。陶陶诸（朱）夏别（德），草木昌且繁。

（录自《艺文类聚》卷三十一）

（以上六首又见俞绍初辑校《建安七子集》卷四《徐干集》）

魏仓曹属阮瑀[①]　晋顿丘太守欧阳建[②]　晋（魏）文学应璩[③]　晋中书【令】嵇含[④]　晋河南（内）太守阮侃[⑤]　晋侍中嵇绍[⑥]　晋黄门枣据[⑦]

元瑜坚石七君诗，并平典，不失古体[⑧]。大检似[⑨]，而二嵇微优矣[⑩]。

[注释]

①仓曹属：官职名，东汉末曹操为丞相时置仓曹掾、属各一人，主管仓

谷之事，仓曹属当为仓曹的副职，低于仓曹掾。阮瑀曾任此职。阮瑀（165?~212）：东汉末作家，"建安七子"之一。字元瑜，陈留尉氏（今河南尉氏）人。阮籍父。少年曾从蔡邕学。东汉献帝刘协建安三年（198）或稍后，曹操为司空，闻其名，召为军谋祭酒，管记室，后徙为仓曹属。曾从曹操北征乌丸、南征刘表、西征韩遂等。建安十七年（212）病卒，年四十余岁。曹丕、曹植、王粲、丁仪等伤悼之，皆有同题悼念之作。事见《三国志·魏书》卷二十一《王粲传》附。阮瑀宏才卓逸，倜傥不群，尤善章表书记，曹操书檄，多出陈琳、阮瑀之手，曾作书与刘备、刘表、孙权、韩遂等，于马上草成，曹操无所改定。阮瑀在邺侍曹丕、曹植兄弟宴集，与建安诸子相过从，诗赋酬和赠答甚多，其作品深得曹丕推崇，称"琳瑀之章表书记，今之隽也"（《典论·论文》），"书记翩翩，致足乐也"（《与吴质书》）。钟嵘评其诗"平典不失古体"比较客观。其文《为曹公作书与孙权》为《文选》所选录，可为代表；其诗则以《驾出北郭门行》较有名。《隋书·经籍志》著录"后汉丞相仓曹属阮瑀集五卷"，已散佚，明人张溥辑有《阮元瑜集》。今存诗十二首，皆五言，今人俞绍初辑校《建安七子集》卷五辑《阮瑀集》一卷，逯钦立辑校《先秦汉魏晋南北朝诗》魏诗卷三亦收其诗，本条附录转录六首。另存文九篇。②顿丘：郡名，西晋置，治所在顿丘（今河南清丰县西南）。欧阳建（?~300）：西晋作家，玄学家。字坚石，渤海重合（今河北乐陵县西北）人，石崇外甥。世为冀方大族，雅有思理，才藻美赡，擅名北方。辟公府，历任山阳令、尚书郎、冯翊太守，甚得时誉。晋惠帝司马衷元康六年（296），匈奴扰边，建迎战败绩，迁顿丘太守。后罢，居洛阳，与舅父石崇及潘岳等谄事贾谧，为"二十四友"之一。永康元年（300），赵王司马伦政变，杀贾谧，司马伦部下孙秀求石崇歌妓绿珠而不得，劝伦杀石崇，石崇与潘岳、欧阳建急谋淮南王司马允杀赵王伦，事泄，三人同时被杀，建时年三十余岁。建临刑作诗，文辞哀楚，时人悼惜之，其《临终诗》为《文选》所收录。事见《晋书》卷三十三《石苞传》附。《隋书·经籍志》著录"晋顿丘太守欧阳建集二卷"，已散佚。今存五言、四言诗各一首，分见《文选》卷二十三、《文馆词林》卷五十六，逯钦立辑校《先秦汉魏晋南北朝诗》晋诗卷四亦收，本条附录转录五首。另存文二篇。③文学：官职名，掌校典籍，侍奉文章，应场曾为曹丕幕中此职。应玚(?~217)：东汉末作家，"建安七子"之一。字德琏，汝南南顿(今河南项城)人，应劭从子，应璩之兄。应玚出身书香门第，早年流寓南北，汉献帝刘协建安初年(196)入曹操幕为丞相掾属，曾先后从曹操参与了官渡之战、平定冀州、北征乌丸、南征刘表、南征孙权、西征马超等重大军事活动，每战皆有应命之作。约建安十七年(212)，入曹丕幕为五官中郎将文学。建安二十二年(217)冬，遇疫卒，年近五十岁。事见《三国志·魏书》卷二十一《王粲传》附。应玚与其弟应璩、璩子应贞皆以文章见称。在邺侍曹丕、曹植兄弟宴集，与建安诸子皆有诗赋酬答。曹丕曾称其才学足以著书，美志不遂，良可痛惜；又评其文"和而不壮"(《典论·论文》)。整体而言，应玚在建安七子中成就稍弱，其《侍五官中郎将建章台集》一诗别具一格，为《文选》所收录，可称代表作。《三国志·魏书·王粲传》称应玚著文、赋数十篇，《隋书·经籍志》著录"魏太子文学应玚集一卷"，注"梁有五卷，录一卷，亡"。今存诗六首，俞绍初辑校《建安七子集》卷六辑《应玚集》一卷，逯钦立辑校《先秦汉魏晋南北朝诗》魏诗卷三亦收其诗，本条附录转录二首。另存文十九篇。④中书：官职名，此处为中书侍郎的简称。中书省为秉承君主意旨、掌管机要、发布政令的机构，魏晋始设。中书侍郎则为中书省长官中书监、中书令的副职。嵇含曾任此职。嵇含(263~306)：西晋作家。字君道，一作居道，谯国铚(今安徽宿县西)人，嵇康从孙，嵇绍从子。迁居巩县亳丘(今河南巩义)，自号亳丘子。西晋武帝司马炎太康末年(289)，楚王司马玮辟为掾。晋惠帝司马衷永平元年(291)，玮被杀，含免职。旋举秀才，除郎中。先后为齐王司马冏参军、长沙王司马乂骠骑记室、尚书郎，豫章司马炽从事中郎。约晋惠帝永安元年(304)任中书侍郎，出为襄城太守。"八王之乱"中，嵇含到襄阳投奔镇南将军刘弘，惠帝光熙元年(306)，刘弘表含为广州刺史，未及赴任，刘弘卒，嵇含被刘弘司马郭劢夜间偷偷杀害，年四十四岁。事见《晋书》卷八十九《忠义传·嵇绍传》附。嵇含才思敏捷，善属文，诗风清峻，《悦晴》诗可为代表。《隋书·经籍志》著录"广州刺史嵇含集十卷，录一卷，亡"，今存诗三首，《先秦汉魏晋南北朝诗》晋诗卷九辑录，本条附录转录。另存文二十五篇。著有《南方草木状》三卷。⑤河内：郡名，治所在怀县(今河南武陟西南)，西晋移治野王(今河南沁阳)。阮侃：魏晋间作家。字德如，魏名士、卫尉卿阮共少子，生卒年不详，陈留尉氏（今河南尉氏）人。有俊才，而饬以名理，风仪雅润，与嵇康为友，官至河内太守和南阳太守。晋武帝司马炎太康二年（281），作为南阳太守曾向朝廷献过白雀。事见《世说新语·贤媛》注引《陈留志名》、《宋书·符瑞志》。《隋书·经籍志》著录"梁有阮侃集五卷，录一卷，亡"，今存诗二首，皆五言，见《嵇康集·与阮德如》附录，逯钦立辑校《先秦汉魏晋南北朝诗》魏诗卷八亦收，本条附录转录。陈祚明评二诗为"规戒恳切"，"情辞笃挚"。⑥侍中：官职名，侍从皇帝左右，出入宫廷，魏晋时地位渐重，尤为亲近之职，嵇绍曾任此职。嵇绍（253～304）：西晋作家。字延祖，谯郡铚（今安徽宿州西南）人，嵇康之子，嵇含从叔。嵇康被杀，嵇绍十岁而孤，侍母至孝。晋武帝司马炎咸宁五年（279），由山涛举荐，入洛阳授秘书丞，累迁汝阴太守、徐州刺史。晋惠帝司马衷元康至永康时期，先后为给事黄门侍郎、散骑常侍、领国子博士等。永宁元年（301），迁侍中。永兴元年（304），"八王之乱"中，东海王司马越挟持惠帝北讨成都王司马颖，颖军进逼汤阴，飞箭雨集，百官溃散，唯嵇绍以身蔽惠帝，被乱箭射死，血溅帝衣，时年五十二岁。司马越为绍立碑刻石，表请追赠光禄大夫，谥忠穆。事见《晋书》卷八十九《忠义传·嵇绍传》。嵇绍仪表儒雅，气宇轩昂，性旷达而自检，平简温敏，有文思，晓音律。其《赠石季伦诗》，劝石崇远离酒色，诗风清峻，可视为代表作，也是今存唯一的一首诗。《隋书·经籍志》著录"晋侍中嵇绍集二卷，录一卷"，已散佚。五言诗一首收入《先秦汉魏晋南北朝诗》晋诗卷七，本条附录转录。另存文五篇，其中《叙赵至》一文记及其父，是了解嵇康生平的重要资料。⑦黄门：官职名，此处是黄门侍郎的简称。黄门原为宦官专称，东汉黄门侍郎始为专官，晋代以后职位渐趋重要，置四人，侍从皇帝，传达诏命，掌机密文件，备皇帝顾问。枣据（？～289？）：魏晋作家。字道彦，颍川长社（今河南长葛）人。本姓棘，先人避难，易姓为枣。枣据美姿容，多智慧，弱冠即被大将军司马昭辟为掾属，出为山阳令，入为尚书郎，转右丞、从事中郎。晋武帝司马炎咸宁五年（279），因参与伐吴有功，徙黄门侍郎。太康三年（282）迁幽州刺史，又入为太子中庶子。大约晋武帝太康（280～289）末年卒于官，时年五十余岁。事见《晋书》卷九十二《文苑传·

枣据传》。枣据著诗、赋、论四十五篇，遇乱多亡佚。其五言《杂诗》一首为南徙抒怀自谦之作，"古健朴老"，为《文选》所收录，可为代表作。《隋书·经籍志》著录"梁又有太子中庶子枣据集二卷，录一卷，亡"。今存诗四首，其中五言诗三首，残篇五则，《先秦汉魏晋南北朝诗》晋诗卷二辑录，本条附录转录。另存文五篇。⑧平典：平正典实，平实典则。古体：古代诗歌的体式、风格，此处当特指汉魏诗歌风格。按：钟嵘认为阮瑀等七人的诗歌风格比较古朴，仍有汉魏之风，与当时（西晋太康）"务为妍冶"的华艳诗风不同，这一概括较合实际。如阮瑀的《驾出北郭门行》被后人评为"质直悲酸，犹近汉调"（清·陈祚明《采菽堂古诗选》卷七），枣据的《杂诗》被评为"古健朴老，甚近魏人"（同上）等。⑨大检似：大致相似，六朝习惯用语。大检，大略，大抵。检，规则，法式。⑩微优：略微优秀一点。

[译文]

阮瑀、欧阳建等七人的五言诗，都平正典实，不失汉魏古诗的风格。七人的体式特点大致相似，而嵇含、嵇绍两人略微优秀一点。

[附录]

阮瑀五言诗

（一）驾出北郭门行

驾出北郭门，马樊不肯驰。下车步踟蹰，仰折枯杨枝。顾闻丘林中，嗷嗷有悲啼。借问啼者出："何为乃如斯？""亲母舍我殁，后母憎孤儿。饥寒无衣食，举动鞭捶施。骨消肌肉尽，体若枯树皮。藏我空室中，父还不能知。上冢察故处，存亡永别离。亲母何可见？泪下声正嘶。弃我于此间，穷厄岂有赀！"传告后代人，以此为明规。

（录自《乐府诗集》卷六十一）

（二）七哀诗

丁年难再遇，富贵不重来。良时忽一过，身体为土灰。冥冥九泉室，漫漫长夜台。身尽气力索，精魂靡所能。嘉肴设不御，旨酒盈觞杯。出圹望故乡，但见蒿与莱。

（录自《艺文类聚》卷三十四）

（三）咏史二首其一

误哉秦穆公，身没从三良。忠臣不达（违）命，随躯就死亡。低头窥圹户，仰视日月光。谁谓此可处？恩义不可忘。路人为流涕，黄鸟鸣高桑。

（四）咏史二首其二

燕丹善勇士，荆轲为上宾。图尽擢匕首，长驱西入秦。素车驾白马，相送易水津。渐离击筑歌，悲声感路人。举坐同咨嗟，叹气若青云。

（以上录自《艺文类聚》卷五十五）

（五）公宴诗

阳春和气动，贤主以崇仁。布惠绥人物，降爱常所亲。上堂相娱乐，中外奉时珍。五味风雨集，杯酌若浮云。

（录自《初学记》卷十四）

（六）琴歌

奕奕天门开，大魏应期运。青盖巡九州，在东西人怨。士为知己死，女为悦者玩。恩义苟敷畅，他人焉能乱。

（录自《三国志》卷二十一《王粲传》注）

（以上六首又见俞绍初辑校《建安七子集》卷五《阮瑀集》）

欧阳建五言诗

临终诗

伯阳适西戎，子欲居九蛮（孔子欲居蛮）。苟怀四方志，所在可游盘。况乃遭屯蹇，颠沛遇灾患。古人达机兆，策马游近关。咨余冲且暗，抱责守微官。潜图密已构，成此祸福端。恢恢六合间，四海一何宽！天网布纮纲，投足不获安。松柏隆冬悴，然后知岁寒。不涉太行险，谁知斯路难？真伪因事显，人情难豫观。穷达有定分，慷慨复何叹！上负慈母恩，痛酷摧心肝。下顾所怜女，恻恻中心酸。二子弃若遗，念皆邅凶残。不惜一身死，惟此如循环。执纸五情塞，挥笔涕汍澜。

（录自《文选》卷二十三）

应玚五言诗

（一）侍五官中郎将建章台集

朝雁鸣云中，音响一何哀！问子游何乡，戢翼正徘徊。言我寒门来，将就衡阳栖。往春翔北土，今冬客南淮。远行蒙霜雪，毛羽日摧颓。常恐伤肌骨，身殒沉黄泥。简珠堕沙石，何能中自谐？欲因云雨会，濯翼陵高梯。良遇不可值，伸眉路何阶。公子敬爱客，乐饮不知疲。和颜既以畅，乃肯顾细微。赠诗见存慰，小子非所宜。为且极欢情，不醉其无归。凡百敬尔位，以副饥渴怀。

（录自《文选》卷二十）

（二）别诗二首其一

朝云浮四海，日暮归故山。行役怀旧土，悲思不能言。悠悠涉千里，未知何时旋。

（三）别诗二首其二

浩浩长河水，九折东北流。晨夜赴沧海，海流亦何抽？远适万里道，归来未有由。临河累太息，五内怀伤忧。

（以上录自《艺文类聚》卷二十九）

（以上三首又见俞绍初辑校《建安七子集》卷六《应玚集》）

嵇含五言诗

（一）登高

七月有七日，蠢动思登高。显首稀乾精，方类自相招。

（录自《北堂书钞》卷一百五十五）

（二）悦晴

劲风归巽林，玄云起重基。朝霞炙琼树，夕景（影）映玉芝。翔凤晞轻翮，应龙曝纤鬐。百谷偃而立，大木颠复持。

（录自《艺文类聚》卷二）

（三）伉俪

余执百两辔，之子咏采蘩。我怜圣善色，尔悦慈姑颜。裁彼双丝绢，著于（以）同功绵。夏摇比翼扇，冬坐（卧）蛮蛮毡。饥食并根粒，渴饮一流泉。朝蒸冈（同）心羹，暮庖比目鲜。挹用合卺酳，受以连理盘。朝采同本芝，夕掇骈穗兰。临轩种（树）萱草，中庭植合欢。

（录自《初学记》卷十四）

（以上三首又见俞绍初辑校《建安七子集》晋诗卷七）

阮侃五言诗

（一）答嵇康二首其一

旦发温泉庐，夕宿宣阳城。顾昐怀惆怅，言思我友生。会遇一何幸，及子遘欢情。交际虽未久，恩我爱发诚（思爱发中诚），良玉须切磋，玙璠就其形。隋珠岂不耀，雕莹启光荣。与子犹兰石，坚芳互相成。庶几弘古道，伐檀俟河清。不谓中离别，飘飘然远征。临舆执手诀，良诲一何精！佳言盈我身（耳），援带以自铭。唐虞旷千载，三代不我并。洙泗久已往，微言谁为听？曾参易箦毙，仲由结其缨。晋楚安足慕？屡空以守（守以）贞。潜龙尚泥蟠，神龟隐其灵。庶保吾子言，养真以全生。东野多所患，暂往不久停。幸子无损思，逍遥以自宁。

（二）答嵇康二首其二

双美不易居，嘉会故难常。爰自憩斯土，与子遘兰芳。常愿永游集，拊翼同回翔。不悟卒永离，一别为异乡。四牡一何速！征人去路长。顾步怀想像，游目屡大（太）行。抚辔增叹息，念子安能忘？恬和为道基，老氏恶强梁。患至有身灾，荣子知所康。蟠龟实可乐，明戒在刳肠。新诗何笃穆，申咏增恺怃。舒检诏良讯，终然永厌藏。还誓必不食，复得同林房。愿子荡忧虑，无以情自伤。候路忘所次，聊以酬来章。

（以上录自《嵇康集》卷一，又见逯钦立《先秦汉魏晋南北朝诗》魏诗卷八）

嵇绍五言诗

赠石季伦

人生禀五常，中和为至德。嗜欲虽不同，成（伐）生所不识。仁者安其身，不为外物惑。事故诚多端，未若酒之贼。内以损性命，烦辞伤轨则。屡饮致疲怠，清和自否塞。阳坚败楚军，长夜倾宗国。诗书著明戒，量体节饮食。远希彭聃寿，虚心处冲默。茹芝味醴泉，何为昏酒色？

（录自《艺文类聚》卷二十三，又见逯钦立《先秦汉魏晋南北朝诗》晋诗卷七）

枣据五言诗

（一）杂诗

吴寇未殄灭，乱象侵边疆。天子命上宰，作蕃于汉阳。开国建元士，玉帛聘贤良。予非荆山璞，谬登和氏场。羊质复（服）虎文，燕翼假凤翔。既惧非所任，怨彼南路长。千里既悠邈，路次限关梁。仆夫罢远涉，车马困山冈。深谷下无底，高岩暨穹苍。丰草停滋润，雾露沾衣裳。玄林结阴气，不风自寒凉。顾瞻情感切，恻怆心哀伤。士生则悬弧，有事在四方。安得恒逍遥，端坐守闺房。引义割外情，内感实难忘。

（录自《文选》卷二十九）

（二）游览

矫足登云阁，相伴步九华。徙倚凭高山，仰攀桂树柯。延首观神州，回睛眄曲阿。芳林挺修干，一岁再三花。何以济不朽，嘘吸漱朝霞。重岩吐神溜，倾觞挹涌波。恢恢大道间，人事足为多。

（录自《艺文类聚》卷二十八）

（三）诗

有凤适南中，终日无欢娱。自怨梧桐远，行飞栖桑榆。奋迅振长翼，俛仰向天衢。箫韶逝无闻，朝阳不可须。

（录自《艺文类聚》卷九十）

（以上三首又见逯钦立《先秦汉魏晋南北朝诗》晋诗卷二）

晋中书张载① 晋司隶傅玄② 晋太仆傅咸③ [魏]侍中缪袭④ [晋]散骑常侍夏侯湛⑤

孟阳诗，乃远惭厥弟⑥，而近超两傅⑦。长虞父子，繁富可嘉⑧。孝冲（若）虽曰后进⑨，见重安仁⑩。熙伯《挽歌》，唯以造哀（告）尔⑪。

[注释]

①中书：官职名，此处为中书侍郎的简称。张载：西晋作家。生卒年不详，字孟阳，安平武邑（今河北武邑）人。张协兄。张载雅闲博学，妙擅文章，为傅玄所延誉，由是知名。西晋武帝司马炎太康元年（280），出补肥乡令，后复入为著作郎，转太子舍人，迁乐安相、弘农太守等职。晋惠帝司马衷太安二年（303），长沙王司马乂杀齐王司马冏，司马乂执政，以张载为记室督，拜中书侍郎，又领著作。"八王之乱"起，张载见世乱，遂称病告归，卒于家。张载工诗文，与弟张协、张亢俱以文学著称，时称"三张"。其《剑阁铭》、《濛汜赋》名动一时，司马炎曾命将其《剑阁铭》镌刻于剑阁，为刘勰《文心雕龙》所推崇，其中"兴实由德，险亦难持"之句尤被广为传颂。其诗颇重辞藻，钟嵘所品似近贬抑。清人陈祚明之评被视为的论："孟阳长于言愁，触绪哀生，忿涓不能自止。笔颇古质，不落建安以后。"（《采菽堂古诗选)《隋书·经籍志》著录"晋中书郎张载集七卷"，注"梁一本二卷，录一卷"，已散佚，明人张溥辑有《张孟阳集》一卷。今存十四首完整篇章及残篇数则，其中五言诗七首，《先秦汉魏晋南北朝诗》晋诗卷七辑录，本条附录转

录五首。②司隶：官职名，司隶校尉的简称，掌纠察京师百官及所辖附近各郡，相当于州刺史。魏晋以后，司隶校尉所辖区域改州，故亦称司州。傅玄曾任此职。傅玄（217～278）：魏晋哲学家、作家。字休奕，一作休逸，北地泥阳（今陕西耀县）人。少孤贫，潜心向学，善属文，工音律，性刚直。魏齐王曹芳正始（240～249）以后，参安东、卫军军事，转温令，迁弘农太守，领典农校尉。党附司马氏，为人所诟病。魏元帝曹奂咸熙元年（264），封鹑觚男，迁散骑常侍。次年，晋武帝司马炎代魏建晋，玄进爵为子，加驸马都尉。后迁侍中、御史中丞。司马炎泰始五年（269）迁太仆，转司隶校尉。咸宁四年（278），因责骂重臣免官，卒于家，时年六十二。谥刚，追封清泉侯。事见《晋书》卷四十七《傅玄传》。傅玄勤于著述，曾著《傅子》五十卷，数十万言，北宋后散佚，今有后人辑本。又工诗歌，尤长乐府，而稍稍短于古诗。其《苦相篇》（五言）、《鸿雁生雁北行》（杂言）、《西长安行》（五言）诸篇古质宛转；《秦女休行》（杂言）叙烈妇复仇，尤为后世所称；古诗《杂诗》（五言）清逸悠远，为《文选》所收录；《拟四愁诗》（七言）、《短歌行》（四言）亦有风致。《隋书·经籍志》著录"晋司隶校尉傅玄集十五卷"，注"梁五十卷，亡"，又有"傅子百二十卷，晋司隶校尉傅玄撰"。明人张溥辑有《傅鹑觚集》一卷。今存诗六十余首，残句若干，《先秦汉魏晋南北朝诗》晋诗卷一辑录，本条附录转录五首。另存赋五十三篇、文四十篇。③太仆：官职名，为九卿之一，掌皇帝的舆马和马政。傅咸（239～294）：西晋作家。字长虞，北地泥阳（今陕西耀县）人，傅玄子。性刚直，疾恶如仇而推贤乐善。西晋武帝司马炎泰始九年举孝廉，拜太子洗马，兼司徒掾属。先后历任侍御史、尚书右丞、冀州刺史、司徒左长史、尚书左丞等职。晋惠帝司马衷即位（290），转太子中庶子，迁御史中丞。后又为议郎，并兼司隶校尉等职，奏劾权贵，京都慑服。钟嵘所言"太仆"一职，未详。晋惠帝司马衷元康四年（294）卒于官，年五十六岁，谥贞。事见《晋书》卷四十七《傅玄传》附。傅咸好属文，诗文俱佳，其本传称其诗文绮丽不足而言成规鉴，刘勰称其文"按辞坚深"；其奏议质朴而理直；存辞赋较多，亦不尚绮丽；观其诗歌，亦多质木无文。钟嵘评其诗"繁富可嘉"，可能是就数量而言。《隋书·经籍志》著录"晋司隶校尉傅咸集十七卷"，注"梁三十卷，录一卷"，已散佚，明人张溥辑有《傅中丞集》一卷。今存诗十八首并残卷，其中五言诗五首，《先秦汉魏晋南北朝诗》晋诗卷三辑录，本条附录转录四首。另存赋文七十六篇。④侍中：官职名，侍从皇帝左右，出入宫廷，魏晋时地位渐重，尤为亲近之职，缪(miào)袭曾任此职。缪袭(186~245)：汉魏作家、学者。字熙伯，东海兰陵(今山东苍山县兰陵镇)人。缪袭有才学，历事曹操、曹丕、曹叡、曹芳四朝。建安中，辟御史大夫府。曹丕称帝(220)，曾参与撰《皇览》，与仲长统友善。魏明帝曹叡太和初年(227)，迁侍中，曾为明帝修宫殿和改元作《许昌宫赋》、《青龙赋》。齐王曹芳正始(240~249)初年，迁尚书光禄勋。正始六年(245)卒于官，年六十岁。事见《三国志·魏书》卷二十一《刘劭传》附及《世说新语·言语》注引。《隋书·经籍志》著录"魏散骑常侍缪袭集五卷"，注"梁有录一卷"，已散佚。今存《魏鼓吹曲词》十二首，大都歌颂曹魏功业，见《宋书·乐志》。存《挽歌》诗一首，见《文选》卷二十八，本条附录转录。另有文十四篇。⑤散骑常侍：官职名，三国魏将汉代散骑和中常侍合称而成，在皇帝左右规谏过失，以备顾问，晋朝开始预闻要政，夏侯湛曾任此职。夏侯湛(243~291)：魏晋作家。字孝若，谯郡(今安徽亳州市)人，世为曹魏豪门。湛美姿仪，善"连璧"。魏末，为太尉掾。西晋武帝司马炎泰始四年(268)，授郎中，后选补太子舍人，转尚书郎，出为野王令，内迁中书侍郎，出补南阳相。晋惠帝司马衷即位(290)，授散骑常侍。司马衷元康元年(291)卒，年四十九岁，潘岳为作诔文。事见《晋书》卷五十五《夏侯湛传》。夏侯湛文擅众体，崇尚辞藻，与成公绥、曹摅、张翰齐名，所作四言《周诗》数篇温文典雅，最为潘岳推崇，岳并作《家风诗》以应和；所作小赋多写草木风物；其《山路吟》、《春可乐》等骚体杂言介于诗赋之间，影响很大。《隋书·经籍志》著录"晋散骑常侍夏侯湛集十卷"，注"梁有录一卷"，已散佚，明人张溥辑有《夏侯常侍集》一卷。今存诗十首，惜无五言，另存赋二十五篇，介于诗赋间的骚体杂言九篇，文存约二十篇。⑥孟阳：张载的字。远惭：远远不如。厥(jué)弟：指张协，已见上品。厥，其。按：这是就诗而论，因张协诗"独劲出"，而文则张协稍不如张载，"诗文之间，互有短长"。⑦近超：略微超过。近，稍，略微。两傅：指傅玄、傅咸父子。⑧长虞：傅咸的字，西晋作家，已见上品。繁富：此处似非指文采繁丽富盛,而是指作品数量多。按:傅玄、傅咸父子作品尚朴实,不尚华丽,且著述颇丰,并不限于纯文学作品,还有学术著述。⑨孝若:夏侯湛的字。后进:水平较低,指文学地位较低。按:此处各家多注释为"后学"、"后辈"、"晚辈",均误。因夏侯湛生于公元243年,潘岳生于公元247年,湛比岳大四岁,不可能是潘岳的后辈、晚辈。也有的回避不注,译文仍用"后进",模糊视听,亦不妥。在当时和南朝,潘岳的文学地位和影响远高于或大于夏侯湛,且一被列在上品,一被列在下品,所以钟嵘说"虽曰后进,见重安仁"。⑩见重安仁:被潘岳所推重,指潘岳褒奖夏侯湛诗作之事。据《世说新语·文学》篇记载:"夏侯湛作《周诗》成,示潘岳。安仁曰:'此非徒温雅,乃别见孝悌之性。'岳因此遂作《家风诗》。"两诗皆四言,见本条附录转录。见重,被看重,被推重。安仁,潘岳的字,西晋作家,已见上品。⑪熙伯:缪袭的字。《挽歌》:全诗见本条附录转录。唯以告哀:指缪袭的《挽歌》诗并非真正用于哀悼死者,只不过是用来抒发自己的哀婉之情而已。告,诉说,指抒发。

[译文]

张载的诗歌远远逊色于其弟张协,但又略微超过了傅玄、傅咸父子。傅咸父子的作品数量多,内容丰富,值得称赞。夏侯湛虽然文学地位较低,但他的诗却被潘岳所推重。缪袭的《挽歌》诗,只是用来抒发哀情罢了。

[附录]

张载五言诗

(一) 七哀二首其一

北芒何垒垒,高陵有四五。借问谁家坟?皆云汉世主。恭文遥相望,原陵郁膴膴。季世丧乱起,贼盗如豺虎。毁坏过一抔,便房启幽户。珠匣离玉体,珍宝见剽虏。园寝化为墟,周墉无遗堵。蒙笼荆棘生,蹊径登童竖。狐兔窟其中,芜秽不复扫。颓陇并垦发,萌隶营农圃。昔为万乘君,今为丘山土。感彼雍门言,凄怆哀往古。

（二）七哀二首其二

秋风吐商气，萧瑟扫前林。阳鸟收和响，寒蝉无余音。白露中夜结，木落柯条森。朱光驰北陆，浮景忽西沉。顾望无所见，惟睹松柏阴。肃肃高桐枝，翩翩栖孤禽。仰听离鸿鸣，俯闻蜻蜦吟。哀人易感伤，触物增悲心。丘陇日已远，缠绵弥思深。忧来令发白，谁云愁可任？徘徊向长风，泪下沾衣襟。

（以上录自《文选》卷二十三）

（三）霖雨

霖雨余旬朔，濛昧日夜坠。何以解愁怀？置酒招亲类。啾啾丝竹作，伶人奏奇秘。悲歌结流风，逸响回秋气。

（录自《艺文类聚》卷二）

（四）招隐

出处虽殊途，居然有轻易。山林有悔恪，人间实多累。鹓雏翔穹冥，蒲且不能视。鹳鹭遵皋渚，数为矰所系。隐显虽在心，彼我共一地。不见巫山火，芝艾岂相离？去来捐时俗，超然辞世伪。得意在丘中，安事愚与智？

（录自《艺文类聚》卷三十六）

（五）佚名

灵象运天机，日月如激电。秋风兼夜戒，微霜凄旧院。嘉木殒兰圃，芳草悴芝菀。嘤嘤南翔雁，翩翩辞归燕。玉肌随爪素，嘘气应口见。敛襟思轻衣，出入忘华扇。睹物识时移，顾己知节变。

（录自《太平御览》卷二十五）

（以上五首又见逯钦立《先秦汉魏晋南北朝诗》晋诗卷七）

傅玄五言诗

（一）杂诗三首其一

志士惜日短，愁人知夜长。摄衣步前庭，仰观南雁翔。玄景随形运，流响归空房。清风何飘飘，微月出西方。繁星依青天，列宿自成行。蝉鸣高树间，野鸟号东箱（厢）。纤云时仿佛，渥露沾我裳。良时无停景，北斗忽低昂。常恐寒节至，凝气结为霜。落叶随风摧，一绝如流光。

（录自《文选》卷二十九）

（二）苦相篇（又名《豫章行》）

苦相身为女，卑陋难再陈。男儿当门户，堕地自生神。雄心志四海，万里望风尘。女育无欣爱，不为家所珍。长大避深室，藏头羞见人。垂泪适他乡，忽如雨绝云。低头和颜色，素齿结朱唇。跪拜无复数，婢妾如严宾。情合同云汉，葵藿仰阳春。心乖甚水火，百恶集其身。玉颜随年变，丈夫多好新。昔为形与影，今为胡与秦。胡秦时相见，一绝逾参辰。

（三）西长安行

所思兮何在？乃在西长安。何用存问妾？香橙双珠环。何用重存问？羽爵翠琅玕。今我兮闻君，更有兮异心。香亦不可烧，环亦不可沉。香烧日有歇，环沉日自深。

（以上录自《玉台新咏》卷二）

（四）杂诗三首其二

闲夜微风起，明月照高台。清响呼不应，玄景招不来。厨人进藿茹，有酒不盈杯。安贫福所与，富贵为祸媒。金玉虽高堂，于我贱蒿莱。

（录自《艺文类聚》卷二十六）

（五）杂诗三首其三

鹊巢丘城侧，雀乳空井中。居不附龙凤，常畏蛇与虫。依贤义不恐，近暴自当穷。

（录自《艺文类聚》卷九十二）

（以上五首又见逯钦立《先秦汉魏晋南北朝诗》晋诗卷一）

傅咸五言诗

（一）赠何劭王济诗并序

朗陵公何敬祖，咸之从内兄；国子祭酒王武子，咸从姑之外孙也。并以明德见重于世。咸亲之重之，情犹同生，义则师友。何公既登侍中，武子俄而亦作，二贤相得甚欢，咸亦庆之。然自恨暗劣，虽愿其缱绻，而从之末由，历试无效，且有家艰，心存目替，赋诗申怀以贻之云尔。

日月光太清，列宿耀紫微。赫赫大晋朝，明明辟皇闱。吾兄既凤翔，王子亦龙飞。双鸾游兰渚，二离扬清晖。携手升玉阶，并坐侍丹帷。金珰缀惠文，煌煌发令姿。斯荣非攸庶，缱绻情所希。岂不企高踪？麟趾邈难追。临川靡芳饵，何为空守坻？槁叶待风飘，逝将与君违。违君能无恋，尸素当言归。归身蓬荜庐，乐道以忘饥。进则无云补，退则恤其私。但愿隆弘美，王度日清夷。

（录自《文选》卷二十五）

（二）赠郭泰机诗并序

河南郭泰机，寒素后门之士，不知余无能为益，以诗见激切可施用之才，而况沉沦不能自拔于世。余虽心知之，而未如之何。此屈非复文辞所了，故直戏以答其《诗》云：

素丝岂不洁？寒女难为容。贫寒犹手拙，操杼安能工？

（录自《文选》卷二十五郭泰机《答傅咸》李善注引，此四句分两处辑录，拼接而成，仍为残篇。）

（三）佚名诗并序（序讲此诗赠执政者杨骏，略）

肃肃商风起，悄悄心自悲。圆圆三五月，皎皎耀清辉。今昔一何盛！氛氲自消微。微黄黄及华，飘摇随风飞。

（录自鸣沙石室佚书《修文殿太平御览》卷四）

（以上三首逯钦立《先秦汉魏晋南北朝诗》晋诗卷三）

（四）愁霖

举足没泥泞，市道无行车。兰桂贱朽腐，柴粟贵明珠。

（录自《太平御览》卷十一）

缪袭五言诗

挽歌

生时游国都，死没弃中野。朝发高堂上，暮宿黄泉下。白日入虞渊，悬车息驷马。造化虽神明，安能复存我？形容稍歇灭，齿发行当堕。自古皆有然，谁能离此者？

（录自《文选》卷二十八）

夏侯湛五言诗

周诗（一组六首，今仅存一首）

叙曰：《周诗》者。《南陔》、《白华》、《华黍》、《由庚》、《崇丘》、《由仪》六篇。有其义而亡其辞。湛续其亡，故云《周诗》也。

既殷斯虔，仰说洪恩。夕定晨省，奉朝侍昏。宵中告退，鸡鸣在门。孳孳恭诲，夙夜是敦。

（录自《世说新语·文学》注，又见逯钦立《先秦汉魏晋南北朝诗》晋诗卷二）

附潘岳和诗　　　《家风诗》（四言）

绾发绾发，发亦鬌止。日祗日祗，敬亦慎止。靡专靡有，受之父母。鸣鹤匪和，析薪弗荷。隐忧孔疚，我堂靡构。义方既训，家道颖颖。岂敢荒宁，一日三省。

（录自《艺文类聚》卷二十三，又见逯钦立《先秦汉魏晋南北朝诗》晋诗卷四）

晋骠骑王济① 晋征南将军杜预② 晋廷尉孙绰③ 晋征士许询④

永嘉以来，清虚在俗⑤。王武子辈诗，贵道家之言⑥。爰泊江表⑦，玄风尚备⑧。有（真）长仲祖桓庾诸公犹相袭⑨。世称"孙许"，弥善恬淡之词⑩。

[注释]

①骠骑：武官名，骠骑将军的简称，汉魏时掌征伐，位次丞相，禄秩与大将军等，晋代始成为优礼大臣的虚号，王济卒后追赠此职。王济（247？～292？）：西晋作家。字武子，太原晋阳（今山西太原）人。有逸才，风姿隽爽。娶西晋武帝司马炎姐姐常山公主，例授驸马都尉。年二十，授为中郎将，又迁驰骑将军、右卫将军，与孙楚友善。晋武帝太康三年（282）因忤帝意而左迁国子祭酒，六年（285）为侍中，十年（289）出为河南尹，未及上任，坐鞭王宫吏免官，移居北邙山下，以白衣领太仆。约卒于晋惠帝元康（291～300）初年，年四十六岁，追赠骠骑将军。事见《晋书》卷四十二《王浑传》附。王济善骑射，性豪侈，曾与王恺、石崇等争胜比富，成为著名历史佚事。王济工文辞，善《易》《老》《庄》，诗贵道家之言。虽未及永嘉而卒，然已开玄言诗风。《隋书·经籍志》著录"梁有晋骠骑将军王济集二卷，亡"。今存四言诗三首，五言诗断句一联，《先秦汉魏晋南北朝诗》晋诗卷二辑录，本条附录转录。另存残文四篇。②征南将军：武官名，四征将军中的一种。东汉始置，晋代开始成为优礼大臣的虚号，禄秩第三品，加"大"为从二品。杜预卒后追赠此职，加"大"字。杜预（222～284）：西晋将领、作家。字元凯，京兆杜陵（今陕西西安东南）人。少好学，博学多通，明于兴废之道。魏末高贵乡公曹髦时娶司马昭妹，入为尚书郎，袭封丰乐亭侯，后转大将军府参军，伐蜀镇西长史。入晋，武帝司马炎泰始初（266），守河南尹，又出为秦州刺史，拜度支尚书，在京七年，多所损益，有"杜武库"的美称。晋武帝

司马炎咸宁四年（278）出任镇南大将军，都督荆州诸军事，镇守襄阳。后平吴有大功，封当阳县侯，镇治荆州，奖武修文，人称"杜父"。司马炎太康五年（284）卒于官，年六十三岁，谥曰"成"，追赠征南大将军。事见《晋书》卷三十四《杜预传》。杜预勇于任事，勤于思考，问无所隐，诲人不倦，有《左传》癖，撰《春秋左氏传集解》三十卷，为今存最早的《左传》注，有《十三经注疏》本。《隋书·经籍志》著录"晋征南大将军杜预集十八卷"，已散佚，明人张溥辑有《杜征南集》一卷。惜诗歌今无存，存文二十八篇，见清代严可均《全上古三代秦汉三国六朝文》西晋文。③廷尉：官职名，掌刑狱，为九卿之一。孙绰（314～371）：东晋作家。字兴公，太原中都（今山西平遥西北）人，孙楚之孙。历经东晋六朝国君。少孤，与许询俱有高尚之志，居于会稽，筑室东山，放情山水十余年，作《遂初赋》，寄其志。东晋成帝司马衍咸和年间（326～334），始出仕，授著作佐郎，袭爵长乐侯。成帝咸康初（335），辟为征西将军庾亮参军，带南昌相，补章安令。晋康帝司马岳建元元年（343）为庾冰车骑参军，拜太学博士，后迁尚书郎等职。晋穆帝司马聃永和二年（346）后，任王羲之右军长史，曾参与了永和九年著名的兰亭之会，并于是年转为永嘉太守，迁散骑常侍，领著作郎。晋哀帝司马丕隆和元年（362），转廷尉卿，领著作。晋简文帝司马昱咸安元年（371）卒于官，时年五十八岁。事见《晋书》卷五十六《孙楚传》附。孙绰为诗宣扬玄学，崇尚枯淡寡味，和许询同为东晋玄言诗的代表作家，但就今存五言诗看，则别有韵味，玄言气并不浓。孙绰亦能赋，《遂初赋》、《游天台山赋》为其赋作代表；其文以碑诔为善，本传称"于时文士，绰为其冠"。另撰有《集解论语》、《至人高士传赞》、《列仙传赞》、《孙绰子》等，均佚。《隋书·经籍志》著录"晋卫尉卿孙绰集十五卷"，注"梁二十五卷"，已散佚。明人张溥辑有《孙廷尉集》一卷。今存诗三十七首，其中五言诗五首（二首作者有争议），见《先秦汉魏晋南北朝诗》晋诗卷十三辑录，本条附录转录。另存文四十四篇并《孙绰子》佚文二十三则。④征士：被官府征辟而拒绝做官的名士。许询：东晋作家、玄学家。字玄度，生卒年不详，高阳北新城（今河北徐水西）人。其父为琅邪太守，西晋怀帝司马炽永嘉年间随元帝司马睿过江，迁会稽内史，因以山阴为家。许询出生于浙江山阴，自幼秀慧，号为"神童"，钟情于山水，寓居会稽，隐而不仕。时会稽为高门名士聚居之地，询与孙绰皆有高尚之志，而以高迈见称，又常与王羲之、刘惔、孙绰、谢安、僧人支遁等交游宴集，吟咏抒怀，时人皆钦爱之。东晋穆帝司马聃永和年间，司徒蔡谟辟为掾，不就。在永兴西山筑室而居，萧然有致，故至今名为萧山。后又奉佛，舍家财为寺，令夫人改嫁，又移居皋屯之岩，后人称为许玄度岩。后不知所终，年约三十。事见《晋书·王羲之传》、《世说新语·言语篇》注引《续晋阳秋》及《文选》卷三十一江文通《杂体诗三十首》李善注引《晋中兴书》。许询与孙绰同为清谈领袖和东晋玄言诗代表作家。西晋谈玄之风，过江尤盛，竞相以玄学佛理入诗，许询、孙绰被称为"一时文宗"，作诗者皆崇尚学习他们的诗体，形成一代诗风，直到晋安帝司马德宗义熙年间（405～418）谢混出现，诗风才有所改观。但就许询今存五言诗残句来看，别有韵致，玄言佛理之味不浓，故晋简文帝司马昱称许询的五言诗"妙绝时人"，钟嵘评为"善恬淡之词"，都有一定道理。《隋书·经籍志》著录"晋征士许询集三卷，梁八卷，录一卷"，已散佚。今存诗一首四句，另残句三则，皆五言，《先秦汉魏晋南北朝诗》晋诗卷十二辑录，本条附录转录。另存文二篇。⑤永嘉：西怀晋帝司马炽年号（307～313）。清虚：清静虚无，指当时崇尚老庄玄理的清议虚谈之风。在俗：在当时已形成社会风气。俗，世俗，指社会风气。⑥辈：指一帮人，一群人。道家之言：老庄学派的言论，指玄言诗的主要内容。按：王济的父亲王浑确切卒年为西晋惠帝司马衷元康七年（297）（见《晋书·王浑传》），在永嘉之前，王济先于其父而卒，当更在永嘉之前；杜预卒年亦在永嘉之前，故钟嵘称"永嘉以来"不确。⑦爰：发语词，乃，于是。洎（jì）：及，到。江表：江外，长江以南地区，指偏安江南的东晋王朝。⑧玄风：指借用诗歌的形式谈论玄理的玄言诗风。尚备：尚且还完备，指依然存在，没有衰落。⑨真长：刘惔的字。刘惔（314～349），东晋作家，沛国相（今安徽宿州市）人。娶晋明帝司马绍女庐陵公主，曾为司徒左长史、侍中、丹阳尹。《晋书》本传说他"尤好老庄，任自然"。仲祖：王濛的字。王濛（309～347），东晋作家，太原晋阳（今山西太原）人。晋哀帝司马丕哀靖皇后之父。曾为司徒掾、中书郎、司徒左长史。《晋书》本传说他"性和畅，能言理"，与刘惔同为东晋清谈风气中的著名人物。桓：指桓温。桓温（312～373），东晋权臣、作家。

字元子,谯国龙亢(今安徽怀远西)人。晋明帝司马绍女婿。曾西征平蜀,又北伐入洛,官至大司马。《晋书》本传说他"少与沛国刘惔善",好谈玄理。庾:指庾亮。庾亮(289~340),东晋将领、官僚、作家。字元规,颍川鄢陵(今河南鄢陵县西北)人。晋明帝司马绍穆皇后之兄。曾为征西将军,领江荆豫三州刺史,图谋北伐,未成而卒。《晋书》本传说他"善谈论,性好老庄"。相袭:指彼此相互呼应,共同沿袭。按:以上几人同时代,不存在互相继承祖袭的问题。⑩弥:更加。善:擅长,善于。恬淡:指恬淡寡味的老庄道家学说。《老子》三十五章云:"道之出口,淡乎无味。"《庄子·刻意》云:"夫恬淡寂寞,虚无无为,此天地之本,而道德之质也。"恬,淡也。淡,薄味也。词:当指作品而不是指字词、词句。

[译文]

自从西晋永嘉以来,谈论道家清静虚无的玄理成为社会风气。王济一帮人的诗崇尚表现道家言论。于是到了东晋,用诗歌谈玄的风气依然存在。刘惔、王濛、桓温、庾亮等人,还在相互沿袭这种风气。世人并称的"孙许",更是擅长于写作恬淡无味的玄言之作。

[附录]

王济五言诗

答何劭(残句)

计终收遐致,发轫将先起。
(录自《文选》卷二十三《拜陵庙诗》李善注引)

孙绰五言诗

(一)情人碧玉歌二首其一(又名千金意)

碧玉小家女,不敢攀贵德。感郎千金意,惭无倾城色。

(二)情人碧玉歌二首其二

碧玉破瓜时,相为情颠倒。感郎不羞难(赧),回身就郎抱。
(以上录自《玉台新咏》卷十。按:二首作者有争议,《玉台新咏》署孙绰,《乐府诗集》署宋汝南王,录以备参)

（三）佚名

迢迢云端月，的烁霞间星。清商（霜）激西牖，澄景至南楹。

（录自《北堂书钞》卷一百五十四，又见逯钦立《先秦汉魏晋南北朝史》晋诗卷十三）

（四）佚名

野马闲于羁，泽雉屈于樊。神王自有所，何为人世间？

（录自《太平御览》卷三百五十九）

（五）秋日

萧瑟仲秋月，飂戾风云高。山居感时变，远客（咏）兴长谣。疏林积凉风，虚岫结凝霄。湛露洒庭林，密叶辞荣条。抚茵悲先落，郁（攀）松羡后凋。垂纶在林野，交情远市朝。澹然古怀心，濠上岂伊遥？

（录自《诗纪》卷三十二）

（以上五首又见逯钦立《先秦汉魏晋南北朝诗》晋诗卷十三）

许询五言诗

（一）竹扇

良工眇芳林，妙思触物骋。篾疑秋蝉翼，团取望舒景。

（录自《艺文类聚》卷六十九）

（二）佚名

青松凝素髓，秋菊落芳英。

（录自《艺文类聚》卷八十八）

（三）农里

亹亹玄思得，濯濯情累除。

（录自《文选》卷三十一江文通《杂体诗三十首》李善注引）

（以上三首又见逯钦立《先秦汉魏晋南北朝史》晋诗卷十三）

晋征士戴逵①

[安道诗虽嫩弱②,有清工之句③,裁长补短④,袁彦伯之亚乎⑤?逵子颙⑥,亦有一时之誉。]

[注释]

①征士:被官府征辟而拒绝做官的名士。戴逵(329~396):东晋书画家、作家。字安道,谯郡铚县(今安徽宿州市)人。博学多才,妙善音乐,工于书画和雕塑,性情高洁,不合流俗,颇为王濛、刘惔欣赏。后徙居会稽剡县,与王徽之等友善。东晋孝武帝司马曜太元十二年(387),朝廷以束帛征之,不就。后又累征,郡县催逼,乃逃于吴,居王珣虎丘山别馆。谢玄上疏请全其志,诏许,乃复还剡。十五年(390)重征为国子祭酒,加散骑常侍,仍不就。二十一年(396)病卒,年六十八岁。事见《晋书》卷九十四《隐逸传·戴逵传》。戴逵著述较丰,曾撰《五经大义》三卷、《竹林七贤论》二卷,《老子音》一卷,均佚。《隋书·经籍志》著录"晋征士戴逵集九卷,残缺,梁十卷,录一卷",已散佚。惜诗亦不存。今存文二十篇,《竹林七贤论》佚文三十三条,见严可均《全上古三代秦汉三国六朝文》。②嫩弱:一指还不够成熟、老道,一指风格不够刚健峻洁。③清工:清新工巧。④裁长补短:指用优点弥补缺点,优点缺点相抵。⑤袁彦伯:袁宏的字,东晋作家,已见中品。亚:次。⑥颙(yóng):即戴颙(378~441),晋宋音乐家、美术家、作家,戴逵少子。与父戴逵、兄戴勃并隐遁有高名,南朝宋武帝刘裕、宋文帝刘义隆屡征,皆不就。宋文帝元嘉十八年(441)卒,时年六十四岁。著《逍遥论》、《中庸注》,均佚。诗亦不存。事见《宋书》卷九十三《隐逸传》、《南史》卷七十五《隐逸传》。

[译文]

[戴逵的诗虽然还比较稚嫩,但也有清新工巧的句子,用他诗歌的优点弥补他诗歌的缺点,可以算仅次于袁宏吧?戴逵的少子戴颙,也有一时的好声誉。]

晋东阳太守殷仲文【宋谢混】①

晋宋之际,殆无诗乎②?义熙中③,以谢益寿、殷仲文为华绮之冠④。殷不竞矣⑤。

[注释]

①东阳:郡名,治所在长山(今浙江金华)。殷仲文(?~407):东晋作家。字仲文,陈郡长平(今河南西华东北)人,大司马桓温的女婿。少有才藻,美容貌,因从兄殷仲堪之荐,为会稽王司马道子骠骑参军,甚受赏接。仲文为桓玄姐夫,晋安帝司马德宗元兴元年(402),桓玄举兵攻入京师,仲文弃郡投之,为咨议参军,迁侍中、领左卫将军,参与废立之事。佐立有功,厚纳贿赂,奢侈无度。元兴三年,刘裕攻杀桓玄,安帝复位,仲文改投刘裕,为镇军长史,转尚书,旋迁东阳太守,因未达执掌朝政之望,意常不平。晋安帝义熙三年(407),因阴结永嘉太守骆球等图谋不轨,以谋反罪被刘裕所杀,年约四十岁。殷仲文善属文,为世所重。谢灵运称:"若殷仲文读书半袁豹,则才不减班固。"《宋书·谢灵运传论》称:"仲文始革孙、许之风。"说明殷仲文虽读书不如袁豹,但才华不亚于班固,其诗作多有摹山范水之句。《南齐书·文学传论》则称:"仲文玄气,犹不尽除。"又说明他是从玄言诗到山水诗的过渡性人物,是改变玄言诗风的重要作家。《隋书·经籍志》著录"晋东阳殷仲文集七卷",注"梁五卷",已散佚。今存诗三首,皆五言,残句一则,《先秦汉魏晋南北朝诗》晋诗卷十四辑录,本条附录转录。②殆(dài)无诗乎:钟嵘认为,东晋以后,由于玄言诗流行,"建安风力尽矣",直到东晋末年这种状况仍无好转。到南朝宋谢灵运,诗歌才真正出现转机,所以说几乎无诗。殆,几乎,大概。③义熙:东晋安帝司马德宗年号(405~418)。④"以谢益寿"句:指谢、殷在"理过其词、淡乎寡味"的玄言诗盛行之时,写出富有文采的作品,一时称善。但是,由于历史条件所限,殷、谢诗仍有玄言气味,不够成熟,故《南齐书·文学传论》说:"仲文玄气,犹不尽除;谢混清新,得名未盛。"(用萧华荣注)谢益寿:谢混的小字,东晋作家,已见中品。

华绮（qǐ）：华美绮丽。⑤竞：强。

[译文]

晋宋之间，几乎没有诗吧？东晋义熙年间，以谢混、殷仲文的诗最为华美绮丽。殷仲文的诗不如谢混。

[附录]

殷仲文五言诗

（一）南州桓公九井作

四运虽鳞次，理化各有准。独有清秋日，能使高兴尽。景气多明远，风物自凄紧。爽籁警幽律，哀壑叩虚牝。岁寒无早秀，浮荣甘夙陨。何以标贞脆，薄言寄松菌。哲匠感萧晨，肃此尘外轸。广筵散泛爱，逸爵纡胜引。伊余乐好仁，惑袪吝亦泯。狠首阿衡朝，将贻匈奴哂。

（录自《文选》卷二十二）

（二）送东阳太守

昔人深诚叹，临水送将离。如何祖良游，心事屡在斯。虚亭无留宾，东川缅逶迤。

（录自《艺文类聚》卷二十九）

（三）入剡（残句）

野人虽云隔，超悟必有比。

（录自《文选》卷六十《齐竟陵文宣王行状》李善注引）

（以上三首又见逯钦立《先秦汉魏晋南北朝诗》晋诗卷十四）

宋尚书令傅亮[①]

季友文[②]，余常忽而不察[③]。今沈特进撰诗[④]，载其数首，亦复平矣（美）⑤。

[注释]

①尚书令：官职名，东汉后成为直接对君主负责、总揽一切政令的首脑，魏晋南北朝时期，实际上即为宰相，傅亮曾任此职。傅亮（374～426）：南朝宋政治家、作家。字季友，北地灵州（今宁夏灵武）人，西晋司隶校尉傅咸玄孙。初仕晋，安帝司马德宗元兴元年（402）为桓谦中军参军。义熙元年（405）任员外散骑常侍，直西省，掌诰命。十二年从刘裕北伐，深得宠信。入宋（420）后，以佐命刘裕代晋自立有功，封建城县公，入直中书省，专典诰命。刘裕卒（422），为少帝刘义符顾命大臣，任中书监、尚书令、护军将军。景平二年（424），迎立刘义隆为宋文帝，加左光禄大夫，开府仪同三司。亮辅宋文帝，谨慎从事，常怀恐惧，然功高震主，终未能自保，元嘉三年（426），被宋文帝杀害，年五十三岁。事见《宋书》卷四十三、《南史》卷一十五《傅亮传》。傅亮博涉经史，能文工诗，刘裕受命，表册文诰皆出其手。《文选》卷三十六所收《为宋公修张良庙教》、《为宋公修楚元王墓教》等四文，皆为文学名篇。其诗歌以平中见美为特点。另有《应验记》一卷、《续文章志》二卷，书虽佚，然多为《世说新语》注、《文选》注所引用。《隋书·经籍志》著录"宋尚书令傅亮集三十一卷。梁二十卷，录一卷"，已散佚。明人张溥辑有《傅光禄集》一卷。今存诗四首，其中五言诗二首，《先秦汉魏晋南北朝诗》宋诗卷一辑录，本条附录转录。②文：指诗。当时以"文"、"笔"对举，文指押韵之作，包括诗，所以钟嵘多称"诗"为"文"。笔指不押韵、无文采的作品。傅亮所擅长的表册文诰等公家之文即属于笔（用杨明注）。③常：同"尝"，曾。不察：未留意。一云未考察。④沈特进：指沈约，齐梁作家。梁武帝萧衍天监十一年（512），沈约加特进之职，故称。见中品"梁左光禄沈约诗"条注。撰诗：编纂诗集，指沈约编纂诗集《集钞》。《隋书·经籍志》著录"《集钞》十卷，沈约撰"。⑤复：还。平美：平实和美，平中见美。一云平庸无奇。

[译文]

傅亮的诗歌，我曾经忽视而未加留意。现在沈约编纂诗集《集钞》，收录了他的几首，也还能平中见美。

[附录]

傅亮五言诗

（一）奉迎大驾道路赋诗（迎宋文帝刘义隆）

凤棹发皇邑，有人祖我舟。饯离不以币，赠言重琳球。知止道攸贵，怀禄义所尤。四牡倦长路，君辔可以收。张邴结晨轨，疏董顿夕辀。东隅诚已谢，西景逝不留。性命安可图，怀此作前修。敷袵铭笃诲，引带佩嘉谋。迷宠非予志，厚德良未酬。抚躬愧疲朽，三省惭爵浮。重明照蓬艾，万品同率由。忠诰岂假知？式微发直讴。

（录自《宋书》卷四十三《傅亮传》）

（二）冬至

星昴殷仲冬，短晷穷南陆。柔荔迎时萋，芳芸应节馥。

（录自《初学记》卷四）

（以上二首又见逯钦立《先秦汉魏晋南北朝诗》宋诗卷二）

宋记室何长瑜[①]　[临川内史]羊曜璠[②]

［才难，信矣[③]！以康乐与羊何若此[④]，而二人文辞[⑤]，殆不足奇[⑥]。］

[注释]

①记室：官职名，记室参军的简称，幕府中掌章表书记文檄的官。何长瑜（？~443或446？）：南朝宋作家。东海郡（治所在剡城县北）人。曾在会稽教谢惠连读书。受到谢灵运激赏，被誉为"当今仲宣（王粲）"。宋文帝刘义隆元嘉五年（428），谢灵运自建康罢官归始宁，与谢惠连、何长瑜、荀雍、羊璿之四人共为山泽之游，以文章赏会，时人称为谢灵运"四友"。元嘉十年（433），谢灵运被杀，临川王刘义庆为荆州刺史，招何长瑜为记室参军。因作韵语戏谑刘义庆僚佐，其文流行于时，为轻薄少年所广之。义庆大怒，除为广州行中郎参

军，掌书记。上任途中，遇暴风雨溺死。事见《宋书》卷六十七《谢灵运传》附。何长瑜文才之美亚于惠连，而又为荀雍、羊璿之所不及。《隋书·经籍志》著录"梁有平南将军何长瑜集八卷，亡"。今存诗二首，一首即为那首遭免官的《嘲府僚》诗，见《宋书》本传；一首《离合》诗，见《艺文类聚》。两诗皆五言，各四句，估计都是残篇，《先秦汉魏晋南北朝诗》宋诗卷四辑录，本条附录转录。②临川：郡名，南朝时治所在临汝（今江西抚州市西）。内史：王国内设内史，掌民政，相当于郡太守的副手。羊曜璠（fán）(？~459)：即羊璿之，曜璠是其字。后为临川内史，为竟陵王刘诞所赏遇。宋孝武帝刘骏大明三年（459），刘诞据广陵反，兵败被杀，羊璿之亦以胁附刘诞罪被诛。事见《宋书》卷六十七《谢灵运传》附。羊璿之能诗文，特色不够鲜明，诗今不存。今从谢灵运《登临海峤初发强中作与从弟惠连见羊何共和之》一诗可知，羊璿之与何长瑜有和诗，本条附录转录备参。③才难，信矣：语本《论语·泰伯》，原文为："才难，不其然乎！"这里是说，诗才难得，确实如此！才，此指诗歌人才。难，难得。信，确实，诚然。④康乐：指谢灵运，南朝宋诗人，曾袭封康乐公。已见上品。与：交往，交友。若此：指到这种程度。⑤文辞：代指文学作品、诗歌。⑥殆：几乎，大概。

[译文]

诗才难得，确实如此啊！以谢灵运的才华，与羊璿之、何长瑜交友到了这种程度，但是羊何二人的诗歌，几乎是不足称奇的。

[附录]

何长瑜五言诗

（一）嘲府僚

陆展染鬓发，欲以媚侧室。青青不解久，星星行复出。

（录自《宋书》卷六十七《谢灵运传》）

（二）离合

宜然悦今会，且怨明晨别。肴蔌不能甘，有难不可雪。

（录自《艺文类聚》卷五十六）

（以上二首又见逯钦立《先秦汉魏晋南北朝诗》宋诗卷四）

附谢灵运《登临海峤初发强中作与从弟惠连见羊何共和之》(四章)

秒秋寻远山,山远行不近。与子别山阿,含酸赴修轸(畛)。中流袂就判,欲去情不忍。顾望脰未悁,汀曲舟已隐。

隐汀绝望舟,骛棹逐惊流。欲抑一生欢,并奔千里游。日落当栖薄,系缆临江楼。岂惟夕情敛?忆尔共淹留。

淹留昔时欢,复增今日叹。兹情已分虑,况乃协悲端。秋泉鸣北涧,哀猿响南峦。戚戚新别心,凄凄久念攒。

攒念攻别心,旦发清溪阴。瞑投剡中宿,明登天姥岑。高高入云霓,还期那可寻?傥遇浮丘公,长绝子徽音。

(录自《文选》卷二十五)

宋詹事范晔[①]

[蔚宗诗],乃不称其才[②],亦为鲜(轩)举矣[③]。

[注释]

① 詹事:官职名,秦始置,魏晋复置,历代相沿,职掌皇后、太子家事。范晔(yè)(398~446):南朝宋史学家。字蔚宗,小字砖,顺阳(今河南淅川)人。短而肥黑,秃须眉。少好学,博涉经史,善为文章,能隶书,晓音律。东晋末年,为刘裕相国掾,转刘义康参军。入宋后为尚书外兵郎,出为荆州别驾从事,寻召入为秘书丞。宋文帝刘义隆元嘉五年(428),为江州刺史、征南大将军檀道济司马,领新蔡太守,又入为尚书吏部郎。元嘉九年(432)(一云元嘉元年),彭城王刘义康母卒,晔与弟广渊夜中酣饮,听义康府挽歌,义康怒,左迁晔为宣城太守,在郡数年,不得志,乃集前人谢承、华峤、袁宏等众家后汉史籍,删订剪裁为一家之作,即今前四史和二十四史之一的《后

汉书》（晔因被杀，未及完成，仅成纪传；八志为司马彪作，梁人刘昭合并为一书）。迁豫州刺史、长沙王刘义欣镇军长史。母亡，晔不及时奔丧，及行，又携妓妾自随，为御史中丞劾奏，宋文帝爱其才而不治罪。至元嘉二十一年（444），累迁左卫将军、太子詹事，世称"范詹事"。意不满，元嘉二十二年末（445），听从孔熙光、徐湛之、臧质等人劝说，答应作迎立彭城王江州刺史刘义康的内应，事败，徐湛之告发其参与密谋，以谋反罪下狱，元嘉二十三年（446）被杀，年四十九岁。事见《宋书》卷六十九、《南史》卷三十三《范晔传》。范晔有奇才，所著《后汉书》，被刘知几誉为"简而且周，疏而不漏"，文兼骈散，纵横驰骋，对后代散文颇有影响，书中列《文苑传》，亦为首创。其《皇后纪论》等五篇，为《文选》所录，可谓名文。其《在狱中与诸甥侄书》，乃一篇见解深刻的史学理论论文和深谙文艺真谛的诗学理论论文。其诗歌，义理有余，韵致不足。《隋书·经籍志》著录"梁有范晔集十卷，录一卷"，已散佚。今存诗二首，皆五言。一见《文选》，一见《宋书》本传，《先秦汉魏晋南北朝诗》宋诗卷四辑录。本条附录转录。另存文五篇，均见本传。②乃：发语词，起强调作用。不称其才：指范晔的诗歌不能与他的才华相称。因为范晔学问渊博，多才多艺，可他的诗歌却写得一般，故称。范晔对自己文才的自负，可参看其《狱中与诸甥侄书》。③轩举：挺拔。轩、举同义，都有挺拔、高扬的意思。

[译文]

范晔的诗歌，虽不能与他的才华相称，但也算得上挺拔有力了。

[附录]

范晔五言诗

（一）乐游应诏

崇盛归朝阙，虚寂在川岑。山梁协孔性，黄屋非尧心。轩驾时未肃，文囿降照临。流云起行盖，晨风引銮音。原薄信平蔚，台涧备曾深。兰池清夏气，修帐含秋阴。遵渚攀蒙密，随山上崎嵚。睇目有极览，游情无近寻。闻道虽已积，年力互颓侵。探己谢丹黻，感事怀长林。

（录自《文选》卷二十）

（二）临终诗

祸福本无兆，性命归有极。必至定前期，谁能延一息？在生已可知，来缘恓无识。好丑共一丘，何足异枉直！岂论东陵上，宁辨首山侧？虽无嵇生琴，庶同夏侯色。寄言生存子，此路行复即。

（录自《宋书》卷六十九《范晔传》）

（以上二首又见逯钦立《先秦汉魏晋南北朝诗》宋诗卷四）

宋孝武帝① 宋南平王铄② 宋建平王宏③

孝武诗，雕文织彩④，过为精密⑤，为二潘（藩）希慕⑥，见称轻巧矣⑦。

[注释]

①宋孝武帝：即刘骏（430~464），南朝宋皇帝，作家。字休龙，小字道民，彭城绥舆里（今江苏徐州）人，宋文帝刘义隆第三子。宋文帝元嘉十二年（435）封武陵王。十六岁为湘州刺史，未之任，领石头戍事。后又历迁雍州刺史、徐州刺史、南兖州刺史、江州刺史等。元嘉三十年（453），其异母弟太子刘劭弑父自立，刘骏合荆雍徐兖诸州兵力东下讨劭，平定叛逆后，于当年即帝位。在位十一年，残杀宗室，戏侮大臣，鱼肉百姓，尽人命以自养，死年三十五岁。事见《宋书》卷六、《南史》卷二《宋孝武帝纪》。刘骏爱好文学，才藻赡美，自以为人莫能。《南史·王俭传》称："孝武好文章，天下悉以文采相尚，莫以专经为业。"其诗歌多离愁别绪和登高游览之作，钟嵘评刘骏的诗歌过分雕琢文采是符合实际的，如《游覆舟山》诗。但他也有明白婉转的学习民歌之作，如《丁督护歌》六首，不事雕饰，几近口语，别有风致。《隋书·经籍志》著录"宋孝武帝集二十五卷，梁三十一卷，录一卷"，

已散佚。今存诗二十余首，见逯钦立辑校《先秦汉魏晋南北朝诗》宋诗卷五辑录，本条附录转录四首。另存文二卷。②宋南平王铄：即刘铄（431～453），南朝宋宗室，作家。字休玄，宋文帝刘义隆第四子，宋孝武帝刘骏之弟。元嘉十六年（439）封南平王。九岁为湘州刺史，不之镇，领石头戍事。之后先后为南豫州刺史、右将军、抚军将军等，领兵戍石头。元嘉三十年（453），刘劭弑逆，铄附劭，授中军将军、南兖州刺史。刘骏平定刘劭即帝位后，虽任铄为侍中、司空，然因其附逆，又归义最晚，且与帝不和，负才狡竞，遂被刘骏毒死，年二十三岁。事见《宋书》卷七十二、《南史》卷十四《宋宗室及诸王传·南平穆王铄传》。刘铄少好学，有文才，未弱冠，作《拟古》三十余首，时人以为可追踪陆机，有二首为《文选》所收，诗风轻巧。又有《水仙赋》，时人比为曹植《洛神赋》。《隋书·经籍志》著录"宋南平王铄集五卷"，已散佚。今存诗十首，其中五言诗九首，《先秦汉魏晋南北朝诗》宋诗卷五辑录，本条附录转录。另存文一篇。③宋建平王宏：即刘宏（434～458），南朝宗室，作家。字休度，宋文帝刘义隆第七子，宋孝武帝刘骏之弟，刘景素之父。元嘉二十一年（444）封建平王，笃好文籍，在诸子中最为刘义隆宠爱。二十四年（447）为中护军，领石头戍事。十五岁出为江州刺史，十七岁为中书令。宋文帝欲废劭立宏或刘铄未果，而为刘劭所弑。刘骏平劭即帝位后，任宏为尚书左仆射，加中军将军、中书监，后又进尚书令。孝武帝刘骏大明二年（458）卒，年二十五岁。宏工于诗，钟嵘称其诗轻巧，惜无集，亦无诗文存世。事见《宋书》卷七十二、《南史》卷十四《宋宗室及诸王传·建平宣简宏传》。④雕文织彩：原指在器物上雕镂花纹，在丝织品上编织彩绘图案，这里形容刘骏的诗歌过分雕饰。⑤精密：精致细密。刘骏诗雕琢精密之例，可参见《游覆舟山》诗。⑥二藩：指刘铄、刘宏。藩，藩国。皇室分封诸王，称藩国，取卫护藩屏之义。希慕：向往倾慕。⑦见称：被称为。轻巧：轻艳工巧，含贬义。

[译文]

宋孝武帝刘骏的诗，像在器物上雕镂花纹、在丝织品上编织彩绘一样雕饰文藻、编织辞采，过于精致细密，为刘铄、刘宏两位藩王所向往倾慕，被世人称为轻艳工巧。

[附录]

宋孝武帝刘骏五言诗

（一）丁督护歌六首其一

督护北征去，前锋无不平。朱门垂高盖，永世扬功名。

（二）丁督护歌六首其二

洛阳数千里，孟津流无极。辛苦戎马间，别易会难得。

（三）丁督护歌六首其三

督护北征去，相送落星墟。帆樯如芒柽，督护今何渠？

（四）丁督护歌六首其四

督护初征时，侬亦恶闻许。愿作石尤风，四面断行旅。

（五）丁督护歌六首其五

闻欢去北征，相送直渎浦。只有泪可出，无复情可吐。

（六）丁督护歌六首其六

黄河流无极，洛阳数千里。坎坷戎旅间，何由见欢子。

（以上录自《乐府诗集》卷四十五）

（七）游覆舟山

束发好怡衍，弱冠颇流薄。素想终勿倾，聿来果丘壑。曾（层）峰亘天维，旷渚绵地络。逢皋列神苑，遭垙（坛）树仙阁。松嶝含青晖，荷源煜彤烁。川界泳游鳞，岩庭响鸣鹤。

（录自《艺文类聚》卷七）

（八）登作乐山

修路轸孤辔，竦石顿飞辕。遂登千寻首，表里望丘原。屯因（烟）扰风穴，积水溺云根。汉潦吐新波，楚山带旧宛（苑）。壤草凌故国，拱木秀颓垣。目极情无屈（留），客思空已繁。

（录自《艺文类聚》卷七）

（九）七夕二首其一

秋风发离愿，明月照双心。偕歌有遗调，别叹无残音。开庭镜天路，余光不可临。迎风被（披）弱缕，耀辉贯玄针。斯艺成无取，时物聊可寻。

（录自《诗纪》卷四十五）

（以上九首又见逯钦立《先秦汉魏晋南北朝诗》卷五）

宋南平王刘铄五言诗

（一）拟行行重行行

眇眇陵上道，遥遥行远之。回车背京里，挥手从此辞。堂上流尘生，庭中绿草滋。寒蛩翔水曲，秋兔依山基。芳年有华月，佳人无还期。日夕凉风起，对酒长相思。悲发江南调，忧委子襟诗。卧觉明灯晦，坐见轻纨缁。泪容不可饰，幽镜难复治。愿垂薄暮景，照妾桑榆时。

（二）拟明月何皎皎

落宿半遥城，浮云蔼曾阙。玉宇来清风，罗帐延秋月。结思想伊人，沉忧怀明发。谁为客行久，屡见流芳歇。河广川无梁，山高路难越。

（以上录自《文选》卷三十一）

（三）三妇艳

大妇裁雾縠，中妇牒冰练。小妇端清景，含歌登玉殿。丈人且徘徊，临风伤流霰。

（录自《乐府诗集》卷三十五）

宋光禄谢庄[①]

希逸诗，气候清雅[②]，不逮于范（王）袁[③]，然兴属闲长[④]，良无鄙促也⑤。

[注释]

①光禄：官职名，光禄大夫的简称。掌顾问应对，魏晋南北朝时期为加官及褒赠之官，加金章紫绶者称金紫光禄大夫，并有左右之分，右高左低。谢庄曾加此官。谢庄（421～466）：南朝宋作家。字希逸，陈郡阳夏（今河南太康）人。谢弘微子，谢灵运侄，宋文帝刘义隆婿。庄美仪容，善辞令，七岁能属文。历仕宋文帝、宋孝武帝、宋明帝三朝。宋文帝刘义隆元嘉十七年（440）始入仕，先后为始兴王刘濬法曹行参军、太子舍人、庐陵王绍府咨议参军、随王诞后军咨议领记室等职。宋孝武帝刘骏即位，孝建元年（454）始，先后为侍中、吏部尚书、都官尚书、前将军等职，在任多有建树。前废帝刘子业即位（465），以庄为金紫光禄大夫，遂入狱。同年，明帝刘彧即位，庄出狱，任中书令。泰始二年（466）卒于官，年四十六岁。谥曰"宪子"，追赠右光禄大夫。事见《宋书》卷八十五、《南史》卷二十《谢庄传》。谢庄多才多艺，其诗歌风格清雅，以《北宅秘园》、《侍宴蒜山》等为代表。其《月赋》清空婉约，与谢惠连《雪赋》并称为南朝小赋双璧。朝臣共作《赤鹦鹉赋》、《舞赋》，庄所作冠绝一时。曾作哀策文，宋孝武帝刘骏览读，起坐流涕，曰："不谓当今复有此才。"都下传写，纸墨一时为贵。孝武帝刘骏曾问颜延之："谢希逸《月赋》如何？"颜延之答曰："美则美矣，但庄始知'隔千里兮共明月'。"召庄以延之之答语之，庄应声曰："延之作《秋胡诗》，始知'生为久离别，没为长不归'。"虽为调侃，但足见其辩才。所著文章四百余篇行于世。《隋书·经籍志》著录"宋金紫光禄大夫谢庄集十九卷，梁十五卷"，又有《赞集》五卷、《碑集》十卷、《诔集》十五卷，均已散佚。明人张溥辑有《谢光禄集》一卷。今存诗十六首，《先秦汉魏晋南北朝诗》宋诗卷六辑录，本条附录转录。②气候：原指人的器宇风度，此处喻指气韵、气调，即作品风格。清雅：清新优雅。③不逮：不及。王、袁：分别指王微和袁淑，已见中品。两人诗歌风格的共同特点是"务为清浅，殊得风流媚趣"，正与谢庄"清雅"风格相近。④兴属：兴致，兴味。闲长：闲畅悠远。⑤良：确实。鄙促：鄙陋局促，鄙俗迫促。

[译文]

谢庄的诗,风格清新优雅。虽然不及王微和袁淑,但是兴致闲畅悠远,确实没有鄙陋局促的毛病。

[附录]

谢庄五言诗

(一)侍宴蒜山

龙旌拂纤景,凤盖起流云。转蕙方因委,层华正氛氲。烟竟山郊远,雾罢江天分。调石飞延露,裁金起承云。

(录自《艺文类聚》卷八)

(二)侍东耕

肃镳奉晨发,恭带厕朝闻。仙乡降朱霭,神郊起青云。阴台承寒彩,阳树近初熏。观德欣临藉,瞻道乐游汾。

(录自《艺文类聚》卷三十九)

(三)自浔阳至都集道里名为诗

山经函(亟)旋览,水牒倦敷寻。稽树诚淹流(留),烟台信遐临。翔州凝寒气,秋浦结清阴。眇眇高湖旷,遥遥南陵深。清溪如委黛,黄沙似舒金。观道雷池侧,访德茅堂阴。鲁显阙微迹,秦良灭芳音。讯远博望崖,采赋梁山岑。崇馆非陈宇,茂苑岂旧林?

(录自《艺文类聚》卷五十六)

(四)北宅秘园

夕天霁晚气,轻霞澄暮阴。微风清幽幌,余日照青林。收光渐庸歇,穷园自荒深。绿池翻素景,秋槐响寒音。伊人倘同爱,弦酒共栖寻。

(录自《艺文类聚》卷六十五)

(以上四首又见逯钦立《先秦汉魏晋南北朝诗》宋诗卷六)

宋御史苏宝生① 宋中书令史陵修之② 宋典祠令任昙绪③ 宋越骑戴法兴④

苏陵任戴，并著篇章，亦为搢绅之所嗟咏⑤。人非文【才】是，愈甚（有）可嘉焉⑥。

[注释]

①御史：官职名，此处为南台侍御史的简称。南朝时御史台称为南台，御史台是专门察举官吏非法的官署，侍御史为御史台的属官，在长官御史中丞督率下从事纠察工作，苏宝生曾任此职。苏宝生（？～458）：南朝宋作家。姓苏名宝字宝生，有云一名宝，籍贯不详。出身寒门，有文义之美。宋文帝元嘉十九年（442），立国子学，宝生任《毛诗》助教。孝建元年（454），孝武帝刘骏即位，任宝生为南台侍御史，后迁江宁令。奉命继何承天撰国史。孝武帝大明二年（458），高阇谋反，王僧达被诬预谋，苏宝生亦受牵连，以知情不报罪同被孝武帝杀害。事见《宋书》卷七十五、《南史》卷二十一《王僧达传》。苏宝生能诗，其作品在当时官僚阶层还较为流行。《隋书·经籍志》著录"梁有江宁令苏宝生集四卷，亡"。今诗不存。②中书令史：官职名，中书令掌传宣诏令，南北朝时多由有文学名望的人任之，中书令史是中书令的文书。陵修之：生平事迹不详，诗亦不存。③典祠令：官职名，掌管祭祀的属官，一说掌管祭祀的长官，任昙绪曾任此职。任昙绪：生平事迹不详，诗亦不存。④越骑：武官名，此处为越骑校尉的简称。魏晋南朝时为中领军所属禁卫军官之一，比起西汉设置的京师屯兵八校尉之一，职任已轻，戴法兴曾任此职。戴法兴（411～465）：南朝宋作家。字不详，会稽山阴（今浙江绍兴）人。出身寒门，少年时曾在山阴卖葛为生。宋文帝刘义隆元嘉十六年（439），彭城王刘义康进位大将军，招法兴为记室令史。旋即入刘骏幕府任征虏、抚军记室掾、典签等职，随府徙雍州、徐州、江州。宋孝武帝刘骏即位（454），

任寒族戴法兴等同为南台侍御史兼中书通事舍人,视为心腹耳目。历任员外散骑侍郎、给事中、太子旅贲中郎将等职,封吴昌县男。前废帝刘子业即位,迁越骑校尉,颇得恩宠,诏敕施为,悉决其手,又多纳货赂,累财千金,遂有法兴是天子、废帝是假天子之称。宋废帝凶残无道,闻而怒免法兴官,遂赐死。事见《宋书》卷九十四、《南史》卷七十七《恩悻传·戴法兴传》。戴法兴能诗善文,颇行于世,钟嵘颇称许他"人非文是"。《隋书·经籍志》著录"梁有越骑校尉戴法兴集四卷,亡"。今诗不存。另有议论历法的言论,今存《宋书·律历志下》。⑤搢绅(jìn shēn):插笏而垂绅带,古代高官的装束,代指达官贵人。搢,插;绅,官僚束在衣外的大带。⑥"人非"二句:是说苏、陵、任、戴,尤其是戴法兴,人品不值得肯定,但诗歌成就却值得肯定,这种情况更值得嘉许。按:钟嵘在这里提出了一个不因人废言的文学评论原则,颇有价值。文,指诗歌。

[译文]

苏宝生、陵修之、任昙绪、戴法兴四人,都创作五言诗,也为达官贵人所赞叹吟咏。他们的人品不足称道,而诗歌值得肯定,那就更值得赞许了。

宋监典事区惠恭①

惠恭本胡人②,为颜师伯干③。颜为诗笔④,辄偷定之⑤。后造《独乐赋》⑥,语侵给主⑦,被斥⑧。及大将军修北第⑨,差充作长⑩。时谢惠连兼记室参军⑪,[惠]恭伯(时)往共安陵嘲调⑫。末作《双枕诗》以示谢⑬。谢曰:"君诚能,恐人未重,且可谢(以)为谢法曹造⑭,遣(遗)大将军⑮。"见之赏叹,以锦二端赐谢⑯。谢【曰】辞曰:"此诗,公作长所制,请以锦赐之。"

[注释]

①监典事：官职名，似当为监工小吏。区惠恭：生平事迹不详，诗亦不存。②胡人：古代对北方和西亚各少数民族的泛称。③颜师伯（419～465）：南朝宋作家。字长渊，琅邪临沂（今山东临沂北）人。颜延之族子。宋孝武帝刘骏时期颇受恩宠，先后为黄门侍郎、御史中丞、侍中、青州刺史等职，累迁吏部尚书、尚书右仆射，并受遗诏辅幼主刘子业。因权重骄恣，又谋废立，事泄，被前废帝刘子业所杀，年四十七岁。事见《宋书》卷七十七、《南史》卷三十四传。师伯能诗，《乐府诗集》卷六十九录其《自君之出矣》诗一首，为与刘骏等赠和之作。干：干吏，府中供驱使办事的小吏，主文书等事，地位卑微。④诗笔：诗歌和不押韵的应用文。南朝有"文""笔"之分，又有"诗""笔"对举。诗歌和其他押韵之文被称为"文"，不押韵的应用文被称为"笔"。⑤辄：就，往往，常常。偷定之：私下里加工改定。偷，私下。⑥造：写作，创作。《独乐赋》：已佚。按：诗歌内容可能是借独自快乐之名，抒写郁郁不得志之情，故冒犯了主子。⑦侵：冒犯。给主：所服侍之主子，此指颜师伯。一云"给"为"及"之意。⑧被斥：被辞退，被赶走。⑨大将军：指彭城王刘义康（409～451），宋文帝刘义隆之弟。宋文帝元嘉十六年（439）进位大将军，领司徒，辟召掾属。按：本条所叙事实在刘义康进位大将军之前，钟嵘系以其后来职务称呼之。北第：指刘义康所居宅第。南朝宋诸王侯皆建宅第于台城北，故称北第。⑩充：充当，充任。作长：工头，此指监工。⑪谢惠连：南朝宋作家，已见中品。记室参军：南朝宋公府诸曹之一，掌章表书记文檄。指谢惠连兼任大将军刘义康的记室参军。按：此句钟嵘叙述可能有误，录杨明注于此：《宋书·谢惠连传》："元嘉七年（430），方为司徒彭城王刘义康法曹参军。是时义康治东府城，城堑中得古冢，为之改葬，使惠连为祭文，留信待成，其文甚美。……十年（433），卒，时年二十七。"据此可知，钟嵘所叙区惠恭与谢惠连嘲调，其事当在元嘉七、八年间。其时颜师伯才十二三岁，尚未入仕。在此之前，区惠恭更不可能为其干。钟嵘叙颜师伯事在前，谢惠连事在后，似以为区惠恭先为颜氏之干，被斥后又充刘义康作长而与谢惠连嘲调，实误。（参王发国《诗品考索》）又，《宋书·谢惠连传》云"是时义康治东府城"，钟嵘则云修北第。东府在台城东南，北第则在台城北，二者

并非一处。不知是钟嵘误记,还是当时两处都曾修治。⑫安陵:指安陵君,战国时楚王男宠,此处当指代谢惠连。嘲调:嘲戏调笑,开玩笑。当指区惠恭与谢惠连以男色相娱悦,所以"末作《双枕诗》以示谢"。一云"共安陵"为处所名,似具体指刘义康大将军府某办公场所。谢惠连实有此癖。《宋书》本传云,其出仕前即爱会稽郡吏杜德灵,居父忧时尚赠以五言诗十余首,行于世。⑬末:最后。一云后来。《双枕诗》:已佚,当为香艳之作。示谢:拿给谢惠连看。⑭谢法曹:指谢惠连。他曾任法曹参军(州郡主管刑法的官)。⑮遗(wèi):赠送。⑯端:表布帛的量词,合二丈。一云合六丈。

[译文]

区惠恭本来是胡人,曾做过颜师伯的府中小吏。颜师伯写了诗文,往往私下让区惠恭改定。后来区惠恭创作了一篇《独乐赋》,里面的话语冒犯了主子,被赶走了。等到大将军刘义康修建台城北的宅第时,派区惠恭充当监工。当时谢惠连兼任大将军府的记室参军,区惠恭有时去和谢惠连嘲戏调笑。最后作了《双枕诗》拿给谢惠连看,谢惠连说:"你确实能写诗,恐怕人们还不看重,暂且可以说是我谢法曹写的,赠送给大将军。"大将军刘义隆看了很赞赏叹美,便拿两端锦缎赐给谢惠连。谢惠连辞谢说:"这首诗是大人您的监工区惠恭所写,请把锦缎赏赐给他吧。"

齐惠休上人① 齐道猷上人② 齐释宝月③

惠休淫靡④,情过其才。世遂匹之鲍照⑤,恐商周矣⑥。羊曜璠云⑦:"是颜公忌照之文⑧,故立休鲍之论⑨。"庚(康)白(帛)二胡⑩,亦有清句。《行路难》是东阳柴廓所造⑪。宝月尝憩其家⑫,会廓亡⑬,因切(窃)而有之⑭。廓子赍手本出都⑮,

欲讼此事⑯,乃厚赂止之。

[注释]

①惠休:南朝宋作家。生卒年不详,本姓汤,法名惠休,史称汤惠休。曾入沙门,宋孝武帝刘骏命其还俗,与徐湛之友善,官至扬州从事史。事见《宋书》卷七十一《徐湛之传》附。汤惠休善诗工文,辞采绮艳。《隋书·经籍志》著录"宋宛令汤惠休集三卷,梁四卷,亡"。今存诗十一首,其中五言诗六首,见《乐府诗集》、《先秦汉魏晋南北朝诗》宋诗卷六辑录,本条附录转录。按:钟嵘称"齐惠休上人",其朝代依据可能是惠休卒于齐代。上人:和尚。②道猷(yóu)上人:生卒年不详,本姓冯,改姓帛,山阴(今浙江绍兴)人。入沙门后,居若邪山,为吴人生公弟子,与东峙竺道壹有讲筵之遇,道猷少以篇牍著称,性率素,好丘壑,一吟一咏,有濠上之风。事见《高僧传》卷五《晋吴虎丘东峙竺道壹传》附,今存诗一首,见《高僧传·竺道壹传》,《先秦汉魏晋南北朝诗》晋诗卷三十辑录,本条附录转录。按:杨明注云:此道猷乃晋人,钟嵘所举不知是此人否?若即此人,则应作"晋道猷上人"。又,《高僧传》卷七有《宋京师新安寺释道猷传》,当是另一人,不是若邪山的帛道猷。③释宝月:生卒年不详。俗姓康,法名宝月,能诗,精音律。与齐武帝萧赜同时,萧赜无官职时曾游樊、邓,即皇帝位后,追忆往事,作《古客乐》,使释宝月奏之管弦,释宝月又创作《古客乐》二曲四章献给齐武帝。事见《乐府诗集·古客乐》解题引《古今乐录》。释,佛教徒的姓。④淫靡:过分华艳。⑤匹之鲍照:指将汤惠休与鲍照的诗风并称。如《南齐书·文学传论》称"休鲍后出,咸亦标世"。⑥恐商周矣:典出《左传·桓公十一年》"商周不敌,君之所知也"之句,意为商纣王不能与周武王相匹敌,这是您所知道的。此处借用其语,以商喻汤惠休、周喻鲍照,意在说明汤惠休的文学水平不能与鲍照相比。⑦羊曜璠:已见下品。⑧颜公:指颜延之,南朝宋作家,已见中品。文:指诗歌。⑨立休鲍之论:故意制造了惠休、鲍照相匹敌的论调、舆论。立,制造,确立。论,论调,舆论。按:羊曜璠的话出处未详。⑩康帛二胡:分别指释宝月和帛道猷二位诗僧。胡,本是对外国人的泛称,因佛教来自国外天竺(印度),故南北朝时也称僧人为胡。⑪《行路难》:今见《玉台新咏》卷九,题释宝月作,全诗为:"君不见,孤雁关外发,酸嘶度杨越。空城客子心肠断,幽闺思妇气欲绝。

凝霜夜下拂罗衣，浮云中断开明月。夜夜遥遥徒相思，年年望望情不歇。寄我匣中青铜镜，倩人为我除白发。行路难，行路难。夜闻南城汉使度，使我流泪忆长安。"钟嵘此处澄清著作权当归柴廓所写，释宝月乃为抄袭。东阳：郡名，治所在长山（今浙江金华）。柴廓：生平事迹不详，与释宝月同时，似当为诗友。⑫憩：休息，此处指居住。⑬会：碰巧，遇上。⑭因窃而有之：指抄袭此诗，说成是自己创作的。⑮赍（jī）：带着。手本：手稿。一云诉状。都：京都，指建业（今南京）。⑯讼：争论是非。一云诉讼，打官司。

[译文]

汤惠休的诗过于华艳，丰富的情感超过了才思。世人便把他与鲍照相提并论，恐怕他的水平难以和鲍照相比。羊曜璠说："这是颜延之妒忌鲍照的诗，所以就制造了汤惠休与鲍照相匹敌的论调。"康宝月和帛道猷两位诗僧，也有清丽的诗句。《行路难》是东阳柴廓创作的。康宝月曾在柴廓家居住，正遇上柴廓亡故，便借机抄袭窃为已有。柴廓的儿子带着诗歌手稿离开京城，准备争辩这件事，于是康宝月就用丰厚的贿赂阻止了他。

[附录]

汤惠休五言诗

（一）江南思

幽客海阴路，留戍淮阳津。垂情向春草，知是故乡人。
（录自《乐府诗集》卷二十六）

（二）怨诗行

明月照高楼，含君千里光。巷中情思满，断绝孤妾肠。悲风荡帷帐，瑶翠坐自伤。妾心依天末，思与浮云长。啸歌视秋草，幽叶岂再扬？暮兰不待岁，离华能几芳？愿作张女引，流悲绕君堂。君堂严且秘，绝调徒飞扬。

（录自《乐府诗集》卷四十一）

（三）杨花曲三首其一

葳蕤华结情，宛转风含思。掩涕守春心，折兰还自遗。

（四）杨花曲三首其二

江南相思引，多叹不成音。黄鹤西北去，衔我千里心。

（五）杨花曲三首其三

深堤下生草，高城上入云。春人心生思，思心长为君。

（以上录自《乐府诗集》卷七十七）

帛道猷五言诗

陵峰采药触兴为诗

连峰数千里，修林带平津。云过远山翳，风至梗荒榛。茅茨隐不见，鸡鸣知有人。闲步践其径，处处见遗薪。始知百代下，故有上皇民。

（录自《高僧传·道一传》，又见逯钦立《先秦汉魏晋南北朝诗》晋诗卷二十）

释宝月五言诗

（一）估客乐二曲四章其一

郎作十里行，侬作九里送。拔侬头上钗，与郎资路用。

（二）估客乐二曲四章其二

有信数寄书，无信心相忆。莫作瓶落井，一去无消息。

（三）估客乐二曲四章其三

大艑珂峨头，何处发扬州。借问艑上郎，见侬所欢不。

（四）估客乐二曲四章其四

初发扬州时，船出平津泊。五两如竹林，何处相寻博。

（以上录自《乐府诗集》卷四十八）

齐高帝① 齐（宋）征北将军张永② 齐太尉王文宪③

齐高帝诗，词藻意深④，无所云少⑤。张景云虽谢文体⑥，颇有古意⑦。至如三（王）师文宪⑧，既经国图远⑨，或忽是雕虫⑩。

[注释]

①齐高帝：即萧道成（427～482），南朝齐建立者，作家。字绍伯，小名斗将，祖籍东海兰陵（今山东枣庄东南），东晋过江，迁居南兰陵（今江苏常州西北）。本为宋禁军将领，乘皇族内乱而代宋自立。宋文帝刘义隆元嘉二十三年（446）始入仕，先后为雍州刺史萧思话左军中兵参军、大司马江夏王刘义恭参军。孝武帝刘骏大明年间（457～464）为建康令。前废帝刘子业景和时为后军参军。同年宋明帝刘彧立，为右军将军，又为南兖州刺史。后废帝刘昱元徽四年（476），杀后废帝，立顺帝刘準，为辅政大臣、司空骠骑大将军，封齐公。顺帝昇明三年（479），代宋自立，改号为齐建元元年。建元四年（482）卒，年五十六岁，谥高帝。事见《南齐书》卷一、卷二，《南史》卷四《高帝纪》。萧道成博涉经史，善诗文，工草书。宋明帝时为朝廷所疑，作《塞客吟》、《群鹤咏》等诗，其诗崇尚词藻文采，内容较深刻。今存诗二首，即上文所言之诗，四言、五言各一首，《先秦汉魏晋南北朝诗》齐诗卷一辑录，本条附录转录五言《群鹤咏》。另存文七篇。②征北将军：武官名，四征将军之一，曹操始置，统北方三州，南朝时成为优礼大臣的虚号，秩三品。张永（410～475）：南朝宋大臣、作家。字景云，吴郡吴（今江苏苏州）人。初为郡主簿，州从事，补余姚令，入为尚书中兵郎。宋文帝刘义隆元嘉二十二年（445）始，先后任建康令、江夏王刘义恭太尉中兵参军、广陵南沛二郡太守、冀州刺史、青州刺史等。其间曾督造玄武湖，因征伐北魏不利下狱，曾参与讨伐弑父篡逆的刘劭等。历孝武帝刘骏、前废帝刘子业、明帝刘彧、后废帝刘昱几朝，先后任廷尉、御史中丞、吴兴太守、吏部尚书、征北将军、南兖州刺史

等职。后因平乱失败免官。后废帝刘昱元徽三年（475）卒于家，年六十五岁。追赠侍中、右光禄大夫。事见《宋书》卷五十三《张茂度传》附。张永博涉史书，能诗善文，诗歌风格古朴。《隋书·经籍志》著录"梁又有右光禄大夫张永集十卷，亡"。今诗文无存。③太尉：官职名，原来秦汉时为全国军政首脑，与丞相、御史大夫并称三公，东汉后与司徒、司空并称三公，权倾朝廷，南北朝后逐渐变为加官。王文宪：即王俭（452～489），南朝作家、学者，卒后谥文宪，故称。字仲宝，琅邪临沂（今山东临沂）人。幼有神采，专心笃学，手不释卷。宋明帝刘彧婿，娶阳羡公主。宋时拜驸马都尉、秘书郎，迁太子舍人，超迁秘书丞，徙右长史，补义兴太守，还都为黄门郎、吏部郎、太尉右长史、左长史。因依附萧道成，并建代宋之谋，二十八岁封齐公，为尚书右仆射，领吏部。萧道成代宋自立，改号齐建元（479），俭改封南昌县公，迁左仆射，加太子詹士，迁侍中、尚书令、镇军将军。齐武帝萧赜时，先后为卫军将军、国子祭酒、丹阳尹、太子少傅、吏部尚书，加开府仪同三司，改领中书监等。齐武帝永明七年（489）卒于官，年三十八岁，追赠太尉，谥文宪。事见《南齐书》卷二十三、《南史》卷二十二《王俭传》。王俭清心寡欲，唯以经国为务，车服尘素，家无余财，手笔典裁，为时所重。曾依汉刘歆《七略》撰《七志》四十卷，上表献王，对后世目录学颇有影响。又撰《古今丧服集记》，并文集行于世。其诗歌主要是言志和写景小诗，颇为清新。俭尤长骈文，易代文告，多出其手，其《褚渊碑》，为《文选》所收，颇为著名。《高松》、《灵丘行》二赋亦较佳。《隋书·经籍志》著录"太尉王俭集五十一卷，梁六十卷"，已散佚，明人张溥辑有《王文宪集》一卷。今存诗八首，其中五言诗五首，《先秦汉魏晋南北朝诗》齐诗卷一辑录，本条附录转录四首。另存文较多，被严可均辑为三卷。按：齐武帝萧赜永明年间（483～493），钟嵘为国子生，王俭为国子监祭酒，钟嵘颇受王俭赏识，有师生之谊，故《诗品》尊称"文宪"谥号，不直呼其名。④词藻：文辞有文采，文辞美丽。藻，文采，美丽。意深：含意深沉。⑤无所云少：即无所少，没有什么不足之处。云，虚词，无义。少，不足，欠缺。⑥谢：逊色，不足，欠缺。一云背离。一云指谢惠连。文体：风格，体式。⑦古意：古诗意味。⑧王师：老师王俭。钟嵘为国子生时，王俭为国子祭酒，即国子学最高领导，故以师称之。

⑨经国图远:治理国家,深谋远虑,指政治抱负远大。图,谋划。⑩或:或许。忽是雕虫:把作诗视为雕虫小技。忽,轻视,忽视。是,这,指诗。雕虫,雕虫小技,此指与经国大业相对的小技能。典出扬雄《法言·吾子》"童子雕虫篆刻"、"壮夫不为"之语。

[译文]

齐高帝萧道成的诗,文辞美丽,含意深沉,没有什么不足之处。张永的诗虽然体式有所欠缺,但颇有古诗的意味。至于像我的老师王俭,既然致力于治理国家,深谋远虑,或许他把诗歌的创作视为雕虫小技(又译"或许忽视了作诗这种雕虫小技")。

[附录]

齐高帝萧道成五言诗

群鹤咏

《南史》曰:齐高帝镇淮阴,为宋明帝所疑,被征为黄门郎,深怀忧虑。见平泽有群鹤,命笔咏之。

八风舞遥翮,九野弄清音。一摧云间志,为君苑中禽。

(录自《南史》卷四十七《荀伯玉传》,又见逯钦立《先秦汉魏晋南北朝诗》齐诗卷一)

王俭五言诗

(一)春日家园

徙倚未云暮,阳光忽已收。羲和无停晷,壮士岂淹留?苒苒(冉冉)老将至,功名竟不修。稷契匡虞夏,伊吕翼商周。抚躬谢先哲,解绂归山丘。

(录自《艺文类聚》卷六十五)

(二)春诗二首其一

兰生已匝苑,萍开欲半池。轻风摇杂蘪,细雨乱丛枝。

(三) 春诗二首其二

风光承露照，雾色点兰晖。青荑结翠藻，黄鸟弄春飞。

(四) 春夕

露华方照岁，云彩复经春。虚闺稍叠草，幽帐日凝尘。

（以上录自《初学记》卷三）

（以上四首又见逯钦立《先秦汉魏晋南北朝诗》齐诗卷一）

齐黄门谢超宗①　齐浔阳太守（相）丘灵鞠②　齐给（从）事中郎刘祥③　齐司徒长史檀超④　齐正员郎钟宪⑤　齐（宋）诸暨令颜则（测）⑥　齐秀才顾则心⑦

檀谢七君，并祖袭颜延⑧，欣欣不倦⑨，得士大夫之雅致乎！余从祖正员常云⑩："大明泰始中⑪，鲍休美文⑫，殊已动俗⑬。唯此诸人（贤），传颜陆体⑭，用固执不如（移）⑮。颜诸暨最荷家声⑯。"

[注释]

①黄门：官职名，黄门侍郎的简称。其职为侍从皇帝，传达诏命，南北朝时始掌管机密文件，备皇帝顾问，职位日渐重要。谢超宗（？~483）：南朝宋齐作家。字几卿，陈郡阳夏（今河南太康）人，谢灵运之孙。宋文帝刘义隆元嘉十年（433），灵运被害，超宗随父徙岭南，在岭南与汤惠休结为文友，甚得名誉。宋孝武帝刘骏时，解褐为奉朝请，初为新安王刘子鸾国常侍，因其为子鸾的母亲殷淑仪作诔受到孝武帝叹赏，遂转刘子鸾抚军参军。宋明帝刘彧时期，先后为司徒建安王刘休仁参军、尚书殿中郎、司徒主簿、丹阳丞、司徒记室等职。萧道成辅政，赏其才，任为领军长史、临怀太守、义兴太守、骠骑大将军谘议。萧道成代宋自立，改号齐，改元建元（479），以超宗为黄

门侍郎。齐武帝萧赜永明元年（483），儿女亲家张敬儿被诛，超宗心怀不满，出语轻慢，被奏图反，徙越州，途中责令自尽。事见《南齐书》卷三十六、《南史》卷十九《谢超宗传》。谢超宗善诗，诗风雅致，诗今不存。《齐南郊乐章》十三首、《齐北郊乐歌》六首、《齐明堂乐歌》十五首、《齐太庙乐歌》十六首，《南齐书·乐志》以为是谢超宗所撰，全非五言。②浔阳：郡名，治所在柴桑（今江西九江）。相：王国中的行政长官，相当于郡太守。丘灵鞠（？～491）：南朝齐宋作家，吴兴乌程（今浙江吴兴）人。少好学，善属文。历仕宋齐两朝。宋时先后为扬州主簿、郏令、乌程令、尚书三公郎、建康令、正员郎等职。入齐，高帝萧道成使其掌诏册，后知国史、尚书左丞。齐武帝萧赜时，领骁骑将军，改正员郎，后迁长沙至车骑长史，太中大夫。事见《南齐书》卷五十二、《南史》卷七十二《文学传》。丘灵鞠好饮酒，对文才颇自负。在沈渊座见王俭，渊称王俭文章大进，灵鞠则称："何如我未进时？"宋孝武帝刘骏殷贵妃卒，灵鞠作《挽歌诗》三首，有"云横广阶暗，霜深高殿寒"，为孝武帝激赏，颇见意境和才情，著有《江左文章录序》，又有文集，《隋书·经籍志》已不见著录。今诗不存，仅本传中如上二句。③从事中郎：官职名，为公府属官，职参谋议，秩六品。刘祥（451？～489？）：南朝齐作家。字显征，东莞莒（今山东日照市）人。宋开国功臣刘穆之曾孙。少好学，性韵刚疏，轻言肆行，不避高下。历仕宋齐两朝。宋明帝刘彧时为巴陵王刘休若征西行参军。后废帝刘昱时，任骠骑大将军安成王刘准（顺帝）属官。萧道成立顺帝的次年（478），为太尉萧道成东阁祭酒，骠骑主簿。萧道成代宋建齐，改元建元（479），又入武陵王萧晔幕，除正员郎。齐武帝萧赜永明初（483），迁长沙王萧晃镇军谘议，又临川王萧映骠骑从事中郎。不得志，因著《连珠》十五首，以寄其怀，获罪，付廷尉，徙广州，纵酒而亡，年约三十九岁。事见《南齐书》卷三十六、《南史》卷十五《刘祥传》。刘祥诗有雅致。《隋书·经籍志》著录"梁有领军谘议刘祥集十卷，亡"。今诗亦不存。④司徒长史：官职名，司徒掌管教育，司徒长史为司徒府的属官。檀超（？～480？）：南朝宋齐作家、史学家。字悦祖，高平金乡（今山东金乡）人。历仕宋齐两朝。宋文帝刘义隆元嘉末年（453），解褐为南徐州西曹，之后先后任骠骑将军竟陵王诞参军、宁蛮校尉武昌王刘浑主簿、镇北大将军沈庆之谘议、桂阳内史等职，颇不得志。宋末，为国子博士，为齐高帝萧道成所赏，迁驰骑将军、常侍、司徒褚渊右长史。入齐，齐高帝萧道成建元二年（480），署史官，与江淹共掌史职。因与物多忤，上表拟立十志，史功未就，徙交州，途中被杀，江淹为其作墓志。事见《南齐书》卷五十二、《南史》卷七十二《文学传》。檀超少好学，性嗜酒，好谈咏，放诞任情，恃才傲物，自比晋代郗超，对人说，高平有二超，"犹觉我为优也"。檀超所未成史十志，江淹撰成，然唐初修《隋书》时已佚，故未见著录。超诗当任性情，惜今不存。⑤钟宪：南朝齐作家。颍川长社（今河南长葛）人。生卒年不详，钟嵘从祖父，官至正员郎。今存五言诗一首，名《登群峰标望海》，逯钦立辑校《先秦汉魏晋南北朝诗》齐诗卷六收录，本条附录亦转录。按：曹道衡疑该诗著作权当归谢朓，其《中国文学家大辞典·先秦汉魏晋南北朝卷》云："其诗据《诗纪》引《选诗拾遗》，有《登群峰标望海诗》一首。按：此即《谢宣城集》中《和刘西曹望海》。《谢宣城集》于六朝文集中，较存旧貌，当不致误入钟宪诗，且此诗与颜陆体亦未必甚相似。疑《选诗拾遗》不可据。"可参。⑥诸暨：县名，属会稽郡（今浙江诸暨县）。颜测（423？～455？）：南朝宋作家。琅邪临沂（今山东临沂）人。颜延之次子。宋文帝刘义隆元嘉二十三年（446），任国子博士。孝武帝刘骏即位（454），任为江夏王刘义恭大司马录事参军。早卒，年三十余岁。事见《宋书》卷七十三《颜延之传》附。诗得颜延之家风。延之曾对宋文帝称："竣（延之长子）得臣笔，测得臣文。"实指颜测工五言诗，故钟嵘本条评为"颜诸暨最荷家声"。《隋书·经籍志》著录"宋大司马录事颜测集十一卷并目录"，已散佚，今诗存残句二则，《先秦汉魏晋南北朝诗》杂诗卷六辑录，本条附录转录。按："齐"诸暨令当作"宋"诸暨令，颜测卒于宋无疑；另颜测为"诸暨令"事，不见史传。⑦顾则心：南朝齐作家。生卒年不详。一作顾恳，齐举秀才，其余事迹不详。曹道衡云："《南史·豫章王嶷传》，谓恳善《易》，尝为南齐临川王萧映讲《易》。其时当在齐武帝永明中。逯钦立以为与颜测为一人，按：测在宋末齐初，尝为扬州录事，以奴质钱于陆澄弟鲜，鲜死，遂为鲜子诬为买券。测不服，遂为陆澄所抑，尝致书萧缅言澄之失，见《南齐书》及《南史·陆澄传》，其时代与顾则心为近，然究是一人否，尚无旁证。""其诗据《诗纪》引《选诗拾遗》，有

《望廨前水竹诗》一首，然此诗见《何逊集》，未可遽定为顾作。《诗纪》及丁福保、逯钦立皆两存之。又顾有《与萧缅书》佚文，见《南齐书·陆澄传》。"（《中国文学家大辞典·先秦汉魏晋南北朝卷》）可参。五言诗《望廨前水竹诗》被《先秦汉魏晋南北朝诗》收录在齐诗卷六，本条附录转录。⑧颜延：即颜延之，南朝宋作家，已见中品。从谢超宗等七人的存诗看，确如钟嵘所评，"得士大夫之雅致"，与颜延之"体裁绮密，情喻渊深"的风格，有一定相似之处，故称他们"并祖袭颜延"。⑨欣欣：喜乐的样子。⑩从祖正员：即钟嵘的从祖父钟宪。常：尝，曾。⑪大明：宋孝武帝刘骏年号（457～464）。泰始：宋明帝刘彧年号（465～471）。⑫鲍：鲍照，已见中品。休：汤惠休，已见下品。美文：指鲍照、汤惠休学习江南情歌写的艳丽诗篇。文，指诗歌。⑬殊：很，极。动俗：惊动世俗，此处指改变诗风。动，惊动，震动，改变。一云吸引。⑭传：继承，承传。颜陆体：颜延之、陆机诗歌风格。颜延之"源出于陆机"，故称。陆机，西晋作家，已见上品。⑮用：而。一云用。固执不移：坚定、执着，毫不动摇，即坚定不移。⑯颜诸暨：即颜测。荷（hè）：担负。家声：家传的名声。

[译文]

檀超、谢超宗等七君，都效法学习颜延之的诗风，欣喜而不知疲倦，得到了士大夫风雅的意趣吧！我的从祖父正员郎（钟宪）曾说："宋大明、泰始年间，鲍照、汤惠休美丽的诗篇，已经很是惊动世俗诗风了。唯有这几个人，承传颜延之、陆机诗歌的体貌风格，而坚定不移。其中颜延之次子颜测最能担负得起家传的名声。"

[附录]

钟宪五言诗

登群峰标望海

《诗纪》云：此诗见《谢朓集》，题云《和刘西曹望海》，《拾遗》作钟宪。

苍波不可望，望极与天平。往往孤山映，处处春云生。差池远雁没，飒沓群凫惊。嚣尘及簿领，弃舍出重城。临川徒可羡，结网庶时营。

（录自《诗纪》卷六十二，又见逯钦立《先秦汉魏晋南北朝诗》齐诗卷六）

颜测五言诗（佚句）

（一）七夕连句

云肩息游彩，汉渚起遥光。

（二）九日坐北湖联句

亭席敛徂蕙，澄酒泛初兰。

（以上录自《初学记》卷四，又见逯钦立《先秦汉魏晋南北朝诗》宋诗卷六））

顾则心五言诗

望廨前水竹诗

《诗纪》云：《何逊集》载此诗，题云《望廨前水竹答崔录事》，《拾遗》作顾则心。

萧萧丛竹映，澹澹平湖净。叶倒涟漪文，水漾檀乐影。相思不会面，相望空延颈。远天去浮云，长墟斜落景。幽痾与岁积，赏心随事屏。乡念一遭回，白发生俄顷。

（录自《诗纪》卷六十三，又见逯钦立《先秦汉魏晋南北朝诗》齐诗卷六）

齐（晋）参军毛伯成[①] 齐（宋）朝请王（吴）迈远[②] 齐（宋）朝请许谣（瑶）之[③]

伯成文不全佳[④]，亦多惆怅[⑤]。吴善之（于）风人答赠[⑥]。许长于短句诗（咏）物[⑦]。汤休谓远云[⑧]："吾诗可为汝诗父。"

以访谢光录（禄）⑨，云："不然尔⑩，汤可为庶兄⑪。"

[注释]

①参军：曹操以丞相职总揽军政时，其僚则用参丞相军事的名义，简称参军，魏晋南北朝时，凡诸王及将军开府者，皆置参军，为重要幕僚。此处指毛玄曾任征西将军桓温的参军。毛伯成：即毛玄，字伯成，东晋文人。生卒年不详，与桓温同时。颍川郡（治所在今河南长葛）人。官至征西行军参军。《世说新语·言语》篇载："毛伯成既负其才气，常称'宁为兰摧玉折，不作萧敷艾荣'。"其诗歌的感情基调当为惆怅悱恻。《隋书·经籍志》著录"昔毛伯成集成一卷，毛伯成诗一卷"，已散佚，今诗亦不存。②朝请：官名，奉朝请的简称。春季朝见天子叫朝，秋季朝见天子叫请，汉代对退职大臣等以奉朝请的名义定期参加朝会，享有这一礼遇的大臣叫奉朝请，到了南北朝时期，则将闲散官员以奉朝请的名义安置在集书省。吴迈远（？~474）：南朝宋作家。年岁及籍贯均不详。宋明帝刘彧时为奉朝请、桂阳王刘休范江州从事史等职。后废帝刘昱元徽二年（474），刘休范起兵反，迈远为作符檄，休范兵败被杀，迈远亦被族诛。事见《南史》卷七十二《文学传·檀超传》附。迈远好自夸，而嗤鄙他人，善为乐府，多男女赠答之辞，兼慷慨婉转之致，每作讨得佳句，辄掷地呼曰："曹子建何足道哉！"清人陈祚明《采菽堂古诗选》评其诗"稍有远情"，"然无全句"。《隋书·经籍志》著录"宋江州从事吴迈远集一卷，残缺。梁八卷，亡"。今存诗十一首，其中五言诗十首，《先秦汉魏晋南北朝诗》宋诗卷十辑录，本条附录转录五首。③许瑶之：一作许瑶，南朝宋作家。生卒年不详，高阳北新城（今河北徐水西）人。宋时曾为奉朝请、建安郡丞等职。曹道衡云："据《宋书·孝义·郭原平传》载，元嘉中'高阳许瑶之在永兴，罢建安丞还家'，又《玉台新咏》卷十录许瑶，次宋孝武帝后，鲍令晖前，是皆可证其为宋人，《诗品》卷下署作'齐朝请许瑶之'，或为误书。又谓其'长于短句咏物'，《玉台新咏》卷十录许瑶诗二首，均为五言小诗，《先秦汉魏晋南北朝诗》辑宋孝武帝《拟自君之出矣》一首以为瑶之诗，且以瑶之为齐人，误与《诗品》同。"（《中国文学家大辞典·先秦汉魏晋南北朝卷》）录以备参。按：逯钦立辑入《先秦汉魏晋南北朝诗》齐诗卷六，确误，但《拟自君之出矣》一诗，《玉台新咏》作许瑶，欧阳询《艺文类聚》作宋孝

武帝,《玉台新咏》早得多,当以其所录为准。本条附录转录二首。④文:指诗歌。⑤亦多惆怅:当指毛玄诗多写失意悲苦之作。惆怅,因失意而伤感。⑥风人答赠:指以民歌体作赠答之辞。风人是南朝乐府民歌的一种,如《吴声》、《西曲》、《子夜歌》、《谈曲歌》之类,多以男女爱情为题材,形式双关语等。当时流行的这些民歌多为五言四句,且颇有相互赠答之语。吴迈远乐府诗,即多作此类男女赠答之辞,本条附录所录《古意赠今人》等即是。《南史》卷七十二《檀超传》载:"又有吴迈远者,好为篇章。宋明帝闻而召之。及见曰:'此人连绝之外,无所复有。'"认为他除会作连绝体外,什么都不会,当时所谓连绝,也多是用五言四句相连而成。⑦短句:指五言四句诗体形式,流行于齐梁之时,略似后来的五言绝句。据《南齐书·武陵昭王晔传》载:"与诸王共作短句诗,学谢灵运体,以呈上。报曰:'见汝二十字诗,诸儿作中最为优者。'"许瑶之所存《咏楠榴枕》、《闺妇答邻人》两诗都是这种五言四句短诗形式,见本条附录。⑧汤休:汤惠休的省称,南朝宋诗人,已见下品。此处引汤惠休的话可能即为原始出处。⑨以:用,指用汤惠休的话或指拿着诗。谢光禄:指谢庄,南朝宋作家,已见下品。⑩尔:句末语气助词。⑪庶兄:庶出之兄。按:此为调侃语,同时也说明谢庄的观点:一则认为,汤惠休的诗歌略强于吴迈远,但仍属于同一层次,可比为兄弟关系,而不是父子关系;二则指出,汤惠休和吴迈远的诗篇属于同类风格。庶,与嫡相对而言,正妻所生称嫡,非正妻所生称庶。

[译文]

　　毛玄的诗不是篇篇都好,也多失意伤感之辞。吴迈远善于以民歌体写赠答之词。许瑶之长于写五言四句的短篇咏物诗。汤惠休曾对吴迈远说:"我的诗可以做你的诗的父亲。"吴迈远用这句话去问谢庄,谢庄说:"不是这样的,汤惠休的诗可以做你的庶兄。"

[附录]

吴迈远五言诗

（一）阳春曲

百里望咸阳，知是帝京城。绿树摇云光，春城起风色。佳人爱景华，流靡园塘侧。妍姿艳月映，罗衣飘蝉翼。宋玉歌阳春，巴人长叹息。雅郑不同赏，那令君怆恻。生平重爱惠，私自怜何极？

（二）长相思

晨有行路客，依依造门端。人马风尘色，知从河塞还。时我有同栖，结宦游邯郸。将不异客子，分饥复共寒。烦君尺帛书，寸心从此殚。遣妾长憔悴，岂复歌笑颜？檐隐千霜树，庭枯十载兰。经春不举袖，秋落宁复看。一见愿道意，君门已九关。虞卿弃相印，担笠为同欢。闺阴欲早霜，何事空盘桓？

（三）长别离

生离不可闻，况复长相思。如何与君别，当我盛年时。蕙华每摇荡，妾心空自持。荣乏草木欢，瘁极霜露悲。富贵身难老（貌难变），贫贱年（颜）易衰。持此断君肠，君亦宜自疑。淮阴有逸将，折翮谢翻飞。楚亦（有）扛鼎士，出门不得归。正为隆准公，仗剑入紫微。君才定何如？白日下争晖。

（以上录自《玉台新咏》卷四）

（四）秋风曲（又名《古意赠今人》）

寒乡无异服，衣毡代文练。月月望君归，年年不解綖。荆扬春早和，幽冀犹霜霰。北寒妾已知，南心君不见。谁为道辛苦，寄情双飞燕。形迫杼煎丝，颜落风催电。容华一朝尽，惟余心不变。

（五）临终诗

伤歌入松路，斗酒望青山。谁非一丘土，参差前后间！

（录自《初学记》卷十四，又见逯钦立《先秦汉魏晋南北朝诗》

宋诗卷十)

许瑶之五言诗

(一)咏楠榴枕

端木生河侧,因病遂成妍。朝将云髻别,夜与蛾眉连。

(二)闺妇答邻人

昔如影与形,今如胡与越。不知行远近,忘去(却)离年月。

(以上录自《玉台新咏》卷十)

齐鲍令晖① 齐韩兰英②

令晖歌诗,往往断(崭)绝清巧③,拟古尤胜④。唯《百愿》淫矣⑤。招(照)常答孝武云⑥:"臣妹才自亚于左芬⑦,臣才不及太冲尔⑧。"兰英绮密⑨,甚有名篇。又善谈笑,齐武谓韩云(齐武以为"韩公")⑩。借使二媛生于上叶⑪,则"玉阶"之赋⑫,"纨素"之辞⑬,未讵多也⑭。

[注释]

①鲍令晖:南朝宋女作家。生卒年不详,东海郡(治所在今江苏连云港市东)人,远祖本山西上党一带,后迁东海,本人当生于江苏镇江,鲍照之妹。有才思,亚于其兄。鲍照亦谦称自己诗才不及左思,妹令晖才不及左芬。有集,名曰《香茗赋集》,已散佚。事见吴兆宜《玉台新咏注》卷四所引《小名录》。令晖诗歌以拟古为主,多写男女之情爱,诗风清新工巧。今存诗七首,皆五言,《先秦汉魏晋南北朝诗》宋诗卷九辑录,本条附录选录四首。

②韩兰英:南朝宋齐女作家。一作韩英。吴郡(今江苏苏州)人。有文辞,善谈笑。宋孝武帝刘骏时,因献《中兴赋》被选入宫。明帝刘彧时期,用为宫中职僚,掌后宫司仪。入齐,武帝萧赜以为博士,教六宫书学,以年老多识,被呼为"韩公"。事见《南齐书》卷二十、《南史》卷十一《武穆裴皇后传》。韩兰英诗绮丽清婉,亦多写男女之情,与鲍令晖齐名。《隋书·经籍志》

著录"梁有宋后宫司仪韩兰英集四卷,亡"。今存五言诗一首,见《金楼子》卷一,《先秦汉魏晋南北朝诗》辑录,本条附录转录。③歌诗:似指乐府诗体。崭绝:原形容山峰奇险之状,此喻诗思奇特不凡。清巧:清新工巧。④拟古尤胜:仅以鲍令晖所存七首五言诗看,其中两首拟古诗《拟青青河畔草》、《拟客从远方来》,确实清新工巧而不靡,是所存诗中最为优秀的,其他几首乐府诗亦颇清新。见附录。⑤《百愿》:佚诗,内容不详,可能内容淫靡,篇幅较长。⑥照:鲍照,南朝宋作家,已见中品。常:尝,曾。孝武:宋孝武帝刘骏,已见下品。⑦左芬(?~300):字兰芝,西晋女作家。左思之妹,临淄(今山东淄博)人。少好学,有才情,善诗歌。晋武帝司马炎泰始八年(272),封为修仪。后为贵嫔,姿陋无宠,以才华文辞见重。事见《晋书·后妃传》。原有集,已散佚。今存诗二首,四言《啄木》、五言《感离》,《先秦汉魏晋南北朝诗》晋卷七辑录。⑧太冲:左思的字。西晋著名作家,已见上品。尔:通"耳"。⑨绮密:绮丽细密。绮,美丽;密,繁密,细密。⑩齐武:指齐武帝萧赜(483~493年在位)。⑪借使:假如,假使。媛:对女子的美称。上叶:前代,这里指汉代。⑫"玉阶"之赋:指东汉班婕妤的《自悼赋》,赋有"华殿尘兮玉阶苔"之句。玉阶,石阶的美称,宫廷石阶多汉白玉砌成。⑬"纨素"之辞:指班婕妤的《团扇》诗,诗有"新裂齐纨素"之句。纨素,白色轻纱。⑭未讵(jù):未曾,未必。多,胜过,超过。一云好。一云贵重。

[译文]

鲍令晖的乐府诗,往往奇特不凡、清新工巧,拟古之作尤其出色。唯有《百愿》一诗淫靡了。鲍照曾回答宋孝武帝说:"我妹妹的才华当次于左芬,我的才华也赶不上左思。"韩兰英的诗绮丽细密,有不少著名篇章。又善于谈笑调侃,齐武帝把她称为"韩公"。假如鲍令晖、韩兰英两位才女生活在汉代,那么班婕妤写"玉阶"的《自悼赋》,写"纨素"的《团扇诗》,就未必能胜过她们了。

[附录]

鲍令晖五言诗

（一）拟青青河畔草

裹裹临窗竹，蔼蔼垂门桐。灼灼青轩女，泠泠高台中。明志逸秋霜，玉颜艳春红。人生谁不别，恨君早从戎。鸣弦惭夜月，绀黛羞春风。

（二）拟客从远方来

客从远方来，赠我漆鸣琴。木有相思文，弦有别离音。终身执此调，岁寒不改心。愿作阳春曲，宫商长相寻。

（三）代葛沙门妻郭小玉诗二首其二

君子将遥（徭）役，遗我双题锦。临当欲去时，复留相思枕。题用常著心，枕以忆同寝。行行日已远，转觉心弥甚。

（以上录自《玉台新咏》卷四）

（四）寄行人

桂吐两三枝，兰开四五叶。是时君不归，春风徒笑妾。

（录自《艺文类聚》卷三十一）

（以上四首又见逯钦立《先秦汉魏晋南北朝诗》宋诗卷九）

韩兰英

为颜氏赋

《金楼子》曰：齐郁林王时，有颜氏女，夫嗜酒，父母夺之。入宫为列职，帝以春夜命后宫司仪为颜氏赋曰云，帝乃还之。

丝竹犹在御，愁人独向隅。弃置将已矣，谁怜微薄驱（躯）？

（录自《金楼子》卷一，又见逯钦立《先秦汉魏晋南北朝诗》齐诗卷六）

齐司徒长史张融① 齐詹事孔稚珪②

思光纡（诗）缓诞放纵③，有乖文体④，然亦捷疾丰饶⑤，差（甚）不局促⑥。德璋生于封溪⑦，而文为雕饰⑧，青于蓝矣⑨。

[注释]

①司徒长史：官职名，司徒掌管国家的土地和人民，司徒长史为司徒府的属官中，张融曾任此职。张融（444~497）：南朝宋齐作家。字思光，一字少子，吴郡吴（今江苏苏州）人。历仕宋齐两朝。早有声誉，宋孝武帝时期，初仕为新安王刘子鸾北中郎参军，出为封溪令。明帝刘彧时期为安城王刘准（顺帝）抚军仓曹参军，宋末为太傅萧道成掾。入齐，为骠骑豫章王嶷司空咨议参军。齐武帝萧赜时期又为长沙王萧晃镇军参军、竟陵王萧子良征北咨议兼记室、司徒从事中郎。武帝永明八年（490），为司徒右长史之职。后历任黄门郎、太子中庶子、司徒左长史等职。齐明帝萧鸾建武四年（497）卒于官，年五十四岁。事见《南齐书》卷十一、《南史》卷二十二《张融传》。张融才思敏捷，行止诡异，善于言谈，尤喜谈玄，音旨缓韵，与周颙并称。齐高帝萧道成爱之，称："此人不可无一，不可有二。"张融对自己的文学作品颇为自负，自称"多为世人所惊"，诗风清新，钟嵘评其诗"缓诞放纵"，未必客观。《隋书·经籍志》著录"齐司徒左长史张融集二十七卷，梁十卷。又有张融《玉海集》十卷，《大泽集》六十卷，亡"。今存诗四首并一残篇，其中五言三首，《先秦汉魏晋南北朝诗》齐诗卷二辑录，本条附录转录。②詹事：官职名，此处指太子詹事，掌管太子家事。孔稚珪曾任此职。孔稚珪（447~501）：南朝宋齐作家。字德璋，会稽山阴（今浙江绍兴）人，张融表弟。历仕宋齐两朝。少博学，有美誉。宋明帝刘彧时期，为太守王僧虔所重，引为主簿。后废帝刘昱时期，举秀才，解褐安城王刘准车骑法曹行参军，转尚书殿中郎。齐高帝萧道成立宋顺帝刘准（477），自为骠骑大将军，以孔稚珪有文翰，取为记室参军，与江淹对掌辞笔。入齐，迁孔稚珪正员郎、中书郎、尚书左丞等职。又为竟陵王萧子良从事中郎骁骑将军领尚书左丞，太子中庶子、廷尉，骠骑大将军萧鸾长史、辅国将军、平西将军、荆州

刺史萧遥欣长史等职。东昏侯萧宝卷永元元年（499），为都官尚书，迁太子詹事，加散骑常侍。永元三年（501）卒于官，年五十五岁，追赠金紫光禄大夫。事见《南齐书》卷四十八、《南史》卷四十九《孔［稚］珪传》。孔稚珪喜饮酒，好文咏，不乐俗务，居宅盛山水，庭草不剪，蛙鸣声声，与表兄张融情趣相得。孔稚珪以骈文著称，其《北山移文》，至今为人传诵。其诗歌有山水描绘和乐府旧题等，风韵清疏而又善于雕饰。《隋书·经籍志》著录"齐金紫光禄大夫孔稚珪集十卷"，已散佚。今存诗三首并两残句，皆五言，《先秦汉魏晋南北朝诗》齐诗卷二辑录，本条附录转录。③缓诞：舒缓怪诞。放纵：指放任，不循常规。④有乖文体：指不合于当时的一般体式。乖，违背。文，指诗。体，体式风格。⑤捷疾：指文思敏捷。丰饶：一指张融作品丰富。一云作品内容丰富。⑥甚：底本作"差"，差、甚同义，颇、很。局促：此指拘束。⑦生于封溪：指诗歌风格来源于张融。封溪，县名，属交州武平郡，在今越南河内西北。张融曾出为封溪令，故以封溪代指张融。⑧文为雕饰：从孔稚珪今存三首五言诗和残句看，他的乐府诗确实注重雕饰，如《白马篇》、《白纻歌》，其山水诗的雕饰不够明显，如《旦发青林》颇清新。文为，指作诗。⑨青于蓝矣：语本《荀子·劝学》篇"青，取之于蓝，而青于蓝"之句，比喻学生受教于老师又胜过老师。此处是说孔稚珪比张融更重雕饰。青，一种染布的染料。蓝，一种可以提炼青的草。

[译文]

张融的诗，舒缓怪诞而放任，有悖于当时的诗歌体式。然而他文思敏捷，作品丰富，很是舒展不拘束。孔稚珪的诗源于张融，但在作诗注重雕饰方面，又超过了张融。

[附录]

张融五言诗

（一）箫史曲

引响犹天外，吟声似地中。戴［胜］噪落景，龙喷清霄风。

（录自《乐府诗集》卷五十一）

(二) 忧旦吟

鸣琴当春夜，春夜当鸣琴。羁人不及乐，何似千里心？

（录自《乐府诗集》卷七十六）

(三) 别诗

白云山上尽，清风松下歇。预识离人悲，孤台见明月。

（录自《艺文类聚》卷二十九）

（以上三首又见逯钦立《先秦汉魏晋南北朝诗》齐诗卷二）

孔稚珪五言诗

(一) 白马篇

骥子踠且鸣，铁阵与云平。汉家嫖姚将，驰突匈奴庭。少年斗猛气，怒发为君征。雄戟摩白日，长剑断流星。早出飞狐塞，晚泊楼烦城。房骑四山合，胡尘千里惊。嘶笳振地响，吹角沸天声。左碎呼韩阵，右破休屠兵。横行绝漠表，饮马翰海清。陇树枯无色，沙草不常青。勒石燕然道，凯归长安亭。县官知我健，四海谁不倾。但使强胡灭，何须甲第成。当令丈夫志，独为上古英。

（录自《乐府诗集》卷六十三）

(二) 游太平山

石险天貌分，林交日容缺。阴涧落春荣，寒岩留夏雪。

（录自《艺文类聚》卷八）

(三) 旦发青林

孤征越清江，游子悲路长。二旬候已满，三千眇未央。草杂今古色，严留冬夏霜。寄怀中山旧，举酒莫相忘。

（录自《艺文类聚》卷二十七）

（以上三首又见逯钦立《先秦汉魏晋南北朝诗》齐诗卷二）

齐宁朔将军王融①　齐中庶子刘绘②

元长士章，并有盛才③。词美英净④，至于五言之作，几乎尺有所短⑤。譬应变将略，非武侯所长，未足以贬卧龙⑥。

[注释]

①宁朔将军：武官名，南朝时为加官散官性质的将军，四品，王融曾任此职。王融（467～493）：南朝齐作家。字元长，琅邪临沂（今山东临沂）人，宋大臣王弘曾孙，王俭从子。幼孤，母教以学，弱年即思重振家族。齐武帝萧赜永明初年（483），年十六岁举秀才。先后为晋安王子懋南中郎参军，竟陵王萧子良司徒法曹行参军、太子舍人等。曾上表武帝求自试，寻迁丹阳丞、中书郎等职。因迎合武帝北伐之意而颇得重视。后朝廷讨雍州刺史王奂，竟陵王萧子良招融为宁朔将军、军主。永明十一年，齐武帝病笃，王融因谋立竟陵王萧子良，为郁林王萧昭业嫉恨，郁林王即位，收王融入狱，遂赐死，年二十七岁。事见《南齐书》卷四十七、《南史》卷二十一。王融博学有文才，与谢朓、范云、沈约、萧衍等同为"竟陵八友"成员。其《曲水诗序》，文藻富丽，为时人所称。王融与沈约、谢朓同为"永明体"诗歌的创始者和代表作家，其本人欲作《知音论》而未就，但为我国格律诗的形成与发展作出了贡献。钟嵘批评其诗讲究声律和用典，"蠹文已甚"，破坏了"自然英旨"。但就王融的存诗来看，如《饯谢文学离夜》、《古意》、《思公子》、《王孙游》等，清新秀美，情趣盎然，颇近小谢诗风，无愧于南朝名篇。《隋书·经籍志》著录"齐中书郎王融集十卷"，已散佚，明人张溥辑有《王宁朔集》。今存诗七十余首，见逯钦立辑校《先秦汉魏晋南北朝诗》齐诗卷二辑录。本条附录转录六首。另存文十余篇。②中庶子：官职名，此处为太子中庶子的简称。掌太子的训诫、修养、侍从等事。刘绘（458～502）：南朝齐作家。字士章，彭城（今江苏徐州）人。宋末顺帝刘準初，解褐为著作郎，遂为辅政大臣太尉萧道成行参军。萧道成代宋自立，改号齐建元元年（479），先后任刘绘为骠骑将军主簿、司空记室录事。齐武帝萧赜永

明年间，转为太子洗马、大司空咨议领录事，又为中书郎等。永明末，竟陵王萧子良与后为明帝的萧鸾争权，绘附于萧鸾，故萧鸾即位初（494），即任绘为太子中庶子。又先后为始安王萧遥光抚军长史、安陆王萧宝晊冠军长史、长沙王内史行湘州事、晋安王萧宝义征北长史、建安王萧宝寅车骑长史、南东海太守等职。东昏侯萧宝卷永元三年（501）末，参与杀死东昏侯之谋，并与范云共将东昏侯首级送予即将代齐自立的梁武帝萧衍，次年入梁卒，年四十五岁。事见《南齐书》卷四十八、《南史》卷三十九《刘绘传》。刘绘机悟多能，尤尚言谈，顿挫有风气。能诗歌，工骈文，为"竟陵八友"之一，亦为永明末后期文坛领袖。诗风华美明净，短诗别有情致。曾欲作当世诗品，未遂。其子刘孝绰、刘孝仪、刘孝威，女刘令娴俱有文名。《隋书·经籍志》著录"梁国从事中郎刘绘集十卷"，已散佚。今存诗八首，皆五言，《先秦汉魏晋南北朝诗》齐诗卷五辑录。本条附录转录四首。③盛才：丰富的文才，大才。④英净：文采明净。英，指文采。一云英俊。一云明。⑤尺有所短：语出《楚辞·卜居》。云："夫尺有所短，寸有所长。"这里比喻王融、刘绘虽然文才丰富，但写五言诗是他们的弱项。⑥"譬应"三句：语本《三国志·蜀书·诸葛亮传》："然连年动众，未能成功，盖应变将略，非其所长欤！"钟嵘三句话的大意是：就好像用兵打仗时随机应变的谋略，不是诸葛亮所擅长，但也不足以贬低他的历史地位一样，王融、刘绘五言诗虽然写得不够好，但也不足以贬低他们在文学上的才华。按：这是钟嵘对王、刘二人的呵护开脱之词，又是委婉批评之意。应变将略，指用兵打仗时随机应变的谋略。武侯、卧龙，都是指诸葛亮。诸葛亮人称卧龙，封武乡侯，故称。

[译文]

王融、刘绘都有丰富的文才，词藻华美，文采明净。至于五言诗的创作，可以说是他们的弱项，就好像用兵打仗时随机应变的谋略，不是诸葛亮所擅长，但也不足以贬低他"卧龙"的英名一样，即王、刘二位五言诗作得不好，也不足以贬低他们的文学才华。

[附录]

王融五言诗

（一）古意诗二首其一

游禽暮知反，行人独不归。坐销芳草气，空度明月辉。嚬容入朝镜，思泪点春衣。巫山彩云没，淇上绿条稀。待君竟不至，秋雁双双飞。

（二）古意诗二首其二

霜气下孟津，秋风度函谷。念君凄已寒，当轩卷罗縠。纤手废裁缝，曲鬓罢膏沐。千里不相闻，寸心郁氛氲。况复飞萤夜，木叶乱纷纷。

（以上录自《玉台新咏》卷四）

（三）青青河畔草

容容寒烟起，翘翘望行子。行子殊未归，瘠瘵若容辉。夜中心爱促，觉后阻河曲。河曲万里余，情交襟袖疏。珠露春华返，璇霜秋照晚。入室怨蛾眉，情归为谁婉？

（录自《乐府诗集》卷三十八）

（四）思公子

春尽风飒飒，兰凋木修修。王孙久为客，思君徒自忧。

（五）王孙游

置酒登广殿，开襟望所思。春草行已歇，何事久佳期。

（以上录自《乐府诗集》卷七十四）

（六）饯谢文学离夜

所知共歌吹（笑），谁忍别笑歌？离轩思黄鸟，分渚爱青莎。翻情结远旆，洒泪与烟波。春江夜明月，还望情如何？

（录自《谢宣城诗集》卷四）

（以上六首又见逯钦立《先秦汉魏晋南北朝诗》齐诗卷二）

刘绘五言诗

（一）送别

春满（蒲）方解箨，弱柳向低风。相思将安寄，怅望南飞鸿。

（录自《艺文类聚》卷二十九）

（二）咏萍

可怜池内萍，氛氲紫复青。巧随浪开合，能遂（逐）水低平。微根无所缀，细叶讵须茎。漂泊终难测，留连如有情。

（录自《初学记》卷二十七）

（三）和池上梨花（和王融）

露庭晚翻积，风闱夜入多。紫蘩似乱蝶，拂烛状联蛾。

（录自《诗纪》卷六十二）

（四）饯谢文学

汀洲千里芳，朝云万里色。悠然在天隅，之子去安极。春潭无与窥，秋台共谁（谁共）陟？不见一佳人，徒望西飞翼。

（录自《谢宣城诗集》卷四）

（以上四首又见逯钦立《先秦汉魏晋南北朝诗》齐诗卷五）

齐仆射江元祐（祐）[1] ［齐侍中江祀］[2]

祐诗猗猗清润[3]，弟祀，明靡（靡）可怀[4]。

[注释]

①仆射（yè）：官职名，历代职掌不同，原为尚书令的副手，南北朝时期与尚书令同居宰相之任，两者被分别称为朝端和朝右。江祐（shí）（？~499）：南朝齐作家。字弘业，济阳考城（今河南民权东北）人。历仕宋齐两朝。祐姑为齐明帝萧鸾母，少为萧鸾所亲。宋明帝刘彧末，释褐为宋晋熙王刘燮常侍。萧道成立顺帝刘準（477），江祐为萧道成西曹、萧鸾参军。入齐，身为外戚，权冠当时。先后为齐明帝萧鸾卫尉、右将军、中书令等。明帝遗诏

转为尚书右仆射。东昏侯萧宝卷失德，故谋立江夏王萧宝玄，未果，被东昏侯杀害，时在东昏侯永元元年（499）。事见《南齐书》卷四十二、《南史》卷四十七《江祏传》。江祏能诗，诗风清润，惜在唐初编《隋书·经籍志》时已亡佚，未能著录。②江祀（？～499）：南朝齐作家。字景昌，江祏之弟。宋后废帝刘昱时，释褐为南阳刘祸常侍，又为骠骑大将军萧道成东阁祭酒。入齐，先后为秘书丞、镇北将军晋安王子懋长史、南东海太守、卫尉、侍中等职。亦以外戚为齐明帝萧鸾所亲重。因兄谋废立失败，永元元年（499），兄弟二人同日被杀。江祀能诗，诗风明净美丽。作品未见《隋书·经籍志》著录，知唐代已散佚。今诗不存，文存二篇，严可均辑入《全上古三代秦汉三国六朝文》。③猗猗（yī）：美盛的样子，即美好而丰富。清润：清新温润。④明靡：明净绮丽。可怀：可怀想，指值得回味。

[译文]

江祏的诗美好丰富，清新温润。祏弟江祀的诗，明净绮丽，值得回味。

齐记室王巾（中）① 齐绥远（建）太守卞彬② 齐端溪令卞录（铄）③

王巾（中）二卞诗，并爱奇崭绝④，慕袁彦伯之风⑤。虽不弘绰⑥，而文体剿净⑦，去平美远矣⑧。

[注释]

①记室：官职名，东汉开始，诸王、三公、大将军府、太守、都尉等都有记室，掌管章表书记文檄等文案工作，历代相沿。王中（chè）（？～505）：原误作王巾，南朝齐梁作家。字简栖，琅邪临沂（今山东临沂）人。起家为郢州从事，历任征南记室，辅国录事参军等职。梁武帝萧衍天监四年（505）卒。事见《文选》卷五十九王简栖《头陀寺碑》李善注引《姓氏英贤录》。王中有学业，工文翰，曾在郢州（治所在今湖北武昌）作《头陀寺碑》，文辞巧

丽，为世所重，因《文选》收录而得保留全貌。《隋书·经籍志》著录"王中集十卷，亡"。今诗不存，唯存文一篇。②绥（suí）建：南朝郡名，治所在新招（今广东广宁县西南）。卞彬（？~500）：南朝宋齐作家。字士蔚，济阴冤句（今山东定陶）人。宋时为兖州西曹主簿、员外郎。因性与物忤，多作讽世之作而不得仕进多年。齐时出为南康郡丞，东昏侯萧宝卷永元（499~501）中，为平越长史、绥建太守。卒于官。事见《南齐书》卷五十二、《南史》卷七十二《文学传》。卞彬喜饮酒，才操不群，文多指刺。作《枯鱼赋》自况；作《蚤虱赋》，叙己贫困而实刺世；作《禽兽决录》，讥刺助齐高帝萧道成代宋自立的幸臣；作《蛤蟆赋》，刺尚书令等"行青拖紫"的显官。以上诸文，多传于民间，今存《全上古三代秦汉三国六朝文》。彬还工诗，善为童谣讥世，宋顺帝刘準时，辅政大臣萧道成杀另三位辅政大臣，彬作童谣讥之；萧封齐公，又作童谣讥之等。《南齐书》本传存其讽刺萧道成杀另三位辅政大臣袁粲、褚渊、刘秉的童谣一首，《先秦汉魏晋南北朝诗》宋诗卷十辑录，本条附录转录。③端溪：县名，今广东德庆县。卞铄（shuò）：南朝宋齐作家。生卒年字号均不详。曾为袁粲所赏，恒在坐席。粲为丹阳尹，以铄为主簿。因好以诗赋讥世坐徙巴州。终官端溪令，或曾为端溪令。事见《南史》卷七十二《丘巨源传》。卞铄诗风较为利落，言词颇为激切。《隋书·经籍志》著录"梁有卞铄集十六卷，亡"。今诗不存。④爱奇：喜欢奇特不凡。一云喜欢新奇。崭绝：形容山峰奇险之状，此处指诗歌奇特不凡。⑤袁彦伯：袁宏的字，东晋作家，已见中品"吏部郎袁宏诗"条注①。按：钟嵘以"虽不弘绰，而文体剿净"评王中、卞彬、卞铄的诗，以"虽文未遒，而鲜明紧健"评袁宏的诗，说明他们诗作风格确有近似之处。⑥弘绰：宏放宽绰。⑦文体：诗歌体式风格。文，指诗。剿净：轻快明净。一云矫健明净。一云刊落干净。⑧平美：平淡无奇。

[译文]

　　王中、卞彬、卞铄的诗，都喜欢奇特而不同凡响，他们倾慕东晋袁宏的诗风。虽然境界不够宏放宽绰，但诗歌体式轻快明净，距离平淡无奇之作已经很远了。

[附录]

卞彬童谣

自为童谣

《南齐书》曰：宋元徽末，四贵（萧道成、袁粲、褚渊、刘秉）辅政。彬谓太祖曰："外间有童谣云：'可怜可念尸著服，孝子不在日代哭，列管暂鸣死灭族。'公颇闻不？"时王蕴居父忧，与袁粲同死，故云尸著服也。"服"者衣也，"褚"字边"衣"也。"孝"除"子"以代"日"者，谓"褚渊"也。"列管"，"箫"也。彬退，太祖笑曰："彬自作此。"

（录自《南齐书·文学传·卞彬》，又见逯钦立《先秦汉魏晋南北朝诗》宋诗卷十）

齐诸暨令袁嘏[①]

嘏诗平平耳，多自谓能[②]。常语徐太尉云[③]："我诗有生气[④]，须人捉着。不尔[⑤]，便飞去[矣]。"

[注释]

①诸暨：县名，属会稽郡（今浙江诸暨县）。袁嘏（gǔ）（？～497？）：南朝齐作家。陈郡（今河南淮阳）人。齐明帝萧鸾建武末年（494～498），为诸暨令，后为会稽太守王敬所杀。事见《南齐书》卷五十二、《南史》卷七十二《文学传》之《卞彬传》。诗歌平平，却自负其才，称："我诗应须大材迮之，不尔飞去。"（《南齐书·卞彬传》）诗今不存。②多：指经常，常常。自谓：指自以为。谓，说，称，指以为。③常：尝，曾。语：告诉。徐太尉：指徐孝嗣（？～499），南朝齐作家。以佐齐明帝萧鸾登基有功，加侍中、中军大将军，进爵为公，后为东昏侯萧宝卷所杀。萧衍立齐和帝萧宝融，追赠为太尉。④生气：指事物内部的活力与生命力。此处当为汉魏六朝文艺理论与批评

术语，要求文艺作品能够传神、生动，不满足于"形似"，而进一步达到"神似"（引萧华荣说）。⑤不尔：不然，不这样。

[译文]

袁嘏的诗平平而已，却常自以为能写诗。曾对徐孝嗣太尉说："我的诗有生气，必须有人捉住。不这样的话，就会飞跑了。"

齐雍州刺史张欣泰① 梁中书郎范缜②

欣泰子真，并希古胜文③，鄙薄俗制④。赏心流亮⑤，不失雅宗⑥。

[注释]

①雍州：郡名，东晋开始在襄阳（今湖北襄阳）侨置，南朝宋始割荆州北部为辖区，治所在襄阳。刺史：官职名，南北朝时期各州多置此职，一般以都督兼任，并加将军之号，为地方军政长官。张欣泰（456~501）：南朝齐将军、作家。字义亨，竟陵（今湖北潜江县西北）人。少有志节，不以武业自居，好隶书，读子史，为褚渊所赏。宋末，为诸王府佐。齐初，官至宁朔将军、尚书都官郎。又任直阁将军、步兵校尉、领羽林监等。东昏侯时，梁武帝萧衍起兵，东昏侯萧宝卷以欣泰为雍州刺史。东昏侯昏乱失德，永元三年（501），欣泰与弟欣畴等谋废之，拟立建安王萧宝寅，事觉被杀，年四十六岁。事见《南齐书》卷五十一、《南史》卷二十五《张欣泰传》。欣泰虽身任武职而意不在此，情趣高雅，乐结文士，饮酒赋诗，抚琴吟诵。其诗古朴雅正，惜今不存。②中书郎：官职名，似为中书侍郎的简称，若然，则为中书令和中书监的副职，掌起草诏命文书等。不过范缜似不大可能起草诏命。范缜（450?~511?）：南朝齐梁著名哲学家、思想家、作家。历仕齐梁两朝。齐时起家为宁蛮主簿，累迁尚书殿中郎、宜都太守。曾出使北魏，名著北国。入梁，因与梁武帝萧衍为西邸故交，授晋安太守，在郡勤政清廉。后迁尚书左丞，因直言，徙广州。梁武帝天监六年（507），授中书郎，十年，迁国子博

士。卒于官,六十余岁。事见《梁书》卷四十八《儒林传》、《南史》卷五十七《范缜传》。范缜是我国古代思想家、著名无神论者,齐永明中,他与"竟陵八友"同为竟陵王萧子良门下的文人学士,但萧子良信佛,范缜却写了著名的《神灭论》,与诸僧辩论,屡受众责而不屈。范缜工诗赋,其《伤暮》、《白发咏》等诗,骚体赋《招隐士》等都是文学佳篇,风格古朴雅正。《隋书·经籍志》著录"梁尚书左丞范缜集十一卷",已散佚。今诗不存。有人称《招隐士》可算作杂体诗,见《文苑英华》卷三百五十八,《先秦汉魏晋南北朝诗》梁诗卷八辑录。③希古:仰慕古人,向往古人,此处指崇尚古人的古朴诗风。胜文:质胜于文的简称,指诗风质朴。语出《论语·雍也》"质胜文则野,文胜质则史"之句。④鄙薄:鄙视菲薄,看不起。俗制:世俗之作,指当时(永明时期)以沈约、王融、任昉为代表的新体诗。一云指辞采艳丽的作品。⑤赏心:一云指使心情愉悦。一云欣赏,赞赏。流亮:浏亮,清明,即清朗鲜明。⑥雅宗:雅正的流派传统。宗,指宗派,流派。

[译文]

张欣泰、范缜都向往古朴胜过文采的诗风,鄙视菲薄流行的新体诗。他们的诗赏心悦目,清朗鲜明,不失为雅正一派。

梁(齐)秀才陆厥①

观厥《文纬》②,具识丈[夫](文)之情状③。自制未优,非言之失也④。

[注释]

①秀才:汉魏六朝选拔人才科目之一,南北朝最重此科。陆厥(472~499):南朝齐作家。字韩卿,吴郡吴(今江苏苏州)人。齐武帝萧赜永明九年(491)举秀才,后为太子少傅王晏主簿,又迁将军邵陵王子贞行参军。东昏侯萧宝卷永元元年(499),始安王萧遥光反,其父受株连被杀,其弟陆绛求代死,也同时被杀,厥悲极而死。年二十八岁。事见《南齐书》卷五十二

《文学传》、《南史》卷四十八《陆慧晓传》附。陆厥少有风概，好属文，五言诗体崇尚新变。永明末，沈约、谢朓、王融等创"永明体"新诗，陆厥《与沈约书》对沈约的声律论提出异议，他赞成四声之说，而又不同意沈约所谓古人不识宫商之说。彼此书信往还辩论，颇见文艺理论素养。其诗善乐府歌行，主要是言情、咏史、言志之作，有永明特点。《隋书·经籍志》著录"齐后军法曹参军陆厥集八卷，梁十卷"，已散佚。今存诗十一首，其中五言诗九首，逯钦立辑校《先秦汉魏晋南北朝诗》齐诗卷五辑录，本条附录转录四首。另存文一篇。②《文纬》：不详。诸家注多以为是陆厥论文之作，已亡佚。③具识文之情状：完全懂得诗歌创作的原理和方法。具，同"俱"。文，指诗。情状，指原理，规律。④自制：指陆厥自己创作的作品。言：指陆厥的诗歌理论。失：失误。此二句是说陆厥善论诗而不善作诗。

[译文]

看陆厥的《文纬》，可知他完全精通诗歌创作的原理。他自己的作品不够优秀，并不是因为理论有失误。

[附录]

陆厥五言诗

（一）奉答内兄希叔诗五章（选二）

春华与秋实，庶子及家臣。王门所以贵，自古多俊民。离宫收杞梓，华屋富徐陈。平旦上林苑，日入伊水滨。（三章）

平原十日饮，中散千里游。渤海方淫滞，宜城谁献酬？屏居南山下，临此岁方秋。惜哉时不与，日暮无轻舟。（五章）

（录自《文选》卷二十六）

（二）蒲坂行

江南风已春，河间柳已把。雁返无南书，寸心何由写？流泊祁连山，飘飖高阙下。

（录自《乐府诗集》卷四十）

(三) 南郡歌

江南可采莲，莲生荷已大。旅雁向南飞，浮云复如盖。望美积风露，疏麻成襟带。双珠惑汉皋，蛾眉迷下蔡。玉齿徒粲然，谁与启舍贝？

(录自《乐府诗集》卷七十二)

梁常侍虞羲① 梁建阳令江洪②

[子]阳诗奇句清拔③，谢朓常嗟颂（诵）之。洪虽无多，亦能自迥出④。

[注释]

①常侍：官名，此处当为散骑常侍的简称。侍从在皇帝左右之职，往往预闻要政。虞羲：南朝齐梁作家。生卒年不详。字士光，一说字子阳，会稽余姚（今浙江余姚）人。历仕两朝。齐武帝萧赜永明初年（483）为太学生，之后历为始安王萧遥光侍郎，建安王萧子真征虏府主簿功曹，又兼记室参军等。齐明帝萧鸾建武元年（494），为晋安王萧宝义前军参军，又转为晋安王萧子懋侍郎。梁武帝萧衍天监年间（502~519）卒于任上。钟嵘所称虞羲为常侍之职不详。事见《南史》卷五十九《王僧孺传》、《王融传》及《文选》卷二十一李善注引《虞羲集序》。虞羲盛藻有才，善为诗文，咏物、写景、言志、送别、言情俱全，诗意向上，诗境开阔，诗句清拔，《咏霍将军北伐》诗劲健苍凉。《隋书·经籍志》著录"齐前军参军虞羲集九卷，残缺，梁十一卷"，已散佚。今存诗十二首，残句一则，其中五言诗十首，《先秦汉魏晋南北朝诗》梁诗卷十辑录，本条附录转录五首。另存文一篇。②建阳：县名，属建安郡，今属福建建阳。江洪（？~517?)：南朝齐梁作家。济阳考城（今河南民权东北）人。字号不详。其活动当在齐武帝萧赜永明年间至梁武帝萧衍天监中期。齐竟陵王萧子良开西邸，招文学时，江洪为太学生。与王僧孺、虞羲、丘国宾、萧文琰等并为门下文士。入梁，曾为建阳

令，坐事被杀。事见《梁书》卷四十九《吴均传》、《南史》卷五十九《王僧孺传》、卷七十二《吴均传》。江洪才思敏捷，在萧子良门下，曾参与打铜钵立韵，钵声更而诗成，诗皆可观。乐府咏物小诗较多，言情、写景诗亦佳，与虞羲比，诗显轻艳，而仍不失清新，《胡笳曲》劲拔特出。《隋书·经籍志》著录"梁建阳令江洪集二卷"，已散佚。今存诗十八首，皆五言，《先秦汉魏晋南北朝诗》梁诗卷二十六辑录，本条附录转录七首。③子阳：虞羲的字，可能与字"士光"并行。奇句：奇章秀句。清拔：清新劲健。虞羲诗的代表作为《咏霍将军北伐》，见本条附录，明人胡应麟《诗薮·外编》称："虞子阳《北伐》，大有建安风骨！"可帮助理解"清拔"一句。④迥（jiǒng）出：突出，指秀异出众。此处亦当兼指江洪诗歌有劲健挺拔的特点。

[译文]

虞羲的诗常有奇章秀句，清新劲健，谢朓常常赞叹吟诵它们。江洪的诗虽然奇句不多，却也能够自然地秀异出众。

[附录]

虞羲五言诗

（一）咏霍将军北伐

拥旄为汉将，汗马出长城。长城地势崄，万里与云平。凉秋八九月，虏骑入幽并。飞狐白日晚，瀚海愁云（阴云）生。羽书时断绝，刁斗昼夜惊。乘墉挥宝剑，蔽日引高旍（旌）。云屯七萃士，鱼丽六郡兵。胡笳关下思，羌笛陇头鸣。骨都先自詟，日逐次亡精。玉门罢斥候，甲第始修营。位登万庾积，功立百行成。天长地自久，人道有亏盈。未穷激楚乐，已见高台倾。当令麟阁上，千载有雄名。

（录自《文选》卷二十一）

（二）咏秋月

影丽高台端，光入长门殿。初生似玉钩，裁满如团扇。泛滥浮阴来，金波时不见。傥遇赏心者，照之西园宴。

(录自《艺文类聚》卷一)

（三）望雪

岁杪云昼昏，玄池冰夜结。远风金河起，吹我玉山雪。

(录自《艺文类聚》卷二)

（四）送友人上湘

濡足送征人，褰裳临水路。共盈一樽酒，对之愁日暮。汉广虽容舠，风悲未可渡。佳期难再得，但愿论心故。沅水日生波，芳洲行坠露。共知丘壑改，同无金石固。

(录自《艺文类聚》卷二十九)

（五）橘诗

冲飙发陇首，朔雪度炎洲。摧折江南桂，离披漠北楸。独有凌霜橘。荣丽在中州，从来自有节。岁暮将何忧。

(录自《艺文类聚》卷八十六)

(以上五首又见逯钦立《先秦汉魏晋南北朝诗》梁诗卷五)

江洪五言诗

（一）咏蔷薇

当户种蔷薇，枝叶太葳蕤。不摇香已乱，无风花自飞。春闺不能静，开匣对明妃。曲池浮采采，斜岸列依依。或闻好音度，时见衔泥归。且对清觞湛，其余任是非。

(录自《玉台新咏》卷五)

（二）采菱曲二首其一

风生绿叶聚，波动紫茎开。含花复含实，正待佳人来。

（三）咏美人治妆

上车畏不妍，顾盻（盼）更斜转。太恨画眉长，犹言颜色浅。

(以上录自《玉台新咏》卷十)

（四）秋风曲三首其一

先拂连云台，罢入迎风殿。已折池中荷，复驰（驱）檐里燕。

（五）胡笳曲二首其一

藏器欲邀时，年来不相让。红颜征戍儿，白首边城将。

（六）胡笳曲二首其二

落日惨无光，临河独饮马。瑟飒夕风高，联翩飞雁下。

（以上录自《艺文类聚》卷四十二）

（七）和新浦侯咏鹤

闲园有孤鹤，摧藏信可怜。宁望春皋下，刷羽玩花钿。何时秋海上，照影弄长川。晓鸣动遥怨，夕唳感孀眠。哀咽芳林君（右），悯默华池边。犹冀凌云志，万里共翩翩。

（录自《艺文类聚》卷九十）

梁步兵鲍行卿[①]　梁晋陵令孙察[②]

行卿少年，甚擅风谣之美[③]。察最幽微[④]，而感赏至到耳[⑤]。

[注释]

①步兵：武官名，步兵校尉的简称。为京师屯兵北军五校尉之一，属中领军所属禁卫军官之一。鲍行卿：南朝梁作家。生卒年、字号、籍贯均不详。梁武帝萧衍天监初为后军临川王录事，兼中书舍人，后迁步兵校尉。乃释步兵，面谢梁武帝曰："作舍人，不免贫。作五校，实大校。"例皆如此。事见《南史》卷六十二《鲍泉传》附。鲍行卿好韵语，以博学大才称。曾上《玉璧铭》，为梁武帝褒奖。有《皇室仪》十三卷，《乘舆龙飞记》二卷，集二十卷，已散佚。并与沈约等人在武帝时共撰《梁史》，已成百篇，"值承沦灭，并以焚荡"（《史通·古今正史》），毁于战火。今诗亦不存。②晋陵：郡名，亦县名，治所在今江苏常州。孙察：生平不详。曹旭《诗品集注》引陈直《诗品约注》称，孙察当为《梁书·孙廉传》中的孙廉。《梁书》的作者为唐人姚思廉，思廉之父为南朝陈代吏部尚书姚察，思廉

为避父讳，故改"孙察"为"孙廉"，"察"与"廉"义近。李延寿撰《南史》，又依姚思廉《梁书》误作"孙廉"了。此说可参。③风谣：歌谣，指乐府民歌体。④幽微：指诗意幽深细微。一云"幽微"作"孤微"，指作者孙察出身寒微。⑤感赏：感悟鉴赏，指感悟赏会事物的能力。至到：达到极点、极强，为六朝常用语。

［译文］

鲍行卿正值风华少年，很擅长写作乐府诗体的优美诗篇。孙察的诗幽深细微，而且感悟赏会事物的能力达到了极点。

附 录

历代《诗品》评论选辑

1. 隋·刘善经《四声指归》

颖川钟嵘之作《诗评》，料简次第，议其工拙。乃以谢朓之诗末句多蹇，降为中品，侏儒一节，可谓有心哉！又云："但使清浊同流，口吻调和，斯为足矣。至于平上去入，余病未能。"经谓：嵘徒见口吻之为工，不知调和之有术，譬如刻木为鸢，抟风远扬，见其抑扬天路，骞翥烟霞，咸疑羽翮之行，然焉知王尔之巧思也。四声之体调和，此其效乎。除四声已外，别求此道，其犹之荆者而北鲁、燕，虽遇牧马童子，何以解钟生之迷。或复云："余病未能。"观公此病，乃是膏肓之疾，纵使华佗集药，扁鹊投针，恐魂归岱宗，终难起也。嵘又称："昔齐有王元长者，尝谓余曰：'宫商与二仪俱生，往古诗人，不知用之。唯范晔、谢公颇识之耳。'"今读范侯赞论，谢公赋表，辞气流靡，罕有挂碍，斯盖独悟于一时，为知声之创首也。

（日·遍照金刚《文镜秘府论·天卷》引）

2. 唐·卢照邻《南阳公集序》

嗟乎！古今之士，递相毁誉，至有操我戈矛，启其墨守。《三都》既丽，征夏熟于上林；《九辩》已高，责春歌于下里。踦驳之论，纷然遂多。近日刘勰《文心》，钟嵘《诗评》，异议蜂起，高谈不息。人惭西氏，空论拾翠之容；质谢南金，徒辩荆蓬之妙。拔十得五，虽曰肩随；闻一知二，犹为臆说。俞（《全唐文》作"佥"）曰未可，人称屡中；化鲁成鱼，曷云其远！

（《卢照邻集》卷六）

3. 宋·叶梦得《石林夜话》

"池塘生春草，园柳变鸣禽。"世多不解此语为工，盖欲以奇求之耳。此语之工，正在无所用意，猝然与景相遇，借以成章，不假绳削，故非常情所能到。诗家妙处，当须以此为根本，而思苦难言者，往往不悟。钟嵘《诗品》论之最详，其略云："'思君如流水'，既是即目；'高台多悲风'，亦惟所见；'清晨登陇首'，羌无故实；'明月照积雪'，讵出经史。观古今胜语，多非补假，皆由直寻。颜延之、谢庄尤为繁密，于时化之。故大明、泰始中，文章殆同书抄。近任昉、王元长等，词不贵奇，竞须新事。尔来作者，寖以成俗。遂乃句无虚语，语无虚字，牵挛补衲，蠹文已甚！但自然英旨，罕遇其人。"余每爱此言简切，明白易晓，但观者未尝留意耳。

（卷中）

4. 宋·张戒《岁寒堂诗话》

钟嵘《诗品》以古诗第一，子建次之，此论诚然。观子建"明月照高楼"、"高台多悲风"、"南国有佳人"、"惊风飘白日"、"谒帝承明庐"等篇，铿锵音节，抑扬态度，温润清和，金声而玉振之，辞不迫切，而意已独至，与"三百五篇"异世同律，此所谓韵不可及也。

（卷上）

5. 宋·胡仔《苕溪渔隐丛话》

苕溪渔隐曰："钟嵘评渊明诗为'古今隐逸诗人之宗'。余谓：陋哉，斯言岂足以尽之！不若萧统云：'渊明文章不群，词彩精拔，跌宕昭彰，独超众类，抑扬爽朗，莫之与京。横素波而傍流，干青云而直上。语时事则指而可想，论怀抱则旷而且真。加以贞志不休，安道苦节，不以躬耕为耻，不以无财为病，自非大贤笃志，与道污隆，孰能如此乎！'此言尽之矣。"

（《后集》卷三）

6. 明·李濂《刻诗品序》

钟嵘《诗品》，品汉魏晋六朝诸家诗也。品者何？进瑜而退瑕，昭往而标来，示弗迷也。低昂体裁，辨析情理，要皆发所独得，嵘可谓知言者矣。嵘为梁征远记室参军，在当时号称知言。观其立论大概，推曹刘为文章之圣，拟陆谢为体贰之才。又曰："陈思为建安之杰，公干仲宣为辅；陆机为太康之英，安仁景阳为辅；谢客为元嘉之雄，颜延年为辅。"又曰："孔氏之门如用诗，则公干升堂，思王入室，景阳潘陆自可坐于廊庑之间矣。"妙赏精鉴，洞测幽玄。若参军可谓知言者矣。

7. 明·谢榛《四溟诗话》

钟嵘《诗品》，专论源流，若陶潜出于应璩，应璩出于魏文，魏文出于李陵，李陵出于屈原，何其一脉不同邪？

（卷二）

8. 明·王世贞《艺苑卮言》

吾览钟记室《诗品》，折衷情文，裁量事代，可谓允矣，词亦奕奕发之。第所推源，出于何者，恐未尽然。迈、凯、昉、约滥居中品。至魏文不列乎上，曹公屈第乎下，尤为不公，少损连城之价。吾独爱其评子建"骨气奇高，词采华茂，情兼雅怨，体被文质"；嗣宗"言在耳目之内，情寄八荒之表"；灵运"名章迥句，处处间起。丽典新声，络驿奔会"；越石"善为凄惋之词，自有清拔之气"，明远"得景阳之诙诡（原作"诡诙"，据《诗品》改），含茂先之靡嫚。骨节强于谢混，驱迈疾于颜延。总四家而并美，跨两代而孤出"；玄晖

"奇章秀句，往往警遒。足使叔源失步，明远变色"；文通"诗体总杂，善于摹拟。筋力于王微，成就于谢朓"。此数评者，赞许既实，错撰尤工。

（卷三）

9. 明·杨仪（五川）《〈诗品〉跋》

钟参军汉魏六朝《诗品》三卷，为品诗之祖，世不概见。赏鉴家当置之瑶函玉轴之中。

（沈氏繁露堂《宋椠钟嵘〈诗品〉》）

10. 明·许学夷《诗源辩体》

钟嵘《诗品》以三品定士，其上品无愧，下品独屈曹公，惟中品多可上下者。其言"陈思为建安之杰，公干仲宣为辅；陆机为太康之英，安仁景阳为辅；谢客为元嘉之雄，颜延年为辅"，乃当时众论所同，非一人私见也。至论源流所自，率多谬误，元美元瑞亦尝诋之。惟言古诗曹植"其源出于国风"，陆机灵运"其源出于陈思"，为不谬耳。

（卷三十五）

11. 明·胡应麟《诗薮》

"陆才如海，潘才如江"，潘、陆之定品也。"清水芙蓉"，"镂金错采"，颜、谢之定衡也。彼以子建为绣虎，而仲宣为泥蛙；以公干为巨钟，而伟长为小梃，抑扬不已过乎？

（外编卷二）

12. 明·胡应麟《诗薮》

六代选诗者，昭明《文选》，孝穆《玉台》。评诗者，刘勰《雕龙》，钟嵘《诗品》。刘、钟藻鉴，妙有精理，而制作不传。

（外编卷二）

13. 明·胡应麟《少室山房笔丛·华阳博议上》

集则有博于骚者、赋者、诗者、文者。……若刘勰之《文心》，兼该体要；钟嵘之《诗品》，历溯渊源；萧统之铨择，熔鉴古今。……其皆博于集者与？

(《少室山房集》)

14. 明·毛晋《〈诗品〉跋》

仲伟为梁记室参军，一时颇号知言。采辑汉魏以来诗家一百二十人，厘为上中下三品，实诗话之伐山也。大略以"曹刘为文章之圣，陆谢为体贰之才"；又云："陈思为建安之杰，公干仲宣为辅；陆机为太康之英，安仁景阳为辅；谢客为元嘉之雄，颜延年为辅。"或轩或轾。宋人诗话数十家，罕见其严毅如此。但六朝作者，各自专工一体，后来争相祖述，故云某出于某也。至若靖节先生诗，自写其胸中之妙，不屑于比拟，乃谓其出于应璩，不知何据？岂以靖节《述酒》诸篇，悼国伤时，仿佛《百一诗》托刺在位遗意耶？

(津逮秘书本《诗品》)

15. 明·张溥《挚太常集题辞》

《流别》旷论，穷神尽理。刘勰《雕龙》、钟嵘《诗品》，缘此起议，评论日多矣。

(汉魏六朝百三家集题辞)

16. 清·黄宗羲《钱退山诗文序》

慨自唐以前，为诗者极其性分所至，鉥心刿肠，毕一生之力，春兰秋菊，各自成家，以听后世之品藻。如钟嵘之《诗品》，辩体明宗，固未尝墨守一家，以为准的也。

(《南雷文定三集》卷一)

17. 清·钱谦益《与遵王书》

古人论诗，研究体源。钟记室谓李陵出于《楚辞》，陈王出于《国风》，刘桢出于《古诗》，王粲出于李陵，莫不应若宫商，辨如苍素。

(《有学集》卷三十九)

18. 清·毛先舒《诗辩坻》

辞学取材，载籍已博，录其要者：……其论诗则刘勰《文心雕龙》，钟嵘《诗品》，皎然《诗式》，严羽《沧浪吟卷》，徐祯卿《谈艺录》，王世贞《艺苑卮言》，此六家多能发微。

（卷三）

19. 清·叶燮《原诗》

诗道之不能长振也，由于古今人之诗评杂而无章，纷而不一。六朝之诗，大约沿袭字句，无特立大家之才。其时评诗而著为文者，如钟嵘，如刘勰，其言不过吞吐抑扬，不能持论。然嵘之言曰："尔来作者，竞须新事，牵挛补衲，蠹文已甚。"此言为能中当时后世好新之弊。勰之言曰："沈吟铺辞，莫先于骨，故辞之待骨，如体之树骸。"斯言为能探得本原。此二语外，两人亦无所能为论也。他如汤惠休"初日芙蓉"、沈约"弹丸脱手"之言，差可引申；然俱属一斑之见，终非大家体段。其余皆影响附和，沈沦习气，不足道也。

（外篇上）

20. 清·王士禛《渔洋诗话》

钟嵘《诗品》，余少时深喜之，今始知其踳谬不少。嵘以三品铨叙作者，自譬诸"九品论人，七略裁士"，乃以刘桢与陈思并称，以为文章之圣。夫桢之视植，岂但斥鷃之于鲲鹏耶？又置曹孟德下品，而植与王粲反居上品。他如上品之陆机、潘岳，宜在中品。中品之刘琨、郭璞、陶潜、鲍照、谢朓、江淹，下品之魏武，宜在上品。下品之徐干、谢庄、王融、帛道猷、汤惠休，宜在中品。而位置颠错，黑白淆讹，千秋定论，谓之何哉？建安诸子，伟长实胜公干，而嵘讥其以莛扣钟，乖反弥甚。至以陶潜出于应璩，郭璞出于潘岳，鲍照出于二张，尤陋矣！又不足深辩也。

（卷下）

21. 清·李怀民《重订中晚唐诗主客图说》

钟记室《诗品》，详推汉魏晋人之诗，而定其源所从出，别为上中下三品，遂资后人口实。余按所品亦实有未允者。然记室亦特就诗论诗，明其体格相近，非真见其一脉相传也。至所论"陈思为建安之杰，公干仲宣为辅；陆机为太康之英，安仁景阳为辅"，又曰："孔门如用诗，则公干升堂，陈思入室，潘陆诸子自可坐于廊庑间矣。"此诚千古不刊之定论。即起诸贤而问之，亦应首肯。

22. 清·沈德潜《剑溪说诗》

诗家品炙，始于钟嵘。表圣承之，续者仪卿，余子纷乱，歧说争鸣。

23. 清·袁枚《续元遗山论诗》

天涯有客号诗痴，误把抄书当作诗。抄到钟嵘《诗品》日，该他知道性灵时。

（《随园诗话》卷五）

24. 清·纪昀《四库全书总目》

（钟）嵘学通《周易》，词藻兼长。所品古今五言诗，自汉魏以来一百有三人，论其优劣，分为上中下三品，每品之首，各冠以序，皆妙达文理，可与《文心雕龙》并称。近时王士禛极论其品第之间多所违失。然梁代迄今，邈逾千祀，遗篇旧制，什九不存，未可以掇拾残文，定当日全集之优劣。惟其论某人源出某人，若一一亲见其师承者，则不免附会耳。史称嵘尝求誉手沈约，约弗为奖借，故嵘怨之，列约中品。案：约诗列之中品，未为排抑。惟序中深诋声律之学，谓"蜂腰、鹤膝，仆病未能；双声叠韵，里俗已具"，是则攻击约说，显然可见，言亦不尽无因也。又一百三人之中，惟王融称王元长，不著其名，或疑其有所私尊。然徐陵《玉台新咏》亦惟融书字，盖齐梁之间，避齐和帝之讳，故以字行，实无他故。

（卷一九五）

25. 清·纪昀《田侯松岩诗序》

钟嵘《诗品》阴分三等，各溯根源，是为诗派之滥觞。张为创立《主客图》，乃明分畦畛。

（《纪文达公遗集》卷九）

26. 清·章学诚《文史通义》

至于论及文辞工拙，则举隅反三，称情比类，如陆机《文赋》，刘勰《文心雕龙》，钟嵘《诗品》，或偶举精字善句，或品评全篇得失，令观之者得意文中，会心言外，其于文辞思过半矣。

（《文理》，内篇二）

27. 清·章学诚《文史通义》

《诗品》之于论诗，视《文心雕龙》之于论文，皆专门名家勒为成书之初祖也。《文心》体大而虑周，《诗品》思深而意远，盖《文心》笼罩群言，而《诗品》深从六艺溯流别也（如云某人之诗，其源出于某家之类，最为有本之学，其法出于刘向父子）。论诗论文而知溯流别，则可以探源经籍，而进窥天地之纯，古人之大体矣。此意非后世诗话家流所能喻也（钟氏所推流别，亦有不甚可晓处。盖古书多亡，难以取证。但已能窥见大意，实非论诗家所及）。

（《诗话》，内篇五）

28. 清·章学诚《校雠通义·宗刘》

评点之书，其源亦始钟氏《诗品》、刘氏《文心》。然彼则有评无点，且自出心裁，发挥道妙，又且离诗与文而别自为书。信哉，其能成一家言矣！

29. 清·陆以湉《冷庐杂识》

钟记室《诗品》，自汉迄梁百三人，别本一百二十二人。上品十一人，中品三十九人，下品七十二人。汉七人，魏十一人，晋三十八人，宋二十六人，齐三十人，梁十人。汉四百余年只得七人，宋齐以下仅百年而得六十余人。盖五言之学，六朝始盛，抑略于远而详于近，理则然也。惟同时昭明太子《文选》诗六十二家，《诗品》所述者五十一人。韦孟、束皙、应贞四言，张衡七言，既不列于品，若汉之苏武、应场，晋之卢谌、司马彪、王康琚，宋之徐悱、刘铄皆以五言著称，乃亦见遗，然则所取殆犹未备欤？又如以刘桢列上品，陶潜列中品，徐干、阮瑀列下品，品第违失，昔人多议及之。然其铺观列代，撮举同异，实能推究渊源，阐明旨趣。且百余人之诗，今不尽存。尚赖此以流传，俾得考见得失。诚于诗教有功，可为后学之津梁也。

（卷一）

30. 清·曾国藩《经史百家简编序》

梁世刘勰、钟嵘之徒，品藻诗文，褒贬前圣。其后或以丹黄识别高下，于是有评点之学。

陆机《文赋》注译

1. 余每观才士之所作，窃有以得其用心①。夫［其］放言遣辞，良多变矣②，妍蚩好恶，可得而言③。每自属文，尤见其情④。恒患意不称物，文不逮意⑤。盖非知之难，能之难也⑥。故作《文赋》以述先士之盛藻⑦，因论作文之利害所由⑧，他日殆可谓曲尽其妙⑨。至于操斧伐柯，虽取则不远⑩，若夫随手之变⑪，良难以辞逮。盖所能言者，具于此云［尔］⑫。

［注释］

①才士：有才能的人，这里指写文章的文人。窃：谦词，私下。有以：有所凭借。用心：创作用心，指如何构思作文。②放言：置放言辞，和"遣词"相近，都是指写作时运用言辞。良：确实。③妍蚩（yán chī）：美丑。可得：可以。言：发表看法。④属（zhǔ）文：作文，写文章。属，连缀。情：情况，指创作甘苦。⑤恒：常常。患：担心，害怕，遗憾。意：指创作构思的意象。一云构思中所形成的具体内容。称（chèn）：符合。物：指所要描写的

外界客观事物。文：文辞，亦指写出的文章。逮：及，达到。⑥"盖非"二句：语本《左传·昭公十年》"非知之实难，将在行之"之句。知，了解，懂得；能，实行，实践。⑦先士：前代优秀作家。盛藻：盛多的辞藻，即华美文章。⑧因："因之"的省略语，通过它们。由：根源。⑨他日：来日。殆：近于，大概。可谓：可以。曲尽其妙：委婉而细致地将其中的奥妙充分表达出来，此处指详尽地把握文学创作的妙道。曲，委婉曲折。尽，充分表达。⑩"至于"二句：语本《诗·豳风·伐柯》"伐柯伐柯，其则不远"诗句，大意是拿着斧头去砍树枝做斧柄，而斧柄的样式就近在手上，可作标准。此处意在说明这篇《文赋》为文章写作制定的是基本理论原则。⑪若夫：至于。随手之变：指创作过程中随机变化的精妙之处。⑫所能言者：所能说得出的。具：通"俱"，全，都。按：以上是《文赋》的序言，说明写作《文赋》的目的，陆机在序中提出了文章写作（包括文学创作在内）的"意不称物，文不逮意"的问题，并力图解决它。

[译文]

每当我研读优秀作家创作的作品时，都私下以为自己对他们的创作用心有所体会。他们运用言辞，确实是变化万千。作品的美丑好坏，都可以加以评论。每当自己进行创作时，就更能体会到其中的甘苦。我常常害怕自己内心构思的意象与所要描写的外界客观事物不相符合，而写出的文辞又不能准确地表达内心构思的意象。这大概不是了解创作的理论有困难，而在于创作实践中运用理论太困难。所以，写作这篇《文赋》来阐述前代作家的优秀作品，通过讨论这些作品的创作经验来探讨文章写作时利害得失的原由；要委婉细致地将文学创作的妙道充分表达出来，大概需要等待来日的努力。至于我总结的创作规律，就像拿着斧头砍伐木头做斧柄，虽然所要取法的样式就在眼前，但是创作过程中随心顺手的千变万化，确实是难以用语言表达清楚的。大概所能够表达清楚的，全都写在这里了。

2. 伫中区以玄览①，颐情志于典坟②。遵四时以叹逝③，瞻万物而思纷。悲落叶于劲秋④，喜柔条于芳春。心懔懔（凛凛）以怀霜，志眇眇而临云⑤。咏世德之骏烈，诵先人（民）之清芬⑥。游文章之林府，嘉丽藻之彬彬⑦。慨投篇而援笔，聊宣之乎斯文⑧。

[注释]

①伫：久立。中区：即区中，指天地之间或宇宙之中。玄览：深刻地观察。玄，幽深。览，观察。一云心居幽深之处，指心神专一，净化精神，不受外物和杂念干扰。②颐（yí）：保养，犹言陶冶。情志：性情和志趣。典坟：《三坟》、《五典》的简称，相传三皇之书称《三坟》，五帝之书称《五典》，这里泛指古代典籍。③遵：循，顺着。四时：四季。逝：往，指时光流逝。④劲秋：强劲的秋天，因秋气肃杀，秋风扫落叶，草木凋零，故称。⑤凛凛：肃然敬畏的样子。怀霜：喻心志高洁。眇眇：高远的样子。临云：俯瞰云端。临，自高处朝向低处。按：以上六句中前四句承首句"伫中区以玄览"，写观物之感，后三句承上启下，兼写观物与读书。⑥世德：祖先的功德。因陆机的祖父陆逊、父亲陆抗都是东吴名臣，陆机曾有《祖德赋》、《述先赋》歌颂他们。一云指先世之有德之人；又云指当时优秀作家。骏烈：盛大的功业。骏，大。烈，功业。清芬：清香芬芳的美德和名声。⑦游：畅游，指浏览。林府：森林和府库，喻文章众多。嘉：赞美，欣赏。彬彬："文质彬彬"的略称，文采与内质各半，配合恰到好处，指作品文质兼备，内容与形式完美结合。按：以上四句承第二句"颐情志于典坟"，写读书之慨。⑧投篇：放下前人的作品。投，丢弃。援笔：指提笔写作。援，取。聊：暂且。宣：抒写，表达。斯文：此文。按：以上是《文赋》正文的第一段，主要论述文章写作（包括文学创作在内）的准备：观物和阅读（另一种说法是思想感情的酝酿净化和阅读）。这两点不仅为创作提供了素材积累，而且还能激发创作冲动。

[译文]

久立在天地之间深入观察万物，在众多的典籍中陶冶性情和志趣。随着四季变迁而感叹时光流逝，瞻望万物盛衰而思绪万千。在肃杀的秋天悲伤落叶凋零，在芬芳的春天喜悦枝条柔嫩。有时心境肃穆如胸怀霜雪，有时情致高远如俯视青云。歌咏祖先功业的盛大，吟诵前辈德行的清芬。浏览多如林木富如府库的文章，欣赏内容与形式完美结合的优秀作品。不禁慨然放下前人的书篇，拿起笔来，姑且把自己的所思所感抒写在这篇美文中。

3. 其始也，皆收视反听，耽思傍讯①，精骛八极，心游万仞②。其致也③，情曈昽而弥鲜④，物昭晰而互进⑤。倾群言之沥液⑥，漱六艺之芳润⑦。浮天渊以安流⑧，濯下泉而潜浸⑨。于是沈辞怫悦，若游鱼衔钩而出重渊之深⑩；浮藻联翩⑪，若翰鸟缨缴而坠曾云之峻⑫。收百世之阙文，采千载之遗韵⑬。谢朝华于已披，启夕秀于未振⑭。观古今于须臾，抚四海于一瞬⑮。

[注释]

①其始也：指创作构思开始的时候。一云指文思到来的时候。收视反听：收回视觉，返回听觉，即不视不听，指视而不见、听而不闻、专注精神、心不外用。反，通"返"，回归。耽（dān）思：深思。耽，入迷。傍讯：多方询问探求。傍，同"旁"，广泛。②精：心神，与下句"心"互文，指思维。骛（wù）：飞驰。八极：八方极远之处。万仞：形容极高之处。仞，古以周尺八尺或七尺为仞。③其致也：指文思到来的时候。一云指构思成熟的时候。致，至。④曈昽（tóng lóng）：日初升微明的样子，由暗而渐明。弥：更加。鲜：明。⑤物：物象。昭晰：明显清晰。互进：互相涌进，即纷纷涌来。⑥群言：群书，此处指经史之外的诸子百家，与下句"六艺"对举。沥液：一滴一滴落下的液体，比喻精华。沥，液体一滴一滴落下。⑦漱（shù）：口含水洗（口腔），此处指含漱英华。六艺：即六经，指《易》、《书》、《诗》、《礼》、《乐》、《春秋》六种儒家经典。芳润：芳香润泽。⑧浮天渊：浮在天河之上，指想象遥远，上可至天。天渊，天河，天泉。安流：平安自在地漂流。⑨濯（zhuó）：洗涤。潜浸：潜入深处浸泡。⑩沈（chén）辞：深藏难出的言辞。沈，同"沉"，沉放。怫（fú）悦：艰涩不畅。重渊：深渊。重，深。⑪浮

藻:浮出的美丽辞藻。联翩:鸟儿飞动时翅膀摆动的样子,此处指连续不断,形容文思泉涌。⑫翰鸟:高飞的鸟。翰,高飞。缴缴(zhuó):指中箭。缴,缠绕。缴,系在箭上的生丝绳。曾云:高处的云。曾,通"层",高。⑬收:收集。阙文:指古书有缺疑不书或残缺之文。《论语集解·卫灵公》引包咸注云:"古之良史,于书字有疑则阙之,以待知者。"采:采用。遗韵:犹言遗文,指遗佚的韵体文,与上句的散体文(阙文)相对。⑭谢:抛弃。朝华:早晨开的花,比喻古人已用过的文意和言辞。华,同"花"。披:开。启:开。夕秀:晚上开放的花,比喻古人未述之意和未用之辞。秀,禾草之类的花。振:开。⑮须臾:片刻。抚:巡视,巡行。按:以上为《文赋》正文第二段,主要讲文学写作(包括文学创作)构思,描述创作构思过程中驰骋想象的情状:神与物游,不受时间和空间限制,伴随强烈感情活动和语言文字表述。

[译文]

　　创作构思开始的时候,视觉、听觉都要对外界停止一切活动,全神贯注,深深思索,广泛地询问与探求;心神飞驰在八方之外,遨游在万仞高空。文思到来的时候,情感由朦胧而越来越鲜明,各种物象也清晰地纷纷涌来。倾倒出群书百家的精华,含漱着六经的芳香甘美。想象有时浮游在天河之上,平安自在地漂流;有时又潜入地泉之下洗涤,在深处浸泡。有时言辞深藏,艰涩不畅,就像游鱼吞钩从深渊中慢慢钓出一样困难;有时美丽的辞藻联翩而至,又好像飞鸟中箭,从高空中突然坠下一样神速。收集百代厥疑未解的文字,采用千年无人使用的遗文。抛却前人用过的文意和言辞,就像丢弃开谢过的朝花,创造前人未曾用过的文意和言辞,就像开启尚未开放的晚蕾。可以在片刻之间观察古往今来,也可一眨眼工夫巡行四海八方。

　　4. 然后选义按部①,考辞就班②,抱景者咸叩,怀响者毕弹③。或因枝以振叶,或沿波而讨源④。或本隐以之显,或求易而得难⑤。或虎变而兽扰，或龙见而鸟澜⑥。或妥帖而易施，或岨峿而不安⑦。罄澄心以凝思，眇众虑而为言⑧。笼天地于形内，挫万物于笔端⑨。始踯躅于燥吻⑩，终流离于濡翰⑪。理扶质以立干，文垂条而结繁⑫。信情貌之不差⑬，故每变而在颜。思涉乐其必笑，方言哀而已叹⑭。或操觚以率尔⑮，或含毫而邈然⑯。

[注释]

①选义：选择所要表达的内容。义，义理，文中所要写的事理。按部：按事义安排章节层次，分段布局。按，依照。部，部位，指章节、层次、段落。②考辞：考究应用的文词字句。就班：归于位次，指把词句安排在恰当的位置。就，归于。班，位次。③"抱景"二句：大意为凡是有形象有声音的都研究，要尽量掌握事物的形状和声音，将其确切地描写出来。抱景，作者所掌握的形象。抱，掌握。景，同影，指创作中的形象，一云指光色。叩，敲，指询问，研究。怀响，作者所掌握的一切能发声的东西。怀，同"抱"，掌握。弹，即"叩"，敲击，研究。④"或因"二句：大意为写文章有时由本及末，先树要领；有时由末及本，最后点名主旨。或，有的。因，通过。枝，枝干，指文章的主要部分。振，摇动。沿波，指文章次要部分。讨，探讨。源，源头，指文章的主旨。⑤本：本来。隐：隐晦，不显豁。之：到。⑥"或虎"二句：大意为写文章有时主要内容一旦确定，陪衬的内容就会随之安排妥帖，就像猛虎一啸而百兽驯服；有时则重点虽立但次要意思却散乱不合，好像蛟龙腾现而众鸟惊散。虎变，语出《易·革卦》"大人虎变，其炳也"句，喻指文中主要内容已确立。扰，驯服。龙见，语出《庄子·在宥》"尸居而龙见"句，喻指文章根本已立。见，同"现"。澜，涣散，散乱。⑦妥帖：恰当。易施：宽容安排。岨峿（jǔ yǔ）：同"龃龉"，抵触不合，不协调。不安：不合适，不恰当。⑧罄（qìng）：尽。澄心：澄明、清静之心。眇众虑：精妙组织纷繁的思绪，语本《易·说卦传》"神也者，妙万物而为言者也"句。眇，同"妙"，这里有精妙地组织概括的意思。众虑，各种思绪，指思绪纷乱。⑨形：指文章形体。挫：折，引申为收拾。⑩踯躅（zhí zhú）：徘徊不前，此处比喻言辞去取不定。燥吻：干燥的口唇，指吟哦不决，致唇干舌燥。⑪流离：同"流利"，指文笔酣畅。濡翰：饱蘸墨汁的笔。濡，浸湿。翰，毛笔。⑫"理

扶"二句：以树干与枝条的关系，比喻文章内容与文采的主从关系。理，事理，指文章的思想内容。扶，树立。质，根本。以，而。干，主干。文，指文采，文辞。条，枝条。繁，指树上的花和果。⑬信：确实。情貌：分别指写作时的内在情感活动和外在的面部表情。不差：没有差别，指表里如一。⑭思：想，一云情思。方：刚。⑮操觚（gū）：拿起书写的木简，指写文章。觚，古代用来书写的方形木简。率尔：轻易，迅速的样子，指文思敏捷不假思索。尔，语尾词。⑯含毫：吮笔。毫，笔头上的毛，指笔头。邈然：杳远的样子。邈，缈，远。按：以上为《文赋》正文第三段，主要讲构思之后进入写作过程时必须认真考虑全篇的艺术结构问题，其总的原则是使意和辞都能充分地发挥它的作用，还具体列举了六种不同的结构方式。

[译文]

随后选择所要表达的内容，依照章节层次分段布局，考究确切恰当的词句，安排布置在适当的地方。有形象的都要摸清它的形状色彩，有声音的都要搞准它的声响特色。写文章有时由本及末，先树要领，就像先立树干，通过树干振动树叶；有时由末及本，最后点明主旨，犹如顺着水流逆向探求源头。有时从隐晦处入手逐渐使意义明显，有时从浅显处开始由易到难。有时主要内容确立，次要内容就会全部安排妥帖，就像猛虎啸而百兽驯服；有时重点虽立，但次要意义却散乱不合，犹如蛟龙现而众鸟惊散。有时信手写来十分贴切，有时再三推敲总不合适。竭尽澄明之心来凝神思索，精妙组织纷繁的思绪而发为篇章。把天地间的一切都囊括在文章形体之内，把万事万物都描绘于笔端。开始时久久吟哦，言辞难发，唇干舌燥；最后终于文笔流利，酣畅成文。把文章的思想内容树立为根本就好比树木立起主干，文辞好像垂下的枝条结满了花果。写作时内在情感与面部表情确实要相一致，内心每有变化必然在面部表现出来：想到快乐的事就一定发笑，刚说到悲哀的事就已经长叹。有时拿起木简便任意挥洒，有时吮着笔尖而文思茫然。

5. 伊兹事之可乐，固圣贤之所钦①。课虚无以责有，叩寂寞而求音②。函绵邈于尺素③，吐滂沛乎寸心④。言恢之而弥广，思按之而愈深⑤。播芳蕤之馥馥，发青条之森森⑥。粲风飞而猋竖⑦，郁云起乎翰林⑧。

[注释]

①伊：发声词，犹唯。兹事：指创作这件事。兹，此。固：本来。钦：钦美向往。②"课虚"二句：借用道家有无生成关系，比喻作家通过想象构思即可产生有声有色的文章，上句是从无形到有形，下句是从无声到有声，正如钱钟书《管锥编》所解的："陆语自指作文时之心思。思之思之，无中生有，寂里出音，言语道穷而忽通，心行绝路而顿转。"课、责，皆求索、考察之意。有，实在的。叩，敲击。寂寞，指寂静无声。求，求取。③函：通"含"，包含。绵邈：辽远。尺素：一尺长的白色生绢，说明生绢很短，借指文章短。素，白色生绢，古人用来书写。④吐：倾吐，指写出来的文章。滂(pāng)沛：气势盛大的样子。寸心：心位于胸中方寸之地，故称寸心，喻指小。⑤恢：恢宏，扩大，引申。弥：更加。按：抑，探求，开掘。⑥播：传播，播散。芳蕤(ruí)：芬芳的草木之花。蕤，草木花下垂貌。馥馥(fù)：香气浓郁。馥，香气，芳香。发：生，生长。森：林木枝叶茂盛的样子。⑦粲：粲然，灿烂，明丽、鲜明的样子。猋(biāo)：同"飚"，自下而上的暴风，即旋风。⑧郁：美盛的样子。翰林：毛笔多如树林，即文章之林，借指文坛。翰，毛笔。按：以上为《文赋》正文第四段，主要讲文章写作（包括文学创作）的乐趣。第一至第四段为全赋的前半篇，描述文章写作（包括文学创作）构思创作直到写作完成的全过程。以后各段分论文章写作（包括文学创作）的各种利害问题。

[译文]

文学创作的快乐，本来就是圣人贤哲们所钦慕的。从虚无中探求而塑造出实在的形象，在寂静无声处敲击出音响。尺素长短中包容辽远的意境，方寸之心中倾吐博大的思想。言辞越扩大含义越广博，思想越开掘内容越深刻。美好的作品就像播散着芳香的花朵，香气浓郁；又像生出浓绿枝条的林木，枝叶茂盛。灿烂如飚风飞动吹向高空，美盛如彩云升起笼罩文坛。

6. 体有万殊，物无一量①，纷纭挥霍，形难为状②。辞程才以效伎③，意司契而为匠④。在有无而俛俛⑤，当浅深而不让⑥。虽离方而遁圆，期穷形而尽相⑦。故夫夸目者尚奢⑧，惬心者贵当⑨。言穷者无隘⑩，论达者唯旷⑪。诗缘情而绮靡⑫，赋体物而浏亮⑬。碑披文以相质⑭，诔缠绵而凄怆⑮。铭博约而温润⑯，箴顿挫而清壮⑰。颂优游以彬蔚⑱，论精微而朗畅⑲。奏平彻以闲雅⑳，说炜晔而谲诳㉑。虽区分之在兹，亦禁邪而制放㉒。要辞达而理举，故无取乎冗长㉓。

[注释]

①体：文体，指文章的体貌特征。万殊：千差万别。物：外物，指物象。一量：统一的标准。量，分限，标准。②纷纭：杂乱，形容文体多。挥霍：变化疾速，形容事物变化快。状：描摹。③辞：文辞、辞藻。程才：呈现才能。程，显示。效伎：发挥技艺。效，献，发挥。伎，技巧，技艺。④意：文意。司契：掌握关键。司，主掌，掌管。契，契约，法规，指关键。为：犹为，犹如。匠：巧匠，指施工的指挥者，犹今之总工程师。⑤"在有"句：语出《诗经·邶风·谷风》"何有何亡（无），黾勉求之"之句，原意为不管家里有没有财富，都要努力去创造，此处指不管有没有好的文辞，都要努力探索，斟酌去取。俛俛（mǐn miǎn）：勉力，努力。⑥"当浅"句：化用《诗经·邶风·谷风》"就其深矣，方之舟之。就其浅矣，泳之游之"诗意，原诗喻意为不论家中遇到什么困难都要努力去克服，此处指面对文章的立意，当浅当深要当仁不让，努力处理恰当。当，面对，遇到。不让，语出《论语·卫灵公》"子曰：当仁不让于师"句，意为毫不谦让。⑦"虽离"二句：大意为写文章虽然可以不拘泥于规矩，但最终目的还是为了表现事物能穷形尽相。另一种解释为，方者须离方去说方，圆者须离圆去说圆，期望在不似之似当中穷形尽相。离、遁，离开、回避。方、圆，方尺、圆规，指写文章的规矩、法则。穷

形而尽相,指把事物的形貌表现得淋漓尽致,把事物描写得淋漓尽致。⑧夸目者:指喜欢在人眼前夸张炫耀的作者。奢:浮华,华艳。⑨惬(qiè)心者:指喜欢切合事理恰当描写心意的作者。贵当:重视贴切精当。贵,重视。当,严密贴切。⑩言穷者:指善于用言辞穷形尽相的作者。穷,指穷尽事物的体貌特征。无隘:指文辞充沛,表达思想无障碍。隘,险要关隘,指障碍。⑪论达者:指讨论问题善于把思想表达清楚的作者。达,钱钟书《管锥编》解为"达是达诂之达"。唯:助词,无义。旷:旷放,指文词、气势畅达旷放。按:以上四句主要说明作者个性不同,作品风格则各异。⑫缘情:缘于情,因情而生。缘,因。绮(qǐ)靡:美好,指文辞美丽,音调和谐。绮,文采美。靡,音调美。⑬体物:描摹事物。体,体现,表现。浏亮:清明,指文辞清楚明白。⑭碑:指碑文,有庙宇宫殿碑、墓碑、记功记事碑等,作为文体的一种主要用于刻记功德,此处当指墓碑碑文,与曹丕《典论·论文》"铭诔尚实"之"铭"同。披:披露,散布。文:文采。相质:指以文辅质、文质相称。相,辅助。质,指内容质实、实在。⑮诔(lěi):一种哀祭文体,人死后称述其德行事迹,表示哀悼。缠绵:指感情悲伤不已,绵绵不断。凄怆:感伤悲痛。⑯铭:铭文,刻在器物上的一种文体,或用于记事称德,或用于警示规避。博约:指内容广博,文辞简约。温润:温和柔润。⑰箴(zhēn):一种用于讥讽得失、针砭世事、表示警戒的文体。顿挫:停顿转折,抑扬顿挫。清壮:指文辞清新,说理壮健有力。⑱颂:一种用于歌功颂德的文体。优游:指文本内容从容不迫。彬蔚:指文采华茂。彬,文质配合恰当。蔚,草木茂盛,或云文采会聚。⑲论:一种明辨是非的文体,这种文体是古代散文中的大宗,具体细分为论、议、辩、说、解、驳等多类。精微:精深入微。朗畅:明白通畅。朗,清朗明白。⑳奏:一种用于向君主陈述政事的奏章。平彻:平正透彻。闲雅:雍容文雅。闲,通"娴",本指举止文雅得体。㉑说(shuì):文体名,辩说文。炜晔(wěi yè):光采照耀。谲诳(jué kuàng):原意为欺诈蒙骗,此处为奇诡诱人,指文章变化多端,言辞诡辩惑人。谲,诡诈。诳,欺骗,迷惑。㉒区分:指以上十种文体的划分。禁邪:指文章禁止邪恶内容。制放:制止放荡,指控制放纵的文辞。制,控制,制止。㉓要:重要。一云总而言之。辞达:辞能达意,指文辞能完美地表达内容。理举:指道理能表述周全。举,全。故：同"固"，本来。冗（rǒng）：繁杂，烦琐。按：以上为《文赋》正文第五段，主要论述文章写作（包括文学创作）中的风格和体裁问题。强调文学风格多样化，总结多样化形成的原因为：客观事物本身丰富多样，作家个人的性格和爱好各异，文学作品的体裁各不相同。本段还提出了"诗缘情"命题。

[译文]

文体有千差万别，物象没有统一标准，文体纷纭复杂，物象瞬息万变，很难准确描摹它们的形状。辞藻呈现才能而发挥它的技艺，文意掌握关键而如同师匠。在有没有好辞可用的情况下都要用功推敲，面对文章立意该浅该深都应处理恰当。虽然写文章可离方遁圆不拘泥于规矩，目的仍是期望表现事物能穷形尽相。因此喜欢夸张炫耀的作者，作品崇尚浮华；追求描述恰切的作者，作品重视贴切精当；讲究言辞穷形尽相的作者，文笔流畅无碍；讨论问题善达主旨的作者，文辞畅达旷放。诗歌因情而生，美丽动人；辞赋描摹事物，清楚明亮。碑文散布文采，辅助质实的内容；诔文缠绵悱恻，令人悲伤。铭文意博辞约，温和柔润；箴言抑扬顿挫，文清理壮。颂文内容从容，辞采华美；论说文精深入微，明白通畅。奏章平正透彻，雍容文雅；辩说文光采照耀，诡奇夸张。各种文体虽有如上种种区别，但都禁止内容邪恶、文辞放荡。重要的是，各种文体都应做到辞能达意，道理讲得周全，本来就不必写得烦琐冗长。

7. 其为物也多姿①，其为体也屡迁②。其会意也尚巧③，其遣言也贵妍④。暨音声之迭代⑤，若五色之相宣⑥。虽逝止之无常⑦，固崎锜而难便⑧。苟达变而识次⑨，犹开流以纳泉⑩。如失机而后会⑪，恒操末以续颠⑫。谬玄黄之袟叙（秩序）⑬，故淟涊而不鲜⑭。

[注释]

①其：指文章，以下三句中的"其"字义同。一云发语词。物：指描写

附录 307

客观事物的文章。一云指客观事物。②体：指文章格式。迁：变化。③会意：构思立意。会，合。④遣言：遣辞造句。遣，运用。妍（yán）：美。⑤暨（jì）：及，到，至于。音声：音调声韵。迭代：互相更迭替代，指音调声韵富于变化。⑥五色：青、赤、黄、白、黑五种颜色，古代以此五色为正色，其他色为间色，此处泛指各种颜色。相宣：互相映衬而显现。宣，明，显明。⑦逝止：去留，动静，指文章体貌、立意、言辞、音调声韵等的变化。⑧固：本来。崎锜（qí qí）：不安的样子，不妥帖。便（pián）：安适，合适。⑨苟：假如，如果。达变：懂得变化的规律。达，通晓，懂得，明白。识次：了解变化的次序。识，认识，了解，知晓。次，舍止，与上两句"逝止"、"变"义同，指变化，也可直接理解为变化的次序。⑩开流：开通河道。纳泉：容纳百泉。⑪失机：失去当用的机会。后会：过后凑在一起。会，会合。⑫恒：常常。末：尾巴，末尾。续：连接。颠：头顶，开头。⑬谬玄黄：使玄黄错谬，泛指把各种色彩搞乱。一云天玄地黄，"谬玄黄"指把天地即上下次序搞乱。谬，错乱。玄，带赤的黑色，亦泛指黑色。秩序：次序。⑭涊淟（tiǎn niǎn）：秽浊，指颜色污浊不鲜。按：以上为《文赋》正文第六段，主要论述文章写作（包括文学创作）运用艺术技巧方面的几个基本原则：强调文学构思应当巧妙，词藻应当华美，音调声韵应当和谐而富有音乐性。

[译文]

　　文章作为描述客观事物的载体，千姿百态，文章的体式变化不断，文章的构思立意崇尚新巧，文章的遣词用语注重华美。还有音调声韵的富于变换，就像各种色彩相互搭配而更加鲜艳。尽管文章的体式、立意、言辞、声韵变化无常，本来就很难安排妥帖，但如果能懂得变化规律，了解变化次序，下笔写作时就会像开通河道、容纳百泉一样顺畅。如果错失良机，过后再凑合在一起，常常会拿着末尾去连接开头，好比色彩次序搞乱的锦绣，污垢秽浊而不新鲜。

8. 或仰逼于先条，或俯侵于后章①；或辞害而理比，或言顺而义妨②。离之则双美,合之则两伤③。考殿最于锱铢④,定去留于毫芒⑤;苟铨衡之所裁⑥,固应绳其必当⑦。

[注释]

①"或仰"二句:是说上下(前后)文发生矛盾或重复。仰逼,指后段文辞同上(前)文矛盾。仰,向上。逼,逼迫,侵犯。先条,指上文。条,科条。俯侵,指前段语句妨害了下文。俯,向下。侵,侵犯。后章,下文。②"或辞"二句:是说有时文辞不当而内容合适,有时文辞通顺而内容有妨害。辞、言:指文辞。害、妨:妨害,不妥当。理、义:指事理、道理、内容。比(bǐ):顺。③离:去掉。一云分离。之:指上两句的"辞害"和"义妨"。④考:考核,考较。殿最:古代考课的等差,语出《文选·文赋》李善注引三国吴人韦昭注,曰:"第一为最,极下曰殿。"又曰:"下功曰殿,上功曰最。"殿,评人之功时最低等级。最,评人之功时最高等级。锱铢(zī zhū):古代重量单位,喻细小,细微。锱,一两的四分之一。铢,一两的二十四分之一。⑤去留:取舍,删除还是保留。毫芒:毫毛和麦芒,喻细小、细微。"锱铢"和"毫芒"说明考义选辞必须严格。⑥苟:假如,如果。铨衡:两种衡量轻重的器具,此处指衡量,权衡。之:它,指文中毛病。所裁:裁掉所应该剪裁掉的。一云有所剪裁。⑦固:必须。一云诚然。应:应该。一云回应、符合、合乎。绳:木工取直木头的墨线。一云喻指标准,一云作动词"依标准纠正"讲。必当:使动用法,使其必然恰当。一云必然恰当。按:以上为《文赋》正文第七段,主要讲文章写作技巧之一:剪裁和剪裁的标准问题。

[译文]

有时后面段落与前文矛盾,有时前段语句妨害了后文。有时文辞不妥而内容合适,有时语言通顺而道理不通。将毛病去掉就内容形式都好,凑合在一起则两败俱伤。考较优劣要细致入微,决定取舍要察至毫芒。如果经过权衡有应当裁掉的地方,就必须依据标准纠正使其恰当(一译为:如果经过权衡有所剪裁,自然就会符合标准必然恰当)。

9. 或文繁理富,而意不指适①。极无两致②,尽不可益③。立片言而居要④,乃一篇之警策⑤。虽众辞之有条⑥,必待兹而效绩⑦。亮功多而累寡⑧,故取足而不易⑨。

[注释]

①理、意:指文意、事理、内容。指适(dí):指向目标,归向主旨。指,归向。适,主旨。②极无两致:文章不能有两个主题。钱钟书《管锥编》:"'极'……中也,今语所谓'中心思想','无两致'者,不容有二也。"致,到。按:此句承"理富"而言。③尽不可益:意思表述完了便不可再增添内容。益,增加。按:此句承"文繁"而言。④片言:片段言论,简短话语,指警句。居要:处于扼要、关键的地方。⑤警策:指中心思想、主旨。原意为以马鞭打马催其疾奔,喻以片言而显主旨。警,警示。策,马鞭,用为动词"以马鞭打马"。⑥众辞:指警策以外的辞句。有条:文辞众多,"条"乃上文"垂条"之"条"。一云有条理。⑦兹:此,指片言警句。效绩:发挥效力,发挥功效。效,献出,发挥。绩,功绩,功能。⑧亮:同"谅",确实,真的。累寡:弊病少。累,拖累,指毛病。⑨取足:指取此片言则足,不取用则不足,指取决于片言。易:更改,改易。按:以上为《文赋》正文第八段,主要讲文章写作技巧之二:立警句问题。认为警句能彰显全篇主旨,不同于后世所说的一般意义上的"警句"。

[译文]

有时文辞繁多,内容丰富,但文意却没有归向主旨。文章不能有两个主题,意思表述完了就不要再表述。在文章的关键之处要突出片言警句,才能彰显全文的主旨。尽管众多的文辞丰富如垂条,但必须等待警句发挥效力。警句在文章中确实是功效多而弊病少,所以取之为足而不加改易。

10. 或藻思绮合①,清丽千眠②。炳若缛绣③,凄若繁弦④。必所拟之不殊⑤,乃暗合乎曩篇⑥,虽杼轴于予怀⑦,怵他人之我先⑧。苟伤廉而愆义⑨,亦虽爱而必捐⑩。

[注释]

①藻思：辞藻和文思。藻，指文辞美丽有文采。绮合：如同彩绮之合，指既美丽又结合完美。绮，有花纹的丝织品。②清丽：清新华丽。千眠：同"芊（qiān）"眠、芊绵，连绵词，草木茂盛的样子，此指光色鲜明。③炳：光明，光耀。缛绣：五色鲜艳的锦绣。缛，彩饰繁盛。绣，刺绣，或指五色俱备。④凄：凄切哀婉动人，魏晋以乐调凄切哀婉为美。繁弦：旋律繁富多变的弦乐。杨明《文赋译注》云："繁弦与平和中正之雅乐相对，以情性摇荡、流连哀思为美，故曰凄若繁弦。"⑤必：如果，假使。所拟：指所创作的作品。拟，揣度，构思，指撰写。一云模拟。不殊：不特殊，没有自己的特点。⑥乃：才，是。暗合：不谋而合。曩（nǎng）篇：过去的优秀作品。曩，从前，以往。⑦杼（zhù）轴：织布机的主要部件，作动词用，喻创作构思。杼，梭子，织布时管纬线。轴（柚），筘，织布时管经线。⑧怵（chù）：惧怕，担心。之：到。⑨伤廉：伤害廉耻，指因袭模拟行为。愆（qiān）义：违背道义，亦指因袭模拟行为。愆，丧失。⑩捐：抛弃，丢弃。按：以上为《文赋》正文第九段，主要讲文章写作技巧之三：独创性问题。他力主戒雷同、反因袭，即使是与前人自然暗合，也要毅然割爱。

[译文]

有时辞藻与文思结合得如同彩绮，花纹清丽色泽鲜明。辞采光耀如同五色的锦绣，声调悲切如同繁复的弦声。但是如果这些作品没有个人特点，只是暗合于前人的优秀之篇，尽管纯属自己内心的创造，也惧怕是别人在我之前想到的。假如有因袭剽窃的伤廉背义之嫌，即使心爱难舍也必须抛弃丢远。

11. 或苕发颖竖①，离众绝致②，形不可逐，响难为系③。块孤立而特峙④，非常音之所纬⑤。心牢落而无偶，意徘徊而不能揥⑥。石韫玉而山辉，水怀珠而川媚⑦。彼榛楛之勿剪，亦蒙荣于集翠⑧。缀《下里》于《白雪》，吾亦济夫所伟⑨。

[注释]

①苕（tiáo）：芦苇花，亦泛指草花。发：指开放。颖：禾穗。②离众：

出众,超越一般。绝致:风神超群。绝,最,冠绝,超绝。致,体态风神。按:以上两句以苇花、禾穗超群,喻文中时有超越常言的佳句。③"形不"二句:语本《鹖冠子·泰录》"影则随形,响则应声"之句而反用其意,以影子追不上形体,回响系不住声音,喻常句配不上佳句,佳句不易创造。逐,追赶,指影追形。响,回声。为,做。系(jì),拴系。④块:孤独。孤立、特峙(zhì):都是指特别突出。峙,屹立。⑤常音:平常的音调,喻一般文句。所纬:所能经纬交织的,喻一般的文句所能匹配。纬,纬线,喻配合。⑥牢落:辽落,内心落漠、失落。掭(dì):摘去,捐弃,舍弃。⑦"石韫(yùn)"二句:语本《荀子·劝学》"玉在山而草木润,渊生珠而岸不枯"句。大意是说就像玉在石中则山放光辉、珠含水内则河流生媚一样,文中佳句会使全篇文章生辉。韫,蕴藏,蕴含。怀,含。媚,美好。⑧"彼榛(zhēn)"二句:是说丛生的荆棘不被剪伐,得益于上面有翠鸟停留,比喻平庸之句因佳句而得以保留。榛楛(hù):荆棘,喻文中平庸之句。蒙荣,蒙受荣耀。翠,翠鸟,喻文中佳句。⑨"缀《下里》"二句:《下里巴人》连缀《阳春白雪》,说明平庸之句能烘托成就佳句之美。缀,连缀、连接。《下里》,即《下里巴人》,俚俗歌谣。《白雪》,即《阳春白雪》,高雅歌曲,均见宋玉《对楚王问》。济,帮助,成全,成就,指烘托。伟,奇异,高雅之美。按:以上是《文赋》正文的第十段,主要讲文章写作技巧之四:即庸音问题。认为平庸的文句可得益于佳句而保留下来,反过来庸句也可以烘托成就佳句之美。

[译文]

有时佳句如苇花开放、禾穗竖立,高挺出众而风神超群;又如形体不能被影子追上,回响难与声音保持联系。这些佳句独特而突出,不是平庸辞句所能匹配。找不到与佳句搭配的合适辞句而内心失落,又犹豫徘徊不忍把它舍弃。佳句会使全文变美,犹如石中藏玉则山放光辉,水中含珠则川生秀媚。庸句因佳句得以保留,正如那丛生的荆棘不被剪除,亦得益于上面翠鸟会集。又如将《下里巴人》与《阳春白雪》连缀,我也借平凡文句烘托出佳句的奇异之类。

12. 或托言于短韵①,对穷迹而孤兴②。俯寂寞而无友③,仰寥廓而莫承④。譬偏弦之独张⑤,含清唱而靡应⑥。

[注释]

①托言:寄托言辞,指写作。短韵:指篇幅很短的小文。②穷迹:寡少的事迹。一云幽穷无人迹之处。孤兴:单调的情致。兴,兴致,情致。一云起兴。③俯:向下,指下文。寂寞:指孤单无伴。无友:指下文没有内容与此相配合。④仰:向上,指上文。寥廓:广阔,空旷。莫承:无所承接,无法承接上文。⑤偏弦:指乐器上单独一弦,即半边弦。独张:单独张弦弹奏。张,张开,指弹奏。一云琴瑟的上弦曰张。⑥清唱:清脆的声音。靡应:没有呼应,即弹不出曲调。靡,无,没有。按:以上为《文赋》正文第十一段,从这一段开始至第十五段分论文病。这一段主要讲文病之一:清而无应——篇幅短小,不足成文。

[译文]

有的文章篇幅短小,记事寡少而情致单调。往下孤单而无相伴之语,往上空旷而无承接之句。好比琴上只有一根丝弦单独弹奏,虽含清音却因没有呼应而弹不出曲调。

13. 或寄辞于瘁音①,徒靡言(言徒靡)而弗华②。混妍蚩而成体③,累良质而为瑕④。象下管之偏疾⑤,故虽应而不和⑥。

[注释]

①寄辞:寄托文辞,指写作。瘁音:憔悴无力的声音,指缺乏生气没有力量的言辞。②靡:美丽。华:光华,光采。③混:使动用法。妍蚩:美丑好坏。"妍"指"靡辞","蚩"指"瘁音"。成体:组成一个整体,指勉强组成文章。④累:拖累、连累,指损害。良质:好质地的美玉,喻指好文辞的材料。瑕:玉的斑点,比喻缺点。⑤下管:古代歌舞时在堂下吹奏的管乐。古代举行祭飨等典礼时,歌唱者在堂上,称为升歌、登歌,管乐则在堂下,故称下管。偏疾:过快,过急。⑥应:相呼应,指下管与升歌二者间奏,互相呼应。和:和谐。按:以上为《文赋》正文第十二段,主要讲文病之二:应而不合

——好文辞与坏文辞相混,勉强凑合成章,文不和谐。与第十段所讲瑕烘托瑜相反,此讲瑕拖累瑜。

[译文]

有的文章文辞憔悴缺乏生气,徒然美丽而没有光泽。让好的靡辞与坏的瘁音勉强混合成文,好的材料也遭连累变成缺点。就像堂下管乐节拍过急,虽然堂上演唱呼应,但是并不和谐。

14. 或遗理以存异①,徒寻虚而逐微②。言寡情而鲜爱,辞浮漂而不归③。犹弦么而徽急④,故虽和而不悲⑤。

[注释]

①遗理:遗弃义理内容,指忽视文章内容。遗,遗弃,抛弃。存异:保存奇异,指崇尚文辞新奇。异,奇异文辞。②徒:只,单单。寻虚:追求虚浮、浮华。逐微:用力于细微末节。③言:指行文。寡、鲜:少。不归:没有归宿。④弦么(yāo):琴弦细小。古琴有七弦,么弦最细,声音最高。么,此处不作么弦讲,指细小。徽急:急促弹奏。一云指琴弦紧绷。徽,系弦之绳。急,急促。一云弦紧。⑤悲:古人尤其魏晋时代的人,崇尚悲声,故以悲形容音乐动人和音乐美。按:以上为《文赋》正文第十三段,主要讲文病之三:和而不悲——轻内容而重辞新,缺乏真情实感,难以动人。

[译文]

有的文章忽视内容而崇尚文辞新奇,只追求虚浮和无关宏旨的细微末节。文中没有真情实感而缺少爱憎,文辞浮漂而不着边际。就好像琴弦细小而又琴调急促,所以虽然声音和谐却不悲切动人。

15. 或奔放以谐和①,务嘈囋而妖冶②。徒悦目而偶俗③,固声高而曲下④。寤《防露》与《桑间》⑤,又虽悲而不雅⑥。

[注释]

①奔放:指放纵情思。谐和:和谐,相合,指迎合时好和世俗。②务:追求,致力于。嘈囋(cáo zá):声音喧闹。此处指浮艳之声。妖冶:原指女

子艳媚之态,此指妖艳不实之辞。③徒:只,单单。悦目:使动用法,使耳目愉悦。目,代指耳和目等感觉器官。偶俗:投合世俗。偶,合。④固:必定,必然。声高:声调高。曲下:曲品卑下。⑤寤:通"悟",领悟,认识到。《防露》、《桑间》:分别为古代俗曲和情歌名,旧时被斥为淫乐。⑥悲:此处指哀婉动人。不雅:不合雅正之乐,亦指不雅正。按:以上为《文赋》正文第十四段,主要讲文病之四:悲而不雅——迎合世俗,格调卑下。

[译文]

有的文章放纵情感来迎合世俗,追求浮艳之声和妖艳之辞。只知投合世俗爱好,寻求耳目愉悦,作品必然声调高响而曲品卑下。要知道《防露》、《桑间》一类的情歌艳曲,虽然哀婉动人却并不雅正。

16. 或清虚以婉约①,每除烦而去滥②。阙大羹之遗味,同朱弦之清泛③。虽一唱而三叹④,固既雅而不艳⑤。

[注释]

①清虚:清素淡泊。婉约:委婉简约,亦指质朴简约。②每:常常。除、去:去掉,删除。烦:指文辞烦琐,芜杂。滥:虚饰多余。③"阙大"二句:语本《礼记·乐记》,原文云:"清庙之瑟,朱弦而疏越,一唱而三叹,有遗音者矣;大飨之礼,尚玄酒而俎腥鱼,大羹不和,有遗味者矣。"此处比喻有的文章缺少大羹所遗弃的五味,又有古弦弹奏古乐的清泛,古朴有余而艳美不足。阙,同"缺",缺少。大羹,即太羹,不调五味的肉汁。遗味,遗弃不要的味。朱弦,朱红色熟丝做成的琴瑟之弦。清泛,清散,不繁密,形容古乐质朴。④一唱而三叹:语出上引《礼记·乐记》,意为一人唱三人和,是说宗庙乐歌唱的人与和的人都少,质朴简单,不求动听。⑤固:确实。既:已经。按:以上为《文赋》正文第十五段,主要讲文病之五:雅而不艳——过分简约质朴,缺少文采。正文第十一至十五段论文病的同时,提出了应、和、悲、雅、艳的审美标准。

[译文]

有的文章清素淡泊、质朴简约,常常除去文辞的芜杂和冗滥。

既缺少祭祀时大羹所遗弃的五味，又像太庙中朱弦演奏的声音那样清散。尽管是一人唱三人和，但确实是雅正而不羡艳。

17. 若夫丰约之裁①，俯仰之形②，因宜适变③，曲有微情④。或言拙而喻巧⑤，或理朴而辞轻⑥。或袭故而弥新，或沿浊而更清⑦。或览之而必察，或研之而后精⑧。譬犹舞者赴节以投袂⑨，歌者应弦而遣声⑩。是盖轮扁［之］所不得言⑪，故亦非华说之所能精⑫。

[注释]

①若夫：至于那。丰约：指文辞的丰腴与简约。丰，丰腴，繁富。一云艳。约，简约。一云雅。裁：体制，样式。一云剪裁。②俯仰：指文辞或上或下的位置。形：形体。一云文章布局安排。③因宜适变：因其宜而适其变，对应序文"随手之变"，就是说根据文章内容形式所需，适当随手变化。因，根据。宜，合适。适，适当。④曲：委屈细致。微：微妙，精妙。⑤喻巧：所明之意巧妙。喻，明，指文章所明之意。一云比喻。⑥理朴：事理、道理朴素。一云事理、道理一般平常。辞轻：指语言风格轻丽清新。⑦"或袭"二句：阐说推陈出新、化腐朽为神奇之意。故，指前人的作品。弥，更。沿，出自，从……出。⑧察：觉察，感知。精：精髓，精妙之处。⑨赴节：合着乐曲的节拍。赴，赶赴，追随。投：挥动，振起。袂（mèi）：衣袖。⑩应弦：应和琴弦。遣：发，放。⑪是：此，这。轮扁：《庄子·天道》中人物，以砍制车轮为业，名扁。他向齐桓公所讲的砍伐木头制作车轮的奥妙是"不徐不疾，得之于手而应于心，口不能言，有数存焉于其间"，即只能自己体会而说不出来。此处用轮扁的典故比喻创作的奥妙只可意会不可言传。⑫华说：华美的言辞。说，说辞，言辞。精：精深，指说清楚，说明白。按：以上为《文赋》正文第十六段，主要阐发序文中"随手之变，良难以辞逮"的观点。

[译文]

至于文章体式的丰腴或简约，形态的下俯或上仰，都要根据文章的需要适当随手变化，有种种细致微妙的情形。有的言辞看似朴拙而表明的文意巧妙,有的所讲事理平常而语言风格轻丽清新。有的袭用旧作而更出新意,有的出自污浊之作而成清秀之品。有的作品一读就能觉察其妙,有的作品钻研之后才能知道精髓。就像跳舞的人合着节拍挥动衣袖,唱歌的人应和琴弦而发声高唱。这大概就是轮扁所不能言传的应心得手之妙,所以也不是华美的言辞所能阐说清楚的。

18. 普辞条与文律①,良余膺之所服②。练世情之常尤③,识前修之所淑④。虽浚发于巧心,或受嗤(蚩)于拙目⑤。彼琼敷与玉藻⑥,若中原之有菽⑦。同橐籥之罔穷⑧,与天地乎并育。虽纷蔼于此世,嗟不盈于予掬⑨。患挈瓶之屡空⑩,病昌言之难属⑪。故踸踔于短垣⑫,放庸音以足曲⑬。恒遗恨以终篇,岂怀盈而自足⑭。惧蒙尘于叩缶⑮,顾取笑乎鸣玉⑯。

[注释]

①普:普遍,全面,指所有。辞条:语法修辞规则,指运用语言写作的规律。文律:写作法规,作文法式。②良:确实,的确。膺:胸,指心中。服:服从,信守,遵从。③练:谙练,熟悉。世情:世人,指当代的作家。常尤:通病。常,通常,普遍;尤,过失,毛病。④前修:前贤,前代的贤人或名人,指前代作家。修,善,美好。所淑:所擅长的,所优长的。淑,善。⑤浚:深。嗤(chī):讥笑。⑥琼敷:琼花,一种珍贵的观赏植物。敷,借为尊,花。玉藻:古代王冕前面下垂的饰物,以米色丝绳(即藻)贯穿玉珠,故称。此处琼敷和玉藻皆比喻华美的辞藻。⑦若中原之有菽:语出《诗经·小雅·小宛》"中原有菽,庶民采之"诗句,郑玄注诗句为"菽生原野,没有主人,任人采用"。陆机此处亦有丽藻无主唯高手可得之意。⑧橐籥(tuó yuè):风箱,橐为外箱,籥为内管。一云橐为吹火囊,籥为管乐器,是两种器物。罔:无。⑨纷蔼(ǎi):繁多。蔼,果实繁盛貌。掬(jū):两手捧之,此处指一掬,即一捧。⑩挈(qiè)瓶:挈瓶之智的简称,语出《左传·昭公七年》,意为汲水小瓶的智慧,或云用小瓶汲水的智慧,或以用小瓶汲水

简单喻小智小慧，借喻文思少。掔：提。一云下垂。屡空：语出《论语·先进》"回也其庶乎，屡空"之句，原指贫穷，此处指常空，喻文思贫乏。⑪病：与上句"患"同，苦于，抱憾，抱恨。昌言：美言，指过去的优秀作品。难属（zhǔ）：难以为继。属，接续。⑫踸踔（chěn chuō）：语出《庄子·秋水》，跛行，即瘸腿或单足行走的样子，比喻才智小。短垣：矮墙。⑬足曲：凑足一支曲子，喻指凑足一篇文章。⑭终篇：指写作完了。怀盈：心怀满足的心情。盈，满足。⑮蒙尘：喻蒙辱。叩缶（fǒu）：敲击瓦器，指演奏秦人俗乐，此自喻庸才。缶，一种大肚小口的瓦器，秦人用作敲击乐器。⑯顾：反而，却。鸣玉：敲击玉磬，喻前贤。鸣，使动用法，故解为敲击。按：以上为《文赋》正文第十七段，主要阐发序文中"非知之难，能之难"的观点，感慨写作不易。

[译文]

所有运用语言的规律与写作法则，我确实在心中遵从不忘。熟悉当代作家的通病，了解前贤作品的优长。有些文章虽然是经过巧心的深思创作出来的，但有时仍难免遭到眼光拙劣之人的讥笑。那些琼花玉藻般的华美文辞，就像原野上的豆子一样任人采摘。又如同风箱鼓风无穷无尽，与蓝天大地共生并存。虽然这世上美丽的辞藻丰富多彩，可叹我掌握的还不满一捧。抱憾自己才思贫乏像汲水小瓶腹内常空，苦于古代优秀作品的传统难以接续。所以好像一个跛脚人仅能在矮墙之间跳来跳去，放声高唱平庸之音来凑足一支曲子（用平庸文辞凑足一篇文章），常常在写完以后深感遗恨，哪里还敢有自我满足的想法？惧怕自己敲打瓦罐发出噪音而蒙受羞辱，反而被敲击玉磬发出美妙之音的前贤所讥笑。

19. 若夫应感之会①，通塞之纪②，来不可遏，去不可止③。藏若景灭④，行犹响起⑤。方天机之骏利⑥，夫何纷而不理⑦。思风发于胸臆⑧，言泉流于唇齿。纷葳蕤以馺遝⑨，唯毫素之所拟⑩。文徽徽以溢目⑪，音泠泠而盈耳⑫。及其六情底滞⑬，志往神留⑭。兀若枯木⑮，豁若涸流⑯。揽营魂以探赜⑰，顿精爽而自求⑱。理翳翳而愈伏⑲，思乙乙（轧轧）其若抽⑳。是以或竭情而多悔㉑，或率意而寡尤㉒。虽兹物之在我，非余力之所戮㉓。故时抚空怀而自惋㉔，吾未识夫开塞之所由㉕。

[注释]

①应感之会：心物感应之际。应感，心应物而生感，即灵感，"感"指物感人，"应"指人应物。会，时机，际会。②通塞之纪：指文思通畅与阻塞的规律。纪，规律。③"来不"二句：指灵感的表现特征，语本《庄子·田子方》"吾以其来不可却也，其去不可止也"句。创作灵感说来就来无法拦截，说去就去无法挽留。它稍纵即逝，具有不自觉性，不受理智性意向左右。遏，遏止，拦挡。止，停住，挽留。④藏：指文思消失。景（yǐng）："影"的本字，影子。灭：消失。⑤行：指文思涌起。响起，一云声音响起，回声突起。⑥方：当。天机：原为神秘的天意，指自然之性，此喻指灵感、神妙文思。骏利：迅速流利，指文思敏锐，文思奔涌。⑦纷：凌乱，纷乱，指凌乱的思绪意象等。理：治，指梳理。⑧思：文思。风发：像疾风一样鼓荡。⑨纷：众多，本句似指意象。葳蕤（wēi ruí）：花木繁盛的样子。飒遝（sà tà）：前后相继不断，引申为众多的样子。⑩毫素：皆书写工具。毫，毛笔。素，帛。拟：起草，摹写。⑪徽徽：指文采美丽华盛。溢目：充满于眼前。溢，满。⑫泠泠（líng）：形容声音清脆悦耳。⑬六情：指人的喜、怒、哀、乐、好、恶六种感情。底滞（zhì）：停止，凝滞。底，至尽头而停止。滞，因阻塞而不通。⑭志往：心志向往前进。志，思想意向。一云有志于向往，即想要向往。神留：指神思滞留。神，神思，思维。⑮兀（wù）：没有知觉的样子。一云呆呆不动的样子。枯木：喻文思停止。⑯豁：空洞的样子。一云枯竭的样子。涸（hé）流：喻文思枯竭。⑰揽：收敛，收起。营魂：灵魂。营、魂义同，同义复合词。探赜（zé）：探索奥秘。赜，幽深玄奥。⑱顿：提，提起。精爽：灵魂，指精神。自求：独自探求。⑲理：道理，指作文之理。翳翳（yì）：隐晦不明。一云掩蔽貌。伏：潜伏。⑳轧轧（yà）：难出的样子。抽：抽取。㉑是以：因此。情：指思虑。悔：指遗憾。㉒率意：随意，任意。率，草率，粗疏。尤：过失，过错。㉓兹物：此物，指文章。一云指灵感。戮（lù）：努力，勉力。

指努力做到或努力左右的事情。㉔时：时时，时常。抚：抚摸，安抚，抚慰。空怀：空虚的情怀，空洞的情怀。惋：惊叹，感叹。㉕未识：还没有理解。识，理解。开：指灵感的到来。塞：指灵感的离去。所由：所发生的根由。由，根由，缘由，原因。按：以上为《文赋》正文第十八段，主要讨论文学创作中的灵感问题：具体描述文思开塞之情状，并说明尚不了解其发生的真正原因。

[译文]

至于讲到心物感应的时机，文思通畅与阻塞的规律，它的特点是说来就来不可阻挡，说去就去不可挽留。藏匿时好像影子立刻消失，涌现时又如同声音突然响起。当灵感到来文思奔涌时，什么凌乱的思绪不能梳理？文思像疾风一样在胸中鼓荡，言辞像泉水一样从口里流出。思绪意象丰富多彩，只等着手中的笔和纸摹拟出来。所写文章美丽华盛的文采充溢眼前，清脆动听的音韵存满耳中。等到灵感逝去六情凝滞时，意向虽想往前而思维却滞留不动。文思呆然如干枯的树木，才情空荡如干涸的河流。竭尽心力探索奥秘，提起精神独自探求。但结果是文理隐晦越挖潜伏越深，文思难出仿佛抽丝断断续续。因此有时竭尽思虑而作品却很多遗憾，有时随意写来反而很少过失。虽然文章是在我手中写出的，但灵感的来去、文思的开塞却不是我个人努力就能左右的。所以常常抚摸着空虚的情怀而自叹，我还没有理解文思之所以或畅通或阻塞所发生的真正缘由。

20. 伊兹文之为用①，固众理之所因②。恢万里而无阂③，通亿载而为津④。俯殆则于来叶⑤，仰观象乎古人⑥。济文武于将坠⑦，宣风声于不泯⑧。涂无远而不弥，理无微而弗纶⑨。配沾润于云雨，象变化乎鬼神⑩。被金石而德广⑪，流管弦而日新⑫。

[注释]

①伊：语助词，同"维"。兹文：泛指文章。为用：作用。②固：固然，

当然，本来。众理：各种道理，各种义理。所因：所凭借的。因，凭借。⑧恢：扩大。阃：阻碍，阻限。④载：年。津：渡口，此处指津梁、桥梁。⑤俯：指往下，往后。贻则：遗留法则，指垂范。来叶：后世。叶，世，时期。⑥仰：往上，往前。观象：取法，指取德。观，指学习吸取。象，法，指德。⑦济：拯救，救。文武：文武之道的简称，指周文王周武王父子治理国家的思想、理念、制度、方法等，代指圣人之道。将坠：将衰亡，或指将要失传。⑧风声：风教，教化。泯：灭。⑨"涂无"二句：直译字面意思为：道路没有远得它不能走遍的，道理没有细微得它不能包罗的。按：通常的表述当为：无论多么广远的道路它都能走遍，无论多么细致的道理它都能包罗。意为无论多么广远的道路文章都能描绘，无论多么细微的道理文章都能阐明。涂，通"途"，道路。无远，没有远，无论多远（"无微"解同此）。弥、纶，语出《易·系辞上》"易与天地准，故能弥纶天地之道"之句，古今对"弥纶"一词解释分歧尚小，而对"弥"、"纶"两字分别单解则众说纷纭，本注从"弥"作"遍"解，"纶"作粗丝绳，引申为用丝绳"络"（包缠）解，两字都有包罗、涵盖之义。⑩"配沾"二句：语本《易·系辞上》，意为文章作用之大，能沾润万物，并能效法天地的变化。配，比配。沾润，物被雨水所滋润。象，比拟。鬼神，比喻天地。按：《易·系辞上》解云："是故知鬼神之情状与天地相似。"虞翻注："乾神似天，坤鬼似地。"今选本多解为"文章变化与出幽入微的鬼神相比"，疑误，因全篇均讲文章功能，不可能唯此句另外立意，且有《易》为实证，故从杨明说。⑪"被（pī）金"句：是说把文章刻在钟鼎和石碑上就能广泛地传播美德教化，语本《吴越春秋》"乐师谓越王曰：'君王德可刻之于金石，声可托之于管弦'"一段文字。被，通"披"，覆盖，施加，此指刻在上面。金，指钟鼎，盛于商周。石，指碑碣，创于秦而盛于汉魏。广，指广为流传。⑫"流管"句：是说宣传美德的文章通过配乐传唱就可以盛德常新。流管弦，即流于管弦，指通过配乐而流传。管弦，管乐与弦乐，泛指乐器，此代指音乐。日新，语出《礼记·大学》引商汤《盘铭》"苟日新，日日新，又日新"句，此指日日常新，永远常新。按：以上为《文赋》第十九段，亦即最后一段，论文章的功用。

[译文]

　　文章的功用，在于它是宣传各种道理的凭借。它能扩大到万里之外而无障碍，能沟通亿年之后而为桥梁。它向下可以为后世遗留法则，向上可以向古人学习德政。它可以救助行将衰亡的文武圣王之道，可以宣扬教化不至于泯灭。无论多么广远的道路它都能描绘，无论多么细微的道理它都能阐明。它能与沾润万物的云雨相配，又能和变化无穷的天地相比。把它刻在金石上能使美德广为传播，通过配乐传唱能使盛德日日常新。

《晋书·陆机传》

　　陆机，字士衡，吴郡人也。祖逊，吴丞相。父抗，吴大司马。机身长七尺，其声如钟。少有异才，文章冠世，伏膺儒术，非礼不动。抗卒，领父兵为牙门将。年二十而吴灭，退居旧里，闭门勤学，积有十年。以孙氏在吴，而祖父世为将相，有大勋于江表，深慨孙皓举而弃之，乃论权所以得，皓所以亡，又欲述其祖父功业，遂作《辩亡论》二篇。其上篇曰：

　　昔汉氏失御，奸臣窃命，祸基京畿，毒遍宇内，皇纲弛顿，王室遂卑。于是群雄蜂骇，义兵四合。吴武烈皇帝慷慨下国，电发荆南，权略纷纭，忠勇伯世，威棱则夷羿震荡，兵交则丑虏授馘，遂扫清宗祊，蒸禋皇祖。于时云兴之将带州，猋起之师跨邑，哮阚之群风驱，熊罴之族雾合。虽兵以义动，同盟戮力，然皆苞藏祸心，阻兵怙乱，或师无谋律，丧威稔寇。忠规武节，未有如此其著者也。

　　武烈既没，长沙桓王逸才命世，弱冠秀发，招揽遗老，与之述业。神兵东驱，奋寡犯众，攻无坚城之将，战无交锋之虏。诛叛柔服，而江外底定；饬法修师，则威德翕赫。宾礼名贤，而张公为之雄；交御豪俊，而周瑜为之杰。彼二君子皆弘敏而多奇，雅达而聪哲，故同方者以类附，等契者以气集，江东盖多士矣。将北伐诸华，诛鉏干纪，旋皇舆于夷庚，反帝坐于紫闼，挟天子以令诸侯，清天步而归旧物。戎车既次，群凶侧目，大业未就，中世而殒。

用集我大皇帝，以奇踪袭逸轨，睿心因令图，从政咨于故实，播宪稽乎遗风；而加之以笃敬，申之以节俭，畴咨俊茂，好谋善断，束帛旅于丘园，旌命交乎涂（途）巷。故豪彦寻声而响臻，志士晞光而景骛，异人辐辏，猛士如林。于是张公为师傅；周瑜、陆公、鲁肃、吕蒙之俦，入为腹心，出为股肱；甘宁、凌统、程普、贺齐、朱桓、朱然之徒奋其威，韩当、潘璋、黄盖、蒋钦、周泰之属宣其力；风雅则诸葛瑾、张承、步骘以名声光国，政事则顾雍、潘濬、吕范、吕岱以器任干职，奇伟则虞翻、陆绩、张惇以风义举政，奉使则赵咨、沈珩以敏达延誉，术数则吴范、赵达以机祥协德；董袭、陈武杀身以卫主，骆统、刘基强谏以补过。谋无遗计，举不失策。故遂割据山川，跨制荆、吴，而与天下争衡矣。

魏氏尝藉战胜之威，率百万之师，浮邓塞之舟，下汉阴之众，羽楫万计，龙跃顺流，锐师千旅，武步原隰，谋臣盈室，武将连衡，喟然有吞江浒之志，壹宇宙之气。而周瑜驱我偏师，黜之赤壁，丧旗乱辙，仅而获免，收迹远遁。汉王亦凭帝王之号，帅巴、汉之人，乘危骋变，结垒千里，志报关羽之败，图收湘西之地。而我陆公亦挫之西陵，覆师败绩，困而后济，绝命永安。续以濡须之寇，临川摧锐；蓬茏之战，子轮不反。由是二邦之将，丧气挫锋，势蚰财匮，而吴莞然坐乘其弊，故魏人请好，汉氏乞盟，遂跻天号，鼎跱而立。西界庸、益之郊，北裂淮、汉之涘，东苞百越之地，南括群蛮之表。于是讲八代之礼，搜三王之乐，告类上帝，拱揖群后。武臣毅卒，循江而守；长棘劲铩，望猋而奋。庶尹尽规于上，黎元展业于下，化协殊裔，风衍遐圻。乃俾一介行人，抚巡外域，巨象逸骏，扰于外闲，明珠玮宝，耀于内府，珍瑰重迹而至，奇玩应响而赴；辒轩骋于南荒，冲輣息于朔野；黎庶免干戈之患，戎马无晨服之虞，而帝业固矣。

大皇既没，幼主莅朝，奸佞肆虐。景皇聿兴，虔修遗宪，政无大阙，守文之良主也。降及归命之初，典刑未灭，故老犹存。大司马陆公以文武熙朝，左丞相陆凯以謇谔尽规，而施绩、范慎以威重显，丁奉、钟离斐以武毅称，孟宗、丁固之徒为公卿，楼玄、贺邵之属掌机事，元首虽病，股肱犹良。爰逮末叶，群公既丧，然后黔首有瓦解之患，皇家有土崩之衅，历命应化而微，王师蹑运而发，卒散于阵，众奔于邑，城池无藩篱之固，山川无沟阜之势，非有工输云梯之械，智伯灌激之害，楚子筑室之围，燕人济西之队，军未浃辰而社稷夷矣。虽忠臣孤愤，烈士死节，将奚救哉！

夫曹、刘之将非一世所选，向时之师无曩日之众，战守之道抑有前符，险阻之利俄然未改，而成败贸理，古今诡趣，何哉？彼此之化殊，授任之才异也。

其下篇曰：

昔三方之王也，魏人据中夏，汉氏有岷、益，吴制荆、扬而掩有交、广。曹氏虽功济诸华，虐亦深矣，其人怨。刘翁因险以饰智，功已薄矣，其俗陋。夫吴，桓王基之以武，太祖成之以德，聪明睿达，懿度弘远矣。其求贤如弗及，恤人如稚子，接士尽盛德之容，亲仁罄丹府之爱。拔吕蒙于戎行，试潘浚于系虏。推诚信士，不恤人之我欺；量能授器，不患权之我逼。执鞭鞠躬，以重陆公之威；悉委武卫，以济周瑜之师。卑宫菲食，丰功臣之赏；披怀虚己，纳谟士之算。故鲁肃一面而自托，士燮蒙险而效命。高张公之德，而省游田之娱；贤诸葛之言，而割情欲之欢；感陆公之规，而除刑法之烦；奇刘基之议，而作三爵之誓；屏气踢踏，以伺子明之疾；分滋损甘，以育凌统之孤；登坛慷忾，归鲁子之功；削投怨言，信子瑜之节。是以忠臣竞尽其谟，志士咸得肆力，洪规远略，固不厌夫区区者也。故百官苟合，庶务未遑。初都建邺，群臣请备礼秩，天子辞而弗许，曰："天下其谓朕何！"官室舆服，盖慊如也。爰及中叶，天人之分既定，故百度之缺粗修，虽酝化懿纲，未齿乎上代，抑其体国经邦之具，亦足以为政矣。地方几万里，带甲将百万，其野沃，其兵练，其器利，其财丰；东负沧海，西阻险塞，长江制其区宇，峻山带其封域，国家之利未见有弘于兹者也。借使守之以道，御之以术，敦率遗典，勤人谨政，修定策，守常险，则可以长世永年，未有危亡之患也。

或曰："吴、蜀唇齿之国也，夫蜀灭吴亡，理则然矣。"夫蜀，盖籓援之与国，而非吴人之存亡也。其郊境之接，重山积险，陆无长毂之径；川厄流迅，水有惊波之艰。虽有锐师百万，启行不过千夫；轴舻千里，前驱不过百舰。故刘氏之伐，陆公喻之长蛇，其势然也。昔蜀之初亡，朝臣异谋，或欲积石以险其流，或欲机械以御其变。天子总群议以谘之大司马陆公，公以四渎天地之所以节宣其气，固无可遏之理，而机械则彼我所共，彼若弃长技以就所屈，即荆、楚而争舟楫之用，是天赞我也，将谨守峡口以待擒耳。逮步阐之乱，凭宝城以延强寇，资重币以诱群蛮。于时大邦之众，云翔电发，悬旌江介，筑垒遵渚，衿带要害，以止吴人之西，巴、汉舟师，沿江东下。陆公偏师三万，北据东坑，深沟高垒，按甲养威。反虏蹉迹待戮，而不敢北窥生路，强寇败绩宵遁，丧师太半。分命锐师五千，西御水军，东西同捷，献俘万计。信哉贤人之谋，岂欺我哉！自是烽燧罕惊，封域寡虞。陆公没而潜谋兆，吴衅深而六师骇。夫太康之役，众未盛乎曩日之师；广州之乱，祸有愈乎向时之难，而邦家颠覆，宗庙为墟。呜呼！"人之云亡，邦国殄瘁"，不其然欤！

《易》曰"汤、武革命顺乎天"，或曰"乱不极则治不形"，言帝王之因天时也。古人有言曰"天时不如地利"，《易》曰"王侯设险以守其国"，言为国之恃险也。又曰"地利不如人和"，"在德不在险"，言守险之在人也。吴之兴也，参而由焉，孙卿所谓合其参者也。及其亡也，恃险而已，又孙卿所谓舍其参者也。夫四州之萌非无众也，大江以南非乏俊也，山川之险易守也，劲利之器易用也，先政之策易修也，功不兴而祸遘，何哉？所以用之者失也。故先王达经国之长规，审存亡之至数，谦己以安百姓，敦惠以致人和，宽冲以诱俊乂之谋，慈和以结士庶之爱。是以其安也，则黎元与之同庆；及其危也，则兆庶与之同患。安与众同庆，则其危不可得也；危与下同患，则其难不足恤也。夫然，故能保其社稷而固其土宇，《麦秀》无悲殷之思，《黍离》无愍周之感也。

至太康末，与弟云俱入洛，造太常张华。华素重其名，如旧相识，曰："伐吴之役，利获二俊。"又尝诣侍中王济，济指羊酪谓机曰："卿吴中何以敌此？"答云："千里莼羹，未下盐豉。"时人称为名对。张华荐之诸公。后太傅杨骏辟为祭酒。会骏诛，累迁太子洗马、著作郎。范阳卢志于众中问机曰："陆逊、陆抗于君近远？"机曰："如君于卢毓、卢珽。"志默然。既起，云谓机曰："殊邦遐远，容不相悉，何至于此！"机曰："我父祖名播四海，宁不知邪！"议者以此定二陆之优劣。

吴王晏出镇淮南，以机为郎中令，迁尚书中兵郎，转殿中郎。赵王伦辅政，引为相国参军。豫诛贾谧功，赐爵关中侯。伦将篡位，以为中书郎。伦之诛也，齐王冏以机职在中书，九锡文及禅诏疑机与焉，遂收机等九人付廷尉。赖成都王颖、吴王晏并救理之，得减死徙边，遇赦而止。

初，机有骏犬，名曰黄耳，甚爱之。既而羁寓京师，久无家问，笑语犬曰："我家绝无书信，汝能赍书取消息不？"犬摇尾作声。机乃为书以竹筒盛之而系其颈，犬寻路南走，遂至其家，得报还洛。其后因以为常。时中国多难，顾荣、戴若思等咸劝机还吴，机负其才望，而志匡世难，故不从。

同既矜功自伐，受爵不让，机恶之，作《豪士赋》以刺焉。其序曰：

夫立德之基有常，而建功之路不一。何则？修心以为量者存乎我，因物以成务者系乎彼。存乎我者，隆杀止乎其域；系乎彼者，丰约惟所遭遇。落叶俟微飙以陨，而风之力盖寡；孟尝遭雍门以泣，而琴之感以末。何哉？欲陨之叶无所假烈风，将坠之泣不足烦哀响也。是故苟时启于天，理尽于人，庸夫可以济圣贤之功，斗筲可以定烈士之业。故曰"才不半古，功已倍之"，盖得之于时世也。历观今古，徼一时之功而居伊、周之位者有矣。

夫我之自我，智士犹婴其累；物之相物，昆虫皆有此情。夫以自我之量而挟非常之勋，神器晖其顾眄，万物随其俯仰，心玩居常之安，耳饱从谀之说，岂识乎功在身外，任出才表者哉！且好荣恶辱，有生之所大期；忌盈害上，鬼神犹且不免，人主操其常柄，天下服其大节，故曰天可仇乎。而时有袨服荷戟，立乎庙门之下，援旗誓众，奋于阡陌之上；况乎世主制命，自下裁物者乎！广树恩不足以敌怨，勤兴利不足以补害，故曰代大匠斫者必伤其手。且夫政由宁氏，忠臣所以慷慨；祭则寡人，人主所不久堪。是以君奭快快，不悦公旦之举；高平师师，侧目博陆之势。而成王不遣嫌吝于怀，宣帝若负芒刺于背，非其然者欤？

嗟乎！光于四表，德莫富焉；王曰叔父，亲莫昵焉；登帝天位，功莫厚焉；守节没齿，忠莫至焉。而倾侧颠沛，仅而自全，则伊生抱明允以婴戮，文子怀忠敬而齿剑，固其所也。因斯以言，夫以笃圣穆亲，如彼之懿，大德至忠，如此之盛，尚不能取信于人主之怀，止谤于众多之口，过此以往，恶睹其可！安危之理，断可识矣。又况乎饕大名以冒道家之忌，运短才而易圣哲所难者哉！身危由于势过，而不知去势以求安；祸积起于宠盛，而不知辞宠以招福。见百姓之谋己，则申宫警守，以崇不畜之威；惧万方之不服，则严刑峻制，以贾伤心之怨。然后威穷乎震主，而怨行乎上下，众心日陊，危机将发，而方偃仰瞪眄，谓足以夸世，笑古人之未工，忘己事之已拙，知囊勋之可矜，暗成败之有会。是以事穷运尽，必有颠仆；风起尘合，而祸至常酷也。圣人忌功名之过己，恶宠禄之逾量，盖为此也。

夫恶欲之大端，贤愚所共有，而游子殉高位于生前，志士思垂名于身后，受生之分，惟此而已。夫盖世之业，名莫盛焉；率意无违，欲莫顺焉。借使伊人颇览天道，知尽不可益，盈难久持，超然自引，高揖而退，则巍巍之盛，仰邈前贤，洋洋之风，俯观来籍，而大欲不止于身，至乐无怨乎旧，节弥效而德弥广，身逾逸而名逾劭。此之不为，而彼之必昧，然后河海之迹堙为穷流，一篑之衅积成山岳，名编凶顽之条，身厌荼毒之痛，岂不谬哉！故聊为赋焉，庶使百世少有悟云。

囧不之悟，而竟以败。

机又以圣王经国，义在封建，因采其远指，著《五等论》，曰：

夫体国经野，先王所慎，创制垂基，思隆后叶。然而经略不同，长世异术。五等之制，始于黄、唐，郡县之治，创于秦、汉，得失成败，备在典谟，是以其详可得而言。

夫王者知帝业至重，天下至广。广不可以偏制，重不可以独任；任重必于借力，制广终乎因人。故设官分职，所以轻其任也；并建伍长，所以弘其制也。于是乎立其封疆之典，裁其亲疏之宜，使万国相维，以成盘石之固；宗庶杂居，而定维城之业。又有以见绥世之长御，识人情之大方，知其为人不如厚己，利物不如图身；安上在于悦下，为己存乎利人。故《易》曰"悦以使人，人忘其劳"，孙卿曰"不利而利之，不如利而后利之利也"。是以分天下以厚乐，则己得与之同忧；飨天下以丰利，而己得与之共害。利博而恩笃，乐远则忧深，故诸侯享食土之实，万国受传世之祚。夫然，则南面之君各务其政，九服之内知有定主，上之子爱于是乎生，下之礼信于是乎结，世平足以敦风，道衰足以御暴。故强毅之国不能擅一时之势，雄俊之人无所寄霸王之志。然后国安由万邦之思化，主尊赖群后之图身，譬犹众目营方，则天网自昶；四体辞难，而心膂获乂。盖三代所以直道，四王所以垂业也。

夫盛衰隆弊，理所固有，教之废兴，系乎其人，原法期于必谅，明道有时而暗。故世及之制弊于强御，厚下之典漏于末折，侵弱之衅迩自三季，陵夷之祸终乎七雄。昔成汤亲照夏后之鉴，公旦目涉商人之戒，文质相济，损益有物。然五等之礼，不革于时，封畛之制，有隆尔者，岂玩二王之祸而暗经世之算乎？固知百世非可悬御，善制不能无弊，而侵弱之辱愈于殄祀，土崩之困痛于陵夷也。是以经始获其多福，虑终取其少祸，非谓侯伯无可乱之符，郡县非兴化之具。故国忧赖其释位，主弱凭于翼戴。及承微积弊，王室遂卑，犹保名位，祚垂后嗣，皇统幽而不辍，神器否而必存者，岂非事势使之然欤！

降及亡秦，弃道任术，惩周之失，自矜其得。寻斧始于所庇，制国昧于弱下，国庆独飨其利，主忧莫与其害。虽速亡趋乱，不必一道，颠沛之衅，实由孤立。是盖思五等之小怨，亡万国之大德，知陵夷之可患，暗土崩之为痛也。周之不竞，有自来矣。国乏令主，十有余世。然片言勤王，诸侯必应，一朝振矜，远国先叛,故强晋收其请隧之图,暴楚顿其观鼎之志,岂刘、项之能窥关,胜、广之敢号泽哉!借使秦人因循其制,虽则无道,有与共亡,覆灭之祸,岂在曩日!

汉矫秦枉,大启王侯,境土逾溢,不遵旧典,故贾生忧其危,晁错痛其乱。是以诸侯岨其国家之富,凭其士庶之力,势足者反疾,土狭者逆迟,六臣犯其弱纲,七子冲其漏网,皇祖夷于黔徒,西京病于东帝。是盖过正之灾,而非建侯之累也。然吕氏之难,朝士外顾;宋昌策汉,必称诸侯。逮至中叶,忌其失节,割削宗子,有名无实,天下旷然,复袭亡秦之轨矣。是以五侯作威,不忌万国;新都袭汉,易于拾遗也。光武中兴,篡隆皇统,而由遵覆车之遗辙,养丧家之宿疾,仅及数世,奸宄弃斥。卒有强臣专朝,则天下风靡,一夫从衡,而城池自夷,岂不危哉!

在周之衰,难兴王室,放命者七臣,干位者三子,嗣王委其九鼎,凶族据其天邑,钲鼙震于闾宇,锋镝流于绛阙,然祸止畿甸,害不覃及,天下晏然,以安待危。是以宣王兴于共和,襄惠振于晋、郑。岂若二汉阶闼暂扰,而四海已沸,嬖臣朝入,九服夕乱哉!

远惟王莽篡逆之事,近览董卓擅权之际,亿兆悼心,愚智同痛。然周以之存,汉以之亡,夫何故哉?岂世乏曩时之臣,士无匡合之志欤?盖远绩屈于时异,雄心挫于卑势耳。故烈士扼腕,终委寇仇之手;中人变节,以助虐国之桀。虽复时有鸠合同志以谋王室,然上非奥主,下皆市人,师旅无先定之班,君臣无相保之志,是以义兵云合,无救劫杀之祸,众望未改,而已见大汉之灭矣。

或以"诸侯世位,不必常全,昏主暴君,有时比迹,故五等所以多乱。今之牧守,皆官方庸能,虽或失之,其得固多,故郡县易以为政"。夫德之休明,黜陟日用,长率连属,咸述其职,而淫昏之郡无所容过，何则其不治哉！故先代有以兴矣。苟或衰陵，百度自悖，鬻官之吏以货准财，则贪残之萌皆群后也，安在其不乱哉！故后王有以之废矣。且要而言之，五等之君，为己思政；郡县之长，为吏图物。何以征之？盖企及进取，仕子之常志；修己安人，良士所希及。夫进取之情锐，而安人之誉迟，是故侵百姓以利己者，在位所不惮；损实事以养名者，官长所夙慕也。君无卒岁之图，臣挟一时之志。五等则不然。知国为己土，众皆我民；民安，己受其利；国伤，家婴其病。故前人欲以垂后，后嗣思其堂构，为上无苟且之心，群下知胶固之义。使其并贤居政，则功有厚薄；两愚处乱，则过有深浅。然则八代之制，几可以一理贯；秦、汉之典，殆可以一言蔽也。

时成都王颖推功不居，劳谦下士。机既感全济之恩，又见朝廷屡有变难，谓颖必能康隆晋室，遂委身焉。颖以机参大将军军事，表为平原内史。太安初，颖与河间王颙起兵讨长沙王乂，假机后将军、河北大都督，督北中郎将王粹、冠军牵秀等诸军二十余万人。机以三世为将，道家所忌，又羁旅入宦，顿居群士之右，而王粹、牵秀等皆有怨心，固辞都督。颖不许。机乡人孙惠亦劝机让都督于粹，机曰："将谓吾为首鼠避贼，适所以速祸也。"遂行。颖谓机曰："若功成事定，当爵为郡公，位以台司，将军勉之矣！"机曰："昔齐桓任夷吾以建九合之功，燕惠疑乐毅以失垂成之业，今日之事，在公不在机也。"颖左长史卢志心害机宠，言于颖曰："陆机自比管、乐，拟君暗主，自古命将遣师，未有臣陵其君而可以济事者也。"颖默然。机始临戎，而牙旗折，意甚恶之。列军自朝歌至于河桥，鼓声闻数百里，汉、魏以来，出师之盛未尝有也。长沙王乂奉天子与机战于鹿苑，机军大败，赴七里涧而死者如积焉，水为之不流，将军贾棱皆死之。

初，宦人孟玖弟超并为颖所嬖宠。超领万人为小都督，未战，纵兵大掠。机录其主者。超将铁骑百余人，直入机麾下夺之，顾谓机曰："貉奴能作督不！"机司马孙拯劝机杀之，机不能用。超宣言于众曰："陆机将反。"又还书与玖，言机持两端，军不速决。及战，超不受机节度，轻兵独进而没。玖疑机杀之，遂谮机于颖，言其有异志。将军王阐、郝昌、公师藩等皆玖所用，与牵秀等共证之。颖大怒，使秀密收机。其夕，机梦黑幰绕车，手决不开，天明而秀兵至。机释戎服，著白帢，与秀相见，神色自若，谓秀曰："自吴朝倾覆，吾兄弟宗族蒙国重恩，入侍帷幄，出剖符竹。成都命吾以重任，辞不获已。今日受诛，岂非命也！"因与颖笺，词甚凄恻。既而叹曰："华亭鹤唳，岂可复闻乎！"遂遇害于军中，时年四十三。二子蔚、夏亦同被害。机既死非其罪，士卒痛之，莫不流涕。是日昏雾昼合，大风折木，平地尺雪，议者以为陆氏之冤。

机天才秀逸，辞藻宏丽，张华尝谓之曰："人之为文，常恨才少，而子更患其多。"弟云尝与书曰："君苗见兄文，辄欲烧其笔砚。"后葛洪著书，称"机文犹玄圃之积玉，无非夜光焉，五河之吐流，泉源如一焉。其弘丽妍赡，英锐飘逸，亦一代之绝乎！"其为人所推服如此。然好游权门，与贾谧亲善，以进趣获讥。所著文章凡三百余篇，并行于世。

（中华书局点校本《晋书》卷五十四列传第二十四《陆机传》）

主要参考书目

叶长青：诗品集释，上海华通书局，1933年版。

陈延杰：诗品注，人民文学出版社，1961年10月版。

(韩)车柱环：钟嵘诗品校证，韩国汉城大学出版社，1967年版。

古直笺闵孝吉校：钟记室诗品笺，台湾广文书局，1968年7月版。

(法)陈庆浩：钟嵘诗品集校，巴黎东亚出版中心，1978年版。

许文雨：钟嵘诗品讲疏，成都古籍书店影印，1983年5月版。

萧华荣：诗品注译，中州古籍出版社，1985年1月版。

向长青：诗品注释，齐鲁书社，1986年7月版。

赵仲邑：钟嵘诗品译注，广西人民出版社，1987年8月版。

徐达：诗品全译，贵州人民出版社，1990年6月版。

王发国：诗品考索，成都科技大学出版社，1993年8月版。

陈元胜：诗品辨读，安徽教育出版社，1994年4月版。

曹旭：诗品集注，上海古籍出版社，1994年10月版。

蒋祖怡：诗品笺证，中州古籍出版社，1995年12月版。

张怀瑾：钟嵘诗品评注，天津古籍出版社，1997年1月版。

周振甫：诗品译注，中华书局，1998年2月版。

杨明：诗品译注，上海古籍出版社，1999年8月版。

吕德申：钟嵘诗品校释，北京大学出版社，2000年10月版。

王叔岷：钟嵘诗品笺证稿，中华书局，2007年7月版。

张少康：文赋集释，上海古籍出版社，1984年1月版。

周伟民：文赋注译，中州古籍出版社，1985年1月版。

杨明：文赋译注，上海古籍出版社，1999年9月版。

郭绍虞主编：中国历代文论选（第一册），上海古籍出版社，1979年8月版。

夏传才：中国古代文学理论名篇今译（第一册），南开大学出版社，1985年1月版。

李壮鹰主编：中华古文论选注（上），百花文艺出版社，1991年4月版。

陈洪　卢盛江：中国古代文学理论读本，南开大学出版社，2004年3月版。

王运熙主编：中国文学批评史（上），上海古籍出版社，1979年10月版。

王运熙　杨明：魏晋南北朝文学批评史，上海古籍出版社，1989年6月版。

曹旭：诗品研究，上海古籍出版社，1998年7月版。

张伯伟：钟嵘诗品研究，南京大学出版社，1999年6月版。

西汉·司马迁：史记，中华书局，1959年9月版。

东汉·班固：汉书，中华书局，1962年6月版。

南朝·宋·范晔：后汉书，中华书局，1965年5月版。

西晋·陈寿：三国志，中华书局，1959年12月版。

唐·房玄龄等：晋书，中华书局，1974年11月版。

梁·沈约：宋书，中华书局，1974年10月版。

梁·萧子显：南齐书，中华书局，1972年1月版。

唐·姚思廉：梁书，中华书局，1973年5月版。

唐·李延寿：南史，中华书局，1975年6月版。

唐·魏征　令狐德棻：隋书，中华书局，1973年8月版。

曹道衡　沈玉成：中国文学家大辞典（先秦汉魏晋南北朝卷），中华书局，1996年8月版。

梁·萧统编　唐·李善注：文选，中华书局，1977年11月影印版。

陈·徐陵编　清·吴兆宜注：玉台新咏笺注，中华书局，1985年6月版。

唐·虞世南编：北堂书钞，清光绪十四年（1888）刊本。

唐·欧阳询编：艺文类聚，中华书局，1959年5月影印版。

唐·徐坚编：初学记，中华书局，1962年8月版。

唐·佚名编：古文苑，中华书局《丛书集成》初编本。

宋·李昉等编：太平御览，中华书局，1960年2月影印版。

宋·郭茂倩编：乐府诗集，中华书局，1979年11月版。

明·冯惟讷：诗纪，明嘉靖三十九年（1560）刊本。

逯钦立辑校：先秦汉魏晋南北朝诗，中华书局，1983年9月版。

清·严可均辑校：全上古三代秦汉三国六朝文，中华书局，1958年12月影印版。

朱自清　马茂元：朱自清马茂元说古诗十九首，上海古籍出版社，1999年12月版。

安徽亳县《曹操集》译注小组：曹操集译注，中华书局，1979年11月版。

俞绍初辑校：建安七子集，中华书局，2005年6月新1版。

赵幼文校注：曹植集校注，人民文学出版社，1984年6月版。

陈伯君校注：阮籍集校注，中华书局，1989年10月版。

戴明扬注：嵇康集校注，人民文学出版社，1962年6月版。

袁行霈笺注：陶渊明集笺注，中华书局，2003年4月版。

顾绍柏校注：谢灵运集校注，中州古籍出版社，1987年8月版。

钱振伦、黄节、钱仲联注：鲍参军集注，上海古籍出版社，1980年10月版。

曹融南校注：谢宣城集校注，上海古籍出版社，1991年11月版。

陈庆元校笺：沈约集校笺，浙江古籍出版社，1995年5月版。

俞绍初　张亚新校注：江淹集校注，中州古籍出版社，1994年9月版。

北京大学中国文学史教研室编：两汉文学史参考资料，中华书局，1990年4月重排版。

北京大学中国文学史教研室编：魏晋南北朝文学史参考资料，中华书局，1962年8月版。

林庚　冯沅君主编：中国历代诗歌选上编（一），人民文学出版社，1964年1月版。

袁世硕主编：中国古代文学作品选（一、二），人民文学出版社，2002年5月版。

朱东润主编：中国历代文学作品选（上编一、二册），上海古籍出版社，2002年6月版。

郭预衡主编：中国古代文学史（一、二），上海古籍出版社，1998年7月版。

游国恩等主编：中国文学史（修订本），人民文学出版社，2002年7月第2版。

袁行霈主编：中国文学史（第一卷、第二卷），高等教育出版社，2005年7月版。

后 记

本书《诗品注译》及《文赋注译》从接受任务到最后交稿，先后用了近两年时间。整个过程大致以2009年春节为界，分为前后两个阶段。

第一阶段为资料准备阶段。2007年，应约为中州古籍出版社规划的大型"国学经典"丛书注译南朝文学理论名著《文心雕龙》，稿子完成后，得到出版社的充分肯定和谬奖。该书出版不久即行再版。当时编辑部主任卢欣欣女士就约定让我马上动手注译南朝另一部文学理论名著《诗品》并兼及名篇《文赋》。在古代文学理论领域，钟嵘《诗品》一直是仅次于刘勰《文心雕龙》的研究重点，研究成果和译注本很多，这为新的注译提供方便的同时也带来了压力和挑战，如何后出转精是对本书的自然要求。为此，我全面检索海内外校注本和译注本以及历代研究成果，凡认为能用得上的，便列清单，动用各种资源，想法搞到手。从2007年末至2009年初，一年余的时间，所需资料大体搜求完备。其中帮忙最大的是浙江大学博士生毛振华、北京大学博士生李飞跃、郑州大学学生黄志立。毛振华帮助网购和利用其他渠道购到了不少资料，李飞跃从国家图书馆、北京大学图书馆、清华大学图书馆、北京师范大学图书馆、中国人民大学图书馆复印了不少资料，黄志立经常出没于郑州市的古旧书店和旧书摊，也淘到了一些所需资料。这就为本书的学术质量提供了可靠的资料保证。

第二阶段为撰写时间。因我实在太忙,分身乏术,难以在出版社规定的时间内交稿,为了保质又保时,征得出版社同意,邀约了张朵女士和李进栓先生两位学人共襄此举。张朵女士长期从事文献档案的整理与管理工作,李进栓长期从事学术杂志的编辑工作,两人不仅都钟情传统学术,而且对古典文学和文献造诣较深,出版社也颇为信赖,三人联手,相得益彰。2009年春节后,我们一起讨论制定了注释原则和注译体例。当时确定的注译原则和学术目标是:博采众长,后出转精,通俗性与学术性完美结合,既可供一般读者学习提高之用,又可供专家学者学术研究之用。其详细的注译体例就是在这一原则和目标的指导下制定出来的(详见本书"凡例")。三人具体分工为:张朵和李进栓为注译人,我为审定人。张朵独立执笔完成《诗品》注译,李进栓独立执笔完成《文赋》注译,两人合作完成书后总附录和《诗品》注译每条下的分附录。他们初稿完成后,由我逐字逐句修改定稿,这样既能保证按时交稿,又保证了行文风格的统一和学术质量。2009年春节过后,即开始分头工作,初稿随交随改,流水作业,安排紧凑,配合默契,虽都利用业余时间,进度还是相当快的,并且两位的注译水平令人欣慰。不过,颇感遗憾的是,原与两位作者商定,本着文责自负原则,《文赋》注译和《诗品》注译两个书名一本书,分别由李进栓、张朵各自署名。但交稿时却发现无法操作,按照国家新闻出版署的相关规定,本书只能以《诗品》注译一个书名的形式出版,不能同时用两个书名。这样,两位作者只能合署名字并临时将李进栓执笔的《文赋》注译屈尊放到总附录中去了,好在执笔人能够理解。

我们备感荣幸的是,本书的面世得到了复旦大学王运熙先生的无私提携。王先生是当今学界泰斗,国学大师,又是专攻《文心雕龙》和《诗品》的著名专家,其主编的八卷本《中国文学批评通史》,不仅是国家重大社科基金项目、中国古代文学理论研究领域划时代的集大成巨著，而且其中的《文心雕龙》和《诗品》部分，就是由先生亲自执笔完成的。当今《诗品》研究成果很丰富，但大体都仍在先生所设框架内进行，整体水平尚无出其右者。我们一致认为，即使自己撰写出本书前言，也只不过是将先生的观点变成自己的话语说出而已，不可能超越先生对《诗品》的介绍和评论。与其转述先生观点，倒不如直接移植先生成果作为"代前言"好。当我们怀着不安的心情向先生说出这一想法时，没想到先生却慷慨答应了，这令我们兴奋不已。因王先生八卷本文学批评史所撰《诗品》内容规模太大，本书摘录的是其三卷本《中国文学批评史》中的内容，稍作技术处理后，以《钟嵘〈诗品〉（代前言）》之名出现在本书的目录之前。相信王先生的"代前言"定会为本书大增其辉。

　　本书在撰写之前和撰写过程中，参阅了众多前修时贤的已有成果，详见"主要参考书目"和"凡例"，但这里仍需再次说明的是，有几本书参考尤多，助益尤大，它们是：曹旭《诗品集注》、吕德申《钟嵘诗品校释》、周振甫《诗品译注》、萧华荣《诗品注译》、杨明《文赋诗品译注》、曹道衡、沈玉成《中国文学家大辞典》（先秦汉魏晋南北朝卷）、张少康《文赋集释》，其中，杨明先生的《文赋诗品译注》还是我们的工作本。借此，再次对几位先生深表谢忱！

　　还要感谢几位研究生。由于我们三人电脑不熟，影响写作思路，尤其审定者，几乎为电脑盲，整个书稿修订主要靠手写，多赖审定者的几位研究生打印完成。其中《文赋》注译、《诗品》的"上品"注译由硕士生马津瑾打印，《诗品》的"中品"全部和"下品"一部分由硕士生谢其泉打印，"下品"的一部分和书后总附录由博士生刘群栋打印，同时刘群栋还承担了校对全书手稿和编排目录的任务。硕士生陈昭颖为《诗品》注译每条下所附作品做了校对。

　　我们尽管做了较充分的资料准备，又经多人通力合作，书稿完成颇为顺利,但本书的撰写时间还是显得仓促了些,所以书中错谬在所难免,真诚地期待着读者的批评甚至指责,以便再版时能修订得更为完善。

审定者于郑州大学文学院
2010 年 3 月 20 日

图书在版编目(CIP)数据

诗品/(南朝梁)钟嵘著;张朵,李进栓注译.—郑州:中州古籍出版社,2010.6(2012.2重印)
(国学经典)
ISBN 978-7-5348-3235-2

Ⅰ.诗… Ⅱ.①钟…②张…③李… Ⅲ.①古典诗歌-文学理论-中国②诗品-注释③诗品-译文 Ⅳ.I207.22

中国版本图书馆 CIP 数据核字(2009)第 188143 号

出版社:中州古籍出版社
　　　(地址:郑州市经五路66号　邮政编码:450002)
发行单位:新华书店
承印单位:河南大美印刷有限公司
开本:640mm×960mm　1/16　印张:21.25
字数:260千字　　　　　　　印数:5 001-9 000册
版次:2010年6月第1版　　　印次:2012年2月第2次印刷

定价:30.00元

本书如有印装质量问题,由承印厂负责调换。